CONVOY narrativa

ISBN 978-88-254-2185-9
Prima edizione digitale novembre 2022
Prima edizione stampata novembre 2022

email: staff@delosdigital.it
http://delos.digital

ELENA SALEM

STORIA SEGRETA DI ANGELICA LI

ROMANZO

DELOS DIGITAL

A mio padre
al suo affetto e al senso dei valori.

A mio marito

STORIA SEGRETA DI ANGELICA LI

I romanzi non cambiano il mondo,
ma cambiano le persone.
Poi sono le persone a cambiare il mondo.
Mario Benedetti

PERSONAGGI PRINCIPALI

Angelica Li - la ragazzina che sparisce dall'ospedale
Wen Li - padre di Angelica e titolare della libreria Odissea

Polizia

Amedeo De Vicari – commissario, incaricato dell'indagine
Iolanda Svevo – ispettore capo
Desdemona Raimondi – segretaria del commissario
Ciro Rizzo, Aurora Romano, Giuseppe Scialoja – membri della squadra

Ospedale

Margherita Palladino – direttrice sanitaria
Kristina Smikova Fernandez – caposala
Regina Pardo Roquez – volontaria e madre di Eva Cohen (casa editrice)
Augusto Altieri – ex magistrato e volontario
Gino Piras – responsabile tecnico delle telecamere di sorveglianza
Giovanni Esposito e Carmen Melis - infermieri del reparto pediatrico
Raffaele Scuteri – portantino della Chirurgia

Casa editrice

Eva Cohen – titolare della casa editrice, figlia di Regina
Micol Cohen – figlia di Eva
Viola Barry – figlia tredicenne di Micol e nipote di Eva

Claudio Valenti – direttore commerciale della casa editrice
Cesare Martinelli – direttore generale della casa editrice
Irene Jacobs – assistente di Eva

Gruppo jwt

Nicholas Green - capo europeo del gruppo jwt
Greg Stone e Bob Hale – giovani manager, assistenti di Green

Altri personaggi

Andrej Petrov - uomo d'affari russo
Alvaro Fernandez – socio di Andrej Petrov e marito di Kristina Smikova
Omar Ismail Brahini - intermediario algerino

PROLOGO

– Basta! – intimò a se stessa. Non sarebbe tornata sui suoi passi. Il cielo era una tavolozza di sfumature antracite, i colori sembravano sul punto di sgocciolare sui tetti della città, come in un quadro di Pollock.

Eva Cohen lanciò un'occhiata alla scritta luminosa che incorniciava la vetrina, "Aperto sette giorni su sette"; l'insegna non poteva leggerla perché in cinese, e aprì la porta del negozio con un leggero strattone.

Per mantenere una promessa ne stava infrangendo un'altra.

Il proprietario stava uscendo e, incrociandola, accennò un lieve inchino. Da vicino appariva longilineo, più alto di quanto lei ricordasse, i capelli scuri, lisci, ordinati dietro le orecchie, spezzati da qualche filo grigio. Si conoscevano di vista e non erano mai stati presentati. Di nome faceva Wen, il cognome Eva non lo rammentava o, forse, non lo aveva mai saputo.

Erano passati più di tre anni dal cambio di gestione. L'arredamento della libreria Odissea appariva lo stesso. Minuscoli abat-jour agganciati a morsetti neri illuminavano gli scaffali di mogano che sembravano scricchiolare sotto il peso dei volumi. Un piccolo mondo antico, sopravvissuto all'invasione della contemporaneità. Di diverso c'erano solo gli ideogrammi sovrimpressi sulle copertine negli espositori all'entrata e un cartello incorniciato in rosso con la scritta "WiFi free". Poi intravide, nello spazio dedicato alla lettura, un portatile accanto a ciascuna poltroncina rivestita in velluto.

Si rivolse alla ragazza che stava riordinando dei volumi su uno scaffale.

– C'è un solo titolo sull'argomento che le interessa – rispose la giovane, pronunciando la elle al posto della erre – ed è da ordinare. – Ondeggiò il caschetto di capelli blu, prima a sinistra poi a destra. – Ma è inutile che lo cerchi su Amazon o IBS. – Sorrise con gli occhi, due mezzelune perfettamente incastonate nell'ovale del viso. – Per averlo, dovrà tornare qui. – Alzò le spalle, come per sottolineare l'ovvietà di quell'affermazione.

Uscendo, Eva si imbatté di nuovo in Wen. – Quando ci rivedremo – disse lui in un ottimo italiano, quasi senza accento – sarò lieto di offrirle, insieme a una tazza del profumato tè di Hangzhou, anche delle informazioni di cui oggi non immagina neanche di avere bisogno. E non mi riferisco al libro che ha appena ordinato.

DOMENICA

1. LA DENUNCIA

Due volanti erano parcheggiate di fronte all'entrata principale. Regina le intravide da lontano, non appena lei e Augusto imboccarono il viale che conduceva all'ospedale: lampeggiavano di blu, come fari nell'asfalto cittadino, emblemi dell'ordine collettivo e insieme presagio di qualcosa che si era inceppato nel meccanismo della giustizia.

Regina si voltò verso Augusto in cerca di una spiegazione, ma lo sguardo di lui era inchiodato al volante, il pensiero forse blindato in una cassaforte di cui sembrava aver perso la combinazione.

Si era infilata la prima cosa che aveva trovato nell'armadio non appena Giovanni, uno degli infermieri della Pediatria, l'aveva avvertita della sparizione di Angelica, chiedendole di tornare in reparto. Anche Augusto le aveva rivelato di aver ricevuto un'analoga convocazione, ma era stata Margherita Palladino, la direttrice sanitaria, a mettersi in contatto con lui.

Regina si rannicchiò sul sedile, fissando senza guardarlo il mondo che scorreva veloce, filtrato dai vetri offuscati dalle gocce di pioggia che si infrangevano contro il finestrino.

Con Angelica aveva parlato quella mattina.

L'automobile sorpassò una giovane, infagottata in una mantella di plastica rossa, che guadava la strada in bicicletta, il braccio sinistro alzato per non essere sommersa dalle ondate d'acqua provocate dalle auto che le si avvicinavano troppo.

Regina si chiese se raccontare ad Augusto della telefonata di Garavaglia, che aveva ricevuto qualche minuto prima di uscire di casa, ma non era convinta ci fosse un nesso tra quello che aveva cercato di dirle tra le righe l'oncologo della pediatria e ciò che poteva essere accaduto alla ragazzina. Augusto non si sarebbe fatto sfuggire l'occasione. Una sera, mentre stavano guardando un poliziesco in TV, il plaid di lana scozzese allungato sulle ginocchia, lei aveva azzardato il nome dell'assassino già dal primo tempo. – Per fare delle accuse bisogna avere delle prove – aveva sentenziato lui con bonaria sufficienza.

L'auto si infilò nell'area del parcheggio riservata al personale. Augusto mostrò il pass al portiere, che alzò la sbarra senza controllare. L'acqua ora picchiettava con l'intensità di una band di percussioni e lui aumentò la frequenza del tergicristalli. Regina dovette premere le dita contro le orecchie perché non sopportava lo stridore delle spatole consumate al contatto con i vetri bagnati. Quante volte lo aveva supplicato di sostituirle?

– Domani porterò l'auto dal meccanico – prometteva, poi puntualmente se ne scordava; nella sua testa c'erano pensieri che evidentemente lo appassionavano di più dei tergicristalli da cambiare, e lui non era il tipo di uomo in grado di farsi carico delle incombenze quotidiane.

Regina si era avvolta i capelli in un foulard di seta a fiori lilla, nella speranza di salvare qualcosa della messa in piega. Era una settimana che si preparava per quella serata, organizzata in gran segreto dai familiari, ma l'emergenza aveva giocoforza cambiato i loro piani.

Per aiutarla a mettersi al riparo dalle raffiche di pioggia, Augusto venne ad aprirle la portiera con un ombrello così grande che sembrava preso in prestito da una spiaggia. Lei si appoggiò al suo braccio e insieme si diressero verso l'atrio dell'ospedale. Anche lui si era cambiato in tutta fretta, ma nel mettersi più comodo aveva riannodato l'elegante cravatta di raso rosa su una camicia sportiva a quadretti.

La notizia della sparizione non doveva ancora essere trapelata, pensò Regina, quando le porte a vetri dell'edificio si aprirono al loro passaggio. Nessun indizio segnalava che qualcosa avesse turbato la normale routine dell'istituto di cura.

D'altronde, il complesso ospedaliero era costituito da più palazzine e il cancello dell'entrata principale era distante dall'atrio dove era situata l'accettazione. La hall era deserta, a parte l'impiegato seduto dietro al banco della reception, il volto chino sul display del cellulare e un'operatrice, casacca e pantaloni di cotone verdi, che stava prendendo un caffè al distributore automatico delle bevande.

Ma quando raggiunsero il reparto di Pediatria, Regina si rese subito conto che lì l'atmosfera era diversa. E non erano soltanto le due guardie piantonate all'ingresso a fare la differenza.

La potente illuminazione a led induceva uno sfasamento temporale. Dalle finestre appannate filtrava lo scuro della notte, mentre i corridoi dell'area riservata ai piccoli pazienti erano rischiarati come fosse pieno giorno. Le pareti color limone tappezzate di personaggi delle fiabe e il pavimento di linoleum verde prato sembrava brillassero di luce propria.

Regina trattenne il respiro per qualche istante per proteggersi dello sgradevole odore di disinfettante che, mescolandosi all'eccessivo calore dell'ambiente, rendeva l'aria irrespirabile.

Un agente stava interrogando, su uno dei lati del corridoio centrale, il padre di Rocco, un ragazzino che aveva stretto amicizia con Angelica.

Regina si diresse verso Margherita Palladino.

Augusto scrollò l'ombrello sul tappetino all'entrata, appoggiando il piede su uno straccetto per asciugare l'acqua in eccesso; forse si rendeva conto perfino lui che non era il caso di creare delle pozzanghere nel reparto.

La direttrice sanitaria stava intrattenendo un uomo sulla cinquantina, dalla statura imponente, con folti baffi color zafferano e un luccichio negli occhi che catturava l'attenzione anche a distanza, intabarrato in un doppiopetto rigato dalla foggia piuttosto antiquata. Ma si interruppe, non appena si accorse del loro arrivo.

– Ci sono delle novità? – chiese Regina senza preamboli, togliendosi il foulard e appendendolo, insieme al soprabito umido, a uno dei pioli dell'attaccapanni a forma di albero.

– La polizia è già qui – rispose la Palladino, che sembrava aver smarrito il suo naturale sorriso. – Hanno ispezionato la stanza di Angelica. Effetti personali, medicine, libri scolastici si sono dileguati con lei, insieme al suo zainetto.

La responsabile dell'istituto la invitò ad accomodarsi, insieme agli altri ospiti, nello spazio giochi di fronte all'atrio, trasformato per l'occasione in sala riunioni.

Ma prima che si sedesse le presentò Amedeo De Vicari, il commissario incaricato delle indagini. Poi, rivolta all'ufficiale di polizia, disse: – La signora Pardo Roquez è una delle nostre più anziane volontarie...

Margherita Palladino socchiuse gli occhi, premendo le labbra una contro l'altra. Regina non riuscì a trattenere un seppur lieve sorriso.

– Non intendevo nel senso dell'età – cercò di aggiustare il tiro la responsabile dell'istituto – quanto per gli anni di collaborazione con noi. – Le parole dovevano esserle sfuggite di bocca prima di passare al vaglio della ragione, come quando si dà un comando e ci si accorge che si è schiacciato troppo in fretta il tasto sbagliato, ma ormai è tardi per tornare indietro.

Regina le appoggiò una mano sulla spalla: non era il caso di preoccuparsi per simili sciocchezze. La direttrice era in ospedale dalle nove di mattina, in piedi da dodici ore consecutive con delle scarpe che potevano essere scambiate per dei trampoli. Glielo aveva confessato lei stessa che si costringeva alla tortura del tacco 12 per dare slancio a una figura che con gli anni si stava arrotondando un po' oltre il necessario.

Regina strinse con fermezza la mano del commissario.

– Per due mattine alla settimana – proseguì la Palladino – la signora intrattiene i bambini ricoverati, attraverso un'associazione di volontariato e, combinazione, oggi era in reparto…

– Come mai di domenica? – la interruppe il commissario.

– Stiamo organizzando una recita per i piccoli che dovranno fermarsi in clinica anche nel periodo natalizio. – Regina rispose direttamente a De Vicari, ipnotizzata dai suoi baffi spioventi, così lunghi da coprire quasi interamente la bocca. Anche i capelli ondulati, ritirati sulle tempie e pettinati all'indietro, toccavano il colletto della giacca. – I genitori sono liberi perlopiù la domenica – spiegò.

Invece di proseguire nella conversazione, il commissario si diresse verso la finestra. I vetri parevano vibrare sotto l'attacco delle violente raffiche di pioggia. Poi tornò sui suoi passi. – Nessuno può lasciare il reparto – ordinò, e dal tono era evidente che non avrebbe contemplato eccezioni. Il suo sguardo era diretto alla responsabile dell'istituto, ma il messaggio era rivolto a tutte le persone lì riunite. – Almeno non prima di aver chiarito con noi come ha trascorso la giornata – aggiunse.

Regina guardò l'orologio.

– Sono quasi le dieci, commissario – replicò la direttrice, come se avesse avuto il suo stesso pensiero. – Ci sono dei piccoli in gravi condizioni. E poi i bambini potrebbero essere spaventati da un'indagine a tappeto.

De Vicari inarcò le sopracciglia. – È sparita una ragazzina di tredici anni. Tre-di-ci. – Scandì sillaba per sillaba, aumentando il volume della voce. – Non riesco a immaginare un fatto più grave di così. – Aggiunse che le probabilità di ritrovare una persona scomparsa diminuivano con il passare delle ore. E le condizioni atmosferiche non facilitavano la ricerca. – Vorrei ispezionare il reparto, stanza per stanza, e le uscite di sicurezza.

La voce del commissario era così bene impostata, il timbro baritonale, che a Regina balenò l'assurda idea che potesse cantare in un teatro lirico. Lo visualizzava su un palco, impettito in uno smoking elegante, camicia bianca e farfallino nero. Lei amava l'opera e un po' se ne intendeva. Oppure avrebbe potuto essere un attore, venuto lì per recitare la parte del commissario.

Ma che cosa le veniva in mente? Aveva ragione Augusto quando sosteneva che la sua fervida immaginazione rischiava di farle perdere il contatto con la realtà.

Il display del cellulare di De Vicari si illuminò; anche lui si sedette su una seggiola rossa di plastica, l'ultima rimasta libera nella improvvisata sala riunioni, voltandosi verso il muro, forse con l'illusione di parlare in modo più riservato. A Regina parve di capire che stesse chiedendo dei rinforzi.

– E il dottor Altieri? – chiese il commissario non appena terminò la conversazione.

– L'avvocato Augusto Altieri – precisò la direttrice, ma si fermò. – Vi conoscete già?

Anche Regina notò che l'ufficiale aveva pronunciato il suo cognome senza che nessuno lo avesse citato prima.

Altieri riferì che avevano già collaborato in qualche indagine nel passato, ma non aggiunse ulteriori dettagli. Quindi si levò la coppola ancora inzuppata d'acqua e andò ad appenderla sull'unico piolo rimasto libero dell'attaccapanni.

– Mio caro dottor Altieri. – Il commissario parve squadrarlo dalla testa ai piedi. – Il destino ci porta a incontrarci in situazioni complicate. – Si arricciò le punte dei baffi. – Ma, perdio! Dove ha lasciato i suoi capelli?

Augusto mostrò tutti i suoi denti ancora relativamente bianchi. – Non mi servivano più – rimbalzò senza fare una piega. Anzi, sottolineò l'affermazione accarezzandosi il cranio che, sotto le luci a led, appariva particolarmente lucido. – In compenso, mi pare che lei abbia preso qualche chilo.

– Una decina – ammise il commissario, lasciando stare i baffi.

– Non uno di meno. – Augusto strinse la cintura intorno alla sua vita sottile.

Regina lo fulminò con lo sguardo. Che modo di comportarsi era, quello? Fare dell'umorismo in una circostanza simile. Ma sapeva bene quel che Augusto le avrebbe replicato se si fosse permessa di fargli un appunto: – Gli uomini non sono come le signore. – E con questo intendeva che fossero migliori. – Non si offendono per un semplice scambio di battute, anche se al vetriolo, perché sanno coglierne il lato ironico.

– Lei non era in magistratura? – insistette De Vicari.

– Ha una buona memoria – replicò Augusto. – Prima di andare in pensione sono stato procuratore capo della provincia di Pavia, per quindici lunghi anni.

– E allora perché la chiamano avvocato?

La Palladino fece un passo avanti, come se fosse stata chiamata in causa. – Commissario, nel reparto operano dei dottori veri – quelli che curano le persone, intendo – e al personale sanitario pareva che Altieri si occupasse di altro, così hanno cominciato a chiamarlo avvocato. – Mostrò le sue fossette. – Alla fine mi ci sono abituata anch'io.

– Ho capito – tagliò corto De Vicari. – Qual è il compito di Altieri?

– Si occupa dei contenziosi – spiegò la direttrice, riprendendo un tono più formale. – Aiuta i colleghi più giovani a sbrigare le pratiche amministrative.

Ma Regina sapeva che le cose stavano diversamente. La funzione che la Palladino gli aveva attribuito nel corso degli anni era ben più delicata della sistemazione di qualche faldone. Era stato Augusto quella sera ad avvertire il magistrato, per conto dell'ospedale, della sparizione di Angelica.

De Vicari si alzò di scatto dalla poltroncina – ne aveva abbastanza di quella minuscola postazione che non era stata progettata per un uomo delle sue dimensioni – per acchiappare al volo una tazzina di caffè che stava circolando indisturbata nel corridoio, appoggiata su un vassoio che un'infermiera portava con sé per qualcuno degli ospiti del reparto.

– Era quello che mi ci voleva – affermò, regalando alla donna con la casacca bianca un luminoso sorriso, solo in parte nascosto dai baffi. – È gentile da parte sua. – L'operatrice sembrò voler protestare, o forse ci teneva a chiarire l'equivoco, ma la Palladino dovette lanciare alla donna un'occhiata piuttosto eloquente perché lei se ne andò senza aprire bocca, lo sguardo rivolto al linoleum del corridoio. Anzi, dopo qualche istante tornò sui suoi passi, probabilmente perché doveva preparare un altro caffè.

– Riepiloghiamo i fatti – riprese il commissario, ingurgitando il liquido scuro in un solo sorso. – L'infermiera di turno si è accorta dell'assenza della ragazzina poco prima del termine dell'orario delle visite. – Gettò il bicchiere in un cestino con un lancio mirato, centrandolo come fosse un canestro.

– Angelica deve prendere una medicina tutte i giorni alle sei del pomeriggio – spiegò la direttrice. – Carmen Melis è entrata nella sua stanza a quell'ora e non l'ha vista. Ma in un primo momento non si è preoccupata.

– Perché?

– Succede che i piccoli si spostino da una camera all'altra per giocare con qualche bambino, o vadano nella saletta TV.

– Quindi?

– Non trovandola, si è rivolta ai colleghi. L'allarme vero e proprio lo ha dato verso le 19, poco prima di andarsene.

L'ufficiale di polizia si mostrò contrariato. – Come mai ha lasciato il reparto?

– Mi sembra di averglielo già detto – reagì la direttrice mascherando a stento una certa insofferenza. – Doveva tornare a casa. Suo figlio di sette anni sarebbe rimasto da solo. – Inspirò e riprese con una cortesia che a De Vicari sembrò forzata: – La baby sitter se ne stava andando.

E così lui non aveva ancora nessun elemento in mano. Era troppo presto per fare una qualsiasi supposizione, ma quella scomparsa aveva tutta l'aria di essere stata premeditata. E non faceva pensare bene. Per questo nessuno avrebbe dovuto lasciare il reparto, tanto meno l'infermiera che si occupava della bambina. Cercò di scacciare dalla mente l'immagine del cadavere ritrovato a pezzi, avvolto in un lenzuolo bianco, della studentessa scomparsa il mese precedente.

– Perché non la chiama? – gli domandò la direttrice, che doveva aver colto il suo rimprovero implicito. – Carmen è a casa, adesso.

– Chi sono le persone che entrano in contatto con i bambini del reparto? – chiese lui ancora rivolto alla Palladino.

– Chiunque può venirli a trovare, nell'orario delle visite – ribatté la responsabile sanitaria. – In un reparto pediatrico c'è una poltrona accanto al letto di ogni minore e il genitore ha la facoltà di dormire con il figlio o di farsi sostituire.

– I bambini possono uscire?

– No, nessuno di loro può lasciare l'ospedale senza un permesso firmato dal medico – intervenne un tizio allampanato, con un cespuglio di capelli brizzolati e occhialini sottili sul naso adunco. – E chi esce dev'essere accompagnato da un adulto.

La Palladino introdusse il nuovo arrivato: – Il dottor Rossetti, primario di Pediatria.

– Vorrei informare il commissario – intervenne Altieri – che in un reparto con minori la porta viene chiusa elettricamente. – La direttrice lo incoraggiò a continuare. – Ed è vero che qui circolano molte persone – spiegò lui – ma qualcuno deve aprire. Quindi, interrogando personale e genitori, dovremmo essere in grado di ricostruire chi sia stato qui nella giornata. E poi c'è una telecamera all'entrata.

De Vicari chiamò uno degli agenti e lo sollecitò ad andare a rilevare le immagini delle telecamere di sorveglianza. – Chi è deputato a premere il pulsante d'ingresso?

– In teoria soltanto il personale – replicò Rossetti. – Ma poiché è sulla colonna dell'atrio, chiunque può farlo.

Il commissario chiese dove si trovassero in quel momento i genitori di Angelica.

– Il padre viene a trovarla tutti i giorni – spiegò la Palladino – ma oggi non è stato qui.

– E la madre?

La direttrice raccontò del tragico incidente avvenuto circa un anno prima del ricovero della ragazza: un camion a rimorchio aveva investito la madre mentre tornava a casa in bicicletta. Era morta sul colpo.

Mentre la direttrice e il primario illustravano al commissario le attività del reparto, Regina si alzò dalla seggiola di plastica per andare a sgranchirsi le gambe in corridoio.

Aveva incontrato Angelica, quella mattina: era sdraiata sul letto e stava leggendo, quando lei si era affacciata alla porta della stanza per salutarla.

Si domandò cosa potesse essere accaduto. Proprio ora che la ragazzina stava rimettendosi in sesto. Aveva sentito con le sue orecchie l'oncologo della Pediatria dire al padre che, se i valori fossero rimasti stabili ancora per un paio di mesi, Angelica sarebbe potuta tornare definitivamente a casa per Natale.

Per ingannare l'inquietudine, guardò fuori dalla finestra. L'intensità della pioggia non era diminuita e dagli arabeschi disegnati sui vetri ebbe l'impressione che il vento stesse spruzzando acqua in tutte le direzioni.

Qualcuno doveva averla portata via. Non poteva essersene andata da sola. Non dopo un trapianto di midollo osseo, che di sicuro aveva messo a dura prova il suo organismo.

Estrasse dalla borsa il blister di pastiglie contro il mal di testa, scartò una liquirizia e la mise in bocca per ingoiare la pillola senz'acqua. Si coprì le spalle con uno scialle leggero, perché sentiva freddo.

Le ci era voluto molto tempo per prendere quella decisione: il timore del giudizio degli altri l'aveva condizionata molto più di quanto avesse voluto ammettere anche con se stessa. E ora sentiva l'urgenza di recuperare il tempo perduto.

Proprio quella mattina Angelica aveva chiesto di parlarle in privato. Ma c'erano diversi genitori con i quali Regina aveva appuntamento e non le sarebbe stato possibile rimandare i colloqui. Così aveva rinviato le confidenze con lei al giorno successivo.

Ora si pentiva di non averle dato ascolto. Ma come poteva immaginare?

Estrasse il cellulare dalla borsa. Voleva raccontare a Eva ciò che stava accadendo in ospedale. Poi si ricordò che il giorno dopo sua figlia aveva un appuntamento con degli americani. C'era in ballo qualcosa di grosso per la sua casa editrice. Meglio lasciarla in pace, per il momento.

Attraversò il corridoio per andare a guardare i disegni realizzati dai piccoli degenti, che ogni fine settimana venivano appesi in uno spazio apposito, trasformato dall'ospedale in una galleria d'arte in miniatura. Ai giovanissimi pittori era richiesto di mettere titolo, data e firma al lavoro, e questo li faceva sentire orgogliosi, come dei veri artisti, quando vedevano esposte le loro opere.

Disse a se stessa che non poteva starsene lì impalata ad aspettare l'evoluzione degli eventi, toccava anche a lei contribuire alle ricerche, anche se non sapeva come.

Si avvicinò per ammirare da vicino i disegni: ogni bambino proiettava sulla carta il proprio universo emotivo. Quei disegni, talvolta anche solo degli scarabocchi, dicevano molto dei loro sentimenti.

Fu in quel momento che scorse un dipinto ad acquerello. Raffigurava tre ragazze su un palco che indossavano abiti da sera. In basso, scritta a mano, c'era una citazione: "La vera bellezza sta nella purezza del cuore – Gandhi". Il dipinto si intitolava "Concorso" e portava la firma di Angelica.

Si guardò intorno per controllare che nessuno stesse sorvegliando quell'area e, senza considerare le implicazioni del suo gesto, staccò il foglio dal muro, lo ripiegò accuratamente perché non si sciupasse e lo infilò nella borsa.

Le era venuta un'idea.

2. LA SEQUENZA DEI FATTI

Non ebbe bisogno di citofonare: il portone del palazzo era aperto; si infilò nell'atrio come fosse un rifugio, lasciando fuori il diluvio. Cercò di scrollarsi l'acqua di dosso, rendendosi conto che per fortuna i capelli erano rimasti asciutti: aveva sempre con sé, nella tasca interna del giaccone, un cappuccio di tela cerata.

La persona che doveva incontrare abitava al settimo piano e, anche se l'ascensore era perfettamente funzionante, decise di salire a piedi. Un po' di esercizio fisico era quello che le ci voleva per scrollarsi di dosso l'umidità. E smaltire l'eccesso di adrenalina. Ancora non riusciva a crederci: aveva vinto il concorso!

Ora era ispettore capo. Ispettore capoooo!

Suo padre sarebbe stato orgoglioso di lei. E al tempo stesso le avrebbe consigliato di dare subito le dimissioni, perché quello non era un lavoro da donna.

Per questo lei doveva dimostrare di esserne all'altezza.

Il commissario De Vicari l'aveva cercata sul cellulare mentre lei stava scolando gli spaghetti. Una ragazzina era scomparsa da uno degli ospedali più grandi della città. Bisognava iniziare le indagini all'istante.

In un quarto d'ora si era rivestita, ma non aveva rinunciato a ingurgitare la sua porzione di pasta, facendo attenzione a non macchiarsi con il sugo che schizzava da tutte le parti, perché aveva già saltato il pasto all'ora di pranzo.

C'erano due persone che andavano interrogate subito e che, per motivi diversi, non erano in ospedale: Wen Li, il padre della ragazzina, e Carmen Melis, l'infermiera che per prima si era resa conto della sparizione.

Aveva inviato Ciro Rizzo e Aurora Romano, i due migliori agenti della squadra, a parlare con l'operatrice sanitaria. Lei si era riservata il cinese e ci era andata da sola perché in quel momento non aveva nessuno di abbastanza sveglio disponibile, e non c'era tempo da perdere.

In un caso di sparizione – e qui si trattava di un minore – le prime ore erano cruciali per il ritrovamento della vittima.

Non le risultava ci fosse niente di pericoloso nell'uomo che stava per incontrare, ma aveva già abbastanza esperienza sul campo per non dare nulla per scontato, quindi controllò che la pistola fosse al suo posto nella fondina, prima di suonare il campanello.

Su di lui era riuscita a racimolare soltanto qualche informazione sommaria: era nato a Hangzhou, una città poco distante da Shanghai, e durante l'adolescenza si era trasferito a Pechino con la famiglia d'origine. Da quindici anni viveva in Italia, e il suo lavoro aveva a che fare con il mondo dei libri. Era stato sposato con una russa, ma la moglie era morta, e aveva un'altra figlia oltre alla ragazzina scomparsa. Mai avuto problemi con la giustizia, almeno con quella italiana.

L'appartamento era situato in un anonimo edificio degli anni Sessanta piuttosto malandato, a pochi passi da via Paolo Sarpi, il cuore della Chinatown milanese dove risiede la maggior parte dei cinesi della città.

L'uomo che le aprì la porta era alto, dall'aspetto gradevole, sui quarantacinque anni. Si sarebbe detto un professore universitario saltato fuori da una fotografia in bianco e nero degli anni Cinquanta. Indossava un'ampia camicia bianca, una sottile cravatta scura con il nodo allentato e un panciotto di lana grigio, dal cui taschino pendeva la catena argentata di un orologio.

– Buongiorno. Sono l'ispettore Iolanda Svevo – si presentò lei, mostrando il tesserino di riconoscimento della polizia.

– Wen Li – rispose lui stringendole la mano con fermezza. – La stavo aspettando. – Le fece strada lungo uno stretto corridoio tappezzato di manifesti di mostre incorniciati con il vetro. – La prego, si accomodi. – Le indicò un divanetto in una stanza che doveva fungere da salotto e studio insieme.

– Perché mi stava aspettando? – gli chiese accomodandosi fra i cuscini colorati.

– Come, perché? – sembrò stupirsi lui. – Un'infermiera mi ha telefonato per dirmi che è sparita la mia bambina dall'ospedale e che un'ispettore stava venendo da me per parlarne. Speravo che lei fosse qui per spiegarmi cosa diavolo sta succedendo.

– Mi dispiace, signor Li. – Iolanda addolcì la voce. – Non ho novità, ma stiamo facendo il possibile per ritrovare sua figlia. Io sono qui per avere un po' di informazioni che potrebbero indirizzare al meglio le indagini.

– Sono a vostra disposizione. – Si diresse verso lo scrittoio. – Le ho stampato qualche foto di Angelica, valuti lei quelle che possono esserle utili e le tenga, tanto io le ho archiviate in digitale.

Iolanda prese le immagini a colori. Erano delle belle foto, sicuramente più efficaci della fotocopia della carta d'identità che la direttrice sanitaria aveva consegnato a De Vicari. Doveva inviarne subito un paio al centro di coordinamento perché venissero diffuse.

Ma lui non aveva finito: – Poi ho buttato giù una scheda su mia figlia. Forse non tutto corrisponde al vero...

– Cosa significa?

Wen Li la guardò. – Lei ha figli, ispettore?

– No. – Iolanda si aggiustò il colletto della camicia. – Non ancora.

– Per un padre la propria figlia è la migliore del mondo.

Lo disse così seriamente che lei non riuscì a fare a meno di sorridere, mentre sfogliava le fotografie.

Dall'interfono si udirono dei lamenti infantili.

– Mi deve scusare – disse l'uomo. – Olivia, la mia figlia minore, non sta bene, è meglio che vada a controllare.

Wen Li uscì dalla stanza e Iolanda lo seguì a passo felpato per non essere vista. C'era qualcosa che non le quadrava, in quelle immagini, se n'era accorta fin dalla prima occhiata.

L'uomo entrò nella stanza vicina. La piccola era sdraiata su un letto matrimoniale. Lui le si accovacciò accanto, le toccò la fronte con una mano. – Uhm, devi avere ancora qualche linea di febbre.

– Papà?

– Sono qui, che c'è?

– Ho fatto un brutto sogno.

Lui si sporse per abbracciarla.

– Papà?

– Sì.

– Ho sentito la voce di una donna. Chi è?

Iolanda tornò velocemente nel salottino. Fece per sedersi, ma poi si avvicinò al tavolo che fungeva da scrivania. I fogli erano ordinati in cartelline plastificate, ognuna delle quali era catalogata con un'etichetta, ma il testo era in caratteri cirillici.

La stanza debordava di libri. Diede una scorsa veloce a quelli che erano in prima fila sui ripiani della biblioteca e vide che ce n'erano in italiano, in inglese, in francese e in lingue che non riconosceva. In una grande cesta accostata alla finestra, erano ammonticchiate delle riviste.

Aprì velocemente i cassetti della scrivania. Solo uno era chiuso a chiave.

– Dormi tranquilla, Olivia, io torno nello studio.

Udì il rumore dei passi di Wen Li che tornava da lei. Richiuse tutto e si risedette in fretta sul divano. Prese una foto di Angelica e decise di affrontare subito l'argomento.

– Sua moglie era russa?

Lui annuì.

– Angelica non ha nulla di orientale, nei suoi tratti.

Wen si toccò la fronte con le quattro dita di una mano, come uno che si rende conto di una dimenticanza imperdonabile. – Che stupido, sono stato! Avrei dovuto raccontarglielo subito.

– Raccontarmi cosa?

– Ho conosciuto Natasha al terzo mese di gravidanza. Il suo compagno di allora si è dileguato, quando lei gli ha annunciato di essere incinta. Natasha e io abbiamo cominciato a frequentarci. Eravamo in sintonia su tutto e, non appena è stato possibile, ci siamo sposati. La prima cosa che ho fatto, dopo il matrimonio, è stato di adottare la piccola. Dunque Angelica è a tutti gli effetti mia figlia. – Sorrise compiaciuto. – Anche se non ha tratti orientali.

Iolanda lo guardò dritto negli occhi. – Quanti anni ha sua figlia?

– Tredici.

– Nelle foto sembra più grande.

– A dicembre ne compirà quattordici, ma ha ragione, è già molto alta. Natasha mi aveva raccontato che lei a tredici anni aveva già raggiunto la sua massima altezza. Probabilmente Angelica ha preso dalla madre.

– Quanto era alta sua moglie?

– Più o meno 1,75.

– E Angelica?

– Non lo so con esattezza. Forse, 1,72, 1,73.

– D'altronde, anche lei è molto alto. – Si pentì subito di quella frase. Come aveva potuto fare un commento così indelicato?

Ma lui, invece, lo prese come un complimento. – Lei ha detto una cosa gentile, non può immaginare quanto. Lo apprezzo molto, grazie. – Fece un lieve inchino con il capo. Poi si risollevò. – Angelica mi assomiglia molto nel carattere.

Iolanda incrociò il suo sguardo. – Cosa mi dice del padre naturale di Angelica?

– Per quanto ne sappia, lui non si è mai fatto vivo con Natasha. Non credo sia al corrente di avere avuto una figlia.

– Può dirmi come possiamo rintracciarlo?

– Mia moglie ha perso i contatti con lui già da allora.

– Come si chiama?

– Non lo so, mi dispiace. – Alzò leggermente le spalle. – Capisco che potrebbe essere una pista, anche se ne dubito. Mia moglie non me l'ha mai voluto dire e forse io non ci tenevo particolarmente a saperlo.

Wen Li andò verso il cucinino di fronte al salotto. – Vuole una tazza di tè?

Lei annuì, cercando di metabolizzare le informazioni. Aveva l'impressione che lui non le stesse dicendo tutta la verità.

L'uomo tornò con un vassoio in lacca, una piccola teiera e due ciotole nelle quali versò il liquido fumante. – Ho anch'io qualcosa da dirle – dichiarò, quando si riaccomodò sulla poltrona di fronte al divano.

Iolanda inarcò le sopracciglia.

– Quello che non riesco a capire è la sequenza dei fatti – disse porgendole una tazza di tè.

– Cosa vuol dire? – chiese lei, appoggiando la ciotola sul tavolino. Prese dalla borsa un fazzoletto e si soffiò il naso. Non era ancora riuscita a riscaldarsi, sentiva l'umidità nelle ossa.

– Sono due ore che mi sto arrovellando. Oggi ho chiamato Angelica sul cellulare intorno alle cinque. Mi ha parlato di un libro che stava finendo di leggere.

Iolanda ora bevve un sorso di tè. Non era più così bollente. – Dunque?

– Mia figlia era dispiaciuta perché non sarei andato a trovarla. Ma come potevo lasciare sua sorella a casa da sola con trentanove di febbre? Di solito Olivia viene con me in ospedale o, se non è possibile, la porto dalla vicina. Ha solo sette anni. Ma ieri la signora Monti era dai suoceri a Cremona.

L'ispettore lo interruppe. – Cosa non la convince nella sequenza dei fatti?

– Angelica mi ha richiamato alle sette per chiedermi come stava Olivia.

– Come, alle sette?

– È questo il punto! Non avete detto che Carmen a quell'ora non l'ha trovata nella stanza?

– Continui, signor Li. Di che cosa le ha parlato sua figlia in quella telefonata?

– Si sentiva in colpa per aver insistito troppo perché andassi in ospedale. Voleva dirmi che non era arrabbiata con me. Sua sorella aveva bisogno delle mie cure. Poi mi ha salutato, dicendomi che doveva prendere una medicina e che ci saremmo sentiti più tardi.

– Non si è insospettito?

– E perché avrei dovuto? Tutto sembrava normale. Con Angelica ci sentiamo diverse volte al giorno. E infatti mi ha richiamato ancora verso le otto e mezza per augurarmi la buona notte.

– Alle otto e mezza? – Iolanda era sorpresa.

– Capisce? – Wen Li si alzò in piedi. – Sembrava che fosse lei a voler tranquillizzare me. Poi alle nove ho ricevuto la vostra chiamata ed è stato come se una bomba fosse stata sganciata sul mio palazzo.

Iolanda si alzò di scatto dal divano. – Mi dia il numero di cellulare di Angelica. – Non c'era più tempo per le parole.

Lui tirò fuori dalla tasca il telefono.

– Ora mi collego con la Centrale operativa e vediamo di localizzare da dove sono partite le chiamate di sua figlia.

Negli occhi di Wen Li, lei intravide un barlume di speranza.
– Deve restare a nostra disposizione.
– E dove vuole che vada?
– Metteremo sotto controllo anche i suoi telefoni.
Lui non apparve sorpreso.
Iolanda diede un'occhiata all'orologio: erano le dieci e venti.
Due chiamate dopo la sparizione. Dalla seconda c'era uno scarto temporale di quasi due ore, un tempo abbastanza lungo, ma poteva comunque essere una traccia.
Doveva avvertire subito il commissario De Vicari.

LUNEDÌ

3. IL PIUMINO ROSSO

Erano le cinque di mattina quando Giovanni Esposito lo trovò nel ripostiglio di servizio al piano sotterraneo. Prima di scendere nel magazzino situato accanto alla Radiologia che riforniva diversi reparti della clinica, Giovanni si era infilato un golf per scendere. Indossava soltanto la casacca bianca della divisa a maniche corte e, anche se aveva smesso di piovere, gli era venuta la pelle d'oca.

Doveva fare un'iniezione a un bambino e non c'erano più garze in infermeria.

Gli ispettori incaricati delle indagini avevano appena lasciato la Pediatria, dopo avere interrogato il personale ed effettuato decine di telefonate – a qualcuna delle quali aveva assistito anche lui, quando si trovava nei paraggi – per cercare di ricostruire i movimenti della giornata.

Due poliziotti, invece, erano rimasti di guardia al piano dedicato ai minori e forse anche in altre aree del complesso ospedaliero. Giovanni ne aveva visti un paio che piantonavano l'atrio.

In un primo tempo sembrava che tutti gli edifici dovessero essere passati al setaccio, poi alle ventidue e trenta l'ispettore capo Iolanda Svevo aveva chiamato il commissario De Vicari e l'indagine aveva preso tutt'altra direzione.

Glielo aveva raccontato il dottor Rossetti in persona, con il quale Giovanni aveva effettuato un minuzioso giro di ricognizione del reparto. Il fatto che il primario avesse sostituito il medico di turno era suonato come un campanello d'allarme tra i colleghi, ma Rossetti aveva minimizzato. Semplicemente, voleva riprendere le redini della sua area in un momento critico per la vita dell'ospedale.

Quella sera Giovanni si era tolto le lenti a contatto perché le sue pupille erano arrossate. Andava spesso a nuotare la mattina dopo il turno: a due passi dall'istituto di cura c'era una piscina comunale che apriva i battenti alle prime luci dell'alba. Era diventata un'abitudine, per lui, come timbrare un secondo cartellino. In piscina incontrava sempre le stesse persone, ormai le conosceva quasi tutte di vista. Anche loro si immergevano nell'acqua come in un rito purificatore, e percorrevano qualche chilometro a nuoto prima di affrontare la giornata. Nella vasca anche i pensieri più dolorosi stemperavano il loro potenziale corrosivo.

Con il tempo il cloro della piscina gli aveva irritato le cornee. Al reparto di oculistica gli avevano consigliato di alternare le lenti a contatto con gli occhiali, così era stato costretto a risfoderare una montatura che risaliva all'adolescenza e che aveva dimenticato nell'armadietto, anche perché non si adattava più perfettamente al suo naso.

Così era sceso nel sotterraneo senza occhiali.

Aveva aperto il lucchetto dell'armadio di metallo che fungeva da ripostiglio e in un primo momento non si era accorto di nulla. Era anche astigmatico, e di solito gli ci voleva un po' per mettere a fuoco le immagini. A un certo punto si era guardato intorno perché aveva udito degli scricchiolii. Non si sarebbe stupito se a un certo punto da qualche parte fosse spuntato un topo. Dell'igiene in clinica non ci si poteva lamentare, solo che là sotto era un po' diverso: chi puliva non si dava troppo da fare. La luce bianca dei neon si propagava in modo difforme nel labirinto di corridoi incrociati, creando zone d'ombra e spazi accecanti, e ogni volta che lui vi si inoltrava percepiva un'atmosfera vagamente sinistra.

Poi aveva visto la siringa, sopra la pila di asciugamani nel ripostiglio.

Sporca di sangue.

Era reduce da due lunghi anni di assistenza nella comunità di recupero che aveva ospitato suo fratello gemello. Il periodo più buio della sua vita.

Convincere quei ragazzi a smettere era stato come spingerli a lanciarsi nel vuoto senza paracadute. La droga era la loro corazza contro il demone dell'angoscia, il riparo dalla trappola della solitudine interiore, la reazione a un disagio che aveva radici lontane. Non c'era speranza, nel fondo dei loro occhi. Erano in pochi quelli che erano riusciti a restituire dignità a una vita che si era già persa.

Suo fratello non ce l'aveva fatta. E lui portava dentro di sé ogni giorno il peso di quella sconfitta. Non aveva combattuto abbastanza per salvarlo. O, perlomeno, non lo aveva fatto nel modo giusto. Si preoccupava che mangiasse, dormisse, prendesse le medicine... come aveva potuto essere così miope da non comprendere che la malattia non si annidava nel fisico?

Quando non era di turno in ospedale e dormiva a casa, gli capitava di svegliarsi nel cuore della notte madido di sudore. Rivedeva lo sguardo irrimediabilmente ferito di Sergio che lo implorava di lasciarlo andare.

Con un sospiro Giovanni si avvicinò alla siringa infilando i guanti chirurgici. Fu allora che si accorse del piumino rosso, appoggiato sul ripiano più basso del ripostiglio. Era impossibile che qualcuno lo avesse dimenticato lì, quello era un locale al quale soltanto il personale di servizio aveva accesso e conteneva soltanto materiale per i reparti. Ci voleva la chiave per aprire l'armadio. E poi era un ripostiglio, non un guardaroba.

Perlustrò con più attenzione i ripiani, spostò asciugamani, lenzuola, medicinali, ma non gli sembrò che ci fosse null'altro di irregolare. Ripose tutto come lo aveva trovato. Prese le garze e si ripromise, dopo l'iniezione al bambino, di ritornare giù con gli occhiali e fare un'ispezione più accurata. Richiuse rapidamente le ante dell'armadio, sistemò il lucchetto e risalì le scale di corsa, senza prendere l'ascensore.

Con lui erano stati molto chiari: qualsiasi anomalia avesse individuato, doveva subito mettersi in contatto con la dottoressa Palladino.

Da quello che gli aveva riferito Rossetti, Angelica aveva telefonato al padre dopo la denuncia della scomparsa. La chiamata era stata rintracciata a circa due chilometri dall'ospedale, insieme al cellulare della ragazzina che era stato poi trovato in un cassonetto.

Dunque, qualcuno l'aveva portata via dall'ospedale e si era sbarazzato del telefonino.

Il commissario De Vicari aveva perlustrato la stanza della ragazzina. Lo zaino di Angelica non c'era più e, se Giovanni non aveva capito male, anche i suoi effetti personali erano spariti con lei.

E se se ne fosse andata volontariamente? Ma, per quanto intraprendente potesse essere per la sua età, quell'ipotesi non gli sembrava verosimile, soprattutto in una serata piovosa come quella. E poi, per quale motivo avrebbe dovuto lasciare l'ospedale in quel modo?

Il piumino poteva essere la prova che Angelica era transitata attraverso la rete sotterranea dell'ospedale, anche se lui non sapeva se quella rete avesse uno sbocco all'esterno. Ma chi aveva preso con sé Angelica evidentemente ne era al corrente, o doveva aver studiato molto bene la mappa del sistema di gallerie sotto l'edificio.

E la siringa? Forse le era stato iniettato del calmante perché non facesse tante storie. Quella non era una ragazzina alla quale si potesse imporre qualcosa di cui non fosse convinta.

Allora perché il piumino era rimasto lì? Inutile scervellarsi. Non toccavano a lui le indagini. Semmai, quello che doveva fare era denunciare subito quello che aveva trovato.

Da tempo Giovanni aveva notato dei movimenti che non lo convincevano nel reparto, e aveva sentito cose spiacevoli, dicerie su chissà quali sperimentazioni che venivano portate avanti all'insaputa di tutti, eppure non ne aveva fatto parola con nessuno. D'altronde, erano solo illazioni. Non aveva prove concrete di nulla. Lavorava in quell'ospedale da poco più di un anno, per cui chi gli avrebbe creduto?

Ma da quando aveva udito quell'ultima conversazione nella sala dei medici, aveva aggiunto un altro motivo di inquietudine ai suoi sonni già tormentati. Ancora non si era deciso a confidare quello che aveva sentito ad anima viva.

Al diavolo se avesse perso quel lavoro! O se si fosse fatto dei nemici. Non era riuscito a salvare suo fratello. Non avrebbe ripetuto lo stesso errore con Angelica.

Doveva fare in fretta.

Quando raggiunse il quinto piano si precipitò in infermeria.

4. LA TRATTATIVA

I raggi del sole si divertivano nel corridoio, riflettendosi in obliquo sul parquet in rovere naturale. Quando Irene si affacciò alla sala riunioni, aprendosi un minuscolo varco nella parete scorrevole, Eva Cohen lanciò un'occhiata all'orologio a pendolo. Aveva intimato alla sua assistente di non disturbarla per nessun motivo e si chiese che cosa potesse esserci di tanto urgente da giustificare l'interruzione.

All'ordine del giorno c'erano i preliminari di una trattativa che avrebbe potuto portare alla vendita della casa editrice che lei aveva fondato e che ora era un marchio affermato nell'editoria italiana. Un ritornello che ripeteva a se stessa da una settimana. Senza riuscire a spiegarsi come si fosse giunti fino a quel punto.

Irene entrò in punta dei piedi e in un primo tempo fu così silenziosa che nessuno degli ospiti parve accorgersi della sua presenza. Ma in una manciata di secondi le sue lunghe gambe scure, rese più evidenti da décolleté rosse con i tacchi alti e una gonna che spuntava appena un palmo dalla giacca gessata, magnetizzarono gli sguardi maschili, anche perché come molte giovani donne di colore non portava ancora le calze, sebbene fosse ottobre inoltrato.

Irene si avvicinò a lei, chinò il busto trattenendo con una mano l'enorme massa di riccioli scuri che altrimenti si sarebbe sparsa sul tavolo e mormorò: – Vuole prendere la telefonata della signora Regina?

– Non abbiamo ancora finito – replicò Eva aspra. Ma era indecisa sul da farsi, perché era la terza volta che sua madre chiamava, quel giorno.

Eva aveva ceduto le redini dell'incontro a sua figlia e, benché fossero in completo disaccordo sulle decisioni da prendere, doveva ammettere che Micol se la stava cavando piuttosto bene. Il suo inglese era appropriato e, ogni tanto, infilava espressioni di gergo che doveva aver appreso negli anni in cui era vissuta a New York. Eva seguiva la conversazione, ma non era in grado di esprimersi con la scioltezza indispensabile in una situazione come quella, dove ogni parola andava soppesata con cautela perché poteva spostare l'ago della bilancia per un verso o per l'altro.

Per questo aveva investito la figlia del ruolo principale nella riunione, ma l'aveva affiancata a Cesare Martinelli, il direttore generale della casa editrice, che aveva vissuto all'estero per molti anni. Anche lui pareva a suo agio con gli ospiti. Persino *troppo* a suo agio, per i suoi gusti.

A Henry Valente era stato chiesto di partecipare, ma non di intervenire. Non l'aveva presa bene, Eva lo sapeva. Ma i confini dovevano essere delineati. Un direttore commerciale non entra in faccende che riguardano le strategie della proprietà, a maggior ragione se è uno incapace di tenere la lingua a freno.

Dall'altra parte del tavolo sedevano i rappresentanti di J. Walter Brooks, una multinazionale americana, e fu Nicholas Green, il loro vice presidente europeo, a illustrare nel corso della mattinata tutto quello di cui si occupavano nelle oltre cento sedi distribuite per il pianeta.

Micol fu colpita dal numero di personaggi famosi che raccontavano la loro esperienza nella galassia targata JWB. Facendosi aiutare da Greg Stone e Bob Hale, due giovani manager in camicia bianca con una sottile striscia di lana annodata intorno al colletto, Green aveva proiettato un filmato che passava in rassegna le loro attività.

– "Non c'è al mondo posto migliore per rendere reale tutto ciò che immagini" – diceva la scritta che scorreva sotto ciascuno dei loro volti con una colonna sonora che riprendeva il motivo di una delle più belle canzoni di Freddie Mercury.

– TV, radio, cinema, libri, giornali, musica, web, social, commercio elettronico, intrattenimento, turismo – recitava una voce fuori campo che accompagnava il susseguirsi delle immagini. – Non c'è ambito dell'industria culturale e dell'informazione nel quale il nostro Gruppo non abbia interessi.

Micol lanciò un'occhiata di sottecchi a sua madre.

– Stiamo lavorando nella logica della realtà aumentata – aggiunse Green, spiegando che erano in atto studi e prototipi con il 5G.

– E cosa significa in concreto? – La domanda di Eva non si fece attendere e Micol riconobbe la punta di sarcasmo nel tono della madre.

– La velocità di trasmissione di dati, grazie all'uso di tecnologie avanzate, apre illimitate prospettive…

– Può fare degli esempi? – lo interruppe Martinelli.

– Un chirurgo potrebbe consultare la cartella clinica di un paziente, nel corso di un intervento, senza doverlo interrompere, ma valutando più aspetti nello stesso momento. I pompieri potrebbero visualizzare, nell'atto di spegnere un incendio, la mappa di un edificio per cercare di portare in salvo le persone. I clienti di un supermercato potrebbero aver accesso, prima dell'acquisto, a informazioni utili sui prodotti alimentari presenti sullo scaffale: ingredienti, apporto energetico, ricette di grandi chef. Ecco perché parliamo di realtà aumentata.

Poi Green distribuì agli ospiti occhiali per una visione tridimensionale, quindi si collegò con la sede centrale di New York.

Carolyn McCall, la responsabile delle relazioni internazionali, diede il benvenuto agli amici italiani e li accompagnò in un tour virtuale – comodamente seduta in una capsula di cristallo a forma di navicella spaziale – nelle loro principali sedi nel mondo, sebbene da lei fossero le cinque di mattina e i fusi orari nei Paesi con i quali Green si era collegato fossero diversi. Lei stessa ironizzò sulla "levataccia" a cui era stata costretta, ma in JWB era così. Ognuno faceva la sua parte e, in questo caso, il piacere era di incontrare i nuovi potenziali partner italiani che Nicholas voleva far conoscere al Gruppo.

– Una presentazione di grande effetto – commentò Micol in un sussurro, temendo che qualcuno degli ospiti potesse comprendere l'italiano, non appena il proiettore fu spento. – Mi è sembrato di compierlo davvero, questo viaggio.

Eva si tolse gli occhiali e strizzò le palpebre per riabituarsi alla luce del giorno, quando furono riaperti gli antoni delle finestre.

– Tutto preconfezionato – ribatté con una smorfia in direzione della figlia. – Una noia mortale.

Poi Nicholas Green riprese il suo discorso, delineando le strategie commerciali in Europa, quindi parlò dell'editoria in Italia. Fatturati, pubblicità, vendite di libri e giornali, indici di gradimento, sembrava che la penisola non avesse segreti per lui.

– Quanti anni potrà avere? – chiese Micol all'orecchio della madre, mentre lui stava spiegando i motivi per i quali erano interessati alla loro casa editrice.

– È più giovane di quanto sembri – rispose Martinelli, che era seduto all'altro lato di Eva ed era riuscito a sentire. – Non farti ingannare dai capelli brizzolati.

Sua madre storse la bocca. – Guardate il suo sorriso.

Micol le indirizzò uno sguardo interrogativo.

Eva prese del tempo prima di aggiungere: – È fasullo.

Micol socchiuse le palpebre, appoggiò le mani sul tavolo in una posizione zen e inspirò come se fosse in alta montagna, alla ricerca di ossigeno per recuperare energie.

– Avete letto il libro *La fabbrica delle stelle*? – continuò Eva sottovoce.

– Dai, mamma – protestò Micol – potrebbero capire!

Ma Eva non appariva intenzionata a smettere. – Niente di originale. Tutto artificiale.

Micol fece schioccare a una a una le dita delle mani

– Volete la mia opinione? – sentenziò Eva con la voce un po' più alta del dovuto. – È la prova generale di una nuova serie di Netflix e noi siamo i loro primi spettatori.

Greg Stone, il più giovane dei manager, si alzò in piedi di scatto con una strana un'espressione sul viso.

Micol chiuse la bocca con una mano, temendo che potessero aver sentito la loro conversazione. Una vera e propria caduta di stile, oltre che una mancanza di rispetto. Avrebbero avuto tutte le ragioni per indignarsi e andarsene in malo modo.

Martinelli lanciò un'occhiata preoccupata a Eva.

Henry Valente dondolò sullo schienale della sedia a rotelle.

Irene, in piedi appoggiata al muro, fece un tentativo per sbloccare la situazione e chiese all'americano se desiderava ancora del caffè.

Stone farfugliò qualcosa di poco comprensibile in inglese, allentò il nodo della cravatta, poi comunicò all'uditorio che doveva andare in bagno. Con urgenza. Nell'uscire fece cadere a terra tutti i documenti che erano sul tavolo davanti a lui; doveva avere molta fretta, perché non si chinò neanche a raccoglierli ma si diresse spedito verso la porta, impugnando la maniglia quasi fosse un'ancora di salvataggio.

Micol dovette darsi dei pizzicotti per non scoppiare a ridere. Solo all'idea le venivano le lacrime agli occhi. Si concentrò sul blocco degli appunti come se si fosse ricordata improvvisamente di qualcosa di improrogabile, da annotare subito, perché non le sfuggisse di mente.

Green riprese la parola come se nulla fosse accaduto. Anzi, fece un commento sul meraviglioso clima di Milano: non se lo aspettava, anzi quando era partito l'avevano messo in guardia dalla vena di malinconia che induce la nebbia sulla pianura Padana in ottobre. Scorse le ultime immagini e pose fine alla presentazione.

Greg Stone non era ancora tornato dal bagno e Micol si chinò istintivamente a raccogliere i fogli che nella foga lui aveva fatto cadere. E si stupì che una parte dei testi fosse in caratteri cirillici.

Dopo pranzo era toccato a Micol presentare la loro società. Eva registrò il cambiamento di atmosfera. A colazione, tra pizze e focacce per ogni gusto, avevano chiacchierato del più e del meno e Irene, seguendo le sue indicazioni, aveva allietato l'inizio del pomeriggio con caffè e biscotti appena sfornati da una piccola pasticceria artigianale, situata di fronte al loro palazzo.

Greg Stone si era allentato il nodo della cravatta, Bob Hale rimboccato le maniche della camicia. Era una giornata così tiepida da sembrare primavera inoltrata.

Eva aveva fatto disporre sul tavolo i volumi pubblicati dalla casa editrice negli ultimi anni, tra cui diversi best seller. Le copertine facevano la loro bella figura, illuminate dall'inaspettato sole del primo pomeriggio e da faretti sapientemente posizionati in ogni angolo della stanza.

– I nostri libri entrano sempre in classifica – disse Micol ai rappresentanti di JWT. – Siamo un punto di riferimento nel dibattito culturale italiano. – Fece girare tra gli ospiti una rassegna stampa opportunamente tradotta in inglese. – I giornali parlano di noi, anche se al momento non ne possediamo nessuno.

La battuta fece sorridere Bob Stone.

Micol mostrò i risultati della ricerca dell'istituto Data Immagine che situava il loro marchio fra i primi cinque nella classifica della reputazione e autorevolezza nel mondo editoriale del Paese.

Quando Nicholas Green chiese a Micol dove avesse imparato così bene l'inglese, lei raccontò di aver vissuto a New York per diversi anni, ma omise che era stata sposata con un americano.

Per quanto l'esposizione di Micol fosse stata brillante, le dimensioni della loro casa editrice erano irrisorie, in rapporto al Gruppo rappresentato dai loro ospiti. Eva ne era consapevole, anche se in un'occasione come quella si dovevano porre le condizioni della vendita e una presentazione al rialzo rientrava nel gioco delle parti.

Eppure, c'era qualcosa che non la convinceva, in quella trattativa, e voleva scoprirlo prima che fosse troppo tardi.

Era la terza o quarta volta che sua madre la chiamava nel corso della giornata, doveva esserci un motivo serio. La riunione volgeva al termine, erano le cinque passate e una piccola sospensione avrebbe disteso gli animi di tutti. Eva chiese a Irene di passarle la telefonata di Regina.

Approfittando dell'interruzione, uno degli ospiti si alzò per sgranchirsi le gambe e risistemarsi la giacca, mentre Green sembrava particolarmente interessato a uno degli scomparti della biblioteca che tappezzava la sala riunioni.

– Si tratta di una delle più preziose raccolte sulla storia ebraica – spiegò Martinelli al capo degli americani. – Ci sono testi che risalgono al diciassettesimo secolo. – Il direttore generale estrasse con cautela uno dei volumi più antichi della collezione, aprendo una vetrina chiusa con la chiave.

Bob Hale gli domandò a quale epoca risalisse il Kilim che si estendeva sotto il tavolo di cristallo. Martinelli improvvisò una storia del tappeto e dei suoi passaggi di mano nel corso degli ultimi tre secoli, così fantasiosa che Eva dovette camminare molto in fretta, lungo il corridoio verso il suo ufficio, concentrando lo sguardo sulle liste centrali del parquet, per nascondere il suo sorriso.

Prima di rispondere a Regina, ingurgitò mezzo litro d'acqua tutto in una volta, direttamente dalla bottiglietta di plastica. Aveva dedicato la sua vita alla casa editrice, si era circondata di autori e intellettuali di prim'ordine, e aveva realizzato opere che avevano acceso il dibattito nel Paese. Non aveva alcuna intenzione di rinunciare a tutto questo per qualche spicciolo in più.

Micol si affacciò alla porta del suo studio, non appena lei ebbe terminato la telefonata con Regina. Neanche il tempo per digerire l'annuncio che sua madre aveva buttato lì, come se fosse la cosa più normale del mondo. Ma normale non lo era per niente!

– Mamma, posso entrare? – chiese sua figlia

Eva indicò a Micol la poltroncina di fronte alla scrivania. Ora doveva concentrarsi sulla trattativa.

Quella mattina Micol aveva curato particolarmente il suo aspetto per la riunione. Il tailleur bluette ne metteva in risalto gli occhi, di un azzurro trasparente, puro. Lo stesso colore di quelli di suo padre. Qualcosa di prezioso di cui sua figlia si era impossessata, senza averne il diritto. Quando Micol strizzava le palpebre per ridere o perché era corrucciata, lei ritrovava la mimica di Maurice. Lo sguardo dell'unico uomo che lei aveva amato ora la osservava attraverso un'altra finestra, quella di una giovane donna di trentasette anni. Che era altro da lei, e non era sua alleata.

Anche quella mattina non aveva trovato niente di meglio da dirle se non che la gonna era troppo attillata per la sua età. Si rendeva conto di ferirla e non capiva neanche lei quale meccanismo scattasse, ma l'aggressività con sua figlia entrava in azione come un pilota automatico.

Micol non dimostrava i suoi trentasette anni, eppure la sua bellezza non le aveva mai portato fortuna con gli uomini. Eva non capiva perché continuasse ad accompagnarsi con personaggi di dubbia statura, pseudo intellettuali che peraltro la facevano soffrire, come l'ultimo arrogante spacciatore di idee altrui che stava frequentando in quel periodo.

– Gli americani vorrebbero andarsene – disse Micol, sedendosi. – È meglio che ritorni in sala riunioni.

Eva non riuscì a trattenersi: – Micol, sai come la penso. Non sono per niente convinta della necessità di vendere.

– Mamma, ne abbiamo già discusso mille volte – la interruppe sua figlia. – Non è il momento più adatto per riaprire la questione.

– Si potrebbe cercare un partner – riprese lei senza ascoltarla. – Non abbiamo bisogno di cedere la maggioranza.

– Ah no? – Micol si rialzò in piedi, irrigidendosi. – E il denaro dove lo troviamo? – domandò in tono provocatorio. – I nostri progetti sono bloccati per mancanza di liquidità. Le banche non ci fanno più credito. Non possiamo più permetterci autori di un certo valore. – Si diresse verso la libreria, prese un libro a caso e lo sfogliò, poi lo rimise sullo scaffale. – Per non parlare degli investimenti sul web e in pubblicità. – Si voltò per fulminarla con gli occhi. – Vuoi che continui?

Eva si sporse indietro sullo schienale della sedia basculante. – Potremmo prendere del tempo, prima di decidere.

– Non sono tutti a nostra disposizione! – Micol alzò il volume della voce. – Occasioni come questa non capitano tutti i giorni. J. Walter Brooks è uno dei gruppi più importanti al mondo.

– Anche il nostro è un marchio di prestigio – replicò lei in un rigurgito d'orgoglio.

– Per questo sono venuti a cercarci – ribatté sua figlia. Prese una confezione di rotelle di liquirizia da un cassetto. – E ora ho anche capito meglio quali siano le loro intenzioni – disse srotolandone una.

– Anch'io – rimbalzò Eva. – Stanno cercando un punto di appoggio che si interconnetta alla loro rete planetaria.

– Trovi qualcosa di male, in questo? – Micol mise in bocca la stringa di liquirizia.

– Non capisci che se ne fregano dei libri? – gridò Eva.

– Mamma, proprio non ti entra nella testa, eh? – Micol allargò le braccia verso l'alto. – Siamo nel 2019! I libri rappresentano soltanto una piccola parte del business dell'informazione.

– Ricominci con questa litania? – Eva cominciò a dondolarsi avanti e indietro sulla sedia.

– Continuerò finché non capirai – replicò Micol, appoggiando una mano alla scrivania. – Oggi ci sono le serie televisive, i social network, il web, nonché migliaia di canali televisivi collegati in tempo reale con il mondo. – Si schiarì la voce. – Green ha parlato di realtà aumentata, di stampanti 3D, tanto per citare alcuni dei nuovi ambiti su cui il Gruppo sta lavorando. Ti rendi conto?

Lei non commentò.

– Ti è entrato nelle orecchie almeno quello che ha detto? – insistette Micol.

– Vedi che ho ragione? – Anche lei si alzò in piedi, come se in quel modo potesse fronteggiare meglio la figlia. – Non hanno interesse per i libri. Pensano di snaturare le nostre radici culturali. L'approfondimento è cosa diversa da un tweet. L'America è un Paese senza storia. Tutto il resto sono chiacchiere!

– Mamma, non ne posso più! Sono stereotipi. È come dire che gli ebrei sono tirchi, gli italiani mafiosi, i tedeschi nazisti – sbottò Micol. – Sono settimane che rifacciamo la stessa discussione. Siamo nell'era digitale. Il mondo è interconnesso. È cambiato il modo di scrivere le storie. E, comunque, non si raccontano più solo attraverso i libri. Ci sono canali diversi, ognuno con il suo valore.

– E allora?

– Noi non siamo neanche in grado di vendere i nostri libri dal sito – insistette Micol, in piedi di fronte a lei. – Sai quale sarà il nostro destino, se non sapremo cogliere questa occasione? – Puntò l'indice della mano destra verso l'alto. – Perderemo tutto, travolti da innovazioni che non siamo in grado di... – Ormai stava quasi urlando.

Eva le fece cenno di abbassare la voce. Ci mancava che qualcuno degli ospiti venisse a conoscenza delle loro divergenze!

Micol smise di colpo di parlare, accasciandosi esausta sulla poltroncina.

Nel frattempo, Irene era entrata nell'ufficio di Eva. – Gli americani se ne sono andati.

– Come, se ne sono andati? – domandò Eva, riavendosi di colpo dalla sorpresa.

Anche Cesare Martinelli si affacciò in quel momento nella stanza. – Posso entrare? – chiese, picchiettando sulla porta con le nocche delle dita; ma era una pura formalità perché era già dentro.

Dietro di lui c'era anche Henry Valente.

– Cos'è successo? – chiese Eva turbata, più che altro preoccupata all'idea che qualcuno potesse aver colto anche solo uno dei passaggi della litigata con la figlia.

Martinelli si lasciò andare sulla poltroncina di fianco a Micol. – Green ha ricevuto una telefonata da New York.

– E quindi? – incalzò Eva.

– La direzione generale della J. Walter Brooks ha convocato una conferenza con tutti i capi area del mondo, a quanto pare molto urgente.

Henry, che era rimasto in piedi appoggiato alla porta, precisò che quell'incontro virtuale era stato fissato per le diciannove, ora italiana.

Micol guardò l'orologio. – Cioè fra poco più di un'ora?

– Esatto. È per questo che se ne sono andati in fretta e furia – proseguì Cesare, raccontando che il collegamento avrebbe avuto luogo nella sala riunioni dell'hotel dove alloggiava Green, che era dotato di un mega schermo e di un apparato in grado di interconnettersi con ogni angolo del pianeta. – Si è scusato, ha chiesto di salutarvi e ci ha dato appuntamento per domani mattina alle nove.

Ma Valente forse aveva carpito qualche cosa in più dalla telefonata con gli americani. Fece qualche passo in avanti, verso la sua scrivania, con l'aria di chi si sta prendendo una rivincita.

Secondo lui, la situazione sarebbe cambiata. Eccome, se sarebbe cambiata! E lo pensava a ragion veduta, perché aveva udito distintamente Green parlare con gli americani. Era accanto a lui mentre il manager era al telefono.

– Si tratta di una svolta per il nostro Gruppo, un fatto di portata storica – aveva detto Nicholas al suo interlocutore. – Nulla sarà più come prima.

5. IL PADRE DI ANGELICA

Wen Li aveva dovuto alzare il bavero della giacca per ripararsi dalla corrente gelida che lo aveva investito mentre oltrepassava la vetrata scorrevole dell'ospedale. C'era un bel sole, il nubifragio della sera prima sembrava aver ripulito il cielo da ogni impurità, eppure lui sentiva freddo, nonostante il tizzone che gli ardeva nello stomaco dalle nove della sera prima.

Al telefono Angelica gli aveva detto di stare tranquillo. Che non c'era nulla da temere. Ma come poteva sentirsi tranquillo, se lei era scomparsa? Chi gli garantiva che non fosse in pericolo?

Aveva trascorso la notte a disseppellire il passato, nel disperato tentativo di afferrare un nesso che potesse ricondurlo alla sparizione della figlia. Ed era stato come affrontare un intervento senza anestesia. Aveva dovuto fare i conti con quella parte della vita che avrebbe voluto dimenticare una volta per tutte. Ma erano trascorsi più di dieci anni. La clandestinità era un capitolo chiuso. Possedeva un regolare passaporto, era un cittadino italiano a tutti gli effetti. E se un dannato incidente non gli avesse portato via Natasha, ora sarebbe stato l'uomo più felice al mondo.

No, la chiave di tutto non poteva trovarsi nei ricordi sepolti in un baule. Ma se anche fosse stato così, sarebbe stato disposto a riaprirlo e a mostrarne il contenuto alla Polizia. Qualcun altro, dall'esterno, forse avrebbe potuto farsi strada fra le tenebre che ora gli stavano obnubilando la mente. E rimettere insieme i fili di una matassa che lui non riusciva più a districare.

Quando dall'ospedale gli avevano comunicato che Angelica era inspiegabilmente sparita, avrebbe voluto correre in reparto. Ma Olivia aveva la febbre alta, così si era rassegnato, aveva portato con con sé la figlia piccola nel lettone, rinunciando a raggiungere quel luogo dove, forse, avrebbe potuto sentirsi più in contatto con la verità.

Proprio ora che il dottor Garavaglia aveva riacceso le sue speranze! Dopo due anni di calvario, Angelica sembrava aver avuto la meglio sulla malattia.

Poi era arrivato l'ispettore capo. Quell'incontro, invece di rassicurarlo, l'aveva turbato. L'indagine riguardo sua figlia era nelle mani di una donna molto giovane. Troppo giovane. Avrebbe avuto l'esperienza necessaria per negoziare con dei delinquenti? O più semplicemente per arrivare a capo della faccenda?

Scacciò dalla mente un altro brutto pensiero. L'ispettore era una ragazza piuttosto avvenente. Si augurò che non le fossero stati affidati quel ruolo e quel caso per motivi diversi dalla sua competenza professionale.

Sua moglie si materializzò nella sua mente tutto a un tratto, per redarguirlo anche solo per aver concepito un pensiero così ingiusto nei confronti dell'universo femminile. – Ragioni per stereotipi. – Era l'eco della sua voce. C'era del vero, non poteva non riconoscerlo. Svincolarsi dai pregiudizi era difficile se, come in questo caso, la posta in gioco non era un principio astratto, ma sua figlia. Avrebbe pensato la stessa cosa di fronte a un trentenne maschio, belloccio? Forse sì, o forse no. Comunque, era inutile fare un processo a se stesso. Non era lui l'imputato. Meglio attenersi a quello che stava accadendo.

Olivia si era addormentata sulla sua spalla, innocente creatura, ancora inconsapevole delle brutture del mondo. Se lui avesse acceso la luce per leggere, avrebbe turbato anche la notte della figlia. Non gli rimanevano che i suoi pensieri a fargli compagnia e quella notte non erano dei più allegri.

Per fortuna non aveva chiuso del tutto le tapparelle, i lampioni della strada restavano accesi fino alle prime luci del mattino e nella stanza sprigionavano un certo chiarore.

Aveva ricordato le parole di Confucio: – Le stelle sono buchi nel cielo da cui filtra la luce dell'infinito. – Così Wen aveva preso in mano la foto incorniciata della moglie e, come spesso accadeva nei momenti difficili, l'aveva osservata con intensità. Era convinto che Natasha fosse una stella perché la sua luce arrivava fino a lui. Bastava concentrarsi e lei gli si materializzava accanto. Talvolta gli sembrava perfino di sentire il suo profumo di gelsomino.

Ma quella sera l'immagine fra le sue dita era inerte, lo sguardo di Natasha non emetteva alcun segnale. Nessuna radiazione luminosa.

Era da solo a combattere con i suoi fantasmi.

Che fosse arrabbiata con lui?

Ma perché avrebbe dovuto esserlo?

Tutto ciò che lui stava facendo era frutto di decisioni comuni.

Dalle sei di mattina, Wen aveva cominciato a chiamare in ospedale ed era sempre stato Giovanni, uno degli infermieri più gentili della Pediatria, a rispondere. Non aveva mai perso la pazienza, nonostante le numerose telefonate, anzi, si era messo nei suoi panni, capiva quali ansie dovesse provare un padre in una circostanza del genere; poi, non sapendo più che cosa dire, gli aveva fissato un appuntamento con la direttrice sanitaria per le nove.

Al funerale di Natasha, le bambine strette accanto a lui, la bara completamente ricoperta di rose dalle sfumature chiare, aveva giurato a se stesso che non si sarebbe mai più risposato. C'erano stati troppi lutti nella sua vita. Troppi distacchi.

La morte del padre era stata annunciata dal telegiornale. La sua mente gli aveva inviato il fotogramma della madre che si accasciava sulla poltrona, mentre le immagini si susseguivano sullo schermo.

Quindi aveva ripensato all'ultima mattina in cui aveva baciato sua moglie. Una mattina come tutte le altre. Era molto presto e lei non aveva neanche salutato le figlie prima di uscire, per non svegliarle.

Il dolore rompeva gli argini di nuovo, come un acquazzone che fa straripare un fiume.

Le ferite ardevano ancora.

Wen si riempì i polmoni d'aria fino a scoppiare, contrasse i muscoli del petto. Doveva resistere.

Aveva già avuto modo di conoscere la dottoressa Palladino, quando a sua figlia era stata diagnosticata la leucemia. L'oncologo gli aveva proposto di inserirla in un protocollo di ricerca che stava studiando proprio il suo particolare tipo di malattia. Un'opportunità per Angelica, che in quel modo sarebbe stata continuamente monitorata. Lui all'inizio si era mostrato scettico e per dare il suo assenso alla sperimentazione non si era accontentato delle spiegazioni ufficiali, così l'avevano spedito dalla direttrice sanitaria. Ma questo risaliva a due anni prima. Da allora, non aveva più avuto contatti con lei.

C'era più movimento del solito, nell'atrio dell'ospedale, o forse era lui che quella mattina si sentiva smarrito? Veniva ogni giorno a trovare sua figlia e, sebbene fosse un uomo riservato, con qualche persona aveva stretto amicizia e c'erano dei parenti di bimbi ricoverati da tempo con i quali scambiava volentieri due chiacchiere. Era un modo come un altro per alimentare la speranza. Ricordare la vita che c'era stata e sognare insieme un futuro di cui non si era per nulla certi. Un giorno o l'altro sarebbero usciti da quel vicolo cieco.

– Buongiorno, signor Li – gli venne incontro il responsabile del servizio telecamere di sicurezza, stranamente ancora operativo a quell'ora. – Ho saputo di Angelica – disse.

Lui annuì.

– Una cosa del genere non è mai accaduta, in questo ospedale. Io lavoro qui da più di trent'anni – aggiunse l'uomo. – Lei non può immaginare quanto mi dispiaccia.

Dunque non c'erano novità. Se ce ne fossero state, Gino sarebbe stato uno dei primi a saperlo. Dal suo piccolo ufficio, dietro il banco delle informazioni, insieme al suo staff, teneva sotto controllo 24 ore su 24 – attraverso un'enorme quantità di monitor, non sapeva neanche lui quanti fossero – quello che succedeva nei punti strategici del complesso ospedaliero.

– Una bambina sveglia come Angelica se la caverà – proseguì il responsabile. – Sono sicuro che la ritroveranno.

– Lei crede?

– La polizia è in pianta stabile qui da ieri sera.

Come se questo fosse una garanzia, pensò Wen, ma evitò di esternarlo. – Grazie, signor Gino, dell'incoraggiamento – disse invece. – Ne ho proprio bisogno. A proposito, a che piano posso trovare la dottoressa Palladino?

Il tecnico lo informò che la direzione sanitaria non si trovava in quell'edificio, ma in una palazzina distaccata, alla quale si accedeva dal cortile, e gli diede delle indicazioni precise per arrivarci. – È un po' più nascosta per ragioni di sicurezza.

E per dimostragli quanto la questione gli stesse a cuore, chiamò direttamente Amalia, la segretaria della Palladino, avvertendola che il papà di Angelica era in arrivo e che, caso mai si fosse perso, avrebbe dovuto andargli incontro.

– Buongiorno, signor Li. – Amalia lo accolse all'ascensore con un sorriso caloroso. – Venga con me. – Si diresse verso gli uffici della Direzione. – Desidera qualcosa da bere? – gli chiese subito dopo, indicandogli la sala d'attesa. Appoggiò la cartelletta che aveva in mano per riordinarsi i capelli con una pinza. Esitò, forse voleva aggiungere qualcos'altro, ma si trattenne.

– Grazie, sto bene così. – Wen Li si sedette su un divano di velluto azzurro, si tolse la giacca e l'appese all'attaccapanni. La sala d'attesa era arredata con gusto, c'erano anche dei quadri che gli parvero, a una prima occhiata, di un certo valore. Un ambiente ospitale, molto diverso da quello asettico della clinica. Lui amava la pittura, ma ora non era nello spirito giusto per occuparsi di nient'altro che del motivo per cui era stato convocato.

– Siamo così preoccupati per Angelica! – esclamò la segretaria.

– Immagino. – Lui non incrociò il suo sguardo. Ma subito dopo aggiunse: – Pensandoci bene, un caffè lo prenderei volentieri, grazie. – Non se la sentiva di continuare la conversazione. Era forse difficile da capire per qualcun altro, se ne rendeva conto. Non aveva nessuna intenzione di essere scortese, ma ogni parola sull'argomento era una punta di coltello nella carne viva. Sua figlia era sparita da dodici ore e nessuno sapeva dirgli dove fosse finita. Lui era lì per parlare di lei, certo, ma solo nella speranza che la ritrovassero. Possibilmente sana e salva. Angelica non era per lui un tema di conversazione come un altro, almeno non in quel momento.

– Ma certo. – Lei non insistette, anzi, gli sorrise affettuosa e si avviò verso la macchinetta delle bevande.

Wen Li prese una rivista a caso dal tavolino e cominciò a sfogliarla, ma non avrebbe saputo dire di che cosa trattasse, se qualcuno glielo avesse chiesto. Una parte del suo sguardo era immobilizzata sul display del cellulare. Non lo aveva mai fissato così tanto in vita sua. Ma non c'erano nuovi messaggi, né telefonate. Controllò di nuovo l'ora: era in anticipo di una ventina di minuti.

– Sarà ricevuto tra poco – sembrò leggergli nel pensiero Amalia, porgendogli un bicchierino di plastica su un piatto di ceramica, sul quale aveva appoggiato anche un cioccolatino a forma di cuore. Tornò velocemente alla sua postazione perché il telefono fisso aveva preso a squillare.

– Sì, dottoressa, è arrivato. Lo faccio entrare? – Agganciò la cornetta. – Signor Li, se vuole seguirmi.

Lui appoggiò la rivista, riprese la giacca e seguì la segretaria nell'ufficio della Palladino.

La dottoressa non era da sola: di fronte a lei c'era un uomo che sembrava il protagonista di un romanzo di Tolstoj, o forse un cantante d'opera. Impossibile non fare caso al suo aspetto, aveva qualcosa di tragicomico nell'espressione del viso. Le sue dimensioni erano notevoli, ma erano probabilmente i baffi che lo rendevano bizzarro. Pareva afflitto, e al tempo stesso aveva l'aria di uno che sotto sotto si stava divertendo.

La direttrice glielo presentò come il commissario incaricato delle indagini.

Wen Li gli strinse la mano, poi si accomodò nella poltroncina accanto a lui, emettendo in cuor suo un sospiro di sollievo. L'ispettore non era sola a condurre le indagini e dipendeva gerarchicamente da qualcuno di maggiore esperienza. – Spero che lei possa darmi qualche spiegazione su ciò che è accaduto in ospedale – chiese.

Fu la Palladino a rispondere: – Mi creda, stiamo facendo il possibile...

Wen Li la interruppe, ma il suo sguardo era rivolto al commissario: – Dunque non sapete ancora dove sia mia figlia.

De Vicari si arricciò le punte dei baffi.

– State pensando a un rapimento? – chiese Wen Li.

– Rapimento? – ripeté la direttrice.

Lui si accorse che De Vicari aveva lanciato un'occhiata di fuoco alla Palladino, tuttavia rispose lo stesso alla domanda della donna: – Ho avuto tutta la notte per pensarci, e ho cercato di farmi delle domande.

– E cosa si è risposto, signor Li? – continuò imperterrita la Palladino.

– Non riesco a capire il motivo per cui potrebbero aver rapito mia figlia. – Si tolse gli occhiali e li strofinò con un fazzoletto di carta che aveva nella tasca della giacca. – Ho pensato a un riscatto, ma io non sono un uomo facoltoso. Di solito si informano, prima. Non è vero, commissario?

De Vicari annuì e poi chiese: – Le è venuto in mente qualcos'altro?

– Angelica mi ha richiamato ieri sera alle sette per chiedermi come stava Olivia. Ecco, non sembrava per nulla spaventata. Tant'è che ero convinto che fosse ancora nel suo letto. Anche ripensandoci, alla luce di quanto poi è accaduto, non ho avuto neanche per un attimo la sensazione che ci fosse qualche problema. Non ho sentito nessun rumore.

– Continui, signor Li – lo esortò la Palladino, alzandosi dalla scrivania.

– Forse è stata portata in un appartamento – azzardò, abbassando leggermente il volume della voce, quasi temesse lui stesso le implicazioni di quella affermazione.

Nessuno dei suoi interlocutori commentò e Wen alzò lo sguardo verso la direttrice. Si era un po' arrotondata, dall'unica volta in cui l'aveva incontrata: era una donna dalle forme prosperose, ma emanava sensualità in ogni movimento. – Quando ha richiamato, verso le otto e mezza, mi ha chiesto se ero ancora disposto a tutto per lei.

– Cosa significa? – La direttrice parve sorpresa.

De Vicari sembrò sul punto di sbottare, ma si controllò. – Dottoressa, credo sia venuto il momento di lasciare le redini. – Esibì un sorriso forzato che si vedeva a malapena sotto i lunghi baffi. – Le indagini le conduco io.

Lei tornò alla scrivania e Wen intuì il suo disappunto.

Il commissario tornò a rivolgersi a lui, chiedendogli che significato avesse attribuito alla richiesta della figlia.

Wen raccontò che si trattava di un gioco tra di loro. Da quando sua moglie era mancata, le bambine erano preoccupate di perdere anche il padre. Lui cercava di rassicurarle, ma sembrava che le conferme non bastassero mai. Poi Angelica si era inventata una situazione paradossale: – Papà, tu ci sarai anche se me ne andrò su Marte? – E lui aveva detto che anche in quel caso ci sarebbe stato. Da quel momento era iniziata una sorta di competizione tra le sorelle. La gara consisteva nell'immaginare circostanze impossibili, in ognuna delle quali volevano che lui confermasse il loro amore sempre e comunque.

Ora il commissario era in piedi. Wen Li ebbe l'impressione che se De Vicari avesse alzato il braccio, avrebbe toccato il soffitto. Ma era impossibile, stava esagerando. Lui era seduto e lo vedeva più alto di quello che era. La direttrice, vicino al commissario, appariva piccola, sebbene portasse i tacchi piuttosto alti.

– Dunque sta dicendo che se Angelica fosse stata rapita – insistette De Vicari, tornando a sedersi – lei avrebbe avvertito almeno un'ombra di paura nella sua voce?

– Sta insinuando che se n'è andata di sua volontà? – intervenne di nuovo la Palladino.

– Non so cosa pensare – rispose Wen. – Forse non proprio di sua volontà e sicuramente non da sola. Ma non pareva avesse una pistola puntata alla tempia.

– Perché allora il cellulare è stato buttato in un cassonetto? – domandò De Vicari.

– Questo è strano. Non è da lei. Conosce il valore del denaro. E poi ha faticato per ottenerlo.

– In che senso? – gli chiese il commissario.

– Ero contrario a regalarle un cellulare. È una preadolescente. Comporta dei rischi, ma alla fine ho ceduto perché mia figlia era spesso in ospedale. Tutto sommato era una garanzia anche per me, poterla rintracciare in qualsiasi momento. Quando Angelica tornava a casa, nei periodi in cui la terapia glielo consentiva, la portavo in libreria, nella mia libreria intendo dire.

– Lei ha una libreria, signor Li? – domandò De Vicari.

– Sì, mia moglie e io l'abbiamo... l'avevamo rilevata tre anni fa, nella zona di Porta Venezia, da un vecchio che non ce la faceva più a gestirla da solo. L'avvio non è stato privo di ostacoli.

– Per quale motivo?

– Nel quartiere, e non solo, c'è stata molta ostilità nei nostri confronti. Un po' lo capisco. Il signor Olmo era un'istituzione, l'Odissea una storica libreria milanese e io sono un cinese. – Si fermò qualche istante per tamponare, con il fazzoletto di carta, il sudore sulla fronte. – Ma ci terrei a raccontarle qualcosa di più della mia storia. Non perché desideri parlare di me, io sono una persona piuttosto schiva. Solo, vorrei che lei mi aiutasse a capire se ci può essere un nesso tra le mie vicissitudini e la sparizione di Angelica.

E fu così che, per la prima volta da quando era arrivato in Italia, Wen Li raccontò a qualcuno – un commissario di polizia e una direttrice sanitaria – della sua fuga dalla Cina e della vita da quando era arrivato a Milano, prima come clandestino, poi come esule politico. Tutti i documenti che provavano quello che stava dicendo erano rinchiusi in un baule nel suo solaio. Non omise niente. Neanche il fatto che i contatti con la rete clandestina dei dissidenti al governo cinese fossero pressoché quotidiani.

– Perché non gli ha fatto cenno al piumino ritrovato? – chiese la Palladino al commissario, riaccomodandosi sulla sua poltrona non appena il padre di Angelica ebbe lasciato la stanza.

De Vicari sembrò inalberarsi. – Dottoressa, così non andiamo da nessuna parte. – Si diresse verso la finestra, quindi tornò sui suoi passi. – Lei ha già tentato più volte di intromettersi nel colloquio.

– Ma come si permette?

– Mi faccia finire!

Il timbro della sua voce era così naturalmente alto che lei temette che Amalia irrompesse nell'ufficio, immaginando qualcosa di sgradevole.

– Le indagini le conduco io, è chiaro?

Lei annuì e al tempo stesso gli fece segno di abbassare la voce, quindi svitò il tappo azzurro della bottiglia di plastica e mandò giù dell'acqua, senza usare il bicchiere e senza offrirgliene neanche un po'. – Nessuno lo mette in dubbio, ma... – Non terminò la frase.

Il direttore generale dell'ospedale era a Seattle. Come dire, dall'altra parte del mondo. C'era un forum internazionale sulle istituzioni sanitarie, proprio quella settimana. L'aveva informato della sparizione di Angelica e lui aveva detto che avrebbe cercato di tornare il prima possibile, ma la città americana non era proprio dietro l'angolo.

Anche il capo del legale era a Seattle e questo non era un male. Con lui non andava d'accordo e, per fortuna, c'era Augusto che le suggeriva come gestire quel rapporto così complicato.

Se la notizia fosse trapelata all'esterno, non avrebbe saputo come gestire la situazione. La responsabilità di quello che stava accadendo ora gravava tutta sulle sue spalle. Ci mancava anche una divergenza con il commissario.

– È evidente il motivo per cui non gli ho voluto parlare del ritrovamento del piumino – riprese De Vicari.

Lei gli lanciò un'occhiata mansueta.

– Lo sapevamo già che apparteneva alla bambina.

– Quindi?

– A cosa sarebbe servito? – Il commissario si slacciò il primo bottone della giacca. – L'avrebbe messo in agitazione. – Fece una pausa. – Ha idea di quello che ci ha raccontato?

– Forse ha ragione.

– Io ho sempre ragione. – Per la prima volta, i baffi spioventi del commissario lasciarono intravedere i suoi denti bianchi. – Non tocca a me spiegarle come si conducono le indagini. Né io verrò a sindacare con lei su cosa ci faceva una siringa nell'armadio di un sotterraneo, visto che è stato appurato che non c'è nessuna relazione tra la siringa e la sparizione di Angelica.

Lei gonfiò i muscoli della mascella. – Cosa sta insinuando?

– Che deve sbrogliarsela con i suoi, per la siringa! Come vede, non mi immischio nelle faccende dell'ospedale. Rientrano nel suo ambito di competenza.

Lei allargò le braccia. – Grazie tante.

De Vicari riprese a camminare avanti e indietro, gli occhi rivolti al pavimento. – Anche se in questo ospedale c'è qualcuno che vuole farle sapere che fa uso di droga e, chissà, magari anche la spaccia.

– Ma se ha appena detto che la siringa non ha nulla a che vedere con la sparizione di Angelica!

– Appunto, allora patti chiari. – Il commissario si arrestò al centro di una piastrella e puntò un dito verso l'alto. – Ognuno rientri nel suo ruolo.

– D'accordo. – Lei si rinfilò la scarpa con il tacco alto con la quale stava giocherellando sotto la scrivania. – Mi è concesso chiederle che impressione le ha fatto il padre di Angelica?

De Vicari mise una mano in tasca e tirò fuori una scatoletta di mentine. – Dovrò verificare le informazioni – disse. Le offrì una caramella, ma lei preferì non accettare. – Wen Li mi è sembrato sincero, seriamente preoccupato per la figlia. Bisogna verificare se possa esserci un nesso tra la rete dei dissidenti e la sparizione della ragazzina.

– Forse qualcuno lo sta minacciando.

– Non andrei subito alle conclusioni. Lui è un intellettuale, non è assimilabile alla media dei cinesi di Paolo Sarpi.

– Cosa significa?

– Per lui dovrò fare delle indagini particolari, ma ho i miei canali.

La Palladino si alzò per sistemare i quadri sulla parete di fronte alla scrivania. Le toccava farlo ogni giorno. Gli addetti alla pulizia venivano a spolverare, ma non si preoccupavano di riallinearli e li lasciavano sempre storti.

Il commissario si avvicinò a lei. – È molto bello questo dipinto – disse indicandone uno accanto alla finestra. – Ricorda Guttuso.

– *È* un Guttuso.

De Vicari mise le mani sui fianchi. – Quasi quasi vengo a lavorare in quest'ospedale! – esclamò ridacchiando sotto i baffi. – Lo stipendio dev'essere niente male.

Lei fece una smorfia. – È proprio un impertinente, lo sa? – sbottò, allontanandosi da lui. Si sedette di nuovo alla scrivania e strinse i pugni per evitare di perdere la pazienza. – Mi giustifico soltanto perché lei è un ufficiale di polizia, non vorrei ingenerare equivoci in una circostanza già di per sé complicata. Mio padre era un collezionista. Sono cresciuta tra i quadri. È morto giovane e queste tele sono quello che mi resta di lui. Le basta?

Il commissario assunse un atteggiamento contrito. – Le porgo le mie scuse – disse. – A volte mi faccio prendere la mano.

Lei lo lasciò nel suo brodo per un po', prima di rispondere: – Scuse accettate.

De Vicari sedette di nuovo di fronte a lei. – In ogni caso, la sua collezione è magnifica, complimenti.

– Grazie.

– Non è rischioso lasciare tutto qui?

– Questo è il posto più controllato del mondo. – Mostrò la sua dentatura perfettamente regolare. – È in funzione un allarme ventiquattro ore su ventiquattro, collegato con la polizia.

Il commissario fece il segno di OK con le dita della mano destra. – Ora torniamo al nostro dovere.

– C'è una cosa che non mi convince nel racconto di Wen – lo fermò lei.

– Cioè?

Lei appoggiò i gomiti sul tavolo e congiunse le mani in una posizione di preghiera. – Forse non rientra nelle mie prerogative.

De Vicari accennò a un sorriso. Ma era protetto dai baffi. – Prerogativa concessa.

– Lui ha rilevato una delle storiche librerie milanesi. L'Odissea. Una delle più importanti in città. In una zona centrale.

– Continui.

– È arrivato in Italia nel 2003, fuggendo dalla Cina, attraverso il Vietnam. Ed è vissuto prima a Hanoi, poi a Londra, sempre come clandestino. A Londra ha conosciuto una ragazza russa, Natasha. Si è innamorato di lei. Hanno avuto una figlia, Olivia. Angelica, invece, era figlia di lei.

– Venga al dunque, dottoressa. – Con la mano De Vicari le fece cenno di stringere. – Questo ce l'ha appena raccontato lui.

– La moglie era ricca?

De Vicari replicò: – Lei insegnava russo, lui traduceva libri, tutti lavori poco remunerativi.

Lei accennò a un sorriso. – Dunque dove hanno trovato i soldi per rilevare la libreria?

6. L'ESTRANEO

Un giovanotto con la casacca verde a mezze maniche, completamente rasato fino all'altezza delle orecchie e con una criniera sul cocuzzolo, la mascella quadrata e il naso schiacciato da qualche pugno di troppo, mise la testa nell'ufficio di Amalia. – Devo parlare urgentemente con la dottoressa Palladino – dichiarò, senza perdere tempo a presentarsi.

– È occupata – replicò lei, riportando lo sguardo sullo schermo. – Non riceve se non su appuntamento.

– Non l'ha avvisata la Galluzzi? – insistette il ragazzo, avanzando di qualche passo verso la scrivania. – Io lavoro in Chirurgia.

– E allora?

La finestra era aperta, dalla strada arrivava il fastidioso rumore di una trivella e il giovane dovette alzare la voce per farsi sentire. – Se mi dà un minuto le spiego. – Si rimboccò le maniche del camice, come se nella stanza facesse molto caldo, lasciando intravedere un vistoso tatuaggio sul braccio sinistro. – Ieri sera ho visto Angelica, prima di tornare a casa...

Ci mancò poco che Amalia cadesse dalla sedia basculante, tanta fu l'energia che mise nel balzare in piedi. – E perché non l'hai detto subito? – disse, passando al tu informale tra colleghi.

Lui fece una piccola smorfia. – Sono arrivato in reparto qualche minuto fa, in anticipo sul turno di mezzogiorno, e mi hanno informato solo ora della sparizione della ragazzina.

– Non ho capito il tuo nome. – Lo squadrò dalla testa ai piedi.

– Raffaele Scuteri – si presentò lui, facendo il gesto di mettersi sull'attenti.

Amalia gli chiese cosa avesse visto la sera prima. Il collega non aveva un aspetto rassicurante, ma quello che stava dicendo poteva essere di importanza cruciale per le indagini. Intuì che quello era uno dei momenti in cui bisogna saper prendere la palla al balzo, senza però fare delle scelte avventate.

Gli fece segno con la mano di aspettarla un attimo. – Vuoi un caffè? – gli chiese prima di lasciare la stanza. Era una proposta che le veniva in automatico, indipendentemente dalla situazione e dalla persona alla quale rivolgeva la domanda, come se rientrasse in un suo preciso mansionario.

Raffaele fece di no con la testa.

Per una notizia del genere avrebbe potuto disturbare la Palladino, che era nella situazione ideale per parlarne, visto che era in riunione con il commissario. Ma a quell'incontro c'era anche il padre di Angelica, e lei non era in grado di valutare le reazioni dell'uomo di fronte a un'informazione del genere.

Le venne un'idea migliore, ma doveva valutare l'attendibilità della fonte.

Si recò in sala riunioni e chiuse la porta, facendo ben attenzione che non ci fosse nessuno in giro, poi chiamò sul cellulare Eleonora, un'impiegata della Chirurgia, ma soprattutto una persona di cui si fidava, e le chiese qualche informazione su Raffaele Scuteri.

– Non farti ingannare dai tatuaggi e da quel suo strano modo di presentarsi – replicò senza esitazioni l'amica – è una persona a posto, se può dà sempre una mano. – Scuteri lavorava in ospedale da cinque anni, tre dei quali in Chirurgia come portantino, andava d'accordo con tutti e non risparmiava mai le sue energie.

A quel punto Amalia si recò nella saletta degli ospiti. Per una fortunata coincidenza, l'ispettore capo Iolanda Svevo era lì in attesa del commissario. Amalia si stupì di trovarla in contemplazione dei quadri della Palladino. Stava addirittura prendendo degli appunti su un bloc notes. La collezione della direttrice era di pregio, ma, per un motivo o un altro, chi si recava in quel luogo non era nello spirito più adatto per occuparsi d'arte.

– Dottoressa Svevo, il commissario è ancora occupato – le disse – ma credo ci sia una persona che lei dovrebbe incontrare subito.

Iolanda chiuse il taccuino e lo ripose nella borsa. – Per via dell'indagine?

Amalia le rivelò ciò che Raffaele le aveva raccontato e aggiunse che aveva preso qualche informazione su di lui, perché il suo aspetto non induceva alle migliori considerazioni.

La Svevo sfilò il piumino leggero appeso all'attaccapanni, ma Amalia la fermò.

– Non si scomodi, dottoressa, accompagnerò io il ragazzo qui.

Amalia tornò nel suo ufficio. – Raffaele, siamo fortunati: mentre attendiamo che si liberi la dottoressa Palladino potrai riferire quello che hai visto all'ispettore capo Svevo.

Il ragazzo fece una smorfia di disappunto. – Vuoi dire alla polizia?

– Qualcosa in contrario?

Raffaele fece di no con il capo, ma la sua sicurezza sembrò vacillare di colpo.

– Sono l'ispettore capo Iolanda Svevo – si presentò Iolanda porgendogli la mano, non appena il giovane entrò nella saletta. – Con chi ho il piacere di parlare?

– Raffaele Scuteri – replicò lui rispondendo alla stretta, ma senza incrociare i suoi occhi. – Sono un portantino, lavoro in Chirurgia.

Lei si sedette su un divanetto e lo invitò a fare altrettanto.

– Amalia mi ha detto che lei ha incontrato Angelica, ieri sera.

– Sì, ma avrei preferito parlarne con la direttrice sanitaria. – Tamburellò con un piede. – Io devo avere un'approvazione. Come lei sa, lo stipendio lo ricevo dall'ospedale e...

Iolanda lo interruppe. – Capisco la sua cautela, Raffaele, ma non è la dottoressa Palladino a condurre le indagini.

Il portantino si alzò in piedi e cominciò a percorrere la saletta avanti e indietro. – Tanto vale che la facciamo fuori subito, allora – disse. Si sedette di nuovo. – Non ho niente in contrario a un colloquio con la polizia. – Emise un respiro profondo. – Ma lei lo deve sapere, prima di cominciare.

– Devo sapere cosa?

Scuteri non le rispose subito. anzi cominciò a battere uno contro l'altro i palmi delle mani. – Che mio fratello è in car-ce-re – disse sillabando l'ultima parola con un tono un po' più alto della voce.

– Cosa c'entra suo fratello? – gli chiese Iolanda.

Il giovane si indicò il naso con l'indice della mano destra. – Lo vede questo? Il mio setto è rotto in più punti. – Guardò la propria immagine riflessa nella porta a vetri.

Lei lo lasciò continuare.

– Ho preso un sacco di cazzotti, ispettore. E non solo dallo spacciatore che stava cercando mio fratello. Anche due dei suoi colleghi non sono andati per il sottile. Volevano sapere dove fosse la refurtiva.

– Di che cosa è accusato suo fratello?

– In realtà è stato giudicato colpevole. – Il ragazzo infilò entrambe le mani nel ciuffo di capelli sulla testa, come se si vergognasse di quello che stava per dire. – Rapina a mano armata, ed è un puro caso se non ha ucciso qualcuno.

– Si calmi – lo bloccò Iolanda. – Non ha motivo di preoccuparsi. In ospedale mi hanno dato delle ottime referenze su di lei.

Il volto di Raffaele si illuminò di colpo, come se qualcuno avesse acceso un suo interruttore interno. Alzò lo sguardo dalle piastrelle del pavimento. – Davvero?

Lei gli appoggiò una mano sulla spalla. – Di suo fratello io non sapevo niente e, se devo essere sincera, non me ne importa nulla.

Raffaele riprese a respirare regolarmente, come se fino a quel momento fosse stato in apnea. – Allora vengo al dunque. – Sorrise. – Non le faccio perdere altro tempo. – Si mise ancora a posto il ciuffo. – Ieri sera, mentre stavo tornando a casa, ho intravisto Angelica su una carrozzina al piano della Chirurgia.

– E non lo ha trovato strano?

– No, perché? Tenga conto che io non sapevo che fosse scomparsa. Ho accompagnato io stesso più volte Angelica a fare degli esami in Radiologia.

– Dunque, lei la conosce?

– Sì, certo, e infatti lei mi ha salutato con la mano, mentre stava entrando nell'ascensore.

Iolanda cercò di mettere a fuoco la situazione. – Che ore erano?

– Non ricordo esattamente, ma... mi ci faccia pensare... sarà stato qualche minuto prima delle sette.

– Dove stava andando Angelica?

– Non ne ho idea. Ma aveva con sé un piumino rosso, ecco perché ho immaginato che la stessero portando in Radiologia a fare degli esami. Nei sotterranei fa molto freddo.

– Conosce anche l'operatore che la stava trasportando?

Scuteri fece di no con la testa.

– Non è un collega?

– Immagino di sì, ma non credo rientri nell'organico. Anche in questo caso non ho pensato a nulla di anomalo. C'è una cooperativa che invia del personale quando ci sono delle sostituzioni da fare.

– Quale cooperativa? – domandò lei.

– Non lo so, di questo deve parlare con la caposala.

– Saprebbe riconoscere quell'uomo?

– Non ne sono sicuro. Non ho fatto attenzione. E chi poteva immaginare? Però, ora che ci penso, era scuro di carnagione. Ma non era di colore.

– Poteva essere un indiano?

– Non mi sembra. Nel mio caseggiato ce ne sono diversi.

– Un arabo?

– Un arabo forse sì. Ma sarebbe anche potuto essere un uomo del sud Italia.

Iolanda si alzò in piedi. Poteva essere una pista. – Bene, Ora cercheremo di farne un identikit. – Non c'era tempo da perdere

– Sono a disposizione.

– Un'ultima cosa, Raffaele. Non condivida con altri il nostro colloquio.

Il portantino si strinse nelle spalle. – È la caposala che mi ha mandato qui, non appena sono arrivato in ospedale. – Si sistemò di nuovo il ciuffo. – Quando ritornerò in reparto mi farà delle domande. Anche i colleghi vorranno sapere. Sono tutti preoccupati per quello che è accaduto alla ragazza.

– Racconti che Amalia le ha fissato un colloquio con la dottoressa Palladino, ma che non l'ha ancora incontrata.

– D'accordo. – Il ragazzo fece per andarsene, ma lei lo richiamò.
– Posso chiederle il significato del suo tatuaggio?
– Il punto e virgola?
Iolanda annuì.
– È il simbolo della forza interiore.
– E cosa rappresenta per lei?
– Nella mia vita ho rischiato più volte di perdere il controllo e anche la fiducia in me stesso. Be', mi sono fatto tatuare un promemoria. Per ricordarmi di non mollare. La forza per andare avanti la dovevo trovare in me stesso, e non nelle pasticche che vendeva mio fratello.

7. UN NUOVO MESSAGGIO PER WEN LI

Quella mattina la piscina era semi deserta, e Giovanni non aveva incontrato nessuno dei frequentatori abituali. Si frizionò i riccioli bagnati con un asciugamano di spugna blu, la faccia riflessa nello specchio dello spogliatoio. I suoi occhi erano fessure cerchiate da un alone scuro, gli avrebbero dovuto iniettare dell'adrenalina allo stato puro per sollevarlo dal senso di spossatezza che provava.

Quando si infilò il giaccone, decise di tornare in ospedale prima di recarsi all'appuntamento, sperando di ricevere qualche notizia positiva.

Nei giorni prima della sua scomparsa aveva avuto l'impressione che Angelica fosse turbata. Lui non aveva studiato psicologia, eppure era in grado di percepire l'inquietudine di una persona, anche a distanza. Non c'era bisogno di guardarla. Come un termometro misura la febbre, i suoi sensori emotivi registravano la sofferenza.

Aveva cercato di sondare lo stato d'animo della ragazzina, ma lei era stata evasiva. D'altronde, lui non era un parente né un amico e non poteva permettersi di essere incalzante senza apparire inopportuno. Avrebbe dovuto mettersi in contatto con il padre, o con qualcun altro in ospedale, ma non lo aveva fatto, bloccato com'era sempre dal timore di sbagliare.

Proprio la sera prima della sparizione, gli era parso che Angelica si fosse decisa a togliere la maschera, ma lui era stato risucchiato da un'emergenza in pronto soccorso e, quando era risalito nella sua camera, la piccola stava già dormendo.

Attraversò la porta a vetri e andò verso l'ufficio informazioni della hall: sentiva il bisogno di scambiare qualche impressione con Gino su ciò che stava accadendo. Se la bambina era stata portata via da qualcuno attraverso il sistema sotterraneo dell'ospedale, perché le telecamere di sorveglianza non avevano registrato nulla?

Da lontano intravide la dottoressa Svevo. Ebbe l'impressione di essere stato catapultato in uno sceneggiato televisivo, perché non aveva mai visto un ispettore di polizia così attraente, se non sul piccolo schermo. Anche lei si stava dirigendo verso il banco della reception, così Giovanni decise di lasciar perdere, per il momento, si sarebbe fatto aggiornare più tardi; adesso avrebbe fatto meglio ad affrettarsi per non arrivare in ritardo all'appuntamento.

Si diresse verso la fermata dei mezzi pubblici, accelerando il passo perché il suo autobus era in arrivo. Si accorse che anche Wen Li stava salendo sul mezzo. Il padre di Angelica trovò un posto e gli fece cenno di avvicinarsi.

– Buongiorno – lo salutò Giovanni, accomodandosi nel sedile accanto. Non poteva dire di conoscerlo bene, lo aveva incrociato solo qualche volta nel reparto, eppure provava un senso di gratitudine nei suoi confronti.

Ogni settimana, il cinese portava alla figlia dei libri nuovi da leggere. Libri che Angelica puntualmente prestava a Giovanni per avere qualcuno con cui parlarne. Era sempre interessante, anche perché lei gli riportava, oltre al suo giudizio, anche quello del padre, e poi lui approfondiva l'argomento per conto suo, soprattutto online.

Sotto la guida di Wen Li si era avvicinato ai classici della letteratura, ma di questo il padre di Angelica non era al corrente.

L'autobus frenò di colpo per evitare di andare addosso a una moto che stava correndo contromano.

Nello stesso istante, il cellulare del cinese emise un bip. Il segnale di un messaggio.

Come se Wen Li non aspettasse che quel momento, infilò la mano nella tasca della giacca e Giovanni si accorse che le sue dita stavano tremando.

Angelica gli aveva raccontato che il nonno, il padre di Wen Li, insegnava all'Università di Pechino ed era stato un rappresentante autorevole della cultura cinese. Forse per questo era morto nel massacro di piazza Tienanmen.

Quando la ragazzina gli aveva accennato a quell'episodio, Giovanni aveva intuito che fosse collegato a dei fatti storici importanti e si era sentito a disagio per la propria ignoranza. Non appena era rientrato a casa, aveva interrogato Google: la tragedia era accaduta nel 1989, quando lui aveva solo due anni.

Wen afferrò il cellulare e cominciò a leggere, come ipnotizzato dal display. Due gocce spuntarono senza controllo dai suoi occhiali senza montatura.

– Mi scusi – disse, come se mostrare commozione in modo esplicito risultasse inappropriato. Prese un fazzoletto di carta e si asciugò gli angoli degli occhi. Poi si volse verso di lui. – La prego, mi dica sinceramente cosa ne pensa. – Gli porse il cellulare.

Giovanni riaccese lo schermo. Il messaggio era firmato da Angelica, eppure il numero da cui proveniva la chiamata risultava sconosciuto. *Sto bene, papà, non preoccuparti, ma ti prego di non cercarmi. Sarà meglio per tutti. Mi farò viva io non appena sarà possibile. Angelica.*

Seguivano due frasi in lingue a lui sconosciute, precedute da un P.S.

Wen gliele tradusse. La prima era in russo, la lingua della madre: – Non perderti mai d'animo neanche di fronte all'impossibile. – L'altra in cinese: – Dappertutto le nuvole erranti nascondono il cielo. – Due modi di dire, spiegò, che ricorrevano nella loro famiglia. La seconda frase era tratta da un verso di Li Po. Wen, inaspettatamente, sorrise, pur continuando a fissare un punto indefinito oltre il finestrino, mentre rifletteva ad alta voce. Solo Angelica poteva essere l'autrice di quelle citazioni, commentò.

Giovanni pensò che il testo nascondesse più di un interrogativo, ma si guardò bene dal condividere le sue preoccupazioni. Anzi, scelse con cura le parole, prima di esprimersi, sperando di riuscire a trasmettere a Li un briciolo di speranza: – Non credo ci siano dubbi sul fatto che il messaggio sia stato scritto da sua figlia. – Non volle andare oltre. – La mia opinione non è importante, però. – Gli appoggiò una mano sulla spalla. – Se fossi in lei tornerei dalla dottoressa Palladino o forse, ancora meglio, andrei in Questura.

Wen Li si scosse dallo stato di choc. Annuì più volte, come se lui lo avesse convinto, poi si alzò e si diresse verso l'uscita dell'autobus.

– Volevo ringraziarla – disse voltandosi di nuovo verso di lui.

– E di cosa,?

– Del tempo che ha dedicato a mia figlia al di fuori dell'orario di lavoro. Angelica era contenta di commentare i libri con lei.

Giovanni lo seguì con lo sguardo finché Li non intercettò un taxi per la strada. Qualche fermata dopo scese anche lui. Camminò ancora per qualche minuto, frastornato dai fatti che si stavano susseguendo apparentemente senza logica. Un puzzle che non riusciva a ricomporre nella sua mente. Troppe cose non gli tornavano.

8. DUE CHIACCHIERE NELLA VILLETTA DI AUGUSTO

Controllò il numero civico sul foglietto su cui si era appuntato l'indirizzo. Il nome dell'avvocato non si trovava sul citofono del palazzo a cui sembrava corrispondere il numero, ma era inciso sulla targhetta in ottone di una villa lì accanto. La casa era circondata da un giardino all'interno del quale si intravedevano una sedia a dondolo, gerani rossi ancora fioriti e alberi da frutto. Riconobbe un fico, un pero e poi c'erano dei limoni.

Un minuscolo angolo di paradiso, o almeno così Giovanni si immaginava il paradiso. Suonò il campanello. Fu un cucciolo di golden retriever color miele chiaro a sgusciare dal portone per primo. Conosceva bene quella razza perché il portiere dell'istituto dove aveva trascorso la sua vita fino alla maggiore età li allevava, e qualcuno lo vendeva per arrotondare lo stipendio. La direzione chiudeva un occhio, i cuccioli piacevano tanto ai bambini e quel luogo non offriva che un campo da calcio malandato, circondato da qualche aiuola spelacchiata.

Un attimo dopo, spuntò anche una giovane donna in jeans e scarpe da ginnastica. – Noce, vieni qui! – gridò. – È pericoloso, può passare una macchina! – Ma il cane era già dall'altra parte della strada. La ragazza si accorse della presenza di Giovanni solo quando riuscì a riagguantare il cane. – Sta cercando qualcuno?

– Ho un appuntamento con l'avvocato Altieri – rispose lui. – Sono Giovanni Esposito, l'infermiere.

– Ah sì, so chi è lei – annuì la giovane. – L'avvocato è un po' in ritardo. – Lo invitò a entrare, facendolo accomodare nello studio.

– Desidera un caffè? – gli chiese. – O preferisce una spremuta?

– Una spremuta, grazie – rispose lui con una disinvoltura che non si riconosceva, come se fosse naturale per lui essere ricevuto in un ambiente come quello e, per di più, servito da qualcuno.

Quella casa gli ricordava un piccolo museo che aveva visitato con la scuola, insieme al fratello, molti anni prima. Appoggiato a una parete c'era un dipinto, incorniciato in oro, di un'elegante signora bionda, i capelli raccolti in uno chignon, gli orecchini di perle alle orecchie. Ci pensò per la prima volta in quel momento: era così che immaginava la moglie dell'avvocato da giovane, anche se lui non gliene aveva mai parlato.

Aveva incontrato Altieri per la prima volta quando aveva dovuto sbrogliarsela con un genitore che accusava il reparto pediatrico di aver falsificato delle analisi. L'avvocato, prima di mettere a punto una strategia legale, era andato a fondo alla questione per comprendere che cosa si celasse dietro l'aggressività di quell'uomo. E aveva avuto ragione. Quei fogli sancivano una diagnosi senza appello per un bambino di dieci anni. Che era il figlio del tizio in questione.

A quel punto Altieri si era rivolto alla Palladino e, con l'autorevolezza dei suoi anni, si era permesso di dirle che erano i medici ad aver agito con leggerezza. Per quanto tragica fosse la realtà – anzi, proprio perché la realtà era così tragica – il personale sanitario avrebbe dovuto trovare un modo più umano per comunicare con il genitore. Il dolore altera lo stato emotivo e va preso in seria considerazione, alla stessa stregua di come si affronta la malattia. Nella sostanza, aveva ribaltato sull'ospedale una parte delle responsabilità dell'accaduto.

Squillò il telefono. – L'avvocato sarà qui fra un quarto d'ora – gridò la ragazza dal corridoio. – Io le sto preparando la spremuta.

In quello studio si respirava un silenzio molto diverso da quello che lui percepiva nel suo monolocale, all'ottavo piano di un palazzo a fianco della tangenziale. E non erano la ricchezza del contesto o il traffico, a fare la differenza. Non poteva lamentarsi del rumore perché nel suo appartamento i doppi vetri erano sufficientemente isolanti. Le macchine che vedeva transitare sulla strada a sei corsie, come su un nastro scorrevole, non lo disturbavano affatto, anzi, gli facevano compagnia.

Era la qualità del silenzio che era diversa.

Lui che aveva dovuto conviverci sin da piccolo, nell'istituto dove era cresciuto, aveva imparato a distinguere tra silenzio e silenzio. Ci aveva pensato così tanto che avrebbe potuto scrivere un trattato sull'argomento.

Il silenzio poteva essere molto doloroso, bruciare fino a toglierti il fiato, ed estirpare ogni speranza. Ma c'era anche un altro tipo di silenzio, caldo e avvolgente, che proveniva dalla pace interiore e del quale soltanto pochi avevano il privilegio di beneficiare. Si augurava che suo fratello, ora che se n'era andato, fosse finalmente approdato a quest'oasi di serenità.

Due persone che stavano insieme potevano raggiungere l'apice della felicità senza dirsi una parola. Per contro, nella sua ancora non lunga vita, lui aveva dovuto fare i conti con un mutismo carico di rabbia e di rancore che poteva uccidere tanto quanto una grave malattia.

E poi, esisteva il silenzio vuoto dell'indifferenza. Quello, forse, era il peggiore di tutti, perché privava di significato ogni cosa. Lui aveva provato soprattutto questo tipo di silenzio, nell'istituto dove era vissuto con il suo gemello.

Nella villetta di Altieri il silenzio che si respirava era di tutt'altra natura, proveniva da un pianeta sul quale lui non era mai approdato.

– Le ho messo un po' di zucchero, le prime arance sono piuttosto aspre. – La ragazza gli porse la bibita in un bicchiere di vetro colorato, appoggiato su un piattino d'argento.

Giovanni cercò la naturalezza di prima. – Grazie, è molto gentile. – Poi le chiese: – È qui da molto tempo?

Lei fece un cenno di assenso con la testa. – Mia madre lavorava già per la signora. Lei, invece, dev'essere l'infermiere di cui mi ha parlato l'avvocato, una persona della quale ci si può fidare.

Giovanni, che non era abituato ai complimenti, arrossì di colpo e non trovò una frase appropriata per rispondere.

– Ah, guardi, lo sento, sta arrivando. Vado ad aprire la porta.

Lui non aveva sentito un bel niente. All'elenco dei silenzi ora avrebbe potuto aggiungere il silenzio della presenza. Si può avvertire la presenza di una persona che ci è familiare anche se non fa alcun rumore? Immaginava di sì.

– Ciao, Noce – lo sentì dire per prima cosa. – È arrivato Giovanni?

Entrò nello studio senza attendere la risposta, richiudendosi la porta alle spalle per non fare entrare il cane.

– Giovanni, sono mortificato per il ritardo. – Gli strinse la mano e si tolse il cappotto e il cappello.

– Buongiorno, avvocato – rispose lui, un po' in soggezione.

– Vengo dall'ospedale – esordì Altieri. – Sono stato convocato d'urgenza in direzione. – Si sedette alla scrivania, appoggiò la cartella per terra.

Giovanni era in piedi di fronte a lui.

– Accomodati, prego. – Gli indicò la poltrona. – Carla ti ha offerto qualcosa?

Lui fece sì con la testa.

– Il padre di Angelica stava tornando a casa quando ha ricevuto un altro messaggio da sua figlia.

Giovanni non commentò e Altieri gli raccontò quello che sapeva già. L'avvocato gli stava riferendo informazioni riservate. Il che confermava la fiducia che riponeva in lui. Non ci era abituato e ancora non comprendeva a quali implicazioni avrebbe potuto portare un sentimento del genere, ma ne era contento. Allora gli raccontò dell'incontro in autobus, giustificando il suo silenzio con il fatto che non era sicuro stessero parlando dello stesso episodio.

– Non sono riuscito neanche a fare colazione – disse d'un tratto Altieri. – Cosa ne dici di uno spuntino, per farmi compagnia?

Giovanni si rese conto solo allora che i muscoli delle sue mani erano serrati come se si stessero preparando a sferrare un pugno. Doveva rilassarsi. Non aveva nulla da temere da quell'uomo.

L'avvocato chiese a Carla di preparare due sandwich e del caffè.

– Allora, Giovanni, raccontami il motivo della visita – riprese Altieri. – O preferisci che prima mettiamo qualcosa sotto i denti?

– No, ora sono pronto – ribatté lui. – E mi dispiace di non averle parlato prima.

– Di che si tratta?

– Mi riferisco alla sperimentazione dei farmaci in ospedale.

L'avvocato lo stava ascoltando con attenzione.

– Di sperimentazioni in un ospedale se ne fanno tutti i giorni. Ma ho sentito una conversazione che mi ha allarmato – rivelò Giovanni. – Avvocato, io non sono il tipo che origlia. È che con il nostro lavoro siamo autorizzati a entrare, anzi, dobbiamo farlo, dovunque il servizio lo richieda.

– Tranquillo, partiamo dal presupposto che ci sia stima tra di noi – replicò Altieri. – Dunque, cosa hai sentito?

– La prima volta hanno discusso di farmaci non autorizzati da testare sui bambini.

– Cosa intendi per non autorizzati?

– Che non hanno ancora avuto l'approvazione dell'Agenzia del farmaco, o comunque del Comitato di Bioetica dell'ospedale.

– La sperimentazione su quali bambini?

– Quelli affetti da malattie gravi, come per esempio la leucemia – rispose Giovanni. Poi aggiunse, precisando che questa era una sua deduzione, una conseguenza logica del loro ragionamento: – Visto che quei bambini sono destinati a morire, che importanza può avere se si verificano degli effetti indesiderati?

– Angelica è malata di leucemia?

Lui assentì.

– Procediamo con ordine. Chi erano i protagonisti della conversazione?

Carla spalancò la porta senza preavviso per portare il vassoio con bevande e cibo. – È lui, vero? L'infermiere di cui mi ha parlato?

Noce irruppe nella stanza e si diresse immediatamente verso Giovanni, agitando la coda con l'intenzione di giocare.

– Sì, Carla. Dopo il nostro colloquio potrai riferirgli del tuo problema. Ma adesso abbiamo bisogno di essere lasciati soli. – Il cane gli saltò addosso e afferrò il suo cappello. – Porta Noce con te, per cortesia, se no non riusciamo a parlare in pace.

– Adoro gli animali! – si lasciò scappare Giovanni.

– Anch'io – concordò Altieri. – E se una domenica avrò l'onore di averti come ospite, magari a pranzo, te lo lascerò tutto per te. Ma questo è una forza della natura. Se non lo tengo d'occhio, mi smonta lo studio in quattro e quattr'otto.

Il telefono squillò. – Rispondo io – disse Altieri anticipando Carla. – Regina, anch'io volevo chiamarti – disse l'ex magistrato al telefono. – Ci sono state delle novità in ospedale, ma adesso sono con una persona ed è meglio se ci risentiamo più tardi.

Giovanni intuì che l'avvocato stava parlando con l'altra "anziana" volontaria del reparto. Una signora già molto avanti con gli anni ma con una vitalità straordinaria e un sorriso contagioso che comunicava senza bisogno delle parole.

– Vuole che esca? – gli chiese sottovoce.

Altieri fece no con la mano e concluse rapidamente la telefonata. Fu sul punto di riprendere la conversazione con Giovanni, ma il telefono squillò ancora.

– Mi perdoni di nuovo.

Giovanni gli fece segno di non preoccuparsi.

– Ancora lei, commissario! – esordì l'avvocato. – È vero, è già mezz'ora che non ci sentiamo, ma qualcuno potrebbe anche pensare male...

– Altieri, non faccia lo spiritoso, ho bisogno di parlarle.

Giovanni distinse nitidamente la voce di De Vicari all'apparecchio. Un curioso personaggio, il commissario. Un ufficiale di polizia con il timbro da baritono e la fisionomia da cantante d'opera. A lui piaceva la lirica. Era uno dei pochi ricordi buoni dell'istituto. A Natale trasmettevano *Il flauto magico* per intero e lui e suo fratello erano gli unici bambini che lo ascoltavano dall'inizio alla fine. Gino gli aveva raccontato che il commissario era molto ben considerato in Polizia e che era una fortuna che fosse stato incaricato lui di ritrovare Angelica.

– Quando?

– Il prima possibile.

Altieri sembrò rassegnarsi. – D'accordo, la raggiungo tra poco. – Spense il telefono. – Giovanni, devo andare in Questura. – Si alzò, appoggiandosi una mano sulla schiena come se avesse bisogno di un sostegno. – Perché non mi accompagni? Credo che tu abbia delle cose piuttosto urgenti da comunicare.

– Vuole che parli con il dottor De Vicari?

– Direi di no, almeno non ancora. Preferisco prima farmi un'idea io.

Giovanni tirò il fiato, ma non fece commenti ad alta voce. Non era pronto per un interrogatorio formale con la polizia. Aveva già avuto modo di fare due chiacchiere con un agente la sera prima in ospedale. Si era sentito con le spalle al muro, anche se non aveva nulla da nascondere.

Ma gli premeva parlare con l'avvocato. Con lui non si sentiva giudicato. Né temeva un trabocchetto. Aveva in mente di fare una sua piccola indagine dall'interno del reparto e Altieri avrebbe potuto dargli qualche suggerimento.

9. L'INTERVISTA A MICOL

"Inventarsi un marchio e avere successo in Cina."

Micol fu colpita dal titolo di copertina di un settimanale che recensiva un libro che negli USA aveva venduto mezzo milione di copie. Gli autori erano due giovani italiani che avevano sfondato nella terra della Grande Muraglia inventandosi una *griffe* di abbigliamento, non commercializzata nel nostro Paese, e promuovendola attraverso Alibaba, la Amazon cinese.

Micol aveva letto il libro e chiesto a Henry Valente di negoziarne i diritti d'autore per l'Italia, ma lui non se n'era occupato. E non era la prima volta che non teneva conto delle sue indicazioni.

Un altro tema spinoso che doveva affrontare con sua madre: la loro casa editrice ora aveva assunto dimensioni tali da giustificare dei ruoli precisi. Bisognava chiarire una volta per tutte a chi spettavano le decisioni.

Valente mise la testa nel suo ufficio. – È arrivato il giornalista.

La settimana prima avevano avuto un'ennesima discussione, e nel pomeriggio aveva litigato con sua madre; di conflitti per il momento ne aveva abbastanza. Del libro americano avrebbero riparlato in un'altra occasione.

Al suo ritorno da New York, Micol era ancora troppo giovane per prendere le redini della casa editrice e sua madre aveva delegato a Henry una parte delle responsabilità editoriali. Ma ora lei si era fatta le ossa, aveva lavorato per due diversi editori americani e dato prova della sua maturità professionale.

Valente sapeva vendere, questo glielo riconosceva, ma non individuare i titoli da pubblicare. D'altronde, erano due mestieri diversi. E anche se lui non voleva mollare, sarebbe stato logico che sua madre passasse a lei determinate consegne. Per il bene della casa editrice e perché era un giusto riconoscimento ai risultati che era riuscita a ottenere con il suo lavoro. O, forse, era proprio questo il punto: sua madre non aveva nessuna intenzione di riconoscerle un bel niente.

Il rapporto con Eva non era mai lineare e quello che a un altro sarebbe sembrato ovvio con lei si trasformava in una discussione.

Da quando suo padre era morto, poi, lei aveva sfoderato gli artigli, come se ogni giorno dovesse combattere una battaglia per la sopravvivenza.

Henry Valente non smussava gli angoli, anzi, sembrava godere nel riattizzare la polemica tra di loro, perché era anche lui forgiato della stessa pasta.

Micol chiuse i file aperti sullo schermo, prima di andare a ricevere il suo ospite.

Lorenzo Degli Antoni si accomodò sulla poltroncina di pelle nera di fronte alla scrivania e tirò fuori dalla borsa che aveva con sé un blocco per appunti. Per prima cosa ostentò il biglietto da visita del suo giornale, appoggiandolo sul piano del tavolo come se questo fosse di per sé sufficiente a giustificare i tre quarti d'ora di ritardo. Poi ne estrasse un altro, ma questa volta era un suo biglietto personale.

– Le dispiace se registro? – chiese appoggiando il cellulare sulla scrivania.

Micol fece un cenno di assenso.

– Farò anche qualche ripresa con l'iPad.

Lei non obiettò e lui tirò fuori un piccolo cavalletto sul quale sistemò il tablet.

– Ho preferito venire di persona, anziché parlarle per telefono – tenne a specificare – perché, come saprà, io gestisco un blog molto seguito e pubblicherò l'intervista anche sul mio sito.

– Il suo giornale ne è al corrente?

– Ovvio.

D'un tratto Micol si sorprese a pensare che il capo degli americani non era affatto male. Come faceva di nome? Nicholas… Nicholas Green. Purtroppo, però, si era accorta che sulla sua mano sinistra luccicava una fede.

– Vorrei iniziare con la nuova collana… – attaccò il giornalista.

– Quale collana? – lo interruppe Micol.

– La schiavitù nel Terzo millennio. Oppure ho avuto informazioni sbagliate? – Si aggiustò gli occhialini tondi sulla punta del naso.

Lei attese qualche istante prima di rispondere. – È corretto.

– Dunque sono il primo a saperlo?

Micol non rispose alla domanda. – Siamo interessati a tematiche sociali, non è una novità per la nostra casa editrice. – Si domandò se il ragazzo che aveva di fronte stesse cercando di somigliare ad Antonio Gramsci. O se gli somigliasse punto e basta. Aveva la sua stessa fisionomia, ma il taglio dei capelli e il panciotto sembravano modellati sull'iconografia dell'epoca.

– In particolare? – chiese Degli Antoni.

Micol sentì il bisogno di provocarlo. – Vorremmo liberare il mondo dalla schiavitù. – Un'affermazione velleitaria, persino ridicola, almeno posta in questi termini.

Lui abboccò. – Wow, un grande proposito! – Storse la bocca di lato.

Micol non aggiunse altro, anzi, perlustrò le profondità dei suoi occhi.

Lui dovette rendersi conto di aver fatto un commento fuori luogo. – E come? – chiese, assumendo una postura più professionale.

– Con l'informazione. La tratta degli esseri umani non riguarda il passato. Esiste ancora oggi in tutto il mondo, persino in Paesi sviluppati come gli Stati Uniti, la Francia e l'Italia.

– Vuole spiegarsi meglio? – C'era una punta di supponenza nel suo modo di fare le domande e Micol pensò che, se un ragazzo così giovane lavorava nel primo quotidiano nazionale, non lo doveva certo a medaglie conquistate sul campo.

– Le scarpe che lei indossa o il tappeto di questa stanza potrebbero essere stati realizzati da schiavi pakistani o caraibici. Schiavi adulti e, soprattutto, schiavi bambini. – Prese in mano una biro come se fosse utile a sottolineare le sue affermazioni. – La sua camicia o la mia – che ci siamo vantati di aver comprato a un prezzo eccezionale in una catena di negozi alla moda – perché costano così poco?

– Il lavoro non è stato pagato.

– Appunto. Sono state realizzate da schiavi.

– Cosa intende per schiavi? – chiese Degli Antoni, controllando che il telefonino e il tablet fossero in funzione.

– Persone costrette da una povertà assoluta a lavorare senza essere pagate, in cambio della pura sopravvivenza. – Micol si alzò per accendere un'altra luce: detestava gli ambienti in penombra. – Ma quella del lavoro è solo una delle forme possibili di schiavitù.

– E quali sono le altre?

– Prostituzione e pedofilia. Nel mondo c'è un boom di reti criminali che guadagnano con lo sfruttamento di donne e bambini. Una parte dei giovani viene destinata alla compravendita di organi.

– Come entrano in contatto compratori e venditori?

– Nel dark web si vendono reni come pullover, ma si possono comprare illegalmente anche cuori e altre parti del corpo che presuppongono la morte della persona.

Degli Antoni si versò un po' d'acqua dalla bottiglia.

– La tratta degli esseri umani non riguarda solo le cattive condizioni di lavoro – riprese Micol. – La schiavitù è il furto della vita stessa.

Il giornalista annotò qualcosa sul blocco per appunti. – Di che numeri stiamo parlando?

– Più di quaranta milioni di persone ridotte in schiavitù nel mondo, secondo i dati ONU. Ma le organizzazioni umanitarie che lavorano sul campo stimano siano circa duecento milioni.

– Duecento milioni?

Micol annuì. – La tratta degli esseri umani è documentata in 175 nazioni. Lo stesso Papa Bergoglio ha convocato in Vaticano esponenti di diverse religioni per firmare una dichiarazione congiunta contro la moderna schiavitù.

Un'ondata di vento spalancò i vetri socchiusi, alcuni fogli volarono via dalla scrivania. Micol si alzò per andare a chiudere la finestra.

Degli Antoni la aiutò a raccogliere le carte che si erano sparse sul tappeto.

– Lei prima faceva dell'ironia – proseguì Micol tornando alla scrivania – ma il numero degli schiavi di oggi supera di gran lunga quello del XVI e del XVII secolo, quando la schiavitù era legale.

– Perché sono così tanti, oggi?

– L'aumento della povertà è un vantaggio per coloro che sfruttano gli esseri umani. Il modo più efficiente per aumentare i profitti è ridurre il costo del lavoro. Gli schiavi non costano niente...

Il trillo del telefonino. Micol frugò nella borsa e per un istante si augurò che fosse Alex, che non si faceva vivo da più di un mese. Lo aveva cercato diverse volte, ma lui non rispondeva né alle sue telefonate né ai messaggi. Si scusò con il giornalista con un cenno della mano.

– Mamma.

– Ciao, Viola, dimmi.

– Non venirmi a prendere alle prove del coro. Tornerò a casa con i genitori di Benjamin.

– Va bene, cara – disse. – Allora ci vediamo più tardi.

Fece per chiudere la comunicazione, ma sua figlia stava ancora parlando. – Lo sapevi che nonna Regina si risposa?

– Da chi hai avuto questa preziosa informazione?

Sua figlia pareva eccitatissima. – Dalla nonna! Mi ha chiamato lei stessa per...

– D'accordo, Viola, mi racconterai tutto più tardi – disse. – Ora sono con un giornalista.

Micol si risistemò il nastro della coda di cavallo. La nonna aveva appena compiuto settantanove anni. Chissà se sua madre ne era al corrente?

Doveva riconcentrarsi sull'intervista.

Prese una caramella dalla ciotola d'argento che poi porse al suo interlocutore, ma lui rifiutò. – Dove eravamo rimasti?

– Mi stava accennando a numeri impressionanti.

– Le faccio un esempio che ci riguarda da vicino. La raccolta dei pomodori nel nostro Sud. Gli immigrati africani prendono venti euro per dodici ore al giorno di lavoro.

– Meno di due euro all'ora.

– Con venti euro devono mangiare, pagare un tetto sotto cui vivere, estinguere il debito con chi li ha fatti emigrare.

– Non ce la faranno mai.

– In compenso, le società che producono sughi raggiungono utili straordinari.

Di nuovo il cellulare. Micol si sentì a disagio. – Chi è? – chiese girando istintivamente la sedia girevole verso la finestra.

– Posso parlare con Micol...? – Rumori di fondo disturbavano la linea. – Sono Nicholas Green, ci siamo incontrati oggi.

Micol non seppe perché, ma si sentì avvampare. Lui stava parlando in italiano.

– Mi sono permesso di chiamare – disse – perché volevo incontrarla. – Come faceva l'americano della JWB ad avere il suo numero personale, riservato alle sole persone della famiglia?

– C'è qualcosa che desidera chiarire? – Fu la prima cosa che le venne da dire, più che altro per vincere l'imbarazzo.

Green doveva essere in un locale pubblico o stava camminando nel frastuono di una strada trafficata, fatto sta che Micol non udì la sua risposta.

– Posso invitarla a cena domani sera? – chiese invece, alzando la voce perché lei potesse udire con chiarezza la sua proposta.

Micol fissò il portatile come se l'apparecchio potesse contenere una spiegazione a quell'inatteso invito. Si impose di moderare le reazioni, visto che nella stanza c'era un'altra persona che, nella fattispecie, era anche un giornalista.

– È ancora in linea? – chiese Green.

– Sì – rispose lei senza aggiungere altro.

– Non la sento.

– D'accordo – rispose infine Micol.

Disse a se stessa che non aveva niente da perdere dall'incontro. Anzi, avrebbe potuto sapere di più sugli americani. Anche se in quello stesso istante le balenarono chiaramente le implicazioni di una proposta del genere.

– Ok. I'll call you tomorrow afternoon. La chiamo domani nel pomeriggio, per concordare l'ora e il luogo dell'appuntamento – concluse lui, mettendo fine alla telefonata.

Già – pensò Micol – non mi chiamerà domani mattina perché saremo in una riunione che coinvolgerà tutti. E la cosa deve rimanere riservata.

Spense il portatile e lo ripose nella borsa, prima di girarsi di nuovo verso il giornalista.

Non fece in tempo a sistemarsi sullo schienale che il telefono squillò di nuovo, ma questa volta non era il suo.

– Mi dispiace – si scusò a sua volta il suo ospite. – Devo prendere assolutamente la chiamata.

A lei parve di cogliere un'ombra di inquietudine sul volto di Degli Antoni.
– Ah, finalmente! – Ruotò il busto su un lato, piegandosi in avanti per cercare una maggiore privacy.

Micol finse di guardare nei cassetti della scrivania.

– Davvero non è niente? – E poi ancora: – Ne sei sicuro?

La persona all'altro capo del filo doveva essere un uomo e parlava in modo concitato.

– Hai fatto bene a chiamarmi.

Non poteva esserne certa, ma Micol ebbe l'impressione che il giornalista fosse addirittura commosso. Lui lasciò che il suo interlocutore continuasse ancora per qualche minuto, poi lo interruppe. – Perdonami ma sto facendo un'intervista. Ci vediamo questa sera tardi, come al solito.

– Mi deve scusare – si giustificò non appena chiuse la telefonata – ma ero veramente preoccupato.

Micol si domandò se fosse più educato chiedere qualcosa, a rischio di apparire indiscreta, oppure lasciare cadere. Optò per una formula intermedia che consentiva una via d'uscita. – Ora è più tranquillo?

– Grazie, sì. – Degli Antoni socchiuse gli occhi per qualche istante, poi l'emotività prese il sopravvento. – Mio padre ha ritirato gli esami.

– Tutto bene, allora? – chiese Micol.

– Sì, ed è per questo che sono arrivato in ritardo – si giustificò, come se a questo punto sentisse il bisogno di liberarsi da un peso. – Ero in ospedale. Non ho potuto aspettare l'esito. Avevo l'appuntamento con lei, poi c'è stato quel brutto incidente sulla tangenziale e...

Micol sorrise. – L'assolvo al cento per cento.

Ma Degli Antoni voleva andare fino in fondo. – Non ce la facevo ad attendere la diagnosi fino alla fine del turno.

– Turno? – Micol si morse la lingua per la sua indiscrezione.

– Mio padre fa il cameriere in un ristorante del centro – spiegò lui, come se fosse la cosa più naturale del mondo. – Più tardi non avrebbe avuto il tempo di chiamarmi. Da un certo momento in poi arriva la clientela.

– Capisco – non trovò altro di meglio da dire lei, ma ci mise qualche istante a riaversi dallo stupore.

Si appoggiò allo schienale della poltrona.

Siamo tutti vittime di pregiudizi, cercò di giustificarsi con se stessa. *Incaselliamo le persone secondo stereotipi. La nostra mente non è mai libera di accettare l'altro e di ascoltarlo per quello che è.*

La valutazione dovrebbe arrivare dopo la fase di conoscenza, non prima. Si era colta sul fatto e questa consapevolezza in qualche modo la turbava.

Inspirò profondamente, grata a Degli Antoni per quella pausa inaspettata, priva di tensione. Lui stava riguardando il suo blocco per appunti.

La realtà ci inchioda a dei cliché, molto più di quanto non vogliamo ammettere con noi stessi. Il nostro immaginario è influenzato a tal punto dal contesto in cui viviamo da vincolare il pensiero, proprio quando crediamo che sia libero di esplorare il mondo senza barriere.

– Desidera qualcosa da bere? – chiese Micol al giornalista. – Perché io qualcosa lo manderei giù.

Degli Antoni sorrise, per la prima volta da quando era approdato alla casa editrice. – Grazie, un po' d'acqua, volentieri.

Lei prese la bottiglia di plastica sul tavolo e riempì due bicchieri.

– Avete dei libri in cantiere sul tema della schiavitù? – riprese lui.

– Sì, ma è prematuro parlarne.

Micol dovette riaccendere le luci nel corridoio mentre lo riaccompagnava alla porta. Non era rimasto più nessuno negli uffici. – E faccia molti auguri a suo padre – si ricordò di dirgli mentre apriva la porta dell'ascensore.

Fu quando lui stava entrando nella cabina che a Micol venne un lampo. – Aspetti un attimo – lo bloccò – ho ancora qualcosa da dirle.

Degli Antoni uscì dall'ascensore e lei gli fece segno di rientrare. D'un tratto le fu chiaro che, se avesse dato al giornalista una vera notizia, l'intervista avrebbe avuto un diverso risalto, creando maggior attesa sul libro che le stava a cuore.

– Le parlerò di un volume della collana – riprese lei. – Uscirà dopo Natale.

– Di che si tratta?

Micol stava prendendo un'iniziativa che non aveva concordato con nessuno. D'altronde, con sua madre non c'erano le condizioni per un dialogo sereno. E quella era un'opportunità da cogliere al volo. Se il giornale avesse dedicato, proprio in quella settimana, un pezzo importante alla casa editrice, la loro immagine ne avrebbe tratto giovamento nei confronti degli americani.

Si sedette nella poltroncina accanto a quella di Degli Antoni.

Lui fece per riaccendere la funzione di registrazione, ma Micol lo bloccò con la mano. – Quello che le sto per dire è confidenziale.

– D'accordo.

– Un ex trafficante del sesso sta scrivendo un libro per noi.

Degli Antoni si tolse la giacca e la sistemò sullo schienale della sedia. – Un personaggio importante?

Micol esitò. – Ha avuto un ruolo di primo piano in un governo europeo.

– In un governo europeo?

– Le reti criminali non possono agire, se non hanno adeguate coperture. Come possono rapire, vendere e sfruttare esseri umani, se non c'è qualcuno nelle forze dell'ordine e nelle istituzioni che chiude un occhio?

– Si spieghi meglio.

– Le ragazze comprate, obbligate a prostituirsi, vengono trasportate dai Paesi di origine a quelli di destinazione attraverso viaggi e soste in diverse nazioni. Hanno bisogno di passaporti falsi. I bordelli nei quali verranno collocate dovranno poter sviluppare i loro traffici indisturbati, senza fastidiosi controlli.

– Da dove provengono le ragazze?

– Spesso sono le famiglie stesse a vendere le figlie ai trafficanti, famiglie in condizioni di estrema indigenza. Gli schiavisti fanno delle offerte di lavoro fittizie per le ragazze. Offrono qualche dollaro di anticipo, cui aggiungere piccole cifre mensili che arriveranno dall'impiego promesso. Di solito parlano di lavori come cameriera, domestica, parrucchiera o cose del genere.

– Il vostro autore si occupava di questo?

– Non di persona, ma attraverso una rete di agenti. Intermediari che giravano alla ricerca di schiavi da comprare.

– Comprare dove?

– Nel mondo ci sono mercati dove si trattano esseri umani con delle vere e proprie aste. E poi ci sono le calamità naturali.

– Cosa vuol dire?

– Le calamità naturali rappresentano una grande opportunità per procurarsi la materia prima. C'è un terremoto o un uragano che metterà un'intera popolazione in ginocchio? Gli intermediari saranno lì a proporre alle famiglie una via d'uscita per i loro figli. In una situazione del genere, i genitori sono convinti che i loro bambini moriranno comunque, per fame o per malattia. Per cui accolgono quegli uomini come benefattori e, talvolta, li supplicano anche di comprare uno dei bambini, nella speranza di dar loro un'opportunità di sopravvivenza.

Degli Antoni si alzò in piedi con un'espressione cupa in volto. – E perché mai questo galantuomo si sarebbe deciso a parlare?

– Sta per morire di cancro – rispose lei. – Attraverso il suo network ha sfruttato migliaia di ragazze e...

– E?

– Sua figlia è già diventata una escort. Vuole che ne esca. Ma teme anche per le figlie minori. Sostiene che i concorrenti, approfittando della sua morte, se le prenderanno, e lui deve fare qualcosa. Nel corso della sua vita ha cercato di tenere fuori la famiglia da questo lurido mercato. Ora vi è coinvolto personalmente.

– C'è dell'altro?

– Insieme a lui parleranno uomini che hanno fornito coperture nella polizia e nelle istituzioni. L'inchiesta riguarda cinque Paesi.

Degli Antoni si risedette di nuovo. – Non mi dica che la casa editrice si è messa a fare delle indagini.

– Per carità! – sorrise Micol. – Non è il nostro mestiere.

– Chi ha messo insieme tutto questo materiale?

– Una giornalista, per il momento non le posso dire altro.

Lui si pulì gli occhiali con un fazzolettino. – Salteranno molte teste?

– Non è un nostro problema – rimbalzò Micol.

Degli Antoni bevve ancora dell'acqua. – Ma io cosa ci faccio con quello che mi sta dicendo? – Allargò le braccia. – Non ho in mano niente.

Micol non rispose direttamente alla domanda. – Ecco, se darete un po' di risalto alla notizia, potrei farla parlare con due testimonial importanti.

– E sarebbe a dire?

Lei assunse un'espressione complice. – Provi a immaginare se due personaggi come Madonna o Monica Bellucci raccontassero che nella loro adolescenza sono state schiave del sesso.

Lui la guardò attonito. – Madonna? Monica Bellucci?

– Non sto dicendo loro! Altrimenti non le avrei fatto i nomi. Ma personaggi di quel calibro.

Il giornalista ora sembrava aver capito. – Se è così, lo spazio lo troveremo. Eccome, se lo troveremo.

– Potrei farla parlare con una di loro in anteprima.

Degli Antoni non credeva alle sue orecchie. – Quando?

– Mi chiami fra un paio di giorni. Nel frattempo, riferisca al suo capo.

Lui si alzò e si rinfilò la giacca. – D'accordo.

Micol fece per riaprire la porta, ma ora lui sembrava restio a uscire. – C'è qualcosa che non la convince?

– Lei mi ha suggerito di parlarne con il mio capo.

Micol annuì.

– È giusto. Io non posso decidere degli spazi, sono giovane.

– Dunque?

– Se mette il giornale in contatto con un personaggio importante, l'intervista la passeranno a un altro.

Micol gli sorrise. – Parlerò solo con lei.

– Non cambierà idea?

– Le lascio il mio cellulare. Mi chiami direttamente quando avrà una risposta. Anzi, dica al suo capo che sono amica di sua madre. In Italia funziona solo con le conoscenze.

Lui chiuse gli occhi e strinse i pugni in segno di sconforto. – Mia madre è morta.

– Be', allora di suo padre. Magari l'ho anche conosciuto al ristorante.

– Non so come ringraziarla – la salutò stringendole la mano.

Richiudendo la porta, Micol decise che anche per lei era venuto il momento di tornarsene a casa.

Poi si ricordò che le mancavano dieci pagine di un manoscritto: l'indomani aveva un appuntamento in videoconferenza con l'autore e doveva finire di leggerlo.

Si augurò di non aver forzato i tempi con il giornalista. Valente non aspettava che un suo passo falso per riguadagnare terreno. E comunque, a prescindere da lui, poteva essere stata una scelta avventata.

10. CONNESSIONI

– Micol, vuoi che scendiamo insieme?

Lei era così immersa nella lettura del racconto che sussultò non appena sua madre entrò nell'ufficio, con due borse di documenti sottobraccio e un piumino color perla appoggiato sulle spalle.

– Mi dispiace, ti ho spaventata – disse Eva vedendola trasalire.

– Ero convinta di essere rimasta da sola in ufficio – ribatté Micol. – Era tutto buio. – La sua stanza era sul lato opposto della casa editrice, rispetto a quella della madre.

Eva si sedette di fronte a lei. – Stavo meditando sulle vicende della giornata, l'oscurità mi si addice.

Micol si strofinò gli occhi. La storia che stava leggendo l'aveva trasportata a Dharavi, la più grande baraccopoli alla periferia di Bombay.

Prese un foglio e lesse ad alta voce: – Anche per chi conosce l'India, il primo impatto con Dharavi è scioccante, e non solo per la povertà. Come in un formicaio che brulica, occorre fare attenzione a dove si mettono i piedi. In un'area estesa poco più della metà di Central Park, risiede un milione di persone, le fogne sono rivoli puzzolenti che circondano i confini dello slum e scolano in un unico e torbido canale.

I bambini giocano fra montagne di spazzatura, come fossero campi di cricket: solo un miracolo sembra tenerli al sicuro dalle centinaia di fili scoperti che rubano l'elettricità dai pali che la conducono in città...

– Be', perché ti fermi? – chiese Eva.

Micol riprese: – Ma il più grande slum asiatico nasconde dei gioielli che cresceranno di valore. Gli abitanti della baraccopoli hanno costituito delle micro imprese. C'è pochissimo per tutti, ma quel pochissimo è l'inizio di qualcosa. La gente vive e lavora duramente per costruirsi un futuro. Come i due protagonisti della nostra storia, Prabir e Gita, innamorati fin da quando erano bambini...

– E poi?

– Non vorrai che te lo legga tutto!

– Di cosa si tratta?

– È una storia d'amore che si sviluppa attraverso mille ostacoli. Un affresco dell'India contemporanea in bilico tra il passato – un passato che ha più del Medio Evo che del secolo scorso – e un futuro all'avanguardia, persino rispetto all'Occidente

– Chi è l'autore?

– Un esordiente. Si chiama Chandrak Levi, madre indiana, padre ebreo italiano. Ora andiamo, però, sono stanca. – Micol fece per riordinare i suoi documenti. – Dammi ancora due minuti che raccolgo le mie carte.

– Io vado in bagno, tu preparati con calma. – Eva appoggiò le borse sulla sedia. – Devo parlarti.

Micol si portò istintivamente le mani al viso. – Ti prego, mamma, no! Non ce la faccio ad affrontare un'altra discussione.

– Ma cos'hai capito? – reagì Eva indispettita. Lasciò la stanza sbuffando.

Micol controllò che tutti gli interruttori della casa editrice fossero spenti.

– La nonna si risposa – le raccontò per prima cosa Eva mentre si avviavano all'uscita.

Micol chiuse a chiave la porta blindata e inserì l'allarme. – Come l'hai saputo?

– Me l'ha detto lei questo pomeriggio, al telefono.

– Cosa ne pensi?

– Non ho fatto i salti di gioia – replicò sua madre entrando in ascensore.

– Dovresti essere contenta, invece.

– Faccia quel che crede, la vita è sua.

Micol si fermò sotto il portone. Sarebbero dovute andare in direzioni opposte. – Cosa ci vedi di male? – insistette. Si arrotolò una sciarpa intorno al collo. Durante la giornata la temperatura era ancora alta, ma di sera l'autunno mostrava le prime avvisaglie.

– A volte bisognerebbe avere il senso del limite.

– Quale limite, mamma? – replicò Micol. – La nonna ha una certa età. Non sarà sola, negli anni a venire. Non ti sembra una buona prospettiva?

– Io non le sarò certo di ostacolo – rimbalzò Eva. – Tanto non ci ha chiesto un parere.

Micol sospirò. – E perché avrebbe dovuto?

– Ha sempre fatto di testa sua. – Eva incrociò il suo sguardo. – D'altronde, conosce bene i suoi polli.

– Cioè?

– È consapevole di quanto saremmo state capaci di romperle le scatole.

Micol scoppiò a ridere. Aveva parlato al plurale, ma c'era finalmente un po' di ironia nelle sue parole.

Eva allargò le braccia. – Cosa vuoi farci, la polemica per la polemica è un male di famiglia.

A Micol venne voglia di deporre le armi. L'avrebbe abbracciata, ma sua madre era allergica ai gesti affettuosi.

– Perché non andiamo a berci qualcosa? – propose Eva.

Di tutto avrebbe avuto bisogno Micol, quella sera, fuorché di un aperitivo con sua madre. – Ti va il giapponese all'angolo? – propose invece. – Almeno mettiamo qualcosa di più sano sotto i denti. – Viola sarebbe rientrata alle nove dalle prove del coro e Micol non doveva preoccuparsi per la sua cena, aveva già mangiato dai vicini di casa. Mentre sua madre era troppo spesso da sola.

– Ottima idea. Metto il borsone in macchina. Tu comincia a prendere posto.

Micol ordinò degli involtini misti di pesce con il riso cantonese, una zuppa di verdura e un tè al gelsomino. Sua madre la imitò, ma al tè preferì una birra.

– Promette bene, il libro del tuo indiano – esordì Eva. – Non a caso per metà è ebreo. – Le strizzò un occhio.

– Potrebbe diventare un grande romanzo – confermò Micol – ma bisogna lavorarci un po', in alcuni punti la storia zoppica.

Anche la scrittura avrebbe dovuto essere più curata, pensò lei, ma non lo disse. Scrittori si diventa, non si nasce. E sua madre lo sapeva bene, con tutti gli anni di esperienza alle prese con autori e pubblicazione di libri.

La scrittura è un lavoro artigianale, prima ancora che un talento. Un musicista si esercita un tempo indefinito per arrivare a un suono limpido, armonioso. Un pittore studia la luce e le regole della prospettiva. Un attore prova e riprova la sua parte mille volte, prima che i riflettori si accendano sulla scena. Così è per il lavoro dello scrittore e di chi lo segue in una casa editrice. Bisogna scrivere e riscrivere un testo, per dare a una storia la sua forma migliore.

– Gita, la protagonista, è la sola ragazza della famiglia, l'unica di cinque femmine a essere sfuggita alla schiavitù – raccontò Micol.

Eva mostrò una certa sorpresa. – E come c'è riuscita?

– Ha udito il padre vendere una delle sue sorelle.

– Vendere a chi?

– A un uomo d'affari che ha versato venti dollari al genitore per la figlia, promettendogli un lavoro in città.

– E poi?

– La ragazza è finita in un bordello a Calcutta. Ma la sorella maggiore, che ha fatto la stessa fine, è riuscita a mettersi in contatto con Gita e le ha consigliato di fuggire finché era in tempo.

– E lei?

Micol sorrise. – Dovrai leggerti il romanzo, non vorrai che ti racconti come va avanti.

– Mi piace! – esclamò la madre.

Gli occhi di Micol si accesero.

– Si riconnette al tema che stiamo affrontando contro la tratta degli esseri umani – continuò Eva. – Pubblicare un libro sull'argomento, sotto forma di romanzo, è un'ottima idea. Il tuo autore, per metà indiano, si sarà ispirato alla realtà. Lì quelle cose succedono realmente.

– Anche in molte altre parti del mondo, mamma.

Eva annuì. – Ma ora ho bisogno di parlarti d'altro – disse. Bevve un sorso di birra. – Ieri sera è accaduto un fatto increscioso nell'ospedale dove lavora la nonna.

– Cioè?

Micol si rivolse a un ragazzo per avere delle posate. Erano anni che cercava di convincere sua madre a usare le bacchette, ma lei non ne voleva sapere.

– Ti ricordi di Angelica?

– Certo! Viola ha fatto amicizia con lei. Accompagna nonna Regina nella sua attività di volontariato solo per andarla a trovare.

– Ieri sera è sparita dal reparto.

– Come, sparita?

– Non l'hanno più trovata nel suo letto.

– Sarà tornata a casa.

Eva fece di no con la testa.

Micol smise di mangiare.

– Se ne sta occupando la polizia. Oggi la nonna ha parlato con la direttrice e sembra che la piccola sia ancora viva.

Micol si asciugò la bocca con un tovagliolo. – Possiamo fare qualcosa?

La cameriera si avvicinò per ritirare i piatti e chiedere se desiderassero altro. Micol ordinò ancora del tè ed Eva un'altra birra.

– La nonna vorrebbe parlarne con tua figlia.

– Perché?

– Viola potrebbe essere al corrente di fatti della ragazzina che potrebbero aiutare le indagini.

– Mamma, Viola ha solo tredici anni.

– Anche Angelica. Le due ragazze potrebbero essersi fatte delle confidenze.

Micol portò la tazza di tè alla bocca, ma la riappoggiò immediatamente sul tavolo. Era bollente. – Non ho nulla in contrario.

Eva fece cenno a un cameriere di portar loro il conto. – Regina vi vorrebbe a cena domani sera e Viola potrebbe dormire da lei. La nonna vuole parlare con tua figlia, da sola.

– Preferirei esserci anch'io. Ma domani ho un impegno.

Eva la inchiodò con lo sguardo. – Credevo non vedessi più quel perditempo di Alex.

Micol storse il naso. – Quello che faccio e chi vedo non sono fatti tuoi – sbottò. – E se non la pianti, me ne vado!

– D'accordo, calmati, non ti chiedo più niente.

A un tratto Micol avvertì tutta la stanchezza della giornata; doveva rientrare per evitare che sua figlia non la trovasse a casa al suo ritorno. – Non potremmo fare mercoledì?

– Non capisci? – ribatté Eva stizzita. – Forse si tratta di un rapimento, non si sa cosa le sia accaduto.

Micol tirò fuori il cellulare dalla borsa. – Okay, chiamiamo la nonna.

– Non c'è. – Eva appoggiò i gomiti sul tavolo. – È a cena con lui.

– Ma lui chi è?

– Pare sia un ex magistrato che ha conosciuto in ospedale.

Il cameriere arrivò con il conto e sua madre insistette per pagare lei.

Micol lasciò sul tavolo qualche euro di mancia per i ragazzi. – Mamma, certo che sono disponibile ad aiutare Angelica. Ma non ne possiamo parlare con più calma domani? – Si alzò dal tavolo e prese la borsa per uscire.

– Non c'è tempo, Micol – insistette Eva. – La nonna vuole parlare con Viola prima che sia la polizia a farlo.

MARTEDÌ

11. L'ANNUNCIO DEGLI AMERICANI

Il trillo del campanello fu accolto come un annuncio apocalittico. Sembrava che gli abitanti della casa editrice fossero in attesa di conoscere il loro destino, quasi che dall'esito della trattativa dipendesse la loro stessa vita.

Eva aveva percepito l'elettricità dell'atmosfera fin da quando aveva messo piede in ufficio quella mattina. E non le andava giù che i suoi dipendenti riponessero così tante aspettative nell'incontro con JWT. La situazione le stava sfuggendo dalle mani.

Assegnò ad Alice il compito di andare ad aprire agli americani.

Alla porta si presentarono Nicholas Green e i due dei suoi manager, Greg Stone e Bob Hale. La giovane li fece accomodare in una saletta riunioni più piccola, tappezzata da libri – ma questa volta si trattava soltanto di quelli della loro casa editrice – e si avviò a passo sostenuto verso l'ufficio di Irene.

Irene bussò a sua volta alla stanza di Eva, che stava discutendo con Micol e Cesare Martinelli sull'eventualità di inserire alcuni titoli nel catalogo della narrativa.

– Non è il caso di riunire tutto lo staff – disse Eva, non appena venne a sapere che gli ospiti erano soltanto tre.

Cesare propose di coinvolgere Villard, il direttore finanziario, oltre che Henry Valente.

– Vada per Valente e Villard – ribatté Eva – ma nessun altro. Non abbiamo idea di quali novità abbiano in serbo e non siamo in grado di valutare se valga la pena di condividerle o meno. – Si alzò dalla scrivania e sistemò una per una le pieghe della gonna, liberandole dai resti dello zucchero a velo della brioche della prima colazione. – Potrebbero anche aver cambiato idea. – Rivolse un sarcastico sorriso in direzione della figlia. – E non fare quella faccia – aggiunse rivolta a Micol, che stava guardando verso la finestra. – Negli affari tutto è possibile.

Premette il tasto del telefono interno per chiamare Irene. – Avverti Green che li raggiungeremo tra qualche minuto, nel frattempo offri loro qualcosa da bere.

Micol emise un sospiro di sollievo quando sua madre decise di lasciare a Martinelli la conduzione dell'incontro. Cesare se la cavava benissimo con l'inglese e poi erano gli americani ad averli riconvocati, ora toccava a loro la prima mossa.

Ma c'era un motivo in più per cui Micol desiderava starsene in disparte. Dalla telefonata del giorno prima, qualche cosa era cambiato tra lei e l'americano. C'era una serata in sospeso tra loro due, di cui gli altri non erano al corrente. Il trillo del campanello aveva avuto delle ripercussioni immediate sulle sue pulsazioni sanguigne.

Green andò subito al sodo, quando si sedettero intorno al tavolo della saletta riunioni per riprendere la discussione interrotta la sera prima.

Quello che stava per annunciare era un "fatto di portata storica" per JWB. Anche se nulla sarebbe mutato per quanto riguardava il loro accordo.

Si era presentata una grande opportunità per il Gruppo, e lo sarebbe stata ancor di più per la loro casa editrice, ammesso che la joint venture fosse andata a buon fine.

– Di che si tratta? – tagliò corto Eva.

Nella conference call della sera prima, Bobby Brooks, il capo mondiale del Gruppo, nonché maggior azionista di JWB, aveva annunciato la cessione del 20% delle azioni del Gruppo ad Alibaba.

Eva aggrottò le sopracciglia.

Anche Martinelli parve disorientato.

– Non conoscete Alibaba?

– Sì, certo – replicò il direttore generale della casa editrice. – È un gigante del commercio elettronico. – Si versò un altro po' di caffè americano dalla caraffa di porcellana bianca, mescolando più volte lo zucchero nella tazza.

– Il secondo al mondo – puntualizzò Nicholas. E visto che Eva non batteva ciglio, tenne a precisare: – Dopo Amazon.

Eva sorseggiò l'acqua dal suo bicchiere come se fosse ottimo vino d'annata, senza aggiungere altro.

Greg pescò un biscottino dalla ciotola al centro del tavolo. Bob stava prendendo appunti sul tablet.

Micol si accorse che Martinelli stava facendo una ricerca su Google. Si avvicinò a lui per dare un'occhiata alle schermate. Al nome di Alibaba corrispondeva un sito attraverso il quale si vendevano mercanzie di ogni genere, ma, come già lei sapeva, nell'elenco dei prodotti non era compresa la voce dei libri. Nel sito non si faceva menzione a informazione e intrattenimento.

– La prego, Green, vuole essere più esplicito? – chiese allora Martinelli.

Micol uscì dalla sala riunioni per riprendersi dalla sorpresa.

Nicholas ebbe un lievissimo sussulto non appena lei aprì la maniglia della stanza, o almeno così le parve guardando con la coda dell'occhio nella sua direzione.

Lei aveva capito perfettamente quale fosse la posta in gioco.

Alibaba era un gruppo cinese!

Certo che si trattava di un fatto di "portata storica". Ma lo scenario ora cambiava radicalmente.

Andò in bagno, insaponò le mani come se fossero mesi che non le lavava, quindi lasciò che il detergente si sciogliesse lentamente sotto l'acqua.

Vide la propria immagine riflessa nello specchio. Non si piaceva e chissà quanti anni di psicoterapia le ci sarebbero voluti ancora per recuperare un po' di autostima.

In bagno entrò anche Irene. – Tutto bene? – chiese.

Micol le lanciò un sorriso malinconico. – Non come vorrei.

– È per via della trattativa?

– Anche – si sorprese a risponderle Micol. Legò i capelli con un nastrino elastico che teneva sempre con sé nella tasca della giacca. Poi li sciolse di nuovo e pettinò le ciocche con le mani. Meglio mantenere uno stile più formale.

Irene si passò del rossetto chiaro sulle labbra. – Green mi ispira fiducia – disse.

– Come mai?

– Intuito femminile. – Accennò a un lieve sorriso. Poi le chiese se voleva passarsi un po' di colore sulle labbra, ma lo fece senza usare le parole, mimò il gesto con le mani.

Micol la osservò attraverso lo specchio. Quella ragazza riusciva sempre a stupirla. Non c'era traccia di malignità, in lei, nonostante quello che le era accaduto nella sua pur giovane esistenza. I suoi occhi erano squarci aperti sulla vita, la luce vi si rifletteva anche nei giorni più bui. – Sì, ma oggi si è presentato con una bella sorpresa.

– E cioè?

Prese il rossetto che Irene aveva ripulito nella parte superiore. – Il Gruppo JWB ha venduto il 20% delle sue quote ad Alibaba. Alibaba è…

– So che cos'è Alibaba – l'interruppe Irene. – Una sorta di Amazon cinese. Una ragazza vietnamita, che ho conosciuto nel gruppo di sostegno, mi raccontava che nel suo Paese tutti comprano prodotti sul web attraverso Alibaba. Ma perché è così allarmante?

– Più che altro, cambia il quadro di riferimento. – Micol fece una pausa, indecisa se proseguire. Erano informazioni riservate. Poi le venne un'idea. Di

Irene ci si poteva fidare e, comunque, alla fine della riunione avrebbe saputo più o meno tutto da sua madre, magari in una una versione distorta dei fatti. – Il Gruppo JWB detiene il 47% delle quote dell'azienda.

– E le altre a chi appartengono?

– A Fondi di investimento, piccoli azionisti. L'azienda è quotata in Borsa.

– Ma se Alibaba ne ha comprate il 20%, questo significa che la maggioranza appartiene ancora alla JWB. Non ne ha il 27%? O c'è qualcosa che non mi è chiaro?

– Hai capito perfettamente.

Anche Irene la stava guardando attraverso lo specchio. – E allora?

– Ad Alibaba basterebbe stringere un'alleanza con un Fondo e acquisire piccole quote da soci minori per diventare l'azionista di maggioranza.

– Vuoi dirmi che stiamo rischiando di vendere la nostra casa editrice a un gruppo che, prima o poi, sarà cinese?

– È proprio questo il punto! – esclamò Micol, ma sottovoce. Già sua madre aveva dei pregiudizi nei confronti degli americani, figuriamoci ora. Non aveva più rimesso piede nella libreria Odissea soltanto perché era stata acquistata da un cinese.

Irene le appoggiò due dita sulla spalla. – Sono sicura che farai la scelta migliore.

Stava per uscire dal bagno, ma Micol la fermò. – Vuoi darmi una mano?

– Come no? – disse con entusiasmo. – Cosa posso fare per te?

– Un'indagine informale su JWB e... anche su Green. Ma non in Italia, il materiale qui lo abbiamo già passato al setaccio. Non mi hai detto di avere un amico giornalista al *New Yorker*?

– Che genere di informazioni stai cercando?

– Se c'è qualcosa che ci sfugge su di loro.

Lo sguardo di Irene si illuminò. Aveva più volte chiesto a Eva di affidarle del lavoro che non fosse soltanto di segreteria. – Faccio subito un paio di telefonate.

– Non parlarne con mia madre, ti prego, almeno non per il momento.

Irene fece il segno di OK congiungendo pollice e indice in un cerchio e uscì dal bagno.

Micol si sciacquò di nuovo le mani che si erano impiastricciate con il rossetto e asciugò le dita con il rotolo di carta.

C'erano diverse cose che dovevano essere chiarite in quella trattativa.

La loro casa editrice aveva le casse vuote, era costretta a cedere la maggioranza, a prescindere da ogni vantaggio che avrebbe potuto acquisire con la vendita. La loro era una scelta quasi obbligata.

La JWB era uno dei primi gruppi al mondo e faceva profitti. O, almeno, questo dicevano i numeri. Perché allora aveva deciso di cedere una quota così significativa ai cinesi?

– La Cina è un Paese senza democrazia. – Fu la prima cosa che Micol udì riaprendo la porta della stanza. Nicholas non cambiò espressione quando lei rientrò, ma una piccola increspatura sul lato destro della bocca le fece pensare che lui la stesse aspettando.

Sua madre parlava accanto alla finestra, lo sguardo sul viavai della piazza. O forse stava osservando gli uomini al lavoro sulle impalcature del palazzo che stavano ristrutturando di fronte al loro. I ragazzi del bar avevano detto che il cantiere era stato costruito senza rispettare le norme di sicurezza. E che erano stati assunti, come muratori, dei migranti a cifre da fame. A Milano questa era un'eccezione e presto qualcuno dei residenti più informati avrebbe denunciato la società. O, almeno, questo era ciò che lei auspicava.

Ma in Cina i lavoratori non avevano alcuna protezione.

– L'informazione è controllata dalla censura del Partito Comunista – intervenne Martinelli. – Il Partito coincide con lo Stato. – Fece slittare indietro le rotelle della sedia e si alzò anche lui. – I cinesi – un miliardo e cinquecentomila persone – non possono comunicare liberamente né tra di loro né con il resto del mondo. Cosa c'entriamo noi con questa realtà?

Eva si avvicinò alla biblioteca e pescò a caso, da uno degli scomparti, due titoli pubblicati dalla casa editrice nella collana della filosofia e li sbatté sul tavolo. Poi andò a cercarne un altro, questa volta di politica, e lo sistemò in malo modo accanto agli altri due. – Libri come questi non potrebbero essere mai tradotti in Cina. Sono stata a Pechino e a Shanghai. Ho visitato alcune delle più grandi librerie. Non c'è testo che venga pubblicato senza passare al vaglio della censura. Ma di che razza di accordo stiamo parlando? – La sua voce era tagliente e Micol temette concludesse, come faceva spesso: – Cosa sto qui a perdere ancora tempo con voi? – E se ne andasse bruscamente, sbattendo la porta.

Ma questa volta si controllò.

– Non ho nessuna intenzione di sostenere che la Cina sia un Paese libero, perché non lo è – replicò Nicholas, senza alcuna tensione, come se si aspettasse quelle obiezioni. – Ma siamo convinti che iniezioni di cultura occidentale non possano che favorire un'apertura e indurre con il tempo una maggiore democrazia.

– Andiamo, Green, ci risparmi lezioni sulla democrazia – sbottò Eva con occhi d'acciaio. – Vogliamo entrare nel merito del Vietnam? O preferisce raccontarci qualcosa in più sulle dittature in Sudamerica che avete fomentato con le armi e la violenza? Per non parlare delle primavere arabe e della vostra ambigua politica nel Medio Oriente.

Eva si diresse verso la porta, come se a questo punto ritenesse la riunione terminata. Non c'era altro da aggiungere.

Appoggiò la mano sulla maniglia.

Micol sarebbe voluta intervenire, ma preferì cucirsi la bocca. Sua madre non cercava che un alibi per interrompere la trattativa. Con la coda dell'occhio cercò Nicholas, il suo volto non lasciava trasparire alcuna emozione.

– Lasciamo stare la politica – intervenne Martinelli, per evitare che la situazione degenerasse. – Non è questo il motivo per cui siamo qui, oggi. – Mise in bocca un cioccolatino. – Non le sembra irrealistico quello che sostiene? – disse rivolto al vice presidente europeo del Gruppo JWB. – E anche un po' velleitario?

Green stava per replicare, ma Stone lo precedette. – Siamo nati come un Paese fautore delle libertà. – Si arrestò di colpo, forse temendo che il suo capo non approvasse l'intervento, ma lui gli fece cenno di proseguire. – Abbiamo fatto degli errori, ne siamo consapevoli, ma questi sono i nostri principi.

Micol impose uno stop con la mano destra alzata. Abbiamo capito. Basta così. Anche lei era allergica alla retorica.

Gli interessi in gioco erano altri.

Erano lì per una trattativa.

Prima di dire sì, o no, voleva capire a cosa stavano andando incontro. Non erano nelle condizioni di rifiutare a priori. Ma non erano neanche lì per fare delle sterili chiacchiere sui principi. Né volevano buttare via il patrimonio che avevano costruito in tanti anni di duro lavoro.

Si sedette di fronte a Nicholas e, per la prima volta da quando erano arrivati, lo guardò dritto negli occhi.

Era un manager che sapeva come giravano le cose al mondo. Micol non si faceva illusioni. Una persona come lui era abituata a gestire trattative a ogni livello, sapeva costruirsi il consenso e, di sicuro, conosceva l'arte della manipolazione.

Lei doveva valutare le cose con obiettività, mettendosi al riparo dal suo fascino.

Prima di tutto gli chiese di spiegare perché mai avevano deciso di vendere una quota così significativa ai cinesi, visto che la loro società, stando ai dati, andava a gonfie vele.

Lui raccontò che la proposta era partita da Alibaba, un Gruppo con una vocazione fortemente commerciale, con un amministratore delegato di larghe vedute. – È convinto che la Cina sia pronta a recepire prodotti di intrattenimento europeo e a diversificare la sua produzione culturale.

Si versò dalla bottiglia un'abbondante quantità di acqua. – Ci sono centinaia di milioni di cinesi ricchi, o vicini alla ricchezza, che non si accontentano più della televisione di Stato e dei libri di regime. La maggior parte dei testi importati nel loro Paese è di discutibile livello.

Eva si rimise a sedere. – Sì, ma come la mettiamo con la censura? – chiese, tamburellando con i piedi sotto il piano del tavolo. – Se non sbaglio Google e Facebook non hanno accesso in Cina. In compenso, Tik Tok è penetrato con enorme successo in Occidente.

– Alibaba ha avuto l'assenso del governo a questo progetto – replicò Green. – E non potrebbe essere altrimenti. Un'azienda in Cina non può operare senza il parere favorevole del Partito.

Micol ora era impaziente. – Quindi?

– L'assenso è condizionato al fatto che i contenuti non tocchino in alcun modo la politica.

Bob Hale, che fino a quel momento si era limitato a redigere un resoconto sul tablet, alzò la testa. – Un libro che tratta delle opere di Michelangelo o di Caravaggio non spaventa nessuno, a Pechino.

Martinelli volle capire come questo accordo si sarebbe tradotto in termini economici. Per il Gruppo JWB, ma anche per la loro casa editrice.

Nicholas Green non sarebbe potuto essere più esplicito. – Business a cifre esponenziali – disse. – Abbiamo fatto delle proiezioni. Con Alibaba nel Gruppo, si aprono orizzonti illimitati.

Greg intervenne per dire la sua. – Io adoro l'Italia. – Fece una pausa per guardare in faccia i suoi interlocutori. – Posso esprimermi con sincerità?

Solo Micol annuì.

Nicholas non la perdeva di vista con la coda dell'occhio.

– Ho sempre pensato che non siate abbastanza capaci di valorizzare il vostro patrimonio artistico e culturale – riprese Stone. – Tutti noi americani lo pensiamo. Siete sempre in competizione gli uni con gli altri.

Micol si sorprese nel vedere sua madre assentire al discorso del giovane manager.

Nicholas riprese la parola. – Ho ascoltato con interesse la strategia della vostra casa editrice. È vincente. Il catalogo, i libri sono di valore. E molti di questi non hanno nessuna relazione con la saggistica. Non vi abbiamo scelti a caso. – Piegò in quattro un tovagliolo di carta. – Per questo vogliamo investire su di voi. Siamo convinti che possiate fare molto di più con mezzi finanziari adeguati. Ampliare il ventaglio di attività in un'ottica multimediale.

– Mi vuole fare un esempio? – chiese Martinelli.

– Alcuni libri potranno essere trasformati in serie televisive.

Greg Stone alzò la mano e Green gli fece un cenno con il capo, come per dirgli di intervenire. – Con le stampanti 3D potranno essere riprodotti e venduti in altri Paesi modellini delle più belle statue italiane o dei più celebri monumenti. Pensate al David di Michelangelo o alla Torre di Pisa. In altre parole, l'Italia potrebbe aumentare la sua notorietà nel mondo, diventando il Paese dell'arte per antonomasia.

Micol era ancora scettica. – E che ne sarà dei libri non graditi in Cina?

– Si riferisce alle collane di saggistica più orientate politicamente?

– Sì, a quelle. – Per non incrociare di nuovo i suoi occhi con quelli di Nicholas, lei riempì ancora la tazza di caffè.

– Verranno pubblicate nei Paesi dove è possibile farlo. Cioè nei Paesi democratici e, comunque, interessati agli argomenti di cui trattano. In una logica di mercato, come si fa per gli altri prodotti.

– Siamo nel mercato delle idee – intervenne Eva sarcastica.

Green immobilizzò lo sguardo sulla donna per un tempo che a Micol apparve piuttosto lungo e poi le sorrise: – L'osservazione è acuta, anche se non coglie appieno le tendenze del mondo dell'informazione. Ma accetto l'analogia. Non si va a vendere il vino in un Paese musulmano, dove la religione vieta l'alcol. O la carne nel regno di un vegano. Tenuto conto di questi vincoli, diciamo di queste ovvie logiche di marketing, per voi si aprirebbero grandi possibilità.

Martinelli gli chiese di nuovo di essere concreto.

Greg si alzò in piedi di scatto e Micol pensò a un'urgenza analoga a quella manifestata il giorno prima, ma questa volta voleva solo parlare. – La vostra casa editrice può dare il suo contributo all'Italia per lo sviluppo del turismo e dei prodotti culturali nel mondo asiatico. Vi rendete conto di quanti siano gli abitanti di quel continente?

Nicholas riprese la parola: – L'Italia rappresenta più della metà della produzione artistica mondiale. È un'occasione per valorizzarla. Ma questa è solo una delle possibilità.

12. MICOL E REGINA

Micol intravide il taxi attraverso i vetri smerigliati del Caffè Liberty, dove si era seduta in attesa della nonna. – Devo parlarti subito – le aveva scritto Regina su Whatsapp. – Troviamoci tra cinque minuti, nella pasticceria di fronte al tuo ufficio.

Il messaggino l'aveva costretta a interrompere bruscamente la riunione che sua madre aveva convocato in tutta fretta – invitando la maggior parte delle persone che avevano un ruolo nella casa editrice – per confrontarsi "a caldo" sulle novità annunciate dagli americani.

Eva, supportata da Valente, aveva riassunto i punti chiave del possibile accordo, ridefinendo JWT una multinazionale cino-americana. Ma la sua ricostruzione era fuorviante. Ipervalutava i rischi della proposta, senza prenderne in considerazione i vantaggi.

A nulla erano serviti gli interventi di Martinelli che, seppur con cautela, per evitare scontri improduttivi, aveva cercato di evidenziare le opportunità che potevano scaturire dall'unione con il Gruppo.

La rigidità di Eva, il suo tono aggressivo non consentivano un dialogo sereno né la possibilità di analizzare con lucidità i diversi aspetti della questione. Piuttosto, costringevano a schierarsi senza che, peraltro, venissero chiariti i termini della posta in gioco.

Per questo Micol aveva accolto con sollievo l'invito della nonna. Una scusa per sgattaiolarsene via per un'oretta e, in ogni caso, per prendersi una pausa da quell'atmosfera cupa. Tanto il suo parere non era richiesto e, a pensarci bene, sarebbe stato meglio per tutti se si fosse cucita la bocca.

Quando aveva lasciato la sala riunioni, sua madre le aveva lanciato un'occhiata ostile. Come se lei stesse nascondendo qualcosa. A nulla era servito mostrarle il messaggio di Regina: stava uscendo per andare a incontrarla nel locale di fronte. Sarebbe stato sufficiente affacciarsi alla finestra, se avesse voluto fugare dei dubbi. Ma era evidente che Eva non aveva intenzione di chiarire un bel niente. Anzi, sembrava che il suo proposito fosse proprio il contrario, e cioè mantenere alta la tensione.

Il taxi si accostò al marciapiede e il conducente scese per aiutare la signora, ma Regina non aveva bisogno di nessun sostegno e sgusciò fuori dall'auto con elasticità. Micol pensò che fosse lo yoga, al quale la nonna non rinunciava mai, cadesse il mondo, a mantenerla ancora così agile.

Portava degli orecchini neri pendenti che ben si intonavano al tailleur pantaloni dello stesso colore e al golfino grigio perla. Orecchini che valorizzavano anche la folta chioma argentata alla quale aveva recentemente dato un taglio "parigino", come lei stessa lo aveva definito.

Per la prima volta, Micol si sorprese a pensare a Regina come a una donna e non solo come a una persona della famiglia. Le sue forme si erano ammorbidite con il trascorrere degli anni, eppure aveva ancora un bel portamento e una pelle incredibilmente liscia per la sua età.

Ma era il sorriso il suo talismano, avvolgente e contagioso: comunicava senza bisogno delle parole.

Regina si lasciò andare su una poltroncina, non appena la raggiunse nell'angolo vicino alla finestra.

– Cosa succede, nonna? – chiese Micol, dimenticandosi perfino di salutarla.

– La situazione in ospedale rischia di riguardarti da vicino – entrò subito nel merito Regina. Si tolse la giacca e la appoggiò sullo schienale. – La mamma ti ha raccontato della sparizione di Angelica?

Micol annuì.

– Anche di quel che riguarda Viola?

Un giovanissimo cameriere si avvicinò al loro tavolo. – In cosa posso servirvi? – chiese.

– Io prendo del caffè americano – rispose Micol. – E tu, nonna?

– Un tè con il latte. – Il ragazzo si stava allontanando, ma Regina lo richiamò. – Mi porti anche una selezione dei vostri pasticcini mignon – disse indicando la vetrina a fianco del bancone. – Ne metta qualcuno al cioccolato.

Micol si astenne dal fare commenti. La golosità della nonna era proverbiale, in famiglia.

– Sono incorreggibile, lo so – si giustificò lei, che doveva aver interpretato il suo sguardo. – Nei momenti di stress sento il bisogno di mangiare qualcosa di dolce.

E non solo di stress, pensò Micol, ma si guardò bene dal dirlo. – Allora, cosa c'entra Viola?

Micol frugò nella borsa in cerca di una gomma da masticare.

– Prendi un pasticcino, invece di fumare! – esclamò la nonna. – Ho letto recentemente una ricerca sugli effetti della nicotina sui polmoni...

– Non volevo fumare – reagì Micol – tra l'altro in un locale pubblico è vietato, stavo solo cercando una cicca. È che sono piuttosto tesa in questo periodo.

Regina cambiò argomento. – Come vanno le cose nella casa editrice?

– Te ne parlerò, nonna – ribatté lei – ma non ora, in ufficio mi stanno aspettando. Dimmi, piuttosto, cosa c'entra mia figlia?

– Viola è stata l'ultima persona che è andata a trovare Angelica prima della sua scomparsa.

– Come, l'ultima?

– Le ha fatto visita domenica nel pomeriggio, poco prima delle cinque.

Il cameriere si avvicinò al loro tavolo con il vassoio delle ordinazioni. Oltre alle bevande calde aveva portato due piccoli vassoi. Nel primo c'erano dei pasticcini secchi e nell'altro dei cioccolatini.

– Poco prima delle cinque? – Micol cercò di fare mente locale. – Impossibile, nonna, era a casa di Luca. – Bevve un sorso di caffè. – Ce l'ho accompagnata io alle tre e sono andata a riprenderla alle sei e mezza.

– Evidentemente non tutto si è svolto secondo i programmi.

– Ne sei sicura?

Regina fece sì con la testa. – L'hanno confermato in molti, in ospedale. Tutti conoscono Viola.

Lei fece un lungo respiro e poi trattenne l'aria.

– Micol, dai, non te la prendere

– Non mi piace che mia figlia mi nasconda qualcosa.

Regina agguantò un cioccolatino al latte con le nocciole. – Vedrai che ci sarà una spiegazione – disse mettendoselo in bocca con la punta delle dita. Poi ne afferrò un altro e, con un gesto inaspettato, lo infilò in bocca a Micol, come se lei fosse una bambina piccola e il cioccolatino una pillola da inghiottire.

– Nonna, ma che fai? – protestò Micol.

– Meglio delle sigarette, non trovi? – disse. – E anche delle cicche

Micol si passò la praline da una parte all'altra del palato. – È squisita – ammise, consapevole di dare alla nonna una soddisfazione. – Dunque, cosa accadrà a Viola?

– Domani verrà chiamata in Questura.

A Micol mancò poco che il cioccolatino andasse di traverso. – Come l'hai saputo?

– Me lo ha detto Augusto – replicò Regina, assaggiando anche uno dei dolcetti. – Tu ancora non sai chi è…

– Certo che lo so, nonna! – replicò Micol. – E non vedo l'ora di conoscerlo.

Regina le regalò un luminoso sorriso.

Micol si alzò per abbracciarla. – Ora devo proprio andare, o la mamma mi caccerà dalla casa editrice.

– Aspetta, Micol – non mollò Regina. – Dobbiamo metterci d'accordo per Viola.

Lei si risedette. – Rientrerà da scuola verso le cinque solo per prendere la borsa della pallacanestro. Ma questa sera proprio non è possibile, io ho un impegno.

– Con chi?

Micol avvampò. – Perché me lo chiedi?

– Forse perché mi piacerebbe vederti sistemata. – Mandò giù un'altra pralina. – Possibilmente con una brava persona – le disse guardandola nel profondo degli occhi. – Te lo meriti.

Micol ricacciò un groppo in gola. – Ho un appuntamento con il capo degli americani. – Girò il cucchiaino nella tazza vuota del caffè. – Ma è solo un incontro di lavoro. – Si sciolse la coda di cavallo.

Regina si avvicinò a lei e tirò fuori uno specchietto dalla borsa, mettendoglielo davanti. – Micol, guardati per favore.

Lei lo prese in mano, temendo che ci fosse qualcosa di fuori posto nel suo aspetto.

– Che c'è che non va?

La nonna sembrava terribilmente seria. – Lo sai che sei molto bella? – le disse. – Prima o poi dovrai rendertene conto.

Lei si coprì il volto con le mani. Le sarebbe bastato un niente per crollare.

– Nonna, non ho idea di che significato possa avere questa cena – fu l'unica cosa che riuscì a tirar fuori.

– Non ha importanza – replicò Regina – ti fa bene uscire con qualcuno. – Rimise lo specchietto nella borsa. – Quello che mi piacerebbe è che tu ritrovassi un po' di autostima.

Micol prese anche lei un cioccolatino.

– Anche tua madre dovrebbe godersi un po' di più la vita – continuò la nonna. – E invece l'unica cosa a cui pensa è il lavoro.

Micol assentì.

– Credo di avere delle responsabilità in questo suo carattere impossibile – asserì Regina. – E vorrei porvi rimedio.

– Cosa intendi dire, nonna?

Regina si rimise la giacca. – Allora siamo intesi – disse. – Accompagnerai Viola a casa mia dopo la pallacanestro e tua figlia si fermerà anche a dormire. Così sarai più libera anche tu. Non è una buona idea?

– Non lo dirai alla mamma, vero?

Regina le prese il viso tra le mani. – Stai scherzando? – Contrasse i muscoli delle guance. – Non ti voglio così male!

Micol riuscì a sorridere, nonostante tutto. – Promettimi di non prendere iniziative che riguardino Viola senza prima avermene parlato – la supplicò.

Regina incrociò le mani sul petto. – Hai la mia parola.

– Ma cosa vogliono sapere da lei?

– Forse può venirle in mente qualcosa di prezioso per le indagini. A proposito, lo sapevi che Angelica è la figlia adottiva di un cinese?

– Me lo stai dicendo tu ora – ribatté Micol. – Viola l'ha conosciuta accompagnandoti in ospedale ed è lì che sono diventate amiche. Io non l'ho mai incontrata.

– Il cinese è il proprietario della libreria Odissea.

– Questa sì che è una sorpresa! – Micol chiamò il ragazzo per pagare la consumazione. – La mamma ne è al corrente?

– Non credo proprio – replicò Regina, arrotolando la sciarpa intorno al collo. – Anch'io l'ho scoperto soltanto qualche ora fa.

Micol si alzò in piedi. – Stasera parlerò con mia figlia, devo capire cosa mi sta nascondendo. – Si infilò il piumino leggero.

– È proprio quello che non farai – affermò Regina – almeno non ora. Viola non deve temere di essere rimproverata, se no addio confidenze.

– Quello che non riesco a capire, nonna, è perché vuoi controllare quello che Viola dirà alla polizia.

Regina le diresse uno sguardo malizioso. – È un mio piccolo segreto. Augusto, il mio futuro marito, è stato un magistrato e sta collaborando con la polizia all'indagine.

– Dunque?

– Devi fidarti di me – disse fermando un taxi che stava passando proprio davanti alla pasticceria.

13. IL COMMISSARIO DE VICARI

Amedeo De Vicari non era un mattiniero, anzi, a lui piaceva assaporare l'inizio della giornata rigirandosi sotto le coperte e poi prepararsi con calma un'abbondante colazione a base di pane tostato, marmellata di arance amare e un caffè ristretto, da sorseggiare ascoltando della buona musica.

Ma questa non era una delle prerogative che la vita gli aveva concesso.

Il più delle volte veniva catapultato fuori dal letto da una chiamata improvvisa, quando in strada non circolava ancora anima viva e la luce inviava soltanto qualche timido segnale, attraverso le persiane che lui non chiudeva mai del tutto. Un modo come un altro per attirarsi i rimproveri dell'amico cardiologo, suo compagno di classe sin dalle elementari, che quando gli misurava la pressione gli ripeteva come un ritornello che la salute non traeva giovamento dai risvegli a singhiozzo nel cuore della notte.

Ma le emergenze della Squadra Mobile non potevano scegliere un'ora civile.

Ogni inchiesta era di per sé improrogabile, i colpevoli andavano arrestati il prima possibile o, come nel caso di Angelica, l'indagine non aveva termine fino al ritrovamento della persona scomparsa.

Così De Vicari aveva fatto di necessità virtù, anche se non si era mai abituato del tutto alle levatacce. E non aveva rinunciato – come non si rinuncia alle migliori tradizioni famigliari, almeno a quelle che evocano dei buoni ricordi – a sincronizzare la sveglia con una melodia. Aprire gli occhi con un brano tratto da un'opera lirica era il modo più gentile per iniziare una giornata, soprattutto se cominciava con l'annuncio di un omicidio.

Quando sua madre si esibiva come soprano a teatro – allora lui era soltanto un ragazzino – insegnava canto e la loro casa riecheggiava dei gorgheggi degli allievi che lei accompagnava al pianoforte. La stessa aria veniva ripetuta un'infinità di volte durante la giornata.

I suoi compagni gli domandavano come potesse fare i compiti con quel sottofondo sonoro, ma a lui non dava fastidio, anzi, favoriva la sua concentrazione, producendo uno straordinario effetto collaterale.

Non sapeva neanche lui quale strano meccanismo scattasse nella sua mente, fatto sta che, anche se era impegnato negli esercizi di matematica, la musica si insinuava nei meandri del cervello e, quasi senza accorgersene, nel giro di qualche tempo aveva imparato a memoria l'intero brano dell'opera che l'allievo stava studiando con l'insegnante.

Questo suo naturale talento per la musica era stato più di una volta motivo di dissapore tra i suoi genitori. La madre sosteneva che lui andasse instradato in una qualche direzione artistica. Non era d'accordo il padre, convinto che l'esistenza dovesse avere ben più alte motivazioni che non rincorrere gli applausi da un teatro all'altro.

Poi, tutto a un tratto, i loro sogni avevano perso consistenza. Era incredibile come la vita di una famiglia potesse cambiare da un giorno all'altro.

Lo svantaggio del suo lavoro era che non si riusciva mai a levarsi di dosso l'inquietudine di un'inchiesta, almeno fino a quando anche l'ultimo tassello del mosaico non fosse stato recuperato.

Da che era iniziata l'indagine su Angelica, De Vicari continuava ad arrovellarsi, cercando di dare un senso logico alle carte che aveva in mano, senza venire a capo di niente. Più di tutto, era il movente ciò che gli sfuggiva in quella storia.

In ogni caso, si trattava della sparizione di una ragazzina di tredici anni e l'associazione con sua figlia Lisa, che ne aveva soltanto tre di più, scattava in automatico. Il solo pensiero gli aumentava le palpitazioni. Non viveva con lei e ogni giorno si domandava se stesse facendo abbastanza per proteggerla. Non era del tutto certo che la madre, con le sue idee tratte dalla pedagogia non direttiva – il che in soldoni significava quasi nessuna regola – fosse in grado di guidarla nello slalom continuo dei pericoli della vita.

Diede un'occhiata al display del cellulare. Ci sono notti nelle quali non riesci a prender sonno se non a tratti e, per quanto provi a distrarti il pensiero, rimane ancorato a uno stesso chiodo. Erano le cinque di mattina, non era ancora riuscito a chiudere gli occhi, se non per qualche minuto. Tanto valeva dare inizio alla sua giornata.

Alle otto e mezza aveva un appuntamento con Iolanda Svevo, poi doveva riunire la squadra per distribuire i compiti della giornata. C'era tutto il tempo per fare un salto da sua madre senza destare nell'occhio. La coincidenza aveva voluto che lei fosse ricoverata, ormai da più di due settimane, proprio nell'istituto di cura in cui ora lui stava indagando. Per fortuna era in un reparto situato in una palazzina del complesso ospedaliero, ma distante dalla Pediatria.

Si augurò che non venisse a sapere della sparizione di Angelica. Le analogie con il passato avrebbero potuto riaprire antiche ferite.

Si guardò riflesso nello specchio: era giunto il momento di spuntare i baffi, che erano diventati così lunghi da coprirgli quasi interamente la bocca. Sorrise pensando che glielo aveva suggerito persino la dottoressa Palladino – quella donna non sembrava capace di tenere nulla per sé – anche se lo aveva fatto con garbo e forse era il caso di seguire il consiglio.

Sarebbe stato meglio andare dal barbiere, ma non ne aveva il tempo, quindi aprì il cassetto del mobile del bagno, prese un paio di forbici e decise di fare da sé.

Sua figlia si alzava alle sette. Doveva inviarle un messaggino per augurarle una buona giornata. Quella mattina, in particolare, non doveva dimenticarsene: sembrava molto preoccupata per la verifica in filosofia.

Erano le otto e mezza in punto quando Iolanda Svevo mise la testa nel suo ufficio. Lui aveva già sbrigato l'ordinaria amministrazione con Desdemona Raimondi, la nuova segretaria che gli era stata affidata da un paio di mesi, dopo che la sua storica assistente, rimasta incinta per la terza volta, aveva rinunciato a lavorare per occuparsi a tempo pieno della famiglia.

E lui aveva sorpreso i colleghi che badavano più alle apparenze che alla sostanza, rispolverando una signora fino ad allora dimenticata tra le scartoffie dell'archivio dei reperti della Scientifica, già avanti con gli anni, piccolina e secca come un ramoscello, con le lenti spesse come la bottiglia di un buon vino stagionato, ma in cui lui aveva intravisto fin da subito intuito e notevoli capacità organizzative.

– Buongiorno, Iolanda. – La invitò ad accomodarsi nella poltroncina di fronte alla scrivania. Le dava del tu, mentre l'ispettore capo si rivolgeva a lui rigorosamente con il lei. Era un modo un po' all'antica di impostare i rapporti, soprattutto ora che la Svevo aveva acquisito un ruolo. Ma, a parte il fatto che c'erano quasi vent'anni di differenza tra di loro, per il momento preferiva mantenere una certa distanza. Voleva stare alla larga dalle chiacchiere, perché il fascino di quella giovane donna non passava inosservato, e poi era convinto che la confidenza bisognasse guadagnarsela sul campo, senza scorciatoie.

Ora aveva una piccola cortesia da chiederle, di tipo personale, ma ancora non sapeva se fosse il momento giusto per esporsi con lei.

– Commissario, mi sono permessa di comprare delle brioche fresche, visto che la giornata sarà lunga. – L'espressione del suo viso indicava buonumore e questa era già una buona partenza.

Lui ne agguantò subito una con la crema dal vassoietto di carta dorata. – È quello che mi ci voleva – disse con aria soddisfatta. – Ma dev'essere un'eccezione. – Si toccò il contorno della pancia. – Domenica sera Altieri mi ha fatto notare, senza troppi giri di parole, che sono lievitato, in questi ultimi anni.

Lei contrasse i muscoletti delle guance, forse per evitare di sorridere apertamente. Poi assunse un'espressione più formale. – Ci tenevo a festeggiare il concorso – commentò senza guardarlo negli occhi. – Vorrei ringraziarla, non c'è stato neanche il tempo...

Lui la interruppe con il palmo della mano alzato. – Stop, nessun ringraziamento. – Si pulì prima giacca e pantaloni dai residui di zucchero a velo. – Io non c'entro con il concorso. L'hai vinto perché sei la persona più in gamba della squadra. – Dovette alzarsi perché non riusciva a spazzar via il bianco dai pantaloni. – Hai intuito investigativo e il tuo impegno è andato ben al di là del dovuto.

Iolanda raccolse con un dito una lacrima spuntata nell'angolo dell'occhio sinistro.

Lui finse di non accorgersene. – Ora basta con i complimenti. – Guardò con interesse l'altra brioche sul piattino, ma poi bloccò con la mano sinistra la destra che si stava allungando verso il vassoio. – Mettiamoci al lavoro.

Si disse che non era ancora il caso di parlarle di quel che gli stava a cuore. Avrebbe trovato un'altra soluzione. Era una piccola cosa, ma in quel momento avrebbe potuto ingenerare un qualche imbarazzo nei loro rapporti.

– Ma occhio – la mise in guardia De Vicari. – Il tuo avanzamento non è stato accolto stappando lo champagne.

Lei fece un bel respiro. – Immagino, commissario.

– Se posso darti un consiglio – continuò lui – infischiatene di quello che pensano gli altri. Non mostrarti arrogante, ma fregatene. – Si infilò la pipa in bocca, senza tabacco. – L'autorevolezza te la giocherai sul campo, imparando a non raccogliere le provocazioni.

Iolanda si massaggiò le nocche delle dita.

– Sono stato chiaro? – C'erano elementi della squadra con i quali la giovane avrebbe avuto degli scontri. Era inevitabile. Non piacevano neanche a lui. E prima o poi qualcuno sarebbe riuscito a spedirlo in un angolo del pianeta dove non erano ancora stati collegati i fili del telefono. Ora, però, Iolanda doveva gestire la situazione. D'altro canto, il loro non era un mestiere adatto alle persone emotivamente fragili.

Lei fece di nuovo un cenno affermativo.

Ma lui non aveva terminato con le raccomandazioni: – Guardati le spalle. È sempre bene, nel nostro lavoro. E se accade qualcosa di più grave di quisquilie tra colleghi, avvertimi.

Poi si alzò per dirigersi verso la finestra. – Ora veniamo all'indagine – disse tornando alla scrivania. Si lisciò con cura i baffi.

– Ha tagliato i baffi, commissario? – chiese Iolanda.

– Si vede così tanto?

Lei sorrise. – È che erano diventati un po' lunghi.

– Anche la Palladino mi ha detto la stessa cosa. – Il che lo metteva lievemente a disagio. Non sapeva se la questione riguardasse i baffi o il parere della direttrice.

– Dunque, cominciamo.

Iolanda aprì il tablet e iniziò passando in rassegna ciò che avevano in mano fino a quel momento: dall'esame della "scena del crimine" – la stanza di Angelica in ospedale – ai colloqui svolti dagli agenti.

Dalla camera della ragazzina erano spariti i suoi effetti personali. I quaderni scolastici. Le medicine che prendeva abitualmente. Il padre aveva notato che mancavano all'appello anche i due libri che stava leggendo in quel momento, mentre erano stati lasciati nell'armadietto quelli che aveva già letto.

La Scientifica aveva esaminato le impronte della stanza. Non ne erano state rilevate di diverse da quelle che dovevano esserci: Angelica, il padre, i medici, gli operatori di servizio e i volontari. Un infermiere di notte, Giovanni Esposito, aveva rinvenuto il suo piumino nel sotterraneo insieme a una siringa.

La siringa era subito stata scartata: da un'analisi eseguita in laboratorio erano emerse tracce di un particolare tipo di droga che uno dei dipendenti sembrava si iniettasse regolarmente. De Vicari si era chiesto come fosse possibile che un fatto del genere accadesse in un ospedale pubblico e, soprattutto, che la direttrice non prendesse misure drastiche. Ma aveva promesso alla Palladino di non immischiarsi. E, se non fosse stato necessario ai fini dell'indagine, avrebbe mantenuto la parola.

Raffaele Scuteri aveva intravisto qualcuno portare via Angelica in carrozzina. Quel qualcuno era stato identificato. Il suo nome era Omar Ismail Brahini, nato a Orano in Algeria nel 1982, residente a Cremona, pregiudicato per estorsione e rapina. Si era fatto qualche anno di carcere a Opera, era uscito con la condizionale, ora risultava introvabile. A lui erano risaliti attraverso l'identikit realizzato con Scuteri.

– Il tutto fa pensare a un'azione premeditata – disse Iolanda. – E che Angelica non sia stata portata via con la forza. – Sembravano provarlo i messaggi inviati dalla ragazzina al padre e l'atteggiamento di serenità mostrato da lei con Scuteri, vicino all'ascensore.

– La sua sparizione sembra essere stata pianificata – concordò De Vicari – come quando si parte per un viaggio o per una vacanza. – Ma poi enumerò i fatti in contraddizione con questa ipotesi: lo stretto legame d'affetto tra Angelica, il padre e la sorella; il suo cellulare gettato nel cassonetto. I messaggi a Wen Li, invece, avvaloravano sia la tesi di una fuga pianificata sia di un rapimento, perché potevano essere stati indotti con la forza.

La Svevo si legò i capelli a coda di cavallo con un elastico che tirò fuori dalla tasca della giacca. – Supponiamo sia spuntato fuori il padre biologico – disse. – Lui potrebbe averla spinta a lasciare l'ospedale.

De Vicari era scettico. – Bisogna dare un'identità a quest'uomo, perché la congettura abbia un senso. E poi perché agire così?

– Sto facendo qualche ricerca in proposito – rispose la Svevo – e per il momento vorrei tenere aperta la pista investigativa. Ma ho in mente anche dell'altro.

– Cioè?

– Ho chiesto a Scuteri di non parlare dell'identikit ai colleghi. Mi è parso collaborativo. Ha riferito in reparto di non ricordare il volto dell'uomo che stava accompagnando Angelica nei sotterranei.

– Quindi?

– Se il rapitore dovesse temere che potesse identificarlo, potrebbe mettersi in contatto con lui. Abbiamo messo il cellulare di Scuteri sotto controllo e una cimice a casa sua con il suo consenso.

Il commissario approvò la decisione dell'ispettore capo e le chiese di incontrare Giovanni Esposito, uno degli infermieri della Pediatria. – Vedilo oggi, ma non in ospedale. Altieri sostiene che possa esserci d'aiuto. Quello che è accaduto fa pensare che ci siano, comunque, dei complici nel reparto.

Come poteva Angelica essere uscita da sola, o accompagnata da Brahini, senza che vi fosse traccia del suo tragitto nelle riprese delle telecamere di sorveglianza?

Il telefono squillò. Aveva chiesto a Desdemona di non passargli nessuna chiamata. Sollevò il ricevitore: – Commissario, il capo vuole vederla.

– Sarò da lui tra una decina di minuti.

– Scognamiglio farà un salto lui qui da noi tra una mezz'ora.

La Svevo accennò ad alzarsi. De Vicari le fece cenno di rimanere seduta. – Abbiamo ancora dieci minuti, Iolanda – disse – poi distribuirai i compiti alla squadra e io andrò in ospedale, sempre che il capo della Mobile non abbia novità rilevanti.

La Svevo sorrise. – Sarà lui a volerne da noi.

De Vicari prese l'altra brioche dal vassoio, la rigirò come se fosse un oggetto prezioso, quindi l'addentò senza più remore. – So cosa stai per dire.

– Ci mancherebbe, dottore, le ho portate per lei.

– Non mi riferivo al dolce. – Sorrise sotto i baffi, alzandosi in piedi. – Tu stavi pensando che dovremmo fare delle intercettazioni ambientali nel reparto. E ci sono alcuni telefoni che bisogna mettere sotto controllo.

L'ispettore incrociò il suo sguardo. – Mi ha letto nel pensiero.

– Ne parlerò con Gualtieri, ho un appuntamento con lui questa mattina. Ma è un'arma a doppio taglio.

Lei fece una smorfia, come per dire che non capiva.

De Vicari smise bruscamente di parlare. Quello che aveva appena affermato non aveva un senso compiuto, a parte la richiesta di approvazione da parte del magistrato sulle intercettazioni, ma ora sì che gli si era accesa una lampadina. Tacque per qualche minuto, girovagando per la stanza.

Gli piaceva la Svevo perché non lo incalzava quando lui stava riflettendo.

– Altieri ha fatto cenno a sperimentazioni cliniche non autorizzate – disse a un certo punto. Si asciugò la bocca con un fazzoletto di carta. – Ti prego, non portarmi più le brioche. – Andò a lavarsi le mani con il sapone liquido dall'erogatore a disposizione in ogni ufficio.

– D'accordo – replicò lei, senza muovere un angolo della bocca.

– Se no dovrò cambiare il guardaroba.

Lei non commentò, ma parve un po' dispiaciuta, come se avesse sbagliato qualcosa.

De Vicari disse a se stesso che doveva smetterla con le battute, Iolanda prendeva tutto terribilmente sul serio. Ci sarebbero arrivati, all'umorismo, ma per sorridere sulle stesse cose ci vuole una sintonia che richiede del tempo.

– Dobbiamo sapere di più sulle sperimentazioni in ospedale e capire se c'è un nesso con questa vicenda – riprese. – Di questo mi occuperò io con la direttrice sanitaria. – Le parole "direttrice sanitaria" gli fecero deviare lo sguardo verso il portapenne sulla scrivania.

L'ispettore riassunse: – Dunque, al momento abbiamo due piste da seguire. Il padre naturale, supportato da eventuali complici in ospedale, e le sperimentazioni cliniche.

De Vicari aggiunse: – Le piste potrebbero essere tre, se dovessimo includere i contatti di Wen Li con la rete dei dissidenti cinesi.

– Di che si tratta?

– Il padre di Angelica prepara regolarmente una rassegna stampa dei principali fatti che succedono nel mondo e la invia ai blog cinesi clandestini che non possono accedere alle informazioni.

– Quindi è un personaggio non gradito dal governo cinese?

– Sì, ma non credo che le autorità di Pechino avrebbero agito in questo modo, se avessero voluto metterlo a tacere. Sarebbe stato sufficiente sopprimerlo, provocando un incidente casuale. – De Vicari si sorprese a pensare: "Come quello che ha ucciso la moglie", ma non condivise con Iolanda quell'estemporaneo sospetto che non aveva alcun riscontro nei fatti. – Far sparire sua figlia avrebbe puntato i riflettori su di lui. In ogni caso, i suoi telefoni sono sotto controllo, se dovesse esserci una relazione la scopriremo.

De Vicari ritornò alla scrivania. – Dobbiamo concludere, Iolanda. – Strinse il nodo della cravatta. – Interroghiamo di nuovo dipendenti e volontari del reparto.

L'ispettore era già sulla porta. – La domanda non sarà più soltanto cosa abbiano visto o sentito domenica, ma se abbiano visto o sentito qualcuno nel reparto in relazione ad Angelica nelle precedenti due settimane.

De Vicari alzò il telefono e chiamò Desdemona a rapporto. Ci aveva pensato durante tutto il colloquio con la Svevo. Doveva giocare d'anticipo, o quell'occasione sarebbe svanita prima ancora di presentarsi.

14. DESDEMONA

Era già la terza volta che metteva mano all'agenda degli appuntamenti. Gli eventi della Squadra Mobile cambiavano in continuazione a seconda della piega che prendevano le indagini, ma Desdemona ormai si era abituata a non avere più una routine. Finalmente aveva dei problemi concreti da affrontare.

Da quando si era trasferita dal commissario, la mattina si alzava di buon umore; il suo capo la considerava un essere pensante e questo per lei non era molto, era tutto. Non ricordava l'ultima volta, prima di approdare in quell'ufficio, in cui qualcuno – un collega o un superiore – le avesse chiesto un'opinione.

Ma ciò che era accaduto quella mattina l'aveva colta di sorpresa.

Tanto per cominciare, quando era arrivata, dovevano essere circa le otto, aveva comunicato a De Vicari che il questore sarebbe dovuto andare in Francia con la famiglia per Sant'Ambrogio. Un'informazione di servizio che non le era parsa di particolare rilevanza. Bisognava soltanto ridefinire dei turni di sorveglianza, in occasione della festa del patrono della città.

Ma al commissario il caffè era quasi andato di traverso, non appena lei gliene aveva parlato, quindi doveva esserci un risvolto della faccenda che le era sfuggito.

Non a caso, dopo l'incontro con la Svevo, De Vicari l'aveva convocata nel suo ufficio, prima che arrivasse il capo della Squadra Mobile. Non l'aveva guardata negli occhi, e già questo le era sembrato abbastanza strano. Anzi, aveva avuto la sensazione che fosse un po' imbarazzato, come se stesse per affidarle un compito spiacevole.

– Da quando sono stato assunto in polizia – aveva esordito – non ho mai chiesto nulla a nessuno. – Con un dito aveva preso a stropicciarsi i baffi. – Non ne faccio una questione di etica – aveva aggiunto – quanto di dignità personale.

A quel punto lei doveva essergli apparsa così disorientata che lui si era deciso a parlar chiaro.

Il questore era ospite d'ufficio con la moglie alla Prima della Scala. Ma se il sette dicembre era occupato, questo voleva dire che i posti erano disponibili? Aveva allargato le braccia. – Secondo lei quei biglietti potrei averli io?

Desdemona non si sarebbe mai sognata di domandargli con chi volesse andarci, alla Scala, primo perché non erano fatti suoi e poi perché la riservatezza era in cima al suo personale codice di condotta.

Era stato il commissario a sentire il bisogno di "confessarle" la verità, come se questo lo sollevasse dal dilemma morale di chiedere qualche cosa per sé. – Vorrei accompagnarci mia madre – aveva detto. – Da quando mio padre ha avuto l'incidente, lei ha rinunciato a tutte le sue aspirazioni professionali. E senza mai farlo pesare a nessuno. Ora non le resta più molto tempo.

Aveva aggiunto che quell'anno alla Scala era in programma la *Tosca* di Puccini che sua madre conosceva a memoria, avendola cantata e suonata per tanti anni in Conservatorio. – Una *Tosca* diretta da Riccardo Chailly – aveva tenuto a sottolineare. Riccardo Chailly, uno dei più importanti direttori d'orchestra al mondo – che mia madre ha conosciuto quando lui era ancora una giovane promessa della musica.

Se le cose stanno così, gli aveva detto Desdemona, non c'è un minuto da perdere. Se la voce fosse circolata, il questore sarebbe stato tempestato da un numero incalcolabile di richieste. Chi non sarebbe stato interessato a mettersi in mostra nella platea del più famoso teatro d'opera del mondo?

Per prima cosa, lei si sarebbe informata sull'effettiva disponibilità dei biglietti. Se Proietti aveva già preso degli impegni con qualcuno, allora non c'era molto da fare, inutile esporsi. Ma se, invece, ancora non aveva preso una decisione, era convinta che lui dovesse parlargliene direttamente, con sincerità, come aveva fatto ora con lei.

Non si trattava di un favore, caso mai di una gentilezza. O di un riconoscimento di valore, ma questo non gliel'aveva detto, l'aveva soltanto pensato.

– Qualcuno ci deve pur andare alla Scala il sette dicembre – aveva sdrammatizzato Desdemona con il commissario. – Allora perché non lei, dottore?

Spense il computer, perché era ora di tornarsene a casa. Prese dalla borsetta il portacipria e si passò un po' di colore sulle labbra. Non era mai stata una bellezza, ma si era decisa a prendere un appuntamento con l'estetista e uno con il parrucchiere. Ora ci teneva a presentarsi in modo adeguato all'ufficio che la buona sorte le aveva assegnato. Si pulì gli occhiali con uno spray speciale; chissà, con il tempo avrebbe potuto anche prendere in considerazione le lenti a contatto, probabilmente sarebbe migliorata anche la vista, oltre che il suo aspetto esteriore.

Stava premendo il pulsante dell'ascensore quando si sentì chiamare alle spalle da una voce argentina: – Ciao, Desdemona!

Si voltò trovandosi di fronte a una ragazza riccioluta alta una ventina di centimetri più di lei, se si comprendevano i tacchi dei suoi stivaletti texani a punta. – Sono Antonella, l'assistente di Proietti.

Desdemona rilevò che la giovane si era presentata come assistente e non come segretaria del questore. Era arrivata in quell'ufficio soltanto da qualche settimana, con lei aveva già interagito diverse volte al telefono e si davano del tu. – Oh, ciao Antonella, è un piacere conoscerti di persona! – Ricambiò il sorriso e le strinse la mano con calore.

Fu in quella frazione di secondo che prese una decisione con la quale si sarebbe giocata quello che si era conquistata fino a quel momento. Non si perse in preamboli e chiese ad Antonella un appuntamento riservato – loro due soltanto – per l'indomani mattina.

15. L'INVITO A CENA DI MICOL

– Tu portami via dalla convinzione di non essere abbastanza forte – canticchiò sulle note della canzone di Fabrizio Moro. – *Quando cado contro un mostro più grande di me…* – Micol si slacciò l'accappatoio, lasciandolo scivolare sul pavimento del bagno, e si guardò nello specchio incassato in una cornice di minuscole piastrelle a mosaico.

Nonna Regina le aveva fatto un complimento nel pomeriggio, ma se c'era un briciolo di verità nelle sue parole, come mai le sue storie finivano sempre male?

Sciolse la treccia e abbassò la testa per spazzolarsi i capelli.

Che cosa c'era in lei che non andava?

Alex doveva aveva una nuova storia. Per questo non si faceva più vivo. Che tristezza! Lasciarla senza neanche un messaggio di spiegazione.

Alzò il volume del cellulare ed entrò nella doccia. Le piaceva ascoltare la musica mentre le goccioline d'acqua calda saltellavano leggere sul suo corpo.

Un brivido le percorse la schiena, sentì i capezzoli irrigidirsi: aveva lasciato la finestra aperta. Pensò di andare a chiuderla, poi il vapore tiepido avvolse la cabina e se ne dimenticò. Piegò la testa all'indietro per sentire l'acqua scorrere sulle palpebre, le guance, le labbra.

Dal divorzio non era approdata ancora a nulla di stabile.

Chiuse gli occhi mentre insaponava i capelli e lasciava che le parole della canzone entrassero in circolo per sciogliere i suoi turbamenti. – *Portami via dai momenti. Da questi anni invadenti. Da ogni angolo di tempo dove io non trovo più energia. Amore mio portami via.*

Le note del pianoforte la proiettarono per qualche istante fra le braccia di un uomo immaginario che la stringeva forte a sé. Sorrise pensando a Nicholas Green, l'americano con il quale aveva appuntamento quella sera.

Si domandò che cosa sarebbe stato della loro casa editrice, se non avesse colto al volo la proposta. La mamma voleva trovare un finanziatore, senza cedere la maggioranza. Ma per fare cosa?

La verità era che non avevano una strategia per gli anni a venire, soltanto dei titoli da pubblicare.

Sapevano realizzare dei buoni prodotti editoriali: romanzi avvincenti, saggi che innescavano dibattiti. Non era poco. Ma erano bagliori. Non fuochi. Né tanto meno incendi. Ci voleva ben altro per cambiare lo stato delle cose.

Nell'era digitale, questo era soltanto un punto di partenza. Forse un presupposto. Si rimise a cantare sottovoce. – *Tu portami via. Quando torna la paura e non so più reagire. Dai rimorsi degli errori che continuo a fare. Mentre lotto a denti stretti, nascondendo l'amarezza dentro a una bugia.* – L'algoritmo di Spotify aveva capito che quella melodia le piaceva e gliela riproponeva a intervalli regolari.

Ascoltando gli americani, aveva messo a fuoco meglio di prima in quale direzione sarebbe dovuta andare la casa editrice.

Volevano combattere la schiavitù nel mondo contemporaneo?

Non sarebbero stati una collana di saggi o un paio di romanzi, presi singolarmente, a fare la differenza.

Anche Cesare Martinelli era giunto alle stesse conclusioni, pur non prendendo una posizione esplicita per non minare quel poco di equilibrio che ancora esisteva nella casa editrice. – Dobbiamo immaginare storie in grado di declinarsi in una logica multimediale – le aveva detto nel pomeriggio. – Romanzi, film, sceneggiati, serie televisive – come quelle realizzate da Netflix, Sky, Amazon e dal Gruppo JWT – e appuntamenti su Facebook, Instagram, Tik Tok.

Nessuno di loro, nella casa editrice, aveva le competenze per affrontare quella sfida. E non era solo una questione di soldi.

Le abitudini di lettura stavano cambiando. – Leggiamo sempre meno sulla carta e sempre più dallo schermo – aveva sottolineato Green nella presentazione del Gruppo. – Le storie si sviluppano sulla pagina, ma i lettori si affezionano ai personaggi che vedono recitare la loro parte in video.

Micol aveva provato a riprendere il discorso con sua madre, ma lei sembrava impermeabile a ogni novità. Il mondo dei libri rimaneva nella sua mente quello che aveva conosciuto quando aveva fondato la casa editrice.

Altro che stampanti 3D o progetti sulla realtà aumentata! La loro società procedeva in retromarcia. Che non fossero gli unici sul mercato a essere in ritardo sulla strada dell'innovazione non serviva come giustificazione.

Henry Valente non faceva che supportare Eva nella resistenza al cambiamento, e non tanto perché ne fosse particolarmente convinto. Era un uomo troppo superficiale per andare a fondo delle questioni. L'aggressività era il combustibile che lo consumava da dentro. Era animato da un sentimento di rivalsa nei suoi confronti. Si credeva irresistibile perché aveva un bell'aspetto, ma era soltanto un guscio vuoto.

La proposta della multinazionale era quello che ci voleva. Non che Micol non fosse consapevole di quello che poteva essere messo a repentaglio con l'accordo. Ma i vantaggi erano infinitamente superiori ai rischi. E poi erano pieni di debiti. Non avevano altre opzioni. Sua madre sembrava aver perso la memoria.

Mentre si stava risciacquando, Micol si sovvenne della sparizione di Angelica. Non ci voleva proprio, in quel periodo!

Subito si sentì in colpa per aver concepito un pensiero così egoista. E se fosse stata Viola a sparire? Che cosa avrebbe detto, se i genitori delle sue compagne di classe si fossero fatti scudo dietro i problemi della quotidianità, invece di aiutarla a ritrovare sua figlia?

Ora sentiva freddo. Chiuse il rubinetto dell'acqua, uscì dalla cabina e si infilò l'accappatoio. Per fortuna quella sera aveva un programma insolito. L'appuntamento con Nicholas Green suonava come un diversivo.

Udì sua figlia parlare al telefono in anticamera. Doveva essere rientrata dagli allenamenti di pallacanestro.

– Ma che cazzo pretende quello stronzo? – la sentì dire al telefono. – Non possiamo studiare tutta quella roba in una settimana!

Doveva insistere perché la smettesse con le parolacce, che non si addicevano a nessuno, tanto meno a una ragazzina della sua età. Ma ogni volta che glielo faceva notare, sua figlia replicava dicendo che lei era vecchia e che tutti i giovani al giorno d'oggi si esprimevano in quel modo. E non solo i giovani.

– Mamma, puoi abbassare la musica, per favore? – le gridò dal corridoio.

Micol premette il tasto del cellulare e cominciò a strofinarsi i capelli. Si guardò allo specchio. Era stanca, ma la doccia aveva allentato la tensione.

Diede un'occhiata all'ora. Erano già le sette, doveva sbrigarsi. Andò in camera da letto, aprì l'armadio e cominciò a passare in rassegna quello che vi era appeso, poi chiamò Viola che, nel frattempo, aveva concluso la telefonata.

– Con chi stavi parlando? – le chiese da lontano. Non sapeva che cosa indossare per la serata.

– Con Anita. – Sua figlia l'aveva raggiunta in camera da letto. – Voleva gli appunti di religione.

– Di religione?

– Che c'è di strano?

– Di solito non è considerata una materia importante – disse Micol. Decise di mettersi una gonna nera, leggermente sopra il ginocchio, con gli spacchetti laterali e le scarpe a punta con un po' di tacco.

– La prossima settimana ci sarà un compito in classe – replicò Viola.

Micol si infilò gli slip neri e allacciò il push up dello stesso colore.

– Stiamo preparando religione insieme ad altre materie. La prof ha spiegato che l'argomento religioso "va affrontato in una logica interdisciplinareee, e cioè inserito nel contesto storicooo".

Sua figlia stava contraffacendo la voce per imitare quella dell'insegnante.

– Brava, mi piace come ti esprimi, ora il linguaggio è più appropriato. – Si bloccò indecisa davanti al cassettone. La gonna stava meglio con un golfino nero oppure con quello azzurro chiaro?

– Mamma, nella nostra scuola verrà a parlare il rabbino Isacco, l'amico di nonna Regina.

– Come mai? – le chiese, lo sguardo rivolto allo specchio. Decise per il pullover azzurro e la collana di perle dello stesso colore. Poi improvvisamente cambiò idea. Era un invito a cena? Allora perché non mettersi un vestito, invece di gonna e camicetta che sapevano di ufficio? Aprì di nuovo l'armadio e, visto che ormai era entrata in questo ordine di idee, scelse un abitino verde un po' attillato. L'avrebbe sdrammatizzato con il giubbotto di pelle nera e gli stivali sopra il ginocchio.

Viola era in piedi davanti a lei. – Ma non verrà soltanto il rabbino.

– Ah no?

– Sono stati invitati anche un imam, un pastore protestante, un prete ortodosso, un buddista. Faremo una diretta in streaming su Instagram – la incalzò di nuovo. – Cosa devo aggiungere d'altro perché mi ascolti?

– Dai, Viola, non dire così! – Micol alzò la testa per guardare sua figlia. – È che ora ho troppa fretta per concentrarmi su un argomento così impegnativo.

Sua figlia l'abbracciò. – Mamma, stavo scherzando! – Poi aggiunse: – Volevo dirti una cosa, poi prometto che ti lascio in pace.

– Ti ascolto. – La invitò a sedersi sul letto vicino a lei.

– Credo di essermi innamorata.

– Notiziona! – esclamò lei, accarezzandole la chioma. – E chi sarebbe il fortunato?

– Un ragazzo della terza C.

– La tua stessa sezione.

– Mamma, io sono in terza A!

– Ah sì, hai ragione. Ma che altro mi dici di lui?

– È carino da morire!

– La bellezza non basta.

– È molto bravo a scuola, l'anno scorso ha vinto il premio di matematica. Gioca a pallacanestro come me...

Micol la interruppe. – Per il momento può bastare. E Luca?

Viola fu perentoria. – Luca non mi piace più.

– Perché?

Viola si diresse verso il corridoio. – Non hai detto che sei di corsa?

Lei strizzò l'occhio alla figlia. – Come si chiama il ragazzo?

– Abdel.

– Non è italiano?

– È italianissimo. La sua famiglia viene dal Marocco, ma lui è nato a Milano. Un po' come la nonna e noi.

– Noi siamo ebrei, lui sarà musulmano.

– E allora?

– Niente – replicò Micol, alzandosi anche lei dal letto. – Sei pronta per uscire?

– Non ancora.

– Hai messo il pigiama e lo spazzolino nella borsa? – le chiese, ricordandole il programma della serata.

Viola fece segno di no con la testa.

– Allora vai a prepararti. Quando finisco di asciugarmi i capelli ti raggiungo.

Micol aprì di nuovo il cassetto alla ricerca delle autoreggenti e cominciò a infilarsele delicatamente. Poi mise l'abito verde e si guardò allo specchio. Un filo di trucco e sarebbe stata a posto.

Viola non aveva lasciato la stanza. – Mamma, ma com'è questo americano?

Micol guardò sua figlia. – Perché vuoi saperlo?

– Ti stai vestendo come si va a un appuntamento con un corteggiatore, non a un incontro di lavoro.

– Ma dai... – si schermì lei, ma non poté non scoppiare in una risata. Non sapeva se l'uomo che stava per incontrare le interessasse. E poi portava la fede al dito. Ma a volte poteva essere gratificante anche solo sapere di piacere. E in quel momento, anche quel tipo di conferma le avrebbe fatto bene.

– Dimmi a chi assomiglia – incalzò la figlia.

– Non saprei.

– Allora descrivimelo.

– Come sei curiosa.

– Tu mi fai sempre un sacco di domande, quando esco con i miei amici.

– Ma è diverso – la interruppe lei – io sono tua madre.

– E io sono tua figlia! Allora, vuoi dirmi com'è fatto, sì o no?

– Ha la barba, i lineamenti regolari, gli occhi scuri, i capelli brizzolati e un bellissimo sorriso. Ti basta?

– Per questa sera sì – ribatté Viola, dirigendosi verso la sua camera. – Ma domani non mi accontenterò di una descrizione così sommaria.

Micol cominciò a provare diverse paia di orecchini, prima di decidersi per dei piccoli smeraldi che le aveva regalato suo padre quando aveva compiuto i diciotto anni. Scelse con cura anche il profumo. Adorava le essenze floreali, soprattutto quelle vanigliate. I profumi le piacevano anche in versione maschile. Perché un uomo l'attraesse doveva avere, innanzitutto, un buon odore.

Stava infilandosi gli stivali quando suonò il campanello. Era troppo presto perché fosse Green. Anzi, era impossibile. Lui sarebbe passato a prenderla da nonna Regina. Guardò dallo spioncino. Era Marco, il suo vicino di casa. Contemporaneamente squillò il cellulare che aveva lasciato in cucina. – Viola, per favore, puoi rispondere tu? – le gridò da lontano.

– Yes, this is Viola – la sentì dire in inglese.

Micol aprì la porta.

– Ohi ohi, Micol, come siamo sexy questa sera!

– Non dire sciocchezze – si schermì lei.

– Sono serissimo! Ti farei il filo persino io! – Ad alta voce, rivolgendosi al compagno che si era affacciato sul pianerottolo, disse: – Hai visto come è carina Micol, questa sera?

– Com'è che non ne sappiamo niente? – rimbalzò l'altro. Micol era stata testimone alla loro unione civile e con loro aveva un rapporto stretto.

Marco aveva in mano dei documenti. – Volevo parlarti dell'assemblea di condominio.

– Accidenti, me ne sono dimenticata!

– Non ha importanza – replicò lui. – Firmami la delega.

– Già che ci sei, prestami la penna. Dobbiamo uscire tra dieci minuti e io non sono ancora pronta. Ho un appuntamento importante.

Lui piegò la bocca di lato. – Questo l'avevo capito.

Viola era ancora occupata al telefono, ma fece un cenno con la mano di saluto a Marco. Sua figlia era affezionata ai vicini di casa come se fossero degli zii, aveva trascorso molto tempo a casa loro quando lei non c'era o doveva rincasare tardi.

– Chiamami domani e ti dirò com'è andata l'assemblea.

Micol fece per chiudere la porta.

– Anche noi vogliamo sapere della tua serata!

Micol accese la televisione per ascoltare i titoli del notiziario. Alzò il volume per poter sentire mentre girava per casa. Ma dovette abbassarlo perché si accorse che sua figlia stava parlando al cellulare.

– Questo è il colmo! – esclamò Viola. – Sai chi era al telefono?

Micol negò con la testa.

– Non hai sentito che stavo parlando in inglese?

– Ho immaginato che fosse tuo padre – buttò lì lei.

– Saranno due mesi che non lo sento. Lui non si ricorda mai di me.

– Allora?

– Era l'americano.

– Quale americano?

– Quello con cui devi uscire questa sera – rispose Viola.

– E perché non me l'hai passato?

– Perché voleva parlare con me.

– Con te?

– Ha detto che voleva conoscermi.

– E perché?

– C'è qualcosa di male nel fatto che mi voglia conoscere?

– Dai, Viola, non mi sembra logico. Non conosce neanche me. L'ho visto per la prima volta ieri alla riunione.

– Mamma, che tu ci creda o no, è quello che mi ha detto, e cioè che gli farebbe piacere incontrarmi prima di ripartire per New York.

– Stai scherzando, vero?

– No, dico sul serio. Mi ha detto che papà gli ha parlato molto di noi.

16. UN COMPITO DELICATO

Euforia. Giovanni non era sicuro fosse il termine più appropriato per dare un nome al suo stato d'animo, quando varcò la soglia dell'ospedale per iniziare il turno di notte; ma, se non si trattava di quello, era una sensazione molto simile.

Sceglieva il turno di notte, rendendo felici le colleghe che avevano una famiglia, perché il silenzio del reparto gli si confaceva molto più di quello del suo monolocale sulla tangenziale.

Ma quella sera lo attendeva un compito delicato, e poi si era finalmente deciso a prendere una certa iniziativa per la quale gli occorreva più coraggio di quanto non gli fosse stato necessario per affrontare la vita fino ad allora.

Passando dalla reception si fermò a salutare Gino, il tecnico della sicurezza che aveva il compito di osservare, attraverso i monitor collocati sulla parete di fronte alla sua scrivania, quello che accadeva nelle aree di passaggio dell'ospedale, dove erano collocate le telecamere di sorveglianza. Era con lui che Giovanni doveva parlare per primo.

Anche Gino aveva optato per il turno di notte, ma per ragioni diverse da quelle di Giovanni. Soltanto dopo il tramonto riusciva a trovare l'ispirazione per il suo secondo lavoro, che svolgeva durante le ore del primo con il permesso della direzione.

A dire il vero, all'inizio aveva tenuto nascosta ai colleghi la seconda attività, approfittando del fatto che dopo le due o le tre di notte nella hall c'era un silenzio quasi assoluto e nessuno si accorgeva di quello che accadeva nella stanza dei monitor. Ma non si sentiva a posto con la coscienza e alla fine aveva scelto la via della trasparenza, riuscendo a convincere i suoi capi che non infrangeva nessuna regola. Anzi, era proprio la pittura a favorire in lui quella straordinaria concentrazione che gli consentiva di svolgere nel modo più efficace il lavoro per il quale riceveva lo stipendio.

Dipingeva tutta la notte a olio, su tela o tavole di legno, immobilizzato sulla carrozzella nella quale era stato costretto da una pallottola. Quella che un delinquente gli aveva ficcato nella schiena quando era ancora giovane e da poco impiegato, come membro della sicurezza, in quello stesso ospedale.

Aveva lasciato le forze dell'ordine prima di essere assunto lì perché la moglie aveva minacciato la separazione, quando era nato il loro primo figlio, preoccupata dei rischi che correva un poliziotto. Ironia della sorte, la pallottola se l'era buscata nel suo primo anno in clinica.

Ma lui non aveva di che lamentarsi. Era grazie agli extra guadagnati dipingendo che aveva potuto far studiare "di giorno" i suoi quattro figli, uno dei quali ora stava laureandosi in Medicina e facendo pratica in quello stesso ospedale.

Con il pennello copiava quadri famosi che venivano comprati da gallerie d'arte per migliaia di euro ciascuno, come falsi d'autore. La sua specialità erano gli impressionisti francesi, ma il suo talento gli consentiva di riprodurre ogni genere di opera. Vendeva copie anche ai musei che, per ragioni di sicurezza, preferivano esporre i suoi quadri, e non gli originali che venivano conservati in casseforti climatizzate in grado di proteggerli dall'usura del tempo e dai malintenzionati.

Con gli anni aveva regalato dei lavori ai colleghi e anche ad alcuni dirigenti dell'ospedale, non certo per ingraziarseli, come aveva malignato qualcuno.

Quella gente proprio non lo conosceva! Lui, Gianluigi Piras di Torre Molino, detto Gino, i frutti delle sue notti di veglia li aveva donati soltanto per il piacere di farlo, alle persone che amava di più o a chi apprezzava l'arte. E poi si sentiva in debito nei confronti della clinica che gli aveva fornito per tanti anni uno studio confortevole, del quale non pagava neanche le spese e in cui la sua creatività aveva trovato il terreno fertile per svilupparsi.

Eppure una cosa non riusciva a mandarla giù, sebbene fossero passati molti anni, e aveva a che vedere con la dottoressa Palladino che – non era un mistero per nessuno – era una collezionista, appassionata di pittura.

Quando era stata nominata direttrice sanitaria, Gino le aveva proposto di scegliere un'opera di suo gradimento e lui l'avrebbe riprodotta. Sarebbe stato un grande riconoscimento, per un umile artista autodidatta come lui, se la direttrice, per di più esperta d'arte, avesse esposto un "suo" quadro, insieme a tante altre stimate opere di artisti importanti, nello studio dove riceveva medici, pazienti e autorità.

Ma per quanto avesse insistito, non c'era stato niente da fare. La dottoressa Palladino non ne aveva voluto sapere di mettere in mostra una sua tela. Gino era arrivato a proporle persino un Canaletto, per riprodurre il quale gli ci erano voluti mesi, ma ancora una volta il rifiuto era stato categorico.

Di falsi nel suo studio non ne avrebbe appesi per nessun motivo al mondo. Non le importava niente se per quel quadro gli avevano offerto svariate migliaia di euro, tanto era ben riprodotto.

Gli aveva però fatto una promessa. Avrebbe esposto il primo lavoro che lui fosse riuscito a realizzare senza copiare nessuno, semplicemente seguendo la sua di arte e non riproducendo quella di qualcun altro.

– Novità su Angelica? – chiese Giovanni non appena intravide Gino al banco della reception. Non poteva dire che fosse un amico, ma si fidava di lui. In realtà era bastata un'occhiata, all'inizio della loro conoscenza, perché entrambi intuissero di essere fatti della stessa pasta.

– In ospedale stanno accadendo cose che non mi convincono – gli disse Gino in un bisbiglio.

– Ti riferisci alla sperimentazione clinica?

– Anche e non solo.

Giovanni toccò la spalla di Gino: stava rientrando Liliana che si era allontanata per andare in bagno.

– Ciao, Giovanni – lo salutò lei di buonumore – tutto bene?

Lui fece un cenno affermativo.

– Mi sono messa a dieta – dichiarò Liliana passandosi la mano sulla pancia, come per mostrare i chili che doveva perdere. – E guai a te se mi offri un cioccolatino o qualcos'altro di invitante.

– Non lo provocare! – esclamò Gino, giocando sul doppio senso della parola.

– Cosa intendi per invitante? – rincarò la dose Giovanni, che di giorno in giorno si scopriva più intraprendente.

La ragazza cambiò espressione. – Sto parlando sul serio.

– Ma dai, Liliana – replicò Giovanni – tu non hai nessun bisogno di dimagrire!

– Dovresti dirlo a Luca – sospirò lei. – Anche ieri mi ha mostrato la foto di una modella a cui vorrebbe che io somigliassi. – Prese in mano il cellulare per cercare l'immagine della ragazza. – Comunque, un grissino.

– Sei in debito di un caffè, ricordi? – intervenne Gino per tirare fuori Giovanni dall'impasse di una conversazione di circostanza. – Domenica ve le abbiamo suonate, ah, come ve le abbiamo suonate!

– Non ti illudere, vincere una partita non significa aver conquistato la Coppa – colse la palla al balzo lui, spostandosi verso il distributore di bevande. – Per questa volta ti concedo il caffè, ma alla prossima... – Salutò Liliana con la mano.

Gino lo raggiunse azionando con agilità le ruote della carrozzella.

Giovanni inserì un gettone nella macchinetta e aspettò che il liquido riempisse il bicchierino. – Il sistema di sorveglianza dell'ospedale fa acqua da tutte le parti – disse porgendo il caffè all'amico. – Ci sono molte aree non coperte dalle telecamere, ed è per questo che Angelica è uscita dall'ospedale, da sola o con qualcuno, senza che tu abbia rilevato niente.

Gino bevve un sorso della sua bevanda. – Già, ma noi che possiamo fare?

– Oggi sono stato contattato dalla Svevo.

Il tecnico dei video fece un mezzo fischio di ammirazione. – Ah, però! Un gran bel pezzo di... – Accompagnò le parole con un gesto delle mani.

Giovanni alzò gli occhi al cielo.

Gino sorrise. – Ohi ohi, non metterla giù così dura. – Allargò le braccia. – Dunque, sei stato contattato dall'ispettore capo di polizia che lavora con il commissario De Vicari. Così va meglio?

Giovanni sorrise. – Ho fatto il tuo nome. Ma la cosa è super riservata.

– Di cosa si tratta?

– Domani mattina all'alba verranno a mettere delle cimici in reparto e, forse, anche in qualche altro angolo del complesso ospedaliero. – Inserì un gettone per prendere una mezza minerale. – Mi hanno chiesto una verifica sui punti strategici. Potremmo guardare insieme le piantine?

– D'accordo. – Gino buttò il bicchierino nel cestino della plastica. – Trova un momento, durante il turno, per venire giù e ne parliamo. Ma devi stare attento.

– Cosa vuoi dire?

– Sono tutti sul chi va là. E se mangiano la foglia, le telecamere saranno inutili.

Giovanni aveva capito.

– A proposito del commissario – disse Gino mentre girava le ruote della carrozzella. – Sua madre è ricoverata in Medicina interna?

Giovanni inarcò le sopracciglia.

– Ho pranzato dalla signora De Vicari, ma è stato tanto tempo fa. Conoscevo il padre del commissario, un uomo eccezionale. Lavorava con Nardone.

– E chi era Nardone?

– Mi dimentico che sei così giovane! Nardone ha fondato la Squadra Mobile a Milano nel dopoguerra. Un mito in polizia.

– Dunque andrai a trovare la signora?

Lui scosse la testa.

– Perché?

– Il padre di De Vicari ha perso una gamba in uno scontro a fuoco. Io ero lì quando è successo il fatto. Capisci perché non posso andare a trovarla?

Giovanni gli appoggiò una mano sulla spalla.

– Ero appena stato assunto in polizia. Un paio d'anni dopo la pallottola è toccata anche a me. – Squadrò Giovanni, ma senza realmente guardarlo. – Non devi dire a nessuno che la signora è qui.

Giovanni incrociò le mani sul petto. – E tu come l'hai saputo?

– A me non sfugge niente, ormai avresti dovuto capirlo.

Giovanni lasciò che Gino si riavvicinasse alla reception, poi disse a voce alta: – Ci rifaremo con la prossima partita!

Chiamò l'ascensore; ora iniziava la parte più difficile della sua serata.

– Sei qui, finalmente – lo accolse Kristina con un tono che sapeva di rimprovero.

– Sono le otto meno un quarto – si giustificò lui, mostrandole con l'indice le lancette dell'orologio. – Sono in anticipo.

– Sì, ma io devo correre a casa – ribatté lei. – Mia figlia ha 39 di febbre e suo padre oggi deve fare i turni. Volevo darti le consegne.

Giovanni si domandò come mai la caposala dovesse sempre tirar fuori la storia dei turni. Nel reparto si diceva che il marito non rientrasse mai a casa la notte, ma per ben altri motivi. Un collega sosteneva che convivesse con un'altra donna e avesse addirittura un figlio dall'amante.

Forse per questo Kristina era così ingrassata negli ultimi anni. Carmen gli aveva raccontato che aveva messo su più di venti chili in cinque anni. Doveva essere stata molto bella, prima di prendere peso; di viso lo era ancora, anche se eccedeva un po' con il trucco.

La caposala lo aggiornò sulle condizioni dei piccoli pazienti. La sorpresa gliela impacchettò mentre chiudeva l'ultimo fascicolo: – Questa sera dovrete cavarvela da soli – disse. – Tu e Carmen.

Sarebbero stati da soli lui e Carmen!

– Non ci sono molti bambini nel reparto – riprese lei. – Con quel che è successo, alcuni dei genitori hanno preferito riportare a casa i loro figli almeno per qualche giorno. – Poi aggiunse: – Paolo e Carla si sono dati per ammalati, guarda caso, proprio questa sera. Lasciamo perdere...

– Com'è l'atmosfera in reparto?

Lei allargò le braccia come per dire: compatibile con la situazione. – Ma tu non devi temere, Giovanni. In ospedale ci sono molti agenti.

– Non sono preoccupato.

Gli toccò la fronte. – Sei un po' caldo, però, e soprattutto sei sudato. Prendi un'aspirina, mi raccomando. – Si infilò una mantella e lasciò il reparto.

Sarebbero stati da soli lui e Carmen!

Non avrebbe potuto sperare di meglio. E nello stesso tempo quest'idea lo spaventava da morire. Ripassò mentalmente quello che si era preparato. Doveva solo stare calmo.

La sua voce lo raggiunse, dalla rampa delle scale, come un venticello tiepido che ristora dai rigori dell'inverno. Sentì Carmen chiacchierare con Mercedes, una delle operatrici della cooperativa di pulizie. Poi non udì più niente con le orecchie, ma le contrazioni dello stomaco gli fecero intuire che lei stava attraversando uno spazio molto prossimo alla sua persona.

Era talmente piccola di statura, Carmen, che a tutti veniva naturale abbracciarla. E questo a lui dava un po' fastidio.

– Ciao, Giovanni!

Si voltò lentamente verso di lei, sperando di riuscire a tenere sotto controllo il rossore che gli stava divampando sulle guance.

Vestita con i jeans, le scarpe da ginnastica e i capelli cortissimi, sembrava un'adolescente. Al posto degli occhi c'erano due laghetti verdi e la loro superficie era così trasparente che ci si poteva specchiare dentro.

– Ciao, Carmen, che piacere vederti! – la salutò lui con studiata naturalezza. Aveva ripassato per tutta la notte quello che avrebbe dovuto dirle. Non l'avrebbe mai confessato a nessuno, ma si era anche comprato un manuale che illustrava come ci si comporta con una ragazza al primo appuntamento. Anzi, il libro esordiva con una premessa per spiegare come arrivarci, a quel primo appuntamento.

Lui, che non aveva mai avuto una famiglia né tanto meno qualcuno che si fosse preso la briga di raccontargli come ci si comporta nelle diverse circostanze della vita, certe cose aveva potuto apprenderle dai libri o osservando gli altri. Non che fossero state malvagie, le istitutrici con le quali era cresciuto, semplicemente non avevano del tempo da dedicare a ogni singolo bambino.

– Anch'io sono molto contenta di vederti – disse Carmen, togliendosi la sciarpa e riponendola nello zainetto. – Kristina mi ha detto che questa notte saremo tu e io. – Il suo sorriso si estese da un lato all'altro del viso. Come se si fosse accesa una lampadina.

Ci aveva pensato anche lei! – Come sta il tuo bambino? – si informò Giovanni, cercando di riprendersi dalla sorpresa. Rinunciò a sistemarsi gli occhiali, che dovevano essersi inclinati sul naso, per non far vedere che le mani stavano tremando.

– Ieri è stato il suo primo giorno di scuola.

– Chissà com'era emozionato. – Un'osservazione scontata, ma pertinente.

– Non hai idea – si entusiasmò lei, cercando in una delle tasche il cellulare per mostrargli un'immagine del piccolo, scattata il giorno prima sulla gradinata delle elementari.

– Com'è carino! – commentò lui sinceramente. – Ti assomiglia.

– Sei gentile.

Ora Giovanni non aveva più argomenti. Per fortuna, si era preparato una domanda di riserva. – Come sta tua madre? – Gliela aveva presentata Carmen stessa, un giorno in cui si erano incontrati per caso nell'atrio dell'ospedale.

– Un po' meglio, grazie. Ma sai, con l'intervento che ha subito, ce ne vorrà di tempo perché possa rimettersi in sesto.

– Già.

Si guardò intorno disperato, cercando un appiglio. Del tempo era troppo tardi per parlare. Quello è un argomento che si affronta all'inizio di una conversazione e non alla fine. Ripensò alle decine di copioni letti in biblioteca, per individuare uno scambio di battute confacente alla situazione. Quando faceva le prove da solo, i dialoghi fluivano in modo naturale dall'uno all'altro dei personaggi nei quali si immedesimava. Perché, ora che si trovava di fronte a una donna che gli piaceva sul serio, non sapeva cosa dirle?

Fu Carmen a rompere inaspettatamente il ghiaccio: – Mi domandavo se questa domenica tu avessi degli impegni.

Lui fece no con la testa, girandola da sinistra verso destra e poi da destra verso sinistra, come un burattino meccanico a cui avessero dato un giro di chiave.

Carmen si alzò in punta di piedi, visto che era molto più bassa di lui. – Vuoi venire a pranzo domenica da noi? – gli sussurrò in un orecchio.

Il telefonino squillò in quel preciso istante. – Maledizione! – imprecò Giovanni tra sé e sé. Tentò di lasciar cadere la chiamata, ma il cellulare non la smetteva di disturbare.

– Non preoccuparti, rispondi – lo esortò lei, che doveva aver visto il nome di Gino sul display. – Io vado a infilarmi il camice.

Giovanni fece un'espressione dispiaciuta, ma sapeva di dover prendere quella chiamata.

– Vieni giù subito – ordinò Gino dall'altro capo del filo. – È saltato l'impianto di video sorveglianza.

– Com'è possibile? – domandò lui.

– Non ne ho idea. Le telecamere si sono spente tutto a un tratto. Ho chiamato l'assistenza, ma da remoto i tecnici non hanno combinato niente. Stanno arrivando, ma sai anche tu quanto tempo ci vorrà.

– Scendo subito – rispose Giovanni. – Non so come potrò aiutarti, ma faccio un tentativo. – Aveva dimostrato in più di un'occasione di saperci fare con la tecnologia, così quando c'era un problema era sempre lui che chiamavano, prima ancora dell'assistenza. E questo non gli dispiaceva perché gli dava la sensazione di essere utile. In ogni caso, doveva avvertire la Svevo. Il guasto avrebbe potuto intralciare le indagini.

Spiegò a Carmen il problema e le disse che si sarebbe assentato per qualche minuto. – Stai tranquillo – lo rassicurò lei. – Nel reparto ci sono io.

– È questione di poco – promise. Non vedeva l'ora di riprendere il discorso che avevano interrotto.

Ma quando Giovanni tornò in reparto, Carmen non c'era più.

17. L'ACQUERELLO

– Viola, spegni il forno, quando suona il campanellino. – Regina si stava infilando una giacca di lana. – Ci penso poi io a togliere la teglia, quando torno.

– Dove stai andando, nonna?

– A portare un po' di minestrone alla vicina del piano di sotto.

– Come mai?

– Si è slogata una caviglia e non ha potuto fare la spesa.

Regina aveva preparato delle cose buone per sua nipote, ma quella non sarebbe stata una serata come le altre. Con lei voleva parlare di Angelica, nella speranza di raccogliere qualche indizio utile, e anche sua nipote ne era al corrente.

– È tutto pronto – disse Viola non appena lei rientrò. – Ho condito l'insalata e apparecchiato la tavola.

Regina infilò una mano nei suoi riccioli. – È ora di togliere la pizza dal forno – affermò. – Sento un profumino...

La ragazza distribuì le olive e i capperi sulla pasta ancora calda.

– Sono proprio felice che tu sia qui con me – disse Regina sedendosi di fronte alla ragazzina e raccogliendo la mozzarella che colava da un lato della teglia. – È un bel po' che non trascorriamo del tempo da sole.

– Nonna, veniamo al dunque – ribatté Viola, asciugandosi le labbra con il tovagliolo. – Comincio a non capirci più niente, in questa storia.

– In che senso?

– Perché la polizia vuole incontrarmi?

– Non vuole incontrare soltanto te, ma tutte le persone che hanno parlato con Angelica prima che scomparisse.

– Nonna, io non so dove sia!

Regina la guardò negli occhi. – Ti credo, cara, però sei stata l'ultima persona che le ha fatto visita, domenica.

– Come lo sai?

– Sei andata, sì o no, da lei nel pomeriggio intorno alle cinque?

– Cos'è, un interrogatorio? – Viola si alzò in piedi per protesta e cominciò a fare avanti e indietro nel corridoio.

Regina non si scompose. – Sono le domande che ti farà la polizia.

– E io che cosa devo rispondere?
– La verità, Viola. Nient'altro che la verità.
Lei si risedette, finì il suo trancio di pizza in silenzio e andò a sedersi sulla poltrona. Regina la raggiunse in salotto. – Cosa ti turba?
– Tu credi nella lealtà tra le persone?
Le si sedette accanto. – Ma certo.
– E nella parola data?
– Ancora di più.
– Ho giurato ad Angelica di non condividere con nessuno quello che mi ha raccontato.
Regina prese il volto di Viola tra le mani. – E io apprezzo la tua lealtà. Non sai quanto. Ma qui non si tratta di tradire un segreto, quanto di salvare la vita di una persona che, in questo caso, è anche tua amica.
Viola si asciugò le lacrime con la manica del golf. – Ho detto una bugia anche alla mamma – confessò – e mi dispiace.
– Stai tranquilla, cara, tua madre capirà.
Viola si risedette sul divano, incrociando le gambe in una posizione yoga. – Ero da Luca a fare i compiti. Angelica mi ha telefonato chiedendomi di andare da lei. Ho avuto la sensazione che fosse preoccupata. Ho detto a Luca che dovevo andare in ospedale. – Le lanciò un'occhiata di sbieco. – Per lui eri tu, nonna, ad avere bisogno di me.
Regina andò in cucina a prendere la torta di mele.
– È la mia preferita – disse Viola addentandone un boccone.
– Cosa voleva Angelica?
– Mi ha detto che avrebbe dovuto andarsene per qualche giorno.
– Andarsene dove?
– È quello che le ho chiesto anch'io.
– E lei?
– Mi ha detto che non poteva dirmelo, ma che non c'era nulla di pericoloso in quello che stava facendo.
– Suo padre ne era al corrente?
– Lui non sapeva nulla. Anzi, ha detto che lo faceva anche per lui. "È una cosa che devo fare". Ha sottolineato la parola "devo". Poi è arrivata Carmen.
– Carmen, l'infermiera?
Viola annuì con la testa. – Quella carina, piccola di statura, che le ha dato una pillola.
– Sei sicura?
La nipote le rivolse uno sguardo interrogativo. – È importante?
Lei annuì.
– Carmen è anche dovuta andare a prendere dell'acqua per farle mandar giù la medicina, perché la bottiglietta nella stanza era vuota.
Regina stava elaborando le informazioni.

– Ti ricordi che ore fossero?

– Non ho guardato l'orologio, ma sono arrivata alla cinque e un quarto circa e me ne sono andata prima delle sei, perché la mamma sarebbe venuta a prendermi da Luca alle sei e mezza.

– C'è dell'altro?

– Angelica mi ha fatto una strana domanda.

Regina la invitò a continuare.

– Mi ha chiesto cosa pensassi dei concorsi di bellezza.

– E tu?

– Non sapevo cosa dire! Poi mi ha mostrato un suo dipinto ad acquerello.

Regina mise due dita sulla tempia, come se si fosse ricordata in quel momento di una cosa importante. – Aspetta un attimo. – Si allontanò per andare in camera da letto. – L'ho trovato! – esclamò da lontano. Tornò in sala e appoggiò sul tavolino l'acquerello che aveva staccato dal muro del reparto la domenica sera. – È questo?

– Sì, è proprio questo – confermò Viola. – Ma com'è che ce l'hai tu?

Regina storse la bocca. – Ora sono io ad aver fatto un pasticcio – confessò. – L'ho visto domenica sera e l'ho preso, pensando di fartelo vedere. Mi sono appropriata di una prova, cioè di un documento che potrebbe essere importante per le indagini.

– Nonna, non lo diremo a nessuno!

Regina abbracciò la nipote. – Il fatto è che non riesco a capire cosa significhi.

– In effetti sembra strano che Angelica si interessi ai concorsi di bellezza – ammise Viola. – Non è da lei.

Regina cominciò a sparecchiare.

– E poi la citazione di Gandhi scritta sotto il dipinto, "La vera bellezza sta nella purezza del cuore", sembra negare la faccenda del concorso.

– Ne parleremo domani mattina con Augusto. Verrà a prenderci alle otto e mezza e gli dovrai ripetere le cose che hai detto a me.

– Chi è Augusto?

Lei abbassò lo sguardo. – Il mio fidanzato.

– Ah! Ho capito – disse Viola, come se fosse la cosa più normale del mondo.

– Non gli dirai che ho preso io l'acquerello, non è vero, cara?

Viola sorrise. – Sarà il nostro piccolo segreto.

– Ti viene in mente qualcos'altro, a proposito di Angelica?

Viola le raccontò che aveva avuto l'impressione che l'amica tenesse d'occhio la porta. – Quando si è aperta, ho visto Angelica irrigidirsi. Poi si è resa conto che era Carmen, allora si è rilassata. Le ho chiesto se temesse qualcosa. Lei mi ha detto che preferiva che Kristina non ascoltasse quello che ci stavamo dicendo.

– Kristina? Intendi la caposala?

Viola fece di sì con la testa.

18. IL RISTORANTE

Era stata Irene ad accorgersene per prima, dopo che si erano seduti al tavolo di un raffinato ristorante situato accanto a piazza della Scala.

Aveva appoggiato la sua borsa su una poltroncina rivestita di un velluto rigato, uguale a quella su cui era seduta ora, ma di un colore diverso, e aveva cominciato a dare un'occhiata al menù fingendosi interessata alla scelta delle pietanze. In realtà sapeva esattamente che cosa desiderava mangiare. Non le sarebbe capitato facilmente di tornare in un luogo del genere, tanto valeva approfittarne per assaggiare la famosa cotoletta alla milanese cucinata da uno chef di grido.

Si era già pentita di aver accettato l'invito che Henry Valente le aveva fatto all'ultimo momento, quando lei era sulla porta dell'ascensore. Non era riuscita a dirgli di no, e non tanto perché non avesse di meglio da fare. A lei bastava leggere un buon libro, o guardare la puntata di una serie su Netflix o su Sky, per farsi passare il magone. Ma Valente era un permaloso – in ufficio l'avevano messa in guardia da lui – e se la sarebbe presa a male se avesse rifiutato. Lì per lì non era stata abbastanza rapida da inventarsi una scusa plausibile per dirgli di no e ora si era infilata con le sue stesse mani in un trappola ad alto rischio.

Per di più, lei era una ragazza di colore in un mondo di bianchi e, come suo padre le aveva sempre raccomandato, doveva fare doppiamente attenzione al suo comportamento. Se uno dei colleghi l'avesse vista con lui, chissà che cosa avrebbe potuto pensare. La gente giudica per stereotipi, più che con la propria testa, e non c'era motivo di credere che con lei sarebbero stati più indulgenti.

Una bella e ingioiellata signora si avvicinò al loro tavolo con un menù rivestito in pelle sottobraccio. Si diresse verso Henry, che si alzò in piedi per salutarla.

– È un po' che non vieni a trovarci – disse lei.

Valente si risedette. – Sono molto occupato, Ginevra.

– Tutto bene?

Henry fece una smorfia. – Non proprio – rispose accompagnando le parole con un movimento di diniego della testa. – Il lavoro mi preoccupa… – Sospese la frase lanciando uno sguardo in direzione di Irene. – Ma non credo che sia il momento migliore per parlarne.

– Capisco – rimbalzò Ginevra senza insistere.

– Non riesco a immaginare come andranno a finire le cose nella casa editrice – continuò invece lui. – La mia società è gestita da una banda di incompetenti. – Lanciò uno sguardo in tralice a Irene. – Tanto lei non può capire.

Davvero gentile, pensò Irene contraendo i muscoli delle guance, ma guardandosi dall'aprir bocca.

– Un aperitivo prima di cominciare? – cambiò diplomaticamente argomento Ginevra. La disinvoltura del suo comportamento fece pensare a Irene che, più che un maître del ristorante, dovesse esserne la proprietaria.

– Buona idea! E questa sera ne abbiamo particolarmente bisogno – ribatté lui, parlando al plurale. – Portaci due calici del vostro spumantino piemontese.

– Che cosa desiderate mangiare? – La domanda sembrava posta a entrambi, ma in realtà la stavano ignorando del tutto.

Irene pensò che, forse, Ginevra era segretamente innamorata di Valente e non ne poteva più di vederlo arrivare ogni sera con una ragazza diversa. Doveva avere una cinquantina d'anni, ma era ancora una donna piuttosto attraente.

– Cosa suggerisce lo chef?

– Tagliolini di grano saraceno al profumo di zenzero e mare. Poi, tartare di salmone con crema di avocado e mandorle tostate. Ma abbiamo anche una polentina con tartufo e ostriche…

– E se optassimo per la carne? – la interruppe lui.

– Dell'ossobuco con risotto al curry, oppure la nostra tradizionale cotoletta alla milanese con pomodorini e rucola.

Irene pensò che la cotoletta era esattamente quello che desiderava.

Henry diede uno stop con la mano a Ginevra. – Meglio il pesce. – Bevve un sorso d'acqua. – Vada per i tagliolini di grano saraceno e poi a seguire le polentine al tartufo con le ostriche.

Irene ebbe un moto di stizza. Che razza di maleducato era? Stava ordinando le pietanze e non gli era neanche passato per la testa di interpellarla.

Ma ricacciò la rabbia in gola, cercando di apparire impassibile. Valente era pur sempre uno dei capi della casa editrice. Poteva ritenersi fortunata di essere riuscita a inserirsi nell'unico ambito che realmente le interessava, e cioè quello dei libri.

Sin da quando era bambina suo padre le leggeva, un poco per volta tutte le sere, interi romanzi prima di andare a dormire. Così la narrativa era diventata una specie di ossessione, per lei. A casa della zia paterna – un punto di riferimento per l'intellighenzia progressista di Città del Capo – aveva conosciuto Zoë Wicomb, Sipho Sepamla, Nadine Gordimer e tanti altri importanti autori sudafricani, e si era infiammata ascoltando i loro discorsi contro il razzismo. Da allora aveva avuto un unico scopo: diventare una scrittrice e usare la penna contro le ingiustizie.

Proprio quel giorno Micol aveva deciso di metterla alla prova, chiedendole qualche informazione sugli americani. Micol si fidava di lei. Quindi, non era il caso di mettersi nei guai soltanto perché non gradiva la scelta delle pietanze.

Valente continuò a chiacchierare con Ginevra. Ogni tanto girava la testa per guardare le donne che entravano nel ristorante. Non se ne lasciava sfuggire una, fissando inequivocabilmente le parti scoperte dei loro corpi.

Per distrarsi, Irene cominciò a osservare gli splendidi lampadari che pendevano al centro di ciascuna delle salette comunicanti dai soffitti affrescati, che le rievocavano i saloni delle feste dei palazzi aristocratici descritti dagli scrittori russi, anche se quelli del ristorante erano ridisegnati in una chiave più moderna.

Solo le persone senza fantasia potevano annoiarsi in un continente come l'Europa. Dovunque si potevano trovare meravigliosi oggetti con una storia da raccontare, ma, forse, la storia era interessante soltanto per chi aveva voglia di ascoltarla.

Fu nell'ultima saletta che Irene intravide Micol. Più bella che mai, avvolta in un attillato abito verde, chiacchierava animatamente con il suo interlocutore. Che poi era l'americano della multinazionale che voleva comprare la casa editrice.

Si domandò se Valente si fosse accorto che la figlia di Eva era anche lei lì, ma preferì non dire niente. Anzi, si impose di non guardare in quella direzione per non innescare ulteriori tensioni in quella già precaria situazione.

Quando Ginevra si allontanò, lui sembrò ricordarsi che lei era seduta al suo stesso tavolo. – Allora, come ti trovi in Italia? – esordì passando direttamente al "tu".

– Vivo a Milano da un paio d'anni e questo Paese ha sempre avuto per me un fascino particolare...

– Come mai? – la interruppe lui, per nulla interessato alla conversazione. Era appena entrata una giovane donna che indossava una gonna cortissima e così trasparente da lasciare intravedere tutto. Valente non le tolse gli occhi di dosso finché la ragazza non si fu seduta a uno dei tavoli accanto al loro.

Quindi rivolse nuovamente l'attenzione verso di lei. – Dunque mi stavi dicendo?

– Che sono venuta diverse volte in Italia con mio padre, quando ero bambina.

– Con tuo padre? – chiese lui, riprendendo a fissare la ragazza che aveva accavallato le gambe, lasciando scoperto il reggicalze.

– Era un medico e… – Non proseguì perché Valente non la stava ascoltando. Per non innervosirsi, cominciò a fissare una piccola statua di Napoleone a cavallo, appoggiata in una nicchia ricavata in un muro di fronte a lei.

Valente chiamò il cameriere per chiedergli a che punto erano le ordinazioni e gli fece segno di riempire nuovamente i loro calici. Fu allora che si rese conto che quello di Irene era ancora quasi pieno.

– Non hai bevuto niente.

– Non amo l'alcol.

– Guarda che è un toccasana – affermò strizzandole l'occhio.

– Perché? – chiese Irene senza raccogliere l'allusione.

– Aiuta a rilassarsi, a lasciare andare le emozioni – rispose lui con lo sguardo che alternativamente si posava sull'incrocio dei suoi seni e sulle gambe della ragazza.

Irene cominciò a pensare a come uscire da quella situazione.

– Dunque tuo padre era un medico. E perché veniva in Italia? – riprese Valente.

– Faceva parte di un gruppo di specialisti che studiavano un particolare tipo di leucemia – rispose lei sforzandosi di essere gentile.

– Perché parli di tuo padre al passato?

Irene esitò: – Stava sperimentando alcune terapie geniche quando… – Non aveva nessuna voglia di rievocare i suoi ricordi con una persona come Valente.

– Quando…? – la incitò a proseguire lui, senza rendersi minimamente conto delle emozioni che stava suscitando dentro di lei.

– Quando l'hanno ucciso! – esclamò Irene con voce tremante.

Lui non commentò subito. – Mi dispiace, non immaginavo – replicò poco dopo, più che altro per educazione, ma senza il minimo trasporto.

Poi si accorse della presenza di Micol e del suo accompagnatore.

Irene lo percepì osservando i tratti del suo viso. D'un colpo i suoi lineamenti si irrigidirono e l'azzurrino delle vene divenne visibile ai lati della fronte.

Allora anche lei si voltò a guardarli, ma senza fare commenti. Vedendoli da lontano si sarebbe potuto pensare a una coppia. Una coppia che si voleva bene e questo, non sapeva perché, le dava un immenso piacere.

Immaginò che in quel momento Micol gli stesse raccontando qualcosa di molto confidenziale, perché lui la stava ascoltando attentamente, anzi era concentrato su quello che lei stava dicendo, a differenza di come si comportava Valente con lei.

Poi l'americano le disse qualcosa che doveva aver fatto centro sui suoi sentimenti, perché Micol tacque all'improvviso. Sorseggiò un goccio del suo spumante e abbassò lo sguardo sul piatto. Lui avvicinò le nocche di una mano al suo viso e le fece un buffetto sulle guance.

Quel buffetto dovette disturbare molto Valente, che non riuscì più a controllare la stizza. Chissà quante volte ci aveva provato con Micol, arrogante com'era, e Irene si augurò che lei continuasse per sempre, nei secoli, a dirgli di no.

– Mi scusi ma devo allontanarmi un attimo – affermò Valente a denti stretti e ripassando al "lei". Si alzò dal tavolo non aspettando che Irene replicasse, spostando con un gesto brusco la poltroncina verso il muro e lasciando cadere il tovagliolo.

Irene lo seguì con lo sguardo mentre si dirigeva verso la toilette. Prese il bicchiere, ma si accorse che era vuoto. Cercò il cameriere che aveva portato loro da bere. Gli fece un cenno e lui si avvicinò al tavolo. – Mi può portare un po' d'acqua frizzante, per cortesia?

Lui si allontanò un attimo poi tornò con una bottiglia e le riempì il bicchiere.

– Un tipo particolare – commentò, alludendo a Valente.

– Molto particolare – annuì lei.

– Mi scusi, posso farle una domanda? – le chiese il cameriere.

– Be'...

L'uomo non attese la sua risposta. – Da che Paese proviene? – Poi aggiunse: – Forse sono indiscreto, ma mi piace chiederlo ai nostri clienti stranieri.

– Dal Sudafrica – replicò sollevata lei, che aveva temuto una domanda indiscreta.

– Scusi se mi permetto, ma lei non è così scura.

– Perché mia madre era bianca.

– Ora capisco – commentò il cameriere, ma senza andarsene. Non ci voleva molto a capire che avrebbe gradito qualche altro particolare della storia.

– Mio padre era medico – lo accontentò lei. – L'ha conosciuta in Italia, durante un congresso di ematologia.

– È per questo che lei parla così bene la nostra lingua?

Purtroppo mia madre è morta quando io ero ancora piccola, avrebbe voluto rispondere Irene, ma preferì non continuare la conversazione. Sorrise invece, abbassando lo sguardo, senza ulteriori commenti

– Una bella storia – commentò allora lui. E, visto che lei non aggiungeva altro, fece un leggero inchino e si allontanò dal tavolo.

Irene lo seguì con la coda dell'occhio. Le pietanze non erano ancora arrivate.

Ripiegò il tovagliolo e lo appoggiò ordinatamente sul tavolo, spinse la poltroncina verso il muro e si alzò. Si infilò il giubbotto di pelle, fece un cenno di saluto al cameriere e senza perdere ulteriore tempo si avviò verso l'uscita del ristorante, augurandosi di non incontrare Ginevra sul suo cammino.

– E così conoscevi Brian e me l'hai tenuto nascosto! – Micol bevve un goccio d'acqua, evitando il vino. Doveva fare attenzione perché era già un po' brilla.

– Ma se tu e io ci siamo visti una volta soltanto! – Nicholas afferrò un pezzettino di pane, lo trasformò in una minuscola pallottola che lanciò contro di lei. – E non mi sembrava l'occasione più appropriata. – Il suo sorriso era disarmante.

– Ecco chi ti ha dato il mio numero di cellulare. – Micol si raddrizzò meglio sulla sedia. – Adesso mi toccherà telefonare a Brian per protestare.

Nicholas le diede una piccola carezza con la punta delle dita su una guancia.

Lei abbassò lo sguardò sul piatto. Le sue barriere difensive con quell'uomo stavano cedendo un po' troppo in fretta. – Ti sembra felice con la sua nuova famiglia? – gli chiese, diventando tutto a un tratto seria.

Nicholas non rispose subito e lei ebbe il timore di averlo messo in imbarazzo, come se una risposta affermativa avesse potuto farla soffrire. – Non ti preoccupare, è passato molto tempo dalla separazione e, in ogni caso, sono stata io ad andarmene.

– Lo so.

Lei inarcò le sopracciglia.

– Vivere con Brian non dev'essere stato facile.

– Perché dici questo?

Nicholas bevve un altro sorso di spumante. – Conosco Brian sin da quando eravamo bambini – raccontò. – Il suo animo non è cattivo, ma è sempre stato bloccato nei suoi sentimenti. Può eccitarsi davanti a un teorema di matematica, ma non viene toccato emotivamente dalle persone, né lo interessano i problemi concreti della vita. D'altronde, non ho mai visto sua madre fargli una carezza.

Avevano iniziato la cena parlando in inglese e soltanto in quel momento Micol si rese conto che erano passati, come se fosse una cosa del tutto naturale, all'italiano, che lui sembrava padroneggiare piuttosto bene.

– Con lui ho sperimentato cosa significhi sentirsi soli in due – commentò lei. Le tornarono in mente alcune scene del matrimonio. Viola che piangeva disperatamente nella culla. Brian nella stanza accanto, con la porta aperta, talmente assorto nei suoi studi che non la sentiva. Una sera era tornata a casa tardi e aveva sentito le grida della piccola dal pianerottolo. I vicini volevano denunciarla, pensando che lei l'avesse abbandonata a se stessa, perché la bambina aveva pianto tutto il pomeriggio.

Micol ripiegò il tovagliolo. – Da quel giorno non l'ho più lasciato solo con Viola – gli raccontò. Rievocò l'amarezza del suo ultimo compleanno a New York, trascorso senza che Brian si fosse ricordato di farle gli auguri.

– È proprio per come è fatto Brian – disse Nicholas – che mi sono stupito quando mi ha annunciato che si sarebbe sposato.

– Come mai non ci siamo incontrati, allora? – gli chiese Micol, ravviandosi i capelli con le mani.

– Quando sei arrivata a Manhattan io sono andato a vivere a Londra, per sposarmi a mia volta, e ci sono rimasto per diversi anni.

Un cameriere si avvicinò al loro tavolo e fece per riempire nuovamente i calici. Micol lo bloccò con la mano. – È meglio se passo all'acqua. – Nicholas aveva un magnetismo particolare e lei non voleva perdere di lucidità.

Il cameriere tornò con una bottiglia di vetro azzurrato. Nicholas gli fece cenno di versarne un poco anche a lui.

– Sono indiscreto se le chiedo se vive in Italia? – domandò rivolto a Nicholas.

– Io abito a New York, perché lo vuole sapere?

– Si esprime con una proprietà di linguaggio che non è quella di un turista, anche se il suo accento è indubbiamente americano.

Nicholas sorrise al cameriere. – Non ho un grande merito in questo. Mia madre era italiana, e quando ero bambino mi parlava indifferentemente in inglese e nella vostra lingua.

– A questo punto non so più se fare i complimenti a lei per l'italiano o alla signora per l'inglese – replicò l'altro.

– Nel mio caso era mio marito a essere americano.

L'uomo porse loro la lista dei dessert. – Desiderano qualcos'altro?

– Il vostro tiramisù è una squisitezza – disse Nicholas.

– Lo prendo volentieri anch'io – si associò Micol.

– Allora per due – ordinò Nicholas, restituendo al cameriere il menù dei dolci.

Micol appoggiò i gomiti sul tavolo e si prese la faccia con le mani. – Ora tocca a te – disse, concentrando l'attenzione sull'uomo che l'aveva invitata a cena.

– Anch'io sono divorziato. Da quando Tom aveva tre anni.

Nicholas prese a disegnare sulla tovaglia con la punta del coltello. – Allora abitavamo a Londra, lei ha avuto una grande opportunità di lavoro a Sydney. Per dirla tutta, si è innamorata del proprietario dell'azienda che le ha offerto il lavoro in Australia.

– E Tom?

– Lo ha lasciato a me, ma io non avrei mai accettato di perderlo. Ora la mia ex moglie ha altri due figli a Sydney e Tom lo vede soltanto un paio di volte l'anno.

Micol gli domandò perché portasse ancora la fede.

– Un'abitudine – rispose lui rigirando l'anello al dito. – Ma non è quella con cui mi sono sposato. Un giorno ti spiegherò.

– Quanti anni ha tuo figlio?

– Dieci a dicembre.

– Viola ne farà quattordici.

– Lo so.

– Ma com'è che sai sempre tutto?

Lui mostrò le sue fossette. – Brian e io siamo molto amici.

Micol sospirò. – È come se tu mi avessi conosciuto già molto prima di incontrarmi.

– Più o meno – ribatté lui. Prese una rosa dal mazzo al centro del tavolo e gliela porse. – L'unica cosa che non avrei mai potuto immaginare è che tu fossi così affascinante.

– Dai, non scherzare – si schermì Micol prendendo il fiore con entrambe le mani.

– Non sono mai stato così serio – sorrise lui. – Solo un uomo come Brian poteva tenerlo nascosto.

Il telefonino di Micol vibrò improvvisamente. Sul display comparve la scritta – Numero privato. – Dovevano essere circa le undici, lo aveva sentito dire dal cameriere a una signora che gli aveva chiesto l'ora. Ebbe un presentimento.

Nicholas cercò di toglierla dall'impasse. – Non ti preoccupare per me, rispondi, può essere importante.

Lei allora fu obbligata a prendere la telefonata.

– Ciao, Micol, sono io! – esordì una voce maschile.

Micol arrossì lievemente. – Chi parla? – chiese, come se non avesse riconosciuto il suo interlocutore.

– Sono Alex, ti sei già dimenticata di me?

– Ciao – rispose lei freddamente – ora sono occupata. Ci sentiamo in un altro momento. – Fu contenta di avergli dato una risposta così secca.

– Non vuoi parlare con me? – si stupì lui. La sua voce era piuttosto alta, anche perché probabilmente doveva avvertire del frastuono intorno a lei.

Micol si augurò che Nicholas non ascoltasse la telefonata. – È che sono impegnata – farfugliò.

– Impegnata con chi?

– Sono a cena con degli amici.

– Chiamami quando torni a casa – replicò lui. – Ho delle cose da dirti.

Micol abbassò involontariamente la voce. – Non credo sia possibile.

– Perché? – insistette lui.

Lei questa volta fu più decisa: – Non posso e basta. Ci sentiamo domani – replicò spegnendo il cellulare. Senza dire una parola si chinò per cercare nella borsa un fazzolettino di carta e asciugarsi il sudore sulla fronte.

– Era un collega – si giustificò con Nicholas non appena rialzò la testa, ma senza guardarlo negli occhi, anche perché nessuno avrebbe potuto credere a una cosa del genere.

Valente tornò al suo tavolo contrariato, ma non vide più Irene. Forse era andata a rinfrescarsi il trucco.

Si sedette aspettando che tornasse. Risistemò il tovagliolo sulle ginocchia e controllò un'altra volta il cellulare, ma non c'erano segnalazioni; in effetti non c'era nessuno che doveva chiamarlo.

Provò a collegarsi con Internet: non c'era campo. Non aveva neanche un giornale con il quale ingannare l'attesa. Fece per accendersi una sigaretta, ma sapeva che non si poteva fumare. Allora prese in mano un grissino e cominciò a sgranocchiarlo. Si voltò nella direzione di Micol e vide che era uscita anche lei.

I fidanzatini se ne erano andati per concludere la serata altrove!

La rabbia gli stava rimontando dentro. Aveva caldo, ma era meglio non togliersi la giacca. Quello era un ristorante di un certo tono. Fece per slacciarsi il nodo della cravatta che lo stava soffocando, ma lo allentò soltanto un poco.

– Ma guarda che stronza! – cominciò a rimuginare tra sé, pensando a Micol.

E lui che ci aveva fatto anche un pensierino! Chissà da quanto tempo aveva la relazione con l'americano! Già, perché tutto sembrava fuorché una cena di lavoro, quella che aveva intravisto quella sera. Micol era molto bella, ma non l'aveva mai vista così sexy.

E poi, se ci fosse stato in programma un incontro con quelli della multinazionale, lui l'avrebbe saputo. In ufficio se ne sarebbe parlato.

Il sangue riprese a pulsare nelle vene ai lati della fronte. Sentì il solito cerchio intorno alla nuca che segnalava l'arrivo di un potente mal di testa. Delle donne non c'era da fidarsi. L'aveva sempre saputo e questa ne era la riprova. Tanto valeva trattarle come aveva sempre fatto.

Ma ora la situazione rischiava di prendere una gran brutta piega, per lui. Quella *liaison* poteva essere la sanzione di un accordo già siglato, anche se non ancora con dei documenti formali.

Doveva assolutamente agire prima che gli eventi prendessero il sopravvento. Ancora non sapeva come, ma doveva fare il possibile per far saltare quella trattativa.

Un cameriere si avvicinò al suo tavolo con i tagliolini di grano saraceno al profumo di zenzero e mare, ma aveva un piatto soltanto.

– E per la signorina? – gli chiese indicando il posto vuoto di fronte a lui.

– La signorina se n'è andata dieci minuti fa – rispose l'altro impassibile.

– Come, se n'è andata? – esclamò lui, convinto che ci fosse un errore.

Come poteva essersene andata, quella cretina? Batté un pugno sul tavolo che fece traballare i bicchieri.

– Ha detto di essere molto stanca – aggiunse il cameriere. – Forse ha avuto un piccolo malore.

– E se n'è andata senza lasciarmi neanche un messaggio? – proruppe Valente, indispettito. – Cose dell'altro mondo! Pensi che la "signorina" è anche una mia dipendente.

Il cameriere lo lasciò solo davanti al piatto di tagliolini fumanti.

Lui infilò la forchetta nella montagnetta di pasta, non sapendo bene che cosa fare. Era la prima volta che veniva piantato in asso da una ragazza.

Fino a un minuto prima aveva i crampi dalla fame, ora il suo stomaco era strangolato dai nervi. Trangugiò un altro calice di spumante.

Al diavolo la cena!

Si guardò intorno. Non poteva certo fare la figura di starsene lì, come un cretino, ad arrotolare i tagliolini e sgusciare i frutti di mare da solo. Con le donne che facevano la fila per uscire con lui!

Giurò a se stesso che l'avrebbe fatta pagare a entrambe, Micol e Irene.

Con Micol doveva giocare d'astuzia, anche perché la posta in gioco non era una semplice ripicca.

Ma Irene… oh, Irene si sarebbe pentita di quello sgarbo! Un'idiota di segretaria che cercava di rendersi interessante con una patetica storia di neri.

Spinse in malo modo la poltroncina all'indietro verso il muro, nell'alzarsi fece cadere la coppa di spumante e il liquido trasparente si rovesciò sulla tovaglia e sgocciolò sul parquet. Ma lui non se ne curò. Anzi, prima di avviarsi all'uscita lanciò anche il tovagliolo sul tavolo, facendo cadere un altro calice. Non accennò neanche a un saluto al cameriere lì in piedi, a poca distanza da lui.

Avrebbe telefonato a Ginevra il giorno successivo per scusarsi di quella fuga repentina e saldare il conto. Non poteva fermarsi un minuto di più in quel posto maledetto!

Ora doveva agire con astuzia, prima che gli eventi agissero per lui.

La prima mossa della sua vendetta consisteva in una telefonata.

19. IL DILEMMA DI EVA

Ci sono dei momenti nella vita in cui si è impermeabili a tutto ciò che avviene intorno. Come se una cortina di fumo tenesse lontano il resto del mondo. Eva era finita in una clinica, accecata dal dolore, quando suo marito era morto. Non riusciva più a immaginare una vita senza di lui. E in un certo senso era quello che le stava accadendo anche adesso. La sua mente era concentrata su un unico assillante problema, dalla soluzione del quale sarebbe dipeso il suo futuro: – Fare o non fare l'accordo con gli americani?

Sembrava un dilemma shakespeariano, e in qualche modo per lei lo era.

Entro venerdì doveva sciogliere le riserve.

La vendita avrebbe portato al dissolvimento del patrimonio di idee e di valori che si era sedimentato negli anni intorno alla casa editrice. E includeva anche la sua perdita di ruolo. Inutile far finta che non le importasse. Prima o poi l'avrebbero messa da parte. Nel 2020 avrebbe compiuto sessant'anni, e ammesso che la direzione della società fosse rimasta nelle loro mani, lo scettro sarebbe passato a Micol.

Dunque aveva più di una ragione per non siglare l'accordo.

D'altra parte, c'era il rischio di fallimento. I libri in tribunale, come aveva minacciato più volte sua figlia.

Tertium non datur. Non vedeva una terza possibilità.

Si diresse verso la fermata dei taxi.

Pensò a Regina e a Viola e si pentì di averle lasciate da sole. Non conosceva l'ex magistrato, ma sapeva di che pasta era fatta sua madre quando c'era una missione da compiere. Nessun pericolo, supposto o reale, l'avrebbe fermata.

Angelica andava cercata senza risparmio di energie e, più passava il tempo, più il rischio di non ritrovarla si faceva reale, ma le indagini erano compito della polizia, non di due ottantenni che si improvvisavano detective, coadiuvati da una ragazzina alle soglie dell'adolescenza.

– Ha letto dello scandalo nelle università africane? – buttò lì il tassista, non appena lei richiuse la portiera della vettura. La radio stava trasmettendo *Emozioni* di Lucio Battisti in sottofondo.

Eva trasalì. – Come, scusi?

– Sesso in cambio di promozioni e bei voti all'università – continuò il conducente.

– Dove è accaduto?

– In Nigeria e in Ghana.

Eva annuì piano, ma in realtà stava ascoltando Battisti, più che il tassista, e si trattenne dal desiderio di canticchiare. *E chiudere gli occhi per fermare qualcosa che è dentro me...* Quanti ricordi le evocava quella canzone. *Tu chiamale se vuoi, emozioni...*

Il conducente girò a destra e con la mano, attraverso lo specchietto retrovisore, fece segno all'auto che era dietro di loro di rallentare.

Eva cercò il cellulare nella borsa. C'erano tre chiamate senza risposta. Al cinema l'aveva messo in silenzioso. Trovò il messaggio di Dalil Faouzi, lo studioso che doveva incontrare l'indomani. Si era dimenticata di confermargli l'appuntamento.

– Un fatto scandaloso – riprese il tassista – e mi stupisce che una signora a posto come lei non si indigni.

Eva alzò la testa. – Lei ha ragione – disse, sentendosi chiamata in causa. – Purtroppo, episodi come questo accadono anche da noi. Non capisco perché la colpisca così tanto.

– Perché? – L'uomo alla guida spense la radio. – Quest'anno mia figlia inizia l'università e sono molto preoccupato.

Eva si sentì in dovere di rassicurarlo: l'Europa non era l'Africa; ma per ogni frase che le veniva in mente, ne trovava un'altra che la contraddiceva.

Il traffico era scorrevole e in un attimo raggiunsero largo Treves da via Statuto.

Abbassò il finestrino, sentiva l'esigenza di un po' d'aria fresca e la sua attenzione fu attratta da un distinto signore che stava fumando una sigaretta proprio davanti al suo portone. Era incredibile come, da lontano, assomigliasse a Henry Valente.

Il conducente si fermò nel posteggio dei taxi. Mentre cercava il portafogli per pagare la corsa, si accorse che quell'uomo non assomigliava a Henry Valente. *Era* Henry Valente. Che cosa ci faceva lì a quell'ora?

Arrotondò la cifra per lasciare un po' di mancia al conducente. Il tassista scese ad aprirle la portiera. – Grazie e scusi se mi sono permesso – disse con un lieve inchino.

Lei accennò a un sorriso e attraversò la strada in direzione di casa sua.

– Henry, che sorpresa! – esclamò guardando l'orologio. – Cosa ci fai qui?

– Ti stavo aspettando.
– A quest'ora?
– Ho provato a chiamarti sul cellulare, ma non hai risposto.
– Non devo aver sentito gli squilli.
– Ho bisogno di parlarti.
– Adesso?
– Adesso.
– Come mai questa urgenza?
– Se mi fai entrare te lo spiego. Oppure, se preferisci, andiamo a bere qualcosa fuori.
– No, per carità! – replicò Eva, cercando le chiavi nella borsa. – Sono troppo stanca, ho bisogno di sedermi sulla mia poltrona.

Entrando nel pianerottolo chiamò l'ascensore, poi si avvicinò alla cassetta per prendere la posta. – Domani devo incontrare Dalil Faouzi – gli comunicò, mentre gli scriveva un messaggio di conferma.
– Dalil Faouzi? – chiese Henry. – E chi è?
– L'intellettuale musulmano. Ha scritto un libro sull'islamismo in Europa.
– Scusami Eva, ma...
– L'allievo di Bassan Tibi – cercò di aiutarlo lei.
– Bassan Tibi?
– Henry, hai perso la memoria? – sorrise Eva. – Siamo andati insieme alla presentazione del suo libro.
– Scusami, sono un po' stanco.
– Tibi sostiene che se l'Europa non aiuterà l'Islam a evolversi in senso liberale – gli chiarì lei. – Sarà l'Islam a trasformare l'Europa in senso fondamentalista.
– Ah, sì, ora ricordo – annuì Valente.
– Mi stavo preoccupando.

Valente cercò di mascherare uno sbadiglio con il dorso della mano. – E cosa sostiene il suo nuovo libro?

Eva non gli rispose subito, stava passando in rassegna le buste prelevate dalla casella. – Dalil Faouzi affronta l'argomento da un punto di vista politico.
– Sarebbe a dire?

Eva aprì la porta dell'ascensore. – Avanza delle proposte concrete che i governi europei potrebbero intraprendere per favorire l'evoluzione democratica delle minoranze islamiche.

Henry non ne poteva più di quella conversazione.
– Dovresti leggerlo, è interessante.

Lui fece una pausa tattica. – Non hai pensato che l'integrazione dei musulmani in Europa possa portare a una recrudescenza dell'antisemitismo? – disse, ben sapendo di affrontare una questione che le stava a cuore.

– Sta già accadendo così.

– Non ti capisco.

– Vuoi dire che dovremmo cacciare i musulmani per non correre dei rischi?

– No, certo che no, ma...

Lei non lo lasciò finire. – Basta con il muro contro muro. L'unica via è quella del dialogo. È quello che sostiene Faouzi nel suo saggio.

Valente non riuscì a trattenersi. – Tu sai che idea mi sto facendo su questo libro.

– Vuoi dirmi che non è commerciale?

– Be', da come ne parli non sembrerebbe un bestseller – dichiarò lui, ma subito di pentì di aver fatto quell'affermazione. Doveva evitare qualsiasi motivo di attrito con lei.

– Henry, sarebbe bene che tu leggessi di più i giornali. Lo sai che in Europa vivono quindici milioni di musulmani e che quella musulmana è la seconda religione del mondo?

Lui non commentò.

– Sembra che in questa casa editrice nessuno voglia andare oltre la superficie! Hai mai fatto un giro sui siti delle comunità islamiche in Italia?

Valenti si strinse nelle spalle.

– Male! Se ne visitassi qualcuno scopriresti che c'è un vivace dibattito, al loro interno.

– Sì, ma questo non significa che avremo la fila in libreria per comprare il libro del tuo intellettuale.

Eva gli rispose con durezza: – Henry, vorrei che ti fosse chiaro, una volta per tutte, questo concetto. Ho fondato la casa editrice con l'obiettivo di farne un centro culturale, non un supermercato.

Valente a quel punto non poté non difendere la sua posizione. – Già, ma tu mi hai assunto per farti guadagnare del denaro, non per perderlo.

Eva chiuse bruscamente l'argomento. – È troppo tardi per affrontare un tema del genere, ma dovremo riparlarne, è cruciale per noi.

Valente si morse la lingua fino a farsi male. Come aveva potuto essere così stupido? Di quel libro non gli importava niente. Ma se avesse continuato così, avrebbe rischiato di mandare all'aria tutto il suo piano.

Mentre Eva rovistava nella borsa alla ricerca delle chiavi, Henry notò che sul telaio della porta c'era la tradizionale *Mezuzah,* piccolo oggetto raffigurante una pergamena che contiene dei passi della Torah e che ha lo scopo di proteggere le persone che vivono nella casa.

– La *Mezuzah* è un simbolo che mi è sempre piaciuto – affermò, cercando di ricreare un'atmosfera più serena.

– Concedimi qualche minuto per rinfrescarmi – disse Eva, accendendo tutte le luci del corridoio – e fra un attimo sarò da te.

– Fai come se fossi a casa tua! – replicò lui, cercando di mostrarsi a suo agio. Si sedette su una delle poltrone, pronto ad aspettarla pazientemente.

Guardò la marina appesa all'entrata. Doveva essere quella che Pompeo Mariani aveva dipinto nel 1892, in occasione dell'Esposizione italo-americana di Genova e che Eva aveva comprato la settimana prima.

Si alzò per guardare anche gli altri quadri; riconobbe un Castellani e un paio di Crippa. Eva aveva una particolare capacità di abbinare l'antico e il moderno.

– Se vuoi bere qualcosa – gli gridò lei affacciandosi da una delle camere – serviti da solo. Nel frigo ci sono diverse bevande.

– Grazie – rispose lui ad alta voce. Si diresse verso la cucina, ma poi tornò sui suoi passi. Si ricordò di avere visto dei liquori nella vetrinetta di cristallo. Aveva bisogno di qualcosa di forte.

Tornò in cucina, prese un bicchiere che era appoggiato sullo scolapiatti e si versò un'abbondante dose di whisky scozzese, aggiungendo dei cubetti di ghiaccio trovati nel freezer. Quindi si riabbandonò sulla poltrona.

Si augurò di non avere compromesso la serata, con la divergenza di opinioni che si era creata in ascensore. Ma poi si rassicurò pensando che quel genere di discussioni c'era già stato altre volte. Rientrava nel gioco delle parti. Lui aveva un ruolo commerciale ed era suo compito ricordarle che la casa editrice doveva fare utili e non investimenti a fondo perduto, altrimenti avrebbero chiuso i battenti. Ma in quel momento doveva giocare d'astuzia, perché insistere troppo sul tasto finanziario poteva essere controproducente e convincerla dell'opportunità di cedere agli americani.

Qualunque cosa si fossero detti, non avrebbe dovuto perdere la calma. Doveva essere lucido, evitando considerazioni dettate dall'impulso. Ma, soprattutto, doveva mostrarsi disinteressato, non mostrare nessun coinvolgimento personale nella vicenda.

Cercò di fissarsi bene nella testa quel concetto. *Nessun coinvolgimento personale.* Si trattava soltanto di entrare nella parte. Lui stava agendo per il bene di Eva e della casa editrice. E quindi anche per il bene di Micol.

Le trattative commerciali erano sempre state il suo forte. La freddezza con la quale conduceva gli affari gli era sempre stata riconosciuta come una delle sue doti migliori. Doveva agire così e il gioco sarebbe stato fatto.

Si trattava della partita a scacchi decisiva tra lui e Micol. Con un'unica variante: Micol era la figlia di Eva. Anche se erano in disaccordo, Micol aveva comunque un vantaggio su di lui.

Ma aveva pensato anche a questo aspetto della faccenda.

– Non bere troppo, Henry – lo ammonì Eva, raggiungendolo in salotto.

Si era infilata un maglione di lana chiaro a collo alto, dei pantaloni a sigaretta, e si era raccolta i capelli all'indietro con un mollettone.

Era ancora bella, sebbene avesse scelto di non tingersi i capelli. Era alta e snella, aveva una leggera gobba sul naso che dava personalità al suo viso. A differenza di Micol, aveva carnagione ambrata e occhi scurissimi.

Ma era il suo carattere inflessibile, che non concedeva sconti a nessuno e men che meno a lei stessa, ad aver indurito i suoi lineamenti negli ultimi anni.

Eva sprofondò nel divano, come se avesse ormai consumato le sue ultime energie.

– Non vuoi bere qualcosa anche tu? – le domandò lui, come se fosse il padrone di casa.

– È una buona idea, ma niente di alcolico – replicò lei. – Mi offri del succo di arancia che è in frigo?

Valente andò verso la cucina più rassicurato. Non sembrava arrabbiata con lui, ma volle ulteriormente distendere il clima. – È bella la marina di Pompeo Mariani.

– Me ne sono innamorata a prima vista.

– Si integra molto bene con il resto della collezione – aggiunse, mentre versava il succo in un bicchiere trovato in cucina.

– Dunque, che cosa c'è di tanto urgente?

– Sono preoccupato.

– Per cosa?

– Per tutto quello che sta succedendo.

Lei si mise diritta sullo schienale. – Stai parlando della possibile vendita agli americani?

Lui annuì. Si sedette, cominciando a fissare il liquido color miele, come se mille pensieri gli stessero attraversando la testa.

– Ma ti riferisci a qualcosa in particolare? – chiese ancora lei.

Lui bevve un sorso di whisky. – Sono convinto che la vendita si possa evitare.

– In che modo?

– Villard ha detto che i conti della casa editrice ora sono a posto.

– Già. Il fatturato è in crescita. Ma siamo anche pieni di debiti con le banche.

– Ne sei proprio sicura?

Lei inarcò le sopracciglia. – Cosa vuoi dire?

Perfetto! Le stava insinuando dei dubbi. Era l'unica cosa che poteva fare, per il momento, anche perché per la verità non aveva nessun nuovo elemento in mano.

– Se fossi in te, farei delle verifiche.
– Henry, per favore, parla chiaro.
– Voglio dire, controllerei i conti, andrei a parlare direttamente con le banche, portando le previsioni di incremento.
– Di Villard mi fido ciecamente!
– E fai bene. Non è una questione di fiducia. Qui c'è in gioco il futuro della casa editrice.
Lei cominciò a giocare con il mollettone dei capelli.
– Io non delegherei ad altri decisioni così importanti.
– Ad altri chi?
Lui non aggiunse altro.
– Intendi dire Micol?
Valente bevve un altro sorso. – Micol deve continuare a fare il suo mestiere che, peraltro, svolge nel migliore dei modi.
Lei appoggiò il bicchiere sul tavolo. – Henry, qual è il punto?
– Guarda, Eva, io mi auguro di non fare un errore, dicendoti... – Abbassò di nuovo lo sguardo sul whisky. – Ho riflettuto molto prima di venire qui.
– E dunque? – incalzò lei, senza staccargli gli occhi di dosso.
Lui fece girare più volte il liquido nel bicchiere. – Ho pensato che dovevo farlo. Lavoro da dieci anni in casa editrice, ho un grande affetto per te e per la famiglia, voglio bene a Micol e a Viola...
– Henry, dovevi fare cosa?
Ora lui affrontò il suo sguardo. – Dirtelo.
– Comincio a innervosirmi
– Questa sera ero a cena al ristorante con un'amica, quando l'ho vista.
– Hai visto chi? – l'incalzò lei, spazientita.
– Micol.
– E allora?
Valente riprese due dita di whisky. – Era a cena con l'americano. – Diresse lo sguardo verso la marina, mentre pronunciava l'ultima sillaba.
Eva mandò giù in un colpo solo tutto il succo d'arancia. – E questo cosa significa? – chiese, ma era chiaro che stava cercando di nascondere la sorpresa.
– È quello che chiedo a te – replicò Valente con la massima tranquillità.
Lei si lasciò andare sullo schienale della poltrona.
– Quando abbiamo fissato la data del prossimo incontro con il Gruppo JWT? – chiese lui. Come se non lo sapesse...
– Venerdì.
– Ti risulta che Micol dovesse vederlo, questa sera? – chiese ancora lui.
– No.
– Te l'avrebbe detto, se fosse stato così?
– Sì. Credo di sì.

Henry si prese qualche istante prima di passare alla seconda mossa. – Micol può uscire a cena con chi le pare. L'importante è che poi non faccia degli errori di valutazione. – Si congratulò con se stesso. Non solo era calmo, ma adesso si stava quasi divertendo.

– In che senso?

Era il momento del colpo finale. – Che lei può essersi benissimo innamorata di quell'uomo, ma non per questo dobbiamo vendergli la casa editrice.

Non aggiunse altro. Non ce n'era bisogno. Preferì non guardarla in faccia. Lei stava schioccando le dita.

Ora doveva mostrarsi lui stesso preoccupato dall'evoluzione degli eventi.

Era fondamentale che Eva credesse che lui le aveva parlato esclusivamente per il bene della casa editrice e nell'interesse della famiglia.

Andò in cucina a prendere una bottiglia d'acqua.

Era il momento di andarsene. Non doveva calcare la mano. Le conclusioni toccavano a lei. – Eva, spero di non aver fatto male a rivelarti questa cosa – disse riempiendo i due bicchieri senza che lei gli avesse chiesto niente – ma lo sentivo come un dovere nei tuoi confronti. – Fece un'altra pausa. – Ora è meglio che torni a casa – aggiunse. – Sono distrutto e immagino che anche tu abbia bisogno di un po' di tranquillità.

– D'accordo.

Non ci voleva uno psicologo per intuire la fatica con cui Eva sta cercando di mascherare il suo disagio.

– Se hai bisogno di me, lo sai: puoi chiamarmi in qualsiasi momento – le disse ancora, sfiorandole i capelli con la mano.

– Grazie.

Valente guardò fuori dalla finestra: – Non ci sono auto al posteggio – disse – è meglio che ne chiami uno con il radiotaxi.

Lei nascose la faccia dentro il collo del dolcevita, che aveva allargato estendendo la lana come fosse un elastico, incapace di reagire.

Ma lui non aveva ancora finito: – Domani mattina dobbiamo verificare anche i tabulati della distribuzione, regione per regione – sostenne, mentre aspettava la risposta del centralino.

– Perla 12 in quattro minuti – annunciò una voce femminile.

Valente si avvicinò a Eva per darle un bacino di saluto sulla guancia. Ma fu solo quando lei gli aprì la porta che diede la stoccata finale: – Un'ultima domanda, mi stavo dimenticando. Chi ha assunto Irene?

Lei gli rivolse uno sguardo interrogativo. – Io, perché?

– È una persona di fiducia?

– Sì, credo di sì.

– Questa sera, mentre stavo uscendo, l'ho vista frugare nei tuoi cassetti. Ma forse mi sto sbagliando e sei tu ad averle commissionato la ricerca.

– Quale ricerca? – domandò Eva con un filo di voce.
– È quello che le ho chiesto anch'io, vedendola rovistare tra le tue carte.
– E lei cosa ti ha risposto?

– Che le avevi chiesto di realizzare uno studio sui mercati esteri. Ah! Aspetta, ora ricordo meglio. Ha detto che eri interessata, in particolare, al Canada.

– Al Canada? – Eva deglutì, ma non fece ulteriori commenti.

Lui continuò: – Per la verità, anche lunedì l'ho vista cercare qualcosa nella cassaforte, sempre verso le sette e mezza, o forse erano le otto, quando negli uffici non c'era più nessuno. Lì per lì non ci ho fatto caso, ma quando ho notato che faceva la stessa cosa anche questa sera, ho pensato fosse meglio avvertirti.

– Hai fatto bene – concluse lei con quello che rimaneva della sua voce.

Henry entrò nell'ascensore. Si guardò nello specchio, si aggiustò il nodo della cravatta. Anche Irene era sistemata.

Eva richiuse la porta e si appoggiò contro il muro.

Micol a cena con l'americano. Ecco perché Viola era andata a dormire da sua madre! Altro che indagine su Angelica.

Irene che frugava nelle sue carte. Ma che cosa stava succedendo?

Cominciò a girare in lungo e in largo per la casa senza sapere esattamente cosa fare. Si diresse verso la camera da letto e aprì tutte le finestre al suo passaggio, per respirare aria fresca. Per dormire, quella notte avrebbe dovuto prendere una dose doppia di sonnifero.

Che i rapporti tra Henry e Micol non fossero buoni non era un mistero per nessuno. Sua figlia le aveva chiesto senza mezzi termini di estrometterlo dalle scelte editoriali, perché Henry non era in grado di individuare i libri da pubblicare, e su questo non aveva tutti i torti. Ma era un uomo intelligente, capace dal punto di vista commerciale, e lei era convinta che una certa dialettica interna non potesse che giovare alle decisioni.

Micol riteneva indispensabile chiarire i ruoli in casa editrice. Ma in un'azienda di piccole dimensioni come era la loro, abituata a coinvolgere tutti nel processo decisionale, non era facile attribuire delle responsabilità esclusive a ciascuno e si correva il rischio di perdere la visione di insieme.

Henry doveva essere consapevole dell'avversione che Micol nutriva nei suoi confronti e, forse, era anche geloso di lei. Ma da lì a inventarsi una storia come questa, ne correva.

Eva abbassò le tapparelle delle camera da letto e andò in bagno a lavarsi.

Che cosa ci faceva Micol a cena con l'americano, e perché non le aveva detto che aveva intenzione di uscire con lui? Che Green avesse usato l'arma della seduzione?

Ma no, stava farneticando. Che bisogno avrebbe avuto? Quello era un gruppo potentissimo e se ne faceva un baffo di una casa editrice come la loro. Chissà quante altre opportunità avrebbero potuto individuare sul mercato italiano. In questo, Micol aveva ragione. La crisi degli ultimi anni aveva lasciato molti editori in ginocchio. Con debiti e senza più liquidità da investire.

Si accorse che il dentifricio stava finendo. Aprì l'anta dell'armadietto sopra il lavandino, ma non c'erano scorte. E il suo frigorifero era perennemente vuoto. Stava perdendo il controllo della casa.

E se Micol si fosse innamorata dell'americano? Ma com'era possibile, così in fretta? A quanto le risultava, si erano incontrati per la prima volta il lunedì. Ripensò alla riunione con il Gruppo JWT e si ricordò del momento in cui Green aveva chiesto a Micol dove avesse imparato così bene l'inglese. Lei aveva risposto che aveva vissuto per qualche tempo a New York, ma senza accennare al matrimonio con Brian. Le erano sembrati sinceri entrambi. E allora?

Intuiva che Micol non fosse forte come voleva apparire, eppure non le sembrava neanche così vulnerabile da cadere nella trappola delle facili avventure. O, almeno, questa era l'opinione che si era fatta di sua figlia. Ma ormai non era più sicura di niente.

Se Maurice fosse stato con lei, l'avrebbe aiutata a valutare più oggettivamente le cose e non farsi travolgere dalle emozioni.

Chissà come era andata a finire tra Micol e Alex? Sua figlia le aveva raccontato che lui era sparito dalla circolazione, ma i problemi del lavoro stavano deteriorando anche il loro rapporto personale ed era da un po' che non parlavano.

Alex non le piaceva affatto. La cosa più fastidiosa di lui era l'immodestia. Alla scarsità di idee originali si associava un ego ipertrofico. Per questo era incapace di impegnarsi in un rapporto serio: era troppo concentrato su se stesso.

Il fatto che insegnasse Storia moderna all'Università non significava nulla. I suoi libri erano la prova evidente di come si potesse far andare a vuoto il cervello facendo uso della cultura. Più volte si era chiesta come sua figlia potesse essere attratta da un personaggio del genere.

Quello che aveva sempre apprezzato in Micol era la sincerità. Com'era possibile che le stesse mentendo? E su una cosa così importante come la casa editrice!

E che dire di Irene? Questa proprio non se l'aspettava.

Suo padre era morto da eroe, mentre affermava i diritti dei neri nel Sudafrica razzista. Era un uomo che aveva dedicato la vita alla lotta contro la malattia. Lo aveva conosciuto bene. Era stato diverse volte ospite a casa loro, quando era rimasto vedovo e Irene era ancora piccola. Lui era membro della stessa società scientifica alla quale apparteneva suo marito ed erano sempre rimasti in contatto, anche se allora le comunicazioni non erano così facili.

Nel caso di Irene, Henry non poteva essere coinvolto personalmente. Lei era arrivata soltanto un paio di mesi prima. Non c'erano altre implicazioni. Che interesse avrebbe avuto lui a dire una cosa del genere, se non fosse stata vera?

Andò in cucina, buttò giù l'ennesimo bicchier d'acqua della serata, ma questa volta ingoiò anche le pastiglie che avrebbero dovuto farla dormire.

20. CARMEN

Per risalire in reparto, Giovanni dovette farsi cinque piani a piedi. L'ascensore si era bloccato proprio mentre lui si stava occupando con Gino delle telecamere di sorveglianza.

– Fateci uscire di qui! – sentì una donna gridare dall'interno dell'abitacolo, mentre saliva i gradini della scalinata centrale. – Voglio riprendermi mio figlio!

Giovanni si domandò se fosse la voce di una delle madri del reparto. Non gli tornava familiare, ma era anche vero che non poteva ricordare tutti i genitori dei bambini.

Due colleghi stavano riportando in reparto dall'ascensore di servizio un uomo appena uscito dalla sala operatoria. Il paziente, forse ancora sotto l'effetto dell'anestesia, invocava il nome di una donna, la moglie o forse la madre. Giovanni aveva letto di persone adulte, sposate, che non si staccavano mai psicologicamente dalla loro prima figura femminile e nei momenti bui invocavano ancora la donna che li aveva messi al mondo.

Anche lui aveva attraversato momenti bui nella sua vita, ma non avendo avuto una madre alla quale riferirsi, anzi, non sapendo cosa significasse avere una madre, un giorno aveva deciso di mettere fine al dolore ingoiando tutte le pasticche scovate nell'infermeria dell'istituto.

Da allora le suore gli avevano imposto dei colloqui con una psicologa ed era stato il più bel regalo che potessero fargli. Da quella donna dall'aspetto fragile, ma solida come una roccia nell'animo, aveva imparato che si può soffrire anche senza essere affetti da una malattia organica. La mancanza di affetto può danneggiare il fisico più sano. Le paure erodono la fiducia che una persona ha in se stessa. Era quello che era capitato a suo fratello e a tanti ragazzi come lui.

D'un tratto Giovanni si ricordò dell'invito a pranzo di Carmen. Una domenica in famiglia era una delle cose che potesse desiderare di più. Anche

Augusto l'aveva invitato a trascorrere una giornata con lui e l'idea di quella villetta non gli dispiaceva affatto. Forse, con il tempo sarebbe potuto andare a trovare l'avvocato anche con Carmen e il suo bambino. Ma non doveva correre troppo con la fantasia, quello che stava avvenendo era già molto per lui.

Fino a qualche giorno prima, nella sua esistenza c'era il vuoto assoluto; ora diverse persone contavano su di lui. Aveva atteso tutta la vita quel momento e doveva dimostrare di meritarsi quella fiducia.

La prima cosa che percepì rientrando in Pediatria fu il baccano. Non proveniva da una stanza in particolare, tutte le camere parevano coinvolte dal chiasso.

Controllò il display del cellulare. Si era assentato per quaranta minuti dal reparto.

Udì alcuni bambini ridere, altri strillare, ma non gli sembravano grida di paura, piuttosto di quell'eccitazione esasperata dei piccoli quando sono troppo stanchi. C'era un capannello di mamme davanti alla sala giochi, i figli stavano ancora rincorrendosi. Come mai non erano già a letto?

Da una camera spuntò all'improvviso un cuscino lanciato nel corridoio, seguito da un orsetto arancione e, infine, da un bimbo sudato in un pigiama a righe che tentava di scivolare sul pavimento come se fosse su un monopattino.

– Vieni qui, se hai coraggio! – gridò nella direzione di qualcun altro nella stanza. Fece per rimettersi in piedi, ma perse l'equilibrio e cadde a terra.

– Salvatore, che stai facendo? – gridò Giovanni dal fondo del corridoio, precipitandosi verso il piccolo per aiutarlo a risollevarsi.

Lui cercò di giustificarsi. – Mi è caduto l'orso fuori dalla... camera. – Si passò una mano nel ciuffo grondante sudore.

Giovanni entrò nella stanza e contò cinque bambini: due di troppo, visto che la stanza era a tre letti. – Come mai siete tutti qui? – chiese.

La madre di Salvatore non dormiva mai in ospedale, il marito se n'era andato e aveva altri figli da accudire. Per combinazione, quella settimana in quello spazio erano ricoverati due bambini, anche loro senza genitori, ma che cosa ci facevano gli altri e perché non c'era neanche un parente?

Salvatore si chinò a raccogliere l'animale di peluche.

– È tardissimo – gli disse Giovanni. – Riprendi il tuo cuscino e fila subito sotto le coperte.

Gli altri piccoli erano ammutoliti.

– Bambini, tutti nei vostri letti! – ordinò Giovanni. – Entro cinque minuti non voglio più sentir volare una mosca. Sono stato chiaro?

Due genitori chiacchieravano nel corridoio come fossero le tre del pomeriggio.

Dov'era finita Carmen?

Giovanni percorse a grandi passi i corridoi del reparto per cercarla. Nelle stanze della Pediatria si poteva guardare all'interno senza dover entrare, perché metà della parete che le separava dal corridoio era di vetro.

Carmen non era da nessuna parte. Tentò di chiamarla, ma il cellulare era staccato.

Entrò nella sala medica per chiedere aiuto a Santiago Rialto, il medico di turno. Di solito i medici non si occupavano della gestione del reparto, ma in una situazione come quella anche lui avrebbe dovuto dare una mano. Nemmeno di Rialto c'era traccia.

– L'infermiera è andata via di corsa – gli disse il nonno della piccola Jasmine. – I bambini aspettano che ritorni per mettersi a dormire.

– Devono andare a letto subito! – esclamò Giovanni, senza dare spiegazioni. – Ora ci penso io.

Stava avviandosi verso una delle stanze nelle quali il chiacchiericcio risultava più intenso, quando udì una voce femminile dal fondo del corridoio.

– C'è qualcuno di servizio nel reparto?

Riconobbe Mercedes, l'operatrice del personale di pulizia.

– Come mai tutto questo casino? – chiese lei venendogli incontro.

– Ero sceso per controllare il computer di Gino. Nel reparto avrebbero dovuto esserci Carmen e il dottor Rialto...

– Carmen non ti ha avvertito? – replicò lei sorpresa.

– Di che cosa?

– È dovuta tornare a casa, suo figlio si è fatto male.

Giovanni aggrottò le sopracciglia.

– Sembra sia caduto dal letto mentre stava dormendo. Niente di grave, ma si è messo a gridare, svegliando tutti i vicini.

– Era a casa da solo?

– Carmen lo ha lasciato con una baby sitter che ha trovato all'ultimo momento.

– Tu come fai a saperlo? – la interruppe lui.

– Mi ha chiamato sul cellulare.

Come mai Carmen non aveva cercato lui? Erano entrambi responsabili della gestione del reparto, per quella notte.

– Dovrebbe essere qui a minuti – aggiunse Mercedes, quasi volesse scusarla.

– D'accordo – replicò lui poco convinto. – E il dottor Rialto?

– Ho visto uscire anche lui.

Giovanni fece dietrofront e si diresse verso l'infermeria. Controllò la copertura del suo cellulare: c'erano cinque tacche. Anche nell'ufficio di Gino la copertura era al massimo. Doveva esserlo per forza, in quella postazione.

Non c'erano giustificazioni per Carmen. Avrebbe dovuto chiamare lui, non Mercedes.

E Rialto? Se n'era andato senza avvertire nessuno, pur sapendo che non c'era del personale a sorvegliare i bambini. Era una mancanza grave.

Si augurò che il reparto non fosse rimasto scoperto per tutti i quaranta minuti in cui lui era stato giù. Gli sembrò già molto strano che nessuno dei genitori non si fosse lamentato. Il giorno successivo, l'episodio sarebbe stato sicuramente riportato alla caposala.

Giovanni cercò di scacciare dalla mente i brutti pensieri.

Non era il disordine che regnava nel reparto a preoccuparlo. Aveva già dovuto fronteggiare altre situazioni di caos con i bambini.

Era Carmen la causa del suo disagio.

Anche la conversazione che aveva ascoltato per caso qualche giorno prima, tra lei e Kristina – solo ora ricollegava – poteva essere interpretata in una chiave che non gli piaceva per niente.

Ma no! Doveva evitare di trarre conclusioni affrettate.

Aveva piena fiducia in Carmen. Probabilmente ora stava rientrando in ospedale e gli avrebbe dato una spiegazione plausibile di quanto era accaduto.

21. L'ARTICOLO

– C'è nessuno in questo reparto?

Una voce femminile riecheggiò nelle sue orecchie come un rimbombo dal fondo del corridoio. Giovanni si svegliò di soprassalto e si rialzò a fatica dalla scomoda poltrona letto sulla quale di solito trascorreva la notte chi era di turno in Pediatria. Era così stanco che si era assopito, senza neanche togliersi la casacca bianca.

Infilò i piedi negli zoccoli, non ancora del tutto lucido.

Diede un'occhiata all'orologio a muro. Era trascorsa un'oretta da quando aveva terminato il giro nel reparto: mettere a dormire i bambini non era stato uno scherzo. Aveva scambiato due chiacchiere con alcuni dei genitori che chiedevano di Angelica e volevano essere rassicurati sulle misure di sicurezza.

Carmen non era tornata. Aveva provato mille volte a cercarla sul cellulare, ma era sempre spento. Non riusciva a capire che cosa potesse esserle accaduto da giustificare un simile comportamento.

D'un tratto si ricordò di averla sognata. Erano loro tre – lei, lui e il piccolo Matteo – in una fattoria circondata da un prato verde e tanti papaveri rossi. Alla fine del pranzo, lei si era alzata da tavola, aveva preso per mano il figlio e insieme si erano messi a correre leggeri, come se si fossero liberati da un peso. Lui dapprima li aveva osservati andare incontro all'orizzonte, poi, quando si era reso conto che stavano allontanandosi troppo, aveva cercato di raggiungerli. Era spaventato dall'idea di perderli, ora che li aveva trovati. Ma più correva, più la distanza tra di loro aumentava.

No, Carmen no. Lei non poteva deluderlo.

Si alzò di scatto, ricordandosi della voce nel corridoio. Chi aveva aperto la porta del reparto, che era chiusa dall'interno? Aveva chiesto a Gino di avvertirlo se avesse visto arrivare Carmen o qualcun altro e si stupì che lui non l'avesse chiamato per comunicargli l'arrivo di una donna.

Questa indossava un abito a sottoveste rosso e sulle sue spalle nude era appoggiata una stola di pelliccia color cognac. Sebbene fosse già piuttosto alta, portava dei tacchi sottili che rendevano il suo passo rumoroso e non perfettamente in equilibrio.

– Buonasera – esordì la sconosciuta in modo pacato. – Scusi l'ora, ma sono rimasta rinchiusa per un bel po' nell'ascensore.

Ecco perché Gino non l'aveva chiamato. La signora aveva raggiunto la Pediatria dall'interno.

Giovanni mostrò un'espressione dispiaciuta. – Cosa posso fare per lei?

– Come può immaginare, sono fuori dalla grazia di Dio.

– Immagino, dev'essere stata un'esperienza sgradevole.

– È mai possibile che la manutenzione di un ospedale ci metta così tanto tempo a tirar fuori delle persone intrappolate in una cabina? – disse lei in tono concitato.

Giovanni non commentò.

– Crede che la questione finisca qui?

Lui inarcò le sopracciglia.

La signora si lasciò andare sulla seggiola dell'infermeria. – Comunque, c'è una cosa più importante di cui discutere – disse, agguantando una biro dal portamatite e puntandogliela contro come fosse una spada.

– E cioè?

– Sono venuta a riprendermi mio figlio.

Giovanni si rammentò della voce femminile nell'ascensore. – Perché?

– Come, perché? Non sa cos'è successo in ospedale?

Lui la guardò dritto negli occhi. – A cosa si riferisce?

– Alla sparizione di Angelica, è ovvio!

– Cosa c'entra con suo figlio?

Lei accavallò le gambe, mettendo in evidenza uno spacco profondo. – Mi prende in giro?

Giovanni allargò le braccia come per dire che non ne aveva nessuna intenzione.

– Mio figlio è in pericolo, come tutti gli altri bambini qui dentro, e io voglio portarlo via.

– Non c'è nessun pericolo, signora – replicò lui, indicando i due agenti in fondo al corridoio. – Sono qui per proteggerci.

– Senta, io non mi fido della polizia!

– In quale altro modo pensa che si possa garantire la sicurezza?

– Non ho voglia di discutere – replicò lei. – Non a quest'ora, né tanto meno dopo quel è successo in quel lurido ascensore.

– Dunque?

Lei riprese la penna in mano. – Tiri fuori i documenti. Firmerò quello che c'è da firmare per riprendere il mio bambino. C'è mia madre, la nonna, che dorme con lui, in questo momento.

– Chi è suo figlio?

– Si chiama Luca. Luca Fanti. Fanti è il cognome di mio marito, anzi del mio ex marito. Ci siamo appena separati.

Giovanni la interruppe. – Signora, la avverto che quello che mi sta chiedendo è impossibile.

– Perché?

– Suo figlio è sotto cura antibiotica. Ha la febbre. È monitorato a vista. Adesso sta dormendo e uno spostamento potrebbe nuocere alla sua salute.

– Sempre meglio che correre il rischio di un rapimento – incalzò lei.

– Perché parla di rapimento?

– Me l'ha detto un blogger abbastanza famoso, questa sera a cena.

– Le ha detto cosa?

– Che pubblicherà un articolo domani sul rapimento della bambina.

La notizia arrivò a Giovanni come un fulmine a ciel sereno. Aveva sentito dire da Altieri che non bisognava far uscire la notizia dall'ospedale. E gli sembrava che anche la Svevo avesse affermato una cosa del genere.

– Cos'altro ha sentito?

Lei giocherellò con i capelli. – Pubblicherà anche la foto della ragazzina. Quel blog è molto aggressivo e di solito diffonde notizie vere.

– Dove l'hanno trovata? – chiese Giovanni.

– E come faccio a saperlo? Quando il blogger ha saputo che mio figlio era ricoverato qui, voleva addirittura intervistarmi, ma farmi pubblicità è proprio l'ultima cosa che voglio. Nuocerebbe alla causa di divorzio, rischio di perdere i soldi di mio marito...

Giovanni la interruppe. – Signora, io non sono autorizzato a dimettere i pazienti.

– Guardi che con mio figlio faccio quello che voglio. Sono la madre e ho intenzione di portarmelo via adesso.

– Insisto, non è possibile.

– Lei non idea di chi sono! – Ora era aggressiva.

– Ha ragione, signora. Non ne ho proprio idea. – Aggrottò le sopracciglia. – Ma so che in questo ospedale c'è un regolamento e tutti devono rispettarlo.

La donna si alzò in piedi. – Ho lasciato una cena importante per correre qui e...

– Abbassi la voce, per cortesia – la interruppe Giovanni – o sveglierà tutto il reparto. – Intuì che con una donna come quella era indispensabile mostrarsi forti per non farsi schiacciare. – Non so se ne è al corrente, ma i bambini sono qui perché sono ammalati.

L'ex signora Fanti si zittì di colpo, come colta alla sprovvista da quella logica affermazione. Ma il suo silenzio durò soltanto qualche istante: – Se non mi riconsegna mio figlio, chiamo la polizia.

– Era quello che stavo cercando di suggerirle, signora. – Giovanni le indicò gli agenti in fondo al corridoio.

La donna si tolse la giacca di pelliccia, rimanendo con le spalle nude. Prese la borsa alla ricerca di un fazzoletto di carta.

Giovanni approfittò della sua esitazione. – Diamo un'occhiata insieme alla cartella clinica di Luca davanti a un caffè della macchinetta. È tutto quello che posso offrirle, per il momento.

Doveva giocare d'astuzia. La signora forse avrebbe potuto fornirgli informazioni preziose sull'articolo di quel blogger.

22. BISBIGLIO IN SALA MEDICA

Questa volta fu un bisbiglio concitato a svegliarlo di soprassalto. Proveniva dalla sala medica. Due persone discutevano animatamente, un uomo e una donna, anche se non riusciva a distinguerne le parole. C'erano due armadi di ferro che attutivano i suoni, ai due lati opposti del muro che separava la sala degli infermieri da quella dei medici.

Giovanni si tirò su dalla poltrona letto per andare a vedere. Poi di colpo si fermò. Non doveva fare rumore. Si sfilò gli zoccoli e si diresse a piedi scalzi verso il punto da cui provenivano le voci.

Si era riaddormentato, dopo essere riuscito a convincere la signora Fanti a rinunciare a portar via suo figlio. Giovanni si rese conto che negli ultimi giorni aveva parlato forse di più che nel resto della sua vita.

L'aveva fatta accomodare nell'ufficio della caposala e le aveva illustrato quali avrebbero potuto essere le ripercussioni del suo gesto in quella circostanza.

Innanzitutto avrebbe dovuto essere coinvolta la polizia, perché nessuno di loro era autorizzato a far uscire un bambino dall'ospedale. Gli agenti avrebbero chiamato il commissario, lui avrebbe dovuto avvertire la direttrice sanitaria che ne avrebbe parlato con il primario che, a sua volta, si sarebbe rivolto alla caposala.

Tutto questo avrebbe sicuramente provocato un gran baccano. I bambini si sarebbero svegliati. Il chiasso avrebbe contagiato altri reparti. L'ospedale sarebbe venuto a conoscenza del caso, forse anche la stampa, e nel frattempo sarebbero passate le ore, in attesa di capire se fosse o meno possibile dismettere Luca. Lei gli aveva detto di non volere pubblicità, ma dopo quell'episodio non si sarebbero più contate le richieste di interviste e dunque… addio alimenti, se questo era il problema.

Non bisognava dimenticare, inoltre, che Luca aveva la febbre, doveva seguire delle terapie farmacologiche sotto controllo medico. Non era in condizioni di essere lasciato andare così. Bisognava trovargli un altro ospedale, attrezzato come il loro ad affrontare il suo tipo di patologia.

Doveva essere stato convincente, perché alla fine la signora si era arresa, acconsentendo a rimandare ogni decisione al mattino successivo.

– Questo non era nei patti! – esclamò la voce femminile dall'altra parte del muro.

Giovanni uscì dalla sala infermeria in punta di piedi.

– Abbiamo concordato ogni dettaglio della questione e lei non può più tirarsi indietro! – replicò la voce maschile. – Dobbiamo seguire il programma terapeutico così come lo abbiamo definito.

Giovanni controllò che non ci fosse nessuno nel corridoio e accostò l'orecchio alla porta. Quindi si chinò per guardare attraverso il buco della serratura.

Nella sala medica non erano in due, ma in quattro. Tre uomini e una donna. Santiago Rialto più un medico che lavorava in un altro reparto, poi c'era una persona che non faceva parte dell'ospedale e che lui aveva già visto circolare da quelle parti. Ma quello che lo fece maggiormente soffrire fu il personaggio femminile del quartetto: Carmen!

– La direzione dell'azienda farmaceutica ha deciso di sospendere la sperimentazione clinica di questo prodotto e degli altri che sappiamo – fece appena in tempo a dire la voce maschile che non era riuscito a identificare – e nessuno di voi ha l'autorizzazione per continuare a somministrarlo.

Il resto accadde in una frazione di secondo. Qualcosa dovette far pensare al gruppo carbonaro che la riunione andava interrotta.

La terza persona portò l'indice alle labbra, come per dire che fosse meglio tacere.

Giovanni fece appena in tempo a rimettersi diritto che la porta si aprì di scatto.

La persona che stava uscendo quasi gli finì addosso, facendolo barcollare.

– Ah, Giovanni, è lei – esclamò Rialto. – Prima l'ho cercata e...

– Ero nell'ufficio della caposala.

– Già, è naturale – replicò lui a disagio.

In quello stesso istante anche Carmen uscì dalla sala medica in jeans e maglione, ma Giovanni registrò che non era lo stesso che portava quando si erano incontrati all'inizio del turno. Il contorno della matita intorno agli occhi era sbavato.

I loro sguardi s'incrociarono e questa volta fu lei ad arrossire.

– Vado a cambiarmi e ti raggiungo – fece in tempo a dirgli sottovoce, sgattaiolando verso lo spogliatoio.

Contro ogni ragionevolezza, Giovanni avvertì un incontrollabile desiderio di abbracciarla.

Proprio in quel momento i due agenti di guardia al piano irruppero nel reparto.

MERCOLEDÌ

23. UN'ATMOSFERA MAGICA

I raggi del sole si erano impadroniti della sua camera da letto, e con quella luce l'atmosfera sembrava magica anche alle sette del mattino. Micol aprì gli occhi ai primi rintocchi del campanile, cercò a tentoni l'orologio sul comodino, poi le venne in mente di averlo lasciato in bagno la sera prima. Il cellulare doveva essere ancora nella borsa.

Era da mesi che non dormiva così bene.

Pensò di andare a dare un'occhiata alle notizie sul tablet prima di preparare il caffè. Era stato proclamato uno sciopero dei trasporti pubblici e, se fosse stato confermato, la città avrebbe rischiato la paralisi per tutta la giornata.

Si sedette sul bordo del letto appoggiando con circospezione i piedi a terra, quasi temesse di fare rumore. Si osservò le unghie, ammirando lo smalto trasparente, leggermente perlato. Era contenta, quando riusciva a trovare del tempo per prendersi cura di sé.

D'un tratto, ebbe l'impressione di vedere tutto sotto un'altra prospettiva.

Fece per alzarsi e solo allora si rese conto di non avere nulla addosso. Cercò la camicia da notte fra le lenzuola, non riuscì a trovarla e, ancora mezzo addormentata, si infilò gli stivaletti che aveva indossato la sera prima e andò in bagno, completamente nuda, a cercare la vestaglia, ma non era al suo posto.

Si diresse verso l'entrata dell'appartamento. Il panettiere le consegnava ogni mattina una bottiglia di latte e due brioche con la marmellata. Un servizio che offriva solo a clienti affezionati che abitavano nel quartiere.

Micol aprì la porta di casa e con rapido gesto afferrò il sacchetto con la colazione, facendo attenzione a che i vicini non la sorprendessero senza nulla addosso.

Poi scorse una camicetta rossa che Viola aveva abbandonato su una sedia in cucina e se la infilò, cercando di allacciarne i bottoni, ma non ne aveva e per chiuderla dovette arrotolare delle stringhe intorno alla vita. Una scorsa veloce alle notizie e poi sarebbe tornata in camera a vestirsi, perché quella blusa le arrivava a malapena all'inguine.

Si appoggiò sul bracciolo del divano. Accavallò le gambe e passò in rassegna i titoli di apertura. Lo sciopero era stato revocato.

Dalla finestra della cucina, che lasciava sempre leggermente aperta, arrivava uno spiffero d'aria. Sentì affiorare la pelle d'oca, doveva coprirsi.

Anche se la giornata era magnifica, il sole non aveva avuto ancora modo di scaldare. Poi la sua attenzione fu colpita da una news riportata da un blog, che stava rimbalzando un po' ovunque sul web, che in qualche modo ora riguardava anche lei: – *Rapita un'adolescente in un grande ospedale milanese.*

Ebbe un sussulto e il suo pensiero corse subito a Viola. Se Angelica fosse semplicemente scappata, ormai avrebbero dovuto trovarla.

Si augurò di non avere peccato di leggerezza nel lasciare sua figlia da sola con Regina. Pensò di telefonarle, ma erano soltanto le sette. Meglio aspettare un'altra mezz'ora. Il loro appuntamento in Questura era stato fissato per le nove e mezza e probabilmente dormivano ancora.

Riprese la lettura. – *Un infermiere ha rinvenuto nel magazzino il suo piumino rosso, insieme a una siringa insanguinata, ma la polizia esclude che si tratti di una questione di droga. Circolano voci che sulla piccola paziente stessero sperimentando un nuovo farmaco.*

L'articolo ripreso dal blog conteneva dettagli sulla vita di Angelica e una breve biografia della madre della ragazzina, lettrice di russo all'Università e traduttrice letteraria.

Micol fece per andare in cucina a chiudere la finestra e fu allora che lo scorse nella penombra, in fondo al corridoio. Avanzava statuario, capelli e barba arruffati, l'asciugamano color glicine del suo bagno annodato intorno alla vita.

Quasi d'istinto, Micol fece retromarcia verso la poltrona per agguantare un cuscino con cui coprirsi. – Ti sei svegliato, finalmente! – gli disse abbozzando un sorriso, mentre le sue guance prendevano il colore della camicetta di Viola.

Non si era infilata neanche un paio di slip e ai piedi portava gli stivaletti con i tacchi.

Nicholas appariva, invece, perfettamente a suo agio, come se fosse la cosa più naturale del mondo trovarsi nel suo appartamento con lei quasi completamente nuda.

Le venne incontro e le prese le mani con dolcezza. Micol abbassò istintivamente lo sguardo a terra, assalita da un'ondata di timidezza, ma Nicholas glielo impedì perché voleva guardarla negli occhi, come aveva fatto per tutta la notte prima.

Le prese il viso tra le mani, cominciò ad accarezzarle le guance senza fretta e, mentre la baciava, la liberò anche di quella camicia troppo stretta, non senza una qualche difficoltà, perché i lacci le si erano aggrovigliati intorno alla vita.

Quindi avvicinò le labbra al suo orecchio e, con un accento decisamente americano, sussurrò: – Sei la donna più bella che io abbia mai visto.

Micol sentì il cuore battere forte dall'emozione.

– E la più intelligente.

Lei non riuscì a replicare con nulla di sensato, ma non sentiva più freddo.

Nicholas la prese in braccio, come in un rituale da primo giorno di nozze, per riportarla in camera da letto.

Si sdraiarono l'uno accanto all'altra e, nel più assoluto silenzio, cominciarono a baciarsi, il corpo dell'uno stretto contro quello dell'altra.

Micol chiuse gli occhi.

Nicholas si sfilò l'asciugamano avvolto intorno alla vita e lei sentì il suo sesso premuto contro il corpo.

Micol si pentì di non essersi lavata i denti quando si era alzata, ma si rassicurò sentendo anche nella bocca di lui il sapore amarognolo del risveglio e, anzi, questo aumentò il senso di familiarità tra di loro.

Nicholas cominciò a baciare lentamente tutto il suo corpo, partendo dai capezzoli rosei e scendendo con la lingua fino ad arrivare al ventre liscio e perfetto, allargandole le gambe e accarezzandole delicatamente l'interno delle cosce. Avvicinò le labbra al suo sesso, ma ancora non lo baciò.

Micol avvertì l'eccitazione crescere dentro di sé. Poi lui la rivoltò sulla pancia e cominciò a massaggiarle prima le spalle e poi la schiena perché lei potesse rilassare ogni muscolo e godere senza inibizioni di quel momento di intimità.

Le mani di Nicholas dalle spalle scesero lentamente fino alla vita, poi si fermarono per qualche istante, quasi a pregustare nell'attesa il contatto con le sue natiche rotonde.

Micol chiuse gli occhi per assaporare il piacere delle carezze di quell'uomo sicuro di sé e insieme dolcissimo. D'improvviso, e senza un perché, le venne in mente la telefonata di Alex della sera prima e questo le procurò un'immediata sensazione di disagio. E se lui fosse entrato in quel momento, usando il suo mazzo di chiavi?

Cercò di dire a se stessa che non doveva giustificarsi con nessuno. Non stava infrangendo nessun patto con lui, né tradendo alcun legame. Alex non aveva mai voluto formalizzare il loro rapporto e per di più era sparito senza lasciare traccia da oltre un mese.

Nicholas la girò di nuovo verso di sé: doveva aver intuito che qualcosa l'aveva turbata; la baciò di nuovo sulle labbra, poi le chiuse le palpebre e cominciò a passarle le dita sulla fronte, sul naso e sugli occhi perché lei potesse cacciar via i cattivi pensieri. – C'è qualcosa che non va? – le bisbigliò in un orecchio. – Vuoi che ci fermiamo?

Micol non disse nulla, si mise seduta sul letto e lo abbracciò stringendosi forte a lui. Appoggiò la testa sulla sua spalla. Spense una lacrima traditrice spuntata nell'angolo dell'occhio sinistro. – Non sono mai stata così bene – disse con un filo di voce.

Allora Nicholas si alzò in piedi, la attirò a sé per esplorare ancora ogni centimetro della sua pelle e, senza aver bisogno delle parole, trovò il modo di farla sentire splendida.

Micol avvertì lo sguardo di lui percorrere il suo corpo. La inebriava sentire l'attenzione di quell'uomo concentrata su di lei.

Nicholas lasciò passare qualche minuto, poi si sedette al suo fianco con il pene al massimo dell'eccitazione. Lei allargò istintivamente le gambe per accogliere le sue carezze. Fu a quel punto che lui si chinò per baciarle il sesso.

Sembrò intuire il desiderio di Micol, che doveva essere anche il suo, appoggiò di nuovo le labbra sulle sue ed entrò dentro di lei.

Nicholas uscì dall'appartamento quasi senza fare rumore. Micol gli aveva appena aggiustato il nodo della cravatta di fronte allo specchio, poi si era appoggiata alla colonna davanti all'entrata dell'appartamento e, con indosso una maglietta troppo piccola per lei e un paio di microscopici slip bianchi, lo aveva salutato con lo sguardo sognante.

– Ti chiamo più tardi – le aveva promesso lui inviandole un bacio con un dito, mentre la porta si richiudeva alle sue spalle.

Nicholas alzò il bavero del soprabito e scese rapidamente i gradini due alla volta, trattenendo a stento la voglia di fischiettare.

Era da tempo che non stava così bene.

Poi si fermò sul pianerottolo del piano di sotto come se d'improvviso volesse fare mente locale sugli impegni che lo aspettavano nella giornata. Prese dalla borsa il cellulare per controllare l'agenda. Aveva diversi appuntamenti fissati con altri editori sia la mattina sia il pomeriggio, ma si augurò che le cose procedessero per il verso giusto con la società di Micol.

A prescindere da ogni implicazione personale, era convinto che quella fosse la soluzione migliore per il Gruppo JWT. Anche se aveva molti debiti, la casa editrice di Micol era ricca di idee e progetti innovativi. Con degli investimenti e una gestione finanziaria oculata, avrebbe potuto dare ottimi risultati e fare da capofila ad altre operazioni in Europa.

Gli piaceva l'idea di poter finalmente acquisire una casa editrice con una forte vocazione culturale. C'era molta intelligenza nei loro prodotti editoriali, ma le pagine dei libri non riuscivano a sprigionarla al di là della ristretta cerchia degli addetti ai lavori.

Con la forza del network JWT, i loro saggi sarebbero potuti andare oltre i confini nazionali, facendo leva sui media del Gruppo, e innescare salutari riflessioni in tutto l'Occidente, che aveva bisogno di interrogarsi sul suo destino.

Chissà, forse Micol poteva diventare la responsabile editoriale per l'Europa, tenuto anche conto del fatto che conosceva così bene l'inglese, e alternare la sede italiana con quella di Londra dove lui aveva intenzione di trasferirsi.

Di questo, comunque, non aveva minimamente accennato con lei. Sarebbe stato prematuro e non corretto. Era meglio lasciare che gli eventi seguissero il loro corso, anche perché Eva, che deteneva la maggioranza delle quote, non gli era parsa affatto entusiasta come la figlia sulla possibilità dell'accordo.

Pensò a suo figlio Tom e sentì un fortissimo desiderio di vederlo. Era la prima volta che si allontanava da lui per più di qualche giorno. Gli sarebbe piaciuta Micol, ne era convinto; anche lui aveva bisogno di una figura femminile accanto. Non vedeva mai la madre e l'Australia era troppo lontana perché potesse pensare a lei come a un punto di riferimento.

In quel momento gli venne in mente che, prima di uscire, Micol gli aveva accennato alla strana sparizione di una ragazzina in ospedale che in qualche modo riguardava anche sua figlia Viola. E aveva avuto la sensazione che lei fosse piuttosto turbata per l'accaduto.

Micol aveva cercato di fargli leggere un articolo che riferiva di questo fatto, ma lui non aveva osato confessarle che, sebbene parlasse abbastanza bene l'italiano, non era in grado di leggerlo con la stessa velocità. Quindi non aveva capito niente di quello che c'era scritto nel testo.

D'un tratto associò questo episodio a una conversazione che aveva udito, la sera prima nel bar del suo hotel, tra un americano che doveva rappresentare una farmaceutica e un'altra persona, forse un medico italiano. Parlavano della difficoltà della sperimentazione dei farmaci in Italia e, in particolare, sembrava che si riferissero a dei problemi proprio con l'ospedale che ospitava Angelica.

Al momento non aveva dato alcun peso a quella conversazione, ma chissà, forse poteva esserci un nesso con la sparizione della ragazzina.

Il pesante portone di legno del palazzo si aprì facendo un grande rumore e lui ritornò bruscamente in sé. Solo allora si rese conto di essere rimasto immobile sulle scale, al piano inferiore a quello dell'appartamento di Micol, e si augurò che nessuno l'avesse osservato dallo spioncino.

Nell'androne era entrato un bell'uomo sulla quarantina, giubbotto di pelle marrone, camicia blu, quel genere di maschio un po' arrogante, consapevole di piacere alle donne e che come tale si comporta, per il quale Nicholas provava un'istintiva avversione.

Aveva un mazzo di chiavi nella mano sinistra e nell'altra teneva dei fiori di campo avvolti in una carta da regalo. Nicholas si domandò dove fosse diretto con quel bouquet e contemporaneamente si rispose che la cosa non lo riguardava.

L'uomo aveva aperto il portone con le sue chiavi. Ma era impensabile che fosse diretto da Micol. Come poteva lei aver trascorso la notte con lui, sapendo che un altro uomo sarebbe andato a trovarla l'indomani mattina presto? O, almeno, Micol non gli sembrava quel genere di donna.

Prima di richiudersi il portone alle spalle, Nicholas si voltò indietro per controllare a che piano fosse arrivato l'uomo e gli parve di vedere che fosse l'ultimo, ma sul piano di Micol c'erano due appartamenti o forse tre. E lui non aveva intenzione di rovinarsi la giornata per una supposizione avventata. Sicuramente c'era un'altra spiegazione.

24. LE CHIAVI DI ALEX

Alex aprì la porta dell'appartamento e si avviò verso la camera da letto a passi felpati. La casa era immersa nel silenzio e lui pensò che Micol si fosse riaddormentata. Ritornava spesso a letto per una mezz'oretta, dopo aver fatto colazione con la figlia che usciva alle otto meno un quarto per andare a scuola.

Ma Micol non stava affatto dormendo.

– Cosa fai qui? – sussultò Micol di spalle. Doveva averlo visto entrare nella stanza guardando attraverso lo specchio, appeso sopra la scrivania alla quale era seduta.

– Sono venuto a farmi perdonare – rispose lui candidamente, cercando di accarezzarle il collo.

Lei si alzò di scatto.

Alex le porse il mazzo di fiori.

Micol ritrasse le mani come se l'involto fosse esplosivo e lui fu costretto ad appoggiarlo sul cassettone.

– Ma come ti permetti? – esclamò lei, mentre cercava qualcosa per coprirsi. – Piombi in casa mia, senza preavviso, dopo essere scomparso per un mese...

– Non sono scomparso – replicò Alex, stringendo le labbra in una specie di sorrisetto. – Come vedi sono qui.

– Non è il caso di fare dello spirito – sbottò lei, annodando la cintura di una vestaglia che le arrivava fino alle caviglie.

– Ehi, Micol, non ti arrabbiare.

– Sai quante volte ti ho cercato? – incalzò lei. – È più di un mese che non ci sentiamo, te lo ricordi, vero?

Lui si tolse il giubbotto di pelle e lo appoggiò sulla poltroncina. – So che mi hai cercato, ma avevo bisogno di riflettere.

– Riflettere su cosa?

– Su di te, naturalmente – rispose, cingendola alla vita.

Micol si scostò. – Alex, ne ho abbastanza!

– Abbastanza di cosa?

– Del tuo comportamento! – reagì lei. – Credi che io sia a tua disposizione?

– Finora è sempre stato così. – Le strizzò l'occhio. – Tu non sai resistere al mio fascino.

– Sai che ti dico, adesso? – gridò lei. – Vattene! – Gli lanciò un cuscino addosso. – Sei arrogante e presuntuoso! Non so come ho fatto a sopportarti. – Si spostò di qualche metro, facendo cenno di volerlo accompagnare alla porta. – Vattene – insistette. – Non mi hai sentito?

Lui non si scostò neanche di un centimetro, anzi, l'espressione del suo viso appariva divertita. – Ehi, Micol, che ti prende? – la rimbalzò. – Stavo scherzando!

– Io no, invece – ribadì lei con voce sempre più alta. – Non rendere le cose difficili. – Gli indicò ancora l'uscita. – Tra noi è finita e questa volta per sempre.

Alex la bloccò con le braccia contro il muro. – Lo sai che diventi bellissima, quando ti arrabbi. – Cercò di baciarla.

– Lasciami! – gridò lei cercando di divincolarsi dalla presa. – Guarda che sto parlando sul serio.

– E io che volevo chiederti di sposarmi...

L'unica preoccupazione di Micol in quel momento era che Nicholas, uscito soltanto qualche minuto prima, potesse averlo incrociato sulle scale.

– Vatteneeeee – strillò più forte che poté. Solo qualche settimana prima avrebbe fatto i salti di gioia per una proposta del genere. – Lo dici soltanto perché ti sto lasciando.

– Come ti dicevo ho riflettuto molto, durante questo mese, sul nostro rapporto.

– Per giungere a quale conclusione?

– Che voglio sposarti.

– E non potevi farla con me, questa riflessione? – gli domandò lei. – Prendi, vai e torni a tuo piacere. Con mia figlia non hai mai cercato di costruire un rapporto. – Finalmente riusciva a tirar fuori, senza struggersi, tutto quello che aveva dentro. – Hai sempre detto che sei uno spirito libero, che non ti senti portato per fare il padre. Come mai hai cambiato idea?

– Ho capito che ti amo! – controbatté lui, cercando di stringerla a sé.

– Lasciami! – gridò di nuovo lei, divincolandosi dalle sue braccia. – E non usare in modo improprio quella parola che sulla tua bocca si svuota di significato. – Le venne in mente lo sguardo di Nicholas e la dolcezza con la quale lui l'aveva accarezzata per tutta la notte.

– Micol, non stai parlando sul serio?

– Sono serissima. – Riuscì a oltrepassare la porta della camera da letto, sorprendendosi lei stessa della decisione con la quale lo stava affrontando. Si rese conto solo in quel momento di quanto si fosse accontentata di poco per i tre anni in cui erano stati insieme.

Allora lui la buttò sul letto, immobilizzandola con il peso del suo corpo, provando a baciarla.

– Alex, ti giuro che se non te vai – tentò di dire lei con le labbra sigillate – chiamo la polizia e ti denuncio per... – Lui le tappò la bocca con la mano. Sembrava incerto sul da farsi.

Fu a quel punto che suonò il cellulare e Alex allentò involontariamente la presa. Micol ne approfittò per liberarsi e correre verso il cassettone, terrorizzata dal fatto che lui potesse prendere la chiamata.

Riconobbe il numero di Nicholas e il cuore cominciò a batterle come un martello. Ebbe un attimo di esitazione, poi decise di lasciare cadere la chiamata. Non era nelle condizioni di rispondere serenamente. Nicholas avrebbe intuito che c'era qualcosa che non andava, senza contare che Alex avrebbe potuto interferire.

– Perché non rispondi? – le chiese lui.

Lei agguantò con un gesto fulmineo il portatile e corse verso il bagno, chiudendosi a chiave. – Vattene o chiamo la polizia! – tuonò, sedendosi a terra e appoggiandosi contro il muro. – Tu non hai nessun diritto su di me.

Si domandò come avrebbe potuto uscirne, se lui non se ne fosse andato.

Alex diede un pugno alla porta. – Non mi dire che hai già un altro! – ringhiò con la voce alterata.

– E se anche fosse? – replicò lei. – Ormai non ti riguarda più.

– Lo sapevo che di te non ci si poteva fidare! – gridò lui con rabbia. – Sai cosa ti dico Sei una...

Micol si tappò le orecchie con le mani per non sentire la sua voce e scoppiò a piangere, più che altro perché non reggeva la tensione. – Non ti permettere mai più! – gridò con la voce impastata dalle lacrime.

Il suo unico pensiero era rivolto a Nicholas e in quel momento fu assalita dalla paura che qualcosa potesse rompere l'incantesimo che si era creato tra loro due. – Vattene – gridò ancora – e restituiscimi le chiavi!

– Me ne vado, se è questo che vuoi. – Sferrò due calci alla porta. – Ma ti giuro, questa storia non finisce qui!

Micol lo udì rimettersi il giubbotto e avviarsi con rabbia verso l'uscita.

– Le chiavi! – urlò lei con tutto il fiato che le restava in gola.

Micol lo sentì riavvicinarsi al bagno dove si era rinchiusa. Alex gettò le chiavi per terra con violenza, in modo che lei potesse udire il rumore del metallo a contatto con il pavimento. – Riprenditi le tue chiavi – replicò con rabbia, al di là della parete che li divideva. – Io non me ne faccio niente di una puttana come te!

E se ne andò, sbattendo la porta di casa.

25. NICHOLAS E ANGELICA

Era una giornata luminosa, la temperatura era mite e di tutto aveva voglia quella mattina fuorché di lavorare. Gli sarebbe piaciuto andarsene a zonzo per le strade di Milano e ripensare a quello che era accaduto la notte. Ma Nicholas sapeva di avere i minuti contati: quando era in trasferta i suoi appuntamenti venivano fissati uno dopo l'altro, quasi senza interruzione.

Il tempo era denaro, una lezione che aveva appreso fin dal primo giorno in cui era stato assunto in azienda. Lui veniva pagato per raggiungere degli obiettivi e l'obiettivo, in questo caso, consisteva nell'individuare un editore italiano con il quale porre le basi di un'alleanza.

Quando veniva a Milano, alloggiava nello stesso hotel e, se era disponibile, si faceva assegnare sempre la camera 624, dalla quale si godeva una magnifica vista sui tetti della città.

Ma c'era una ragione in più che gli rendeva familiare quel luogo. Da qualche anno aveva stretto un rapporto, non sapeva neanche lui se definire di amicizia, con Vincenzo, il capo della reception, che aveva un figlio che anni prima si era trasferito a New York.

Non ricordava come fosse accaduto la prima volta, fatto sta che, quando lui ripartiva per gli Stati Uniti, la sua valigia veniva riempita di specialità italiane che la moglie di Vincenzo confezionava sottovuoto per il figlio e anche per lui.

Non erano pesanti, i pacchetti che Nicholas trasportava in veste di "corriere", ma era come se i suoi bagagli avessero il potere di conservare, insieme all'involucro, anche il calore familiare.

Quella mattina era Nicholas che aveva intenzione di chiedere un piccolo favore a Vincenzo. Si avvicinò al banco, ma si rese conto che l'amico era occupato con un cliente che doveva aver avuto un problema con l'aria condizionata.

Non appena scorse Nicholas, Vincenzo interruppe per qualche istante la conversazione con il cliente, per domandargli se avesse bisogno di qualcosa di urgente. Nicholas gli disse non preoccuparsi, sarebbe salito in camera a rinfrescarsi in attesa che lui si liberasse.

Mentre attendeva l'ascensore, diede un'occhiata alla vetrina della gioielleria, situata nella hall, e vide un paio di orecchini che sembravano particolarmente adatti al viso di Micol.

D'un tratto fu preso da un urgente desiderio di sentirla. Per la verità aveva già tentato di chiamarla qualche minuto dopo essere uscito dal portone di casa sua, ma il telefono era squillato a vuoto e poi era scattata la segreteria.

Brian gli aveva parlato di lei come di una donna sicura di sé, ma gli aveva nascosto gli aspetti della sua fragilità, o forse lui non li aveva neanche visti, tanto era concentrato su se stesso. Aspetti che, Nicholas ne era certo, dovevano aver giocato un ruolo importante nelle scelte di vita di Micol.

Dai pochi accenni nella conversazione della sera prima, aveva intuito che il suo rapporto con la madre non doveva essere mai stato privo di contrasti, neanche nell'infanzia. In ogni caso, lo si percepiva a pelle che Eva Cohen non era una donna abituata a esprimere i suoi sentimenti.

Della casa editrice, nel corso della serata, non avevano parlato, ed era stato meglio così. Eppure, lui si era fatto l'idea che dovessero esserci opinioni divergenti tra madre e figlia sul futuro della società. Idea suffragata da alcune frecciate che la madre aveva lanciato alla figlia in italiano.

Ripensò alla notte che aveva trascorso con Micol. Poi d'un tratto si ricordò dell'imbarazzo con il quale lei aveva risposto a una chiamata al ristorante. E non seppe perché, ma associò quell'episodio all'immagine dell'uomo che era entrato nel palazzo con il mazzo di fiori proprio mentre lui se ne stava andando.

Si impedì di spingersi oltre. Erano spiacevoli fantasie che rischiavano di rovinargli la giornata. Ammesso che quel bellimbusto fosse salito al piano di Micol, poteva essere entrato nell'altro appartamento. O, forse, nell'altro ancora.

Micol non gli sembrava il genere di donna che passa da un letto all'altro. Da quando si era separato, ne aveva incontrate di donne di quel tipo e aveva cercato di stare alla larga da quello stile di relazione che non gli si confaceva per niente.

Richiamò il numero di Micol e ora il cellulare era staccato.

Allentò il nodo della cravatta e, mentre stava dirigendosi in bagno, sentì squillare il telefono interno dell'albergo.

– Signor Nicholas? – Riconobbe la voce di Vincenzo. – In questo momento sono libero, ma fra dieci minuti, purtroppo, dovrò uscire.

– Scendo subito da lei.

Si slacciò definitivamente la cravatta e uscì dalla stanza. Chiamò l'ascensore e in qualche istante raggiunse la reception.

– Posso offrirle un caffè italiano? – gli chiese Vincenzo.

Nicholas sorrise. Il capo dell'accoglienza sapeva che lui non avrebbe detto mai di no a un buon espresso.

Dato che lui si prestava a consegnare al figlio di Vincenzo le leccornie della famiglia, tutto il personale aveva dei particolari riguardi per lui.

– In cosa posso esserle utile? – gli chiese Vincenzo non appena riuscirono a spostarsi verso un'area più appartata.

– Sembra che abbiano rapito una bambina da uno degli ospedali della città – esordì lui senza perdersi in preamboli.

– L'ho sentito anch'io questa mattina per radio. Ma dicevano che potrebbe essere una fake news, perché a diffonderla è stato un blog un po' equivoco.

– Non so se è una fake, però da quello che ho letto le accuse sono gravi: sembra che in quella clinica stiano sperimentando dei farmaci in modo irregolare.

Vincenzo aggrottò le sopracciglia.

– Per combinazione proprio ieri sera, mentre stavo prendendo un aperitivo qui al bar – gli spiegò mentre finiva il suo caffè – ho ascoltato inavvertitamente una conversazione tra due persone, una delle quali doveva essere il responsabile di una casa farmaceutica, americano come me, e l'altro un medico italiano…

– Il responsabile della farmaceutica lo conosco bene – l'interruppe Vincenzo – è anche lui un cliente abituale dell'albergo.

– Stavano parlando della sperimentazione di farmaci – continuò Nicholas – e si riferivano a qualcosa che stava succedendo nell'ospedale dove è sparita la bambina.

Vincenzo lo lasciò parlare.

– Insomma, mi è sembrato che i due avessero in qualche modo qualcosa a che fare con questa vicenda – chiarì Nicholas.

Il responsabile dell'accoglienza incrociò il suo sguardo. – Lei esattamente di che cosa ha bisogno?

Nicolas esitò: era la prima volta che chiedeva un piacere al capo della reception. – Vorrei incontrare il manager della farmaceutica.

– D'accordo – replicò Vincenzo, e aggiunse: – Scusi se mi permetto, ma lei in quale veste si interessa alla vicenda?

Nicholas si aspettava la domanda. – La figlia di una mia "carissima" amica – e sottolineò il superlativo assoluto perché Vincenzo potesse capire quanto teneva a quella persona – è affezionata alla bambina che è stata rapita.

Non ci fu bisogno d'altro. – Stia tranquillo – lo rassicurò il responsabile della reception – farò il possibile per aiutarla.

26. L'OPERA PRIMA DI GINO

Quella notte era stata straordinariamente proficua, per lui. Aveva raggiunto il risultato che per tanti anni aveva perseguito senza successo. Mentre con un occhio sorvegliava i monitor dell'ospedale, sperando di individuare un indizio che riconducesse alla ragazzina, Gino era riuscito a realizzare la prima opera "autentica" della sua vita, un quadro frutto esclusivamente della sua arte e non riproduzione di quella di altri.

Avrebbe fatti i salti dalla gioia, tanto era l'entusiasmo che aveva in corpo, se solo le sue gambe fossero state ancora dotate di energia.

Prese la tela con la mano destra, facendo attenzione a non sporcarsi perché i colori erano ancora freschi, poi allungò il braccio per guardarla un po' più a distanza. Quindi la appoggiò su un mobiletto e, azionando le ruote della sedia in retromarcia, si spostò di qualche metro all'indietro per osservarla da lontano.

L'emozione gli fece quasi perdere l'equilibrio. Il plaid scozzese cadde dalle ginocchia. Non era niente male! Ancora qualche ritocco, che poteva essere fatto soltanto a dipinto asciutto, e il lavoro avrebbe potuto considerarsi concluso.

In quel momento aveva più di una ragione per congratularsi con se stesso. Non soltanto era riuscito nel suo intento, ma ce l'aveva fatta entro la data che si era prefissato.

Non restava che mostrarlo alla dottoressa Palladino e attendere il suo insindacabile giudizio.

Dal momento in cui gli aveva lanciato la sfida, la direttrice sanitaria aveva assunto nei suoi incubi diurni – e cioè nei momenti in cui lui si concedeva il meritato riposo – le sembianze di un san Pietro in versione femminile. In altre parole, Gino le aveva attribuito il potere di aprirgli le porte del paradiso oppure, se lui non fosse riuscito nell'intento, di farlo precipitare negli inferi, condannato per sempre al girone dei "copioni".

Non stava più nella pelle, ma si rese conto che non era il momento della vanagloria. Anche se quello era il giorno stabilito, doveva ricordarsi che c'erano in gioco cose più importanti della sua pittura.

Di Angelica non si avevano più notizie e le indagini della polizia parevano a un punto morto. Quella notte qualcosa era andato storto. Le telecamere di sorveglianza si erano fermate per oltre mezz'ora. E se qualcuno avesse manomesso il sistema?

Ma quello che a Gino non tornava era come mai lui non avesse registrato l'arrivo delle persone che avevano partecipato alla riunione notturna a cui aveva accennato Giovanni. Rialto era entrato e uscito dal reparto e lui non aveva visto nulla. E che dire di Carmen?

Quello che stava accadendo in ospedale non induceva a pensare in positivo. C'era chi cominciava a ipotizzare che Angelica fosse morta, se no l'avrebbero già ritrovata o qualcuno si sarebbe fatto vivo con delle richieste. Per la verità si trattava solo di supposizioni, nessuno aveva informazioni precise.

Lui non doveva staccare neanche per un attimo gli occhi dagli schermi, anche se si stava convincendo che bisognasse considerare le cose da un altro punto di vista.

Cominciava a risentire della stanchezza: stava lavorando ininterrottamente da quattordici ore, ma non poteva ancora abbandonare la sua postazione. Giovanni non era sceso dal reparto e lui aveva promesso all'amico che non se ne sarebbe andato fino a quando anche lui non avesse lasciato l'ospedale.

Chissà se Carmen era tornata? In che modo l'infermiera era riuscita ad abbandonare il reparto con due agenti di guardia alle porte, e senza che nessuno la vedesse?

Ma il punto era anche un altro. Da tempo si era accorto che Giovanni aveva un debole per la giovane e gli dispiaceva per l'amico che rischiava di fare degli errori di valutazione.

A un tratto sentì le voci di un uomo e di una donna che provenivano dallo scalone interno all'ospedale e che si stavano avvicinando al banco della reception. La voce maschile stava commentando l'irruzione nel reparto pediatrico della polizia, che sembrava non aver riscontrato nulla di irregolare.

– È inutile che cerchino, non ci sono prove.

– Dovrebbero effettuare delle analisi su tutti i pazienti – gli parve che controbattesse la donna, ma parlava troppo sottovoce e Gino non riuscì ad afferrare altro.

Avvicinò rapidamente la carrozzella alla porta di separazione dell'ufficio dall'accoglienza, ma le voci si stavano allontanando. La ragazza di turno alla reception si era spostata proprio in quel momento. L'uomo e la donna dovevano aver già oltrepassato la porta a vetri dell'entrata.

Avrebbe controllato, forse le telecamere avrebbero potuto essere d'aiuto per individuare le persone che avevano confabulato.

Anche lui si era fatto un'idea della situazione e quello che accadeva nell'istituto di cura non gli piaceva affatto. Non aveva delle prove certe, ma il banco della reception era un luogo di passaggio e dalla sua postazione aveva sentito diverse persone commentare i fatti.

Si domandò se non fosse il caso di condividere con la dottoressa Palladino i suoi sospetti, nel caso fosse riuscito a incontrarla quel giorno, ma subito si sentì a disagio anche soltanto per averlo pensato. Chi era lui per esprimere delle opinioni? Doveva rammentarsi di non oltrepassare i limiti che erano imposti al suo ruolo.

D'un tratto gli venne in mente l'esortazione di suo padre, che per tutta la vita aveva fatto il pastore, quando lui aveva espresso il desiderio di lasciare le alture della Sardegna. – Lavora sodo e sii onesto, ma non uscire mai dal gregge.

Ecco perché non aveva mai potuto creare qualcosa di suo. Cercare di emergere, oltre che essere pericoloso, era un peccato di arroganza che la povera gente come lui non doveva commettere.

Certo, da allora tanta acqua era passata sotto i ponti, due dei suoi figli frequentavano l'Università, eppure quelle parole agivano ancora nella sua mente e, talvolta, avevano la meglio sulla ragione.

Ma ora la questione era un'altra. Era stata rapita una ragazzina che, per di più, era stata l'ispiratrice della sua prima tela originale, Gino non poteva far finta di niente. Le sue supposizioni, però, era meglio non condividerle con Giovanni, non perché non si fidasse di lui, ma per via di Carmen.

Chi stava nascondendo qualcosa era Kristina, la caposala, di questo era certo. Lui l'aveva vista più volte con un arabo, non in ospedale, ma nei giardini vicino a casa sua, che erano anche quelli dove sua moglie ogni tanto lo portava spingendo la sedia a rotelle perché abitavano anche loro da quelle parti. E si era domandato come mai Kristina girasse con quello sconosciuto proprio nel quartiere dove molti colleghi abitavano perché non era distante dall'ospedale e aveva un bel parco dove respirare un po' di ossigeno.

Non sapeva se l'arabo fosse lo stesso incontrato da Scuteri – a lui nessuno aveva mostrato l'identikit – ma Kristina di arabi ne vedeva regolarmente almeno due e gli incontri avevano un non so che di insolito. Erano rapidi, poche parole soltanto, e privi di quella cordialità che si crea in un'amicizia, o anche in un rapporto di lavoro.

Il figlio maggiore di Alvaro Fernandez, il marito della caposala, viveva a Oxford e frequentava una costosissima università inglese. La figlia che lui e Kristina avevano in comune era iscritta alla scuola americana. Come poteva la caposala che, a quanto diceva lei stessa, era sposata con un operaio che lavorava in una fabbrica di viti, permettersi un simile tenore di vita?

In Fernandez lui si era imbattuto più di una volta, quando era venuto a prendere la moglie in reparto, e tutto sembrava fuorché un semplice turnista. Bastava dare un'occhiata ai suoi vestiti… e poi lui una sera l'aveva intravisto su un'auto sportiva di lusso. Possibile che in ospedale non si fossero mai fatti qualche domanda?

D'un tratto tutto gli fu chiaro. Per dare un contributo alla soluzione del problema, avrebbe dovuto condurre una piccola indagine in proprio. E sapeva benissimo da che parte cominciare.

27. L'INVITO DI CARMEN

Rientrando in infermeria, Giovanni se la trovò davanti, ma questa volta era di spalle: era al lavandino e si stava risciacquando il viso con energia. Stranamente lui non avvertì alcun turbamento.

Carmen dovette accorgersi del suo arrivo, guardandosi allo specchio. Tuttavia non accelerò il tempo della sua toilette, anzi, prese una salvietta di carta e cominciò a ripulire con cura il contorno degli occhi dall'alone lasciato dalla matita del trucco. Come se stesse cercando di prendere tempo, prima di affrontarlo.

– Giovanni, mi dispiace – disse infine, voltandosi di scatto. – Non so come scusarmi.

– Cos'è successo questa notte? – le domandò bruscamente. – Perché non mi hai avvertito quando te ne sei andata?

Carmen inspirò profondamente, ma non disse nulla.

Lui cercò di provocarla. – E tuo figlio come sta? – disse, mettendo le mani sui fianchi. – Si è rimesso dalla brutta caduta dal letto?

Carmen cercò i suoi occhi, dischiuse le labbra come per dire qualcosa, ma le sue corde vocali non emisero alcun suono.

Giovanni si obbligò a controllare l'ondata di emozioni che la semplice presenza di quella donna, a meno di un metro di distanza da lui, gli induceva.

Il comportamento di Carmen era stato inaccettabile nei suoi confronti e irresponsabile verso l'ospedale presso il quale prestava servizio. Avrebbe potuto definirlo colpevole, ma ancora non sapeva di che cosa.

Lei continuava a tacere.

Ti prego, parla! la supplicò con il pensiero. *Dammi una ragione valida che giustifichi la tua assenza in reparto.* Doveva anche spiegargli che cosa ci facesse nella sala medici quella notte e a che razza di riunione avesse partecipato.

Carmen tirò indietro il ciuffo di capelli che le stava ricadendo sulla fronte.
– Giovanni, ora non posso spiegarti.

– Non puoi spiegarmi cosa?

Lei non rispose.

Giovanni calcò la dose. – Parlarmi di Angelica. – Il suo tono suonava come un ordine misto a rimprovero.

– Angelica? – tenne botta lei. – Io non so niente.

Ma Giovanni ebbe la netta sensazione che non stesse dicendo la verità. – Lo sai che in questo reparto vengano somministrati farmaci non autorizzati ai bambini?

– Sì, l'ho sentito dire – rimbalzò lei con un disagio via via più palpabile. – Perché lo chiedi a me?

– Carmen, io non posso accettare che tu non sia sincera con me.

– Giovanni, tu devi aver fiducia – lo supplicò lei.

Lui era dilaniato, ma ora si sentiva in dovere di tenere a freno le sue emozioni. Era in gioco la vita di una ragazzina.

– Lo so che tutto sembra... – riprese Carmen.

– Tutto sembra cosa? – controbatté lui, senza lasciarla finire. Poi udì delle voci in corridoio. Stavano arrivando i colleghi che dovevano dar loro il cambio.

– Per ora non posso rivelarti niente – concluse Carmen. – Ma devi credermi, sto agendo per il bene di tutti. – Aveva gli occhi umidi, eppure Giovanni non si commosse.

Carmen si alzò il più possibile sulle punte dei piedi, gli tolse dal naso la montatura spessa e, con un gesto imprevedibile, lo baciò sulla bocca. Chiuse gli occhi per imprimere meglio le sue labbra su quelle di Giovanni, poi infilò una mano tra i suoi capelli e gli accarezzò dolcemente la testa.

A Giovanni mancò poco per svenire. Ora era lui che non era più in grado né di parlare, né di muoversi.

Carmen slacciò uno dei suoi braccialetti di stoffa colorata e lo legò al polso di Giovanni. – È quello che Matteo preferisce – disse.

Poi si allontanò da lui, aprì lo sportello del suo armadietto, tolse gli zoccoli e li ripose su uno dei ripiani, indossò le scarpe da ginnastica e il giubbotto di pelle.

– Ho preso qualche giorno di ferie – gli sussurrò in un orecchio, alzandosi di nuovo in punta di piedi – ma ti aspetto comunque domenica a pranzo.

Infilò lo zainetto sulle spalle e si avviò verso l'uscita.

28. I PROVVEDIMENTI DI EVA

La suoneria del cellulare la svegliò di soprassalto. Eva aveva sognato Valente, Micol e l'americano mentre stavano cercando di rubarle dei documenti dalla cassaforte. Ricordava un particolare: Micol si era presa anche l'anello che Maurice le aveva regalato nel loro ultimo anniversario di matrimonio. Quello che di più l'aveva turbata nel sogno era che i tre, invece di essere in conflitto, erano complici.

Eva fu tentata dal lasciar cadere la telefonata, ma c'erano troppe cose di cui doveva occuparsi in quella giornata e altrettante in sospeso nella sua vita. Si sedette sul bordo del letto e prese il portatile, appena in tempo perché la comunicazione non si interrompesse.

– Buongiorno, dottoressa. – Riconobbe la voce di Alice. Se la stava chiamando dall'ufficio, dovevano essere le nove passate. Con una doppia dose di sonnifero era riuscita ad addormentarsi, dopo l'inquietante incontro con Valente della sera prima, ma il ritorno alla realtà ora era molto faticoso.

– Dalil Faouzi ha rimandato l'appuntamento – le annunciò Alice.

Eva bevve un sorso d'acqua dalla bottiglia di plastica sul comodino. Aveva ancora la bocca impastata dal sonno e non voleva che la segretaria se ne accorgesse.

– Vuole che fissi un altro incontro? – chiese la ragazza.

– Non ora Alice, grazie – rispose lei. – Piuttosto, vorrei parlare con Villard.

Dall'incubo si era svegliata alle cinque di mattina, con il battito cardiaco alle stelle. Aveva dovuto alzarsi per cercare di cancellare dalla mente quelle immagini angoscianti. Si era scaldata una camomilla, poi era tornata a letto. Ma l'incubo era proseguito anche dopo. Anzi, al trio si era aggiunta Irene.

– D'accordo, dalle dieci a mezzogiorno non ha impegni.

Eva spense il cellulare e si diresse verso il bagno: non aveva tempo per fare colazione a casa, avrebbe bevuto qualcosa in un bar prima di arrivare in ufficio. L'aspettava una giornata impegnativa e doveva accelerare per essere puntuale con Villard. Quando uscì dalla doccia riprese il portatile e compose il numero di sua madre, ma il telefono era staccato. Forse Regina e Viola erano già in Questura.

Henry Valente le aveva aperto gli occhi. C'erano ancora diverse cose da chiarire, prima della riunione con gli americani.

Villard era sempre molto occupato, dovendo gestire fornitori, creditori e dipendenti. Per fortuna era riuscita a fissare un appuntamento con lui. Era la prima persona con la quale avrebbe dovuto confrontarsi. Poi sarebbero venuti, in sequenza, tutti gli altri. Anche con sua figlia doveva fare due chiacchiere.

Eppure, ora che aveva preso una decisione si sentiva più serena. Come se si fosse liberata di un peso.

Doveva riprendere le redini della società, in primo luogo dal punto di vista finanziario. Non era una mancanza di stima nei confronti di chi gestiva i conti, ma la posta in gioco era troppo alta.

Doveva fare delle valutazioni senza intermediari.

Il momento era delicato, ed era sicura che Villard avrebbe capito.

Aveva intenzione di telefonare alle banche per accertarsi di persona su come stessero le cose e quali margini le fossero rimasti.

Villard era un uomo integerrimo ed Eva avrebbe messo la mano sul fuoco riguardo la sua onestà, ma la proprietaria era lei e doveva valutare il suo potere contrattuale, parlando direttamente con i suoi interlocutori finanziari.

Aveva intenzione di prendere in considerazione anche l'ipotesi di un partner nazionale. Valente qualche giorno prima le aveva fatto dei nomi, ma lei non lo aveva ascoltato. Le restava poco tempo prima della riunione di venerdì. Se lo sarebbe fatto bastare per un sondaggio preliminare.

Ma non era soltanto della situazione economica che voleva discutere con Villard. Alla luce di quanto le aveva rivelato Valenti la sera prima, Eva doveva prendere provvedimenti immediati con Irene. E l'occasione era propizia, sapeva che la sua assistente non sarebbe tornata in ufficio prima dell'ora di colazione.

29. IL COMPLEANNO

– Milano. Angelica Li, una ragazzina di tredici anni, è scomparsa dal reparto di Pediatria dell'ospedale... L'annuncio è stato dato alle sette di questa mattina dal portavoce della clinica, anche se la sparizione sembra risalire all'inizio della settimana.

Margherita Palladino spense la radio dell'auto con un gesto di insofferenza: era il quinto notiziario che ascoltava di seguito su diversi canali. Sempre le stesse cose che poi si basavano sul comunicato stampa che l'ospedale aveva rilasciato all'alba. Ma che cosa si aspettava? Era impossibile che i giornalisti avessero delle informazioni diverse o più dettagliate sulla vicenda.

Le indagini della polizia non avevano portato ancora a nulla di concreto. E, se si fosse trattato di un rapimento, qualcuno avrebbe dovuto già farsi vivo.

C'era solo quello strampalato blog che alludeva a sperimentazioni cliniche illecite di cui lei non era a conoscenza. Ma se anche fosse stato, non riusciva a capire quale potesse essere il nesso con la sparizione di Angelica.

C'era più di una cosa che le sfuggiva, nella faccenda.

Mise la freccia e girò a sinistra, imboccando il viale che conduceva all'ospedale. Prima di salire in ufficio aveva intenzione di fermarsi in un bar, perché quella mattina non aveva fatto in tempo neanche a mandar giù un caffè.

Ma cambiò idea, accostò la vettura al marciapiede e frugò nella borsa alla ricerca del cellulare. Fu in quel momento che intravide Carmen correre a pochi metri di distanza dalla sua auto. La seguì con la coda dell'occhio e vide che stava cercando di prendere al volo l'autobus alla fermata.

Ormai aveva memorizzato il volto delle persone che lavoravano in Pediatria, interrogate dagli ispettori di polizia. Con ciascuna di loro si era tentato di ricostruire minuziosamente gli eventi di quella fatidica domenica che poi risaliva soltanto a tre giorni prima, anche se a lei sembrava trascorso un secolo.

Un'ulteriore prova della soggettività del tempo. Se sei felice, le ore e i giorni volano via che neanche te ne accorgi, vorresti afferrare i momenti più belli e renderli eterni, ma è impossibile. Quando qualcosa non va, anche i secondi avanzano faticosamente uno dopo l'altro e la sequenza temporale si trasforma in un'afflizione che non sembra avere fine.

La fisionomia di quell'infermiera le era rimasta impressa. Era talmente minuta da poter essere scambiata per un'adolescente, ma se la si guardava da vicino ci si accorgeva che era una donna. Le ricordava la protagonista di un film per il quale aveva consumato un'intera confezione di fazzoletti di carta. In quel momento le sovvenne il nome dell'attrice: Demi Moore in *Ghost*.

– Mi può passare il dottor De Vicari? – chiese dopo aver composto il numero della Questura. Non aveva ancora memorizzato il suo numero sul cellulare.

– Chi parla?

– Margherita Palladino.

La centralinista la mise in attesa sull'aria di *Azzurro* di Adriano Celentano: *Azzurro, il pomeriggio è troppo azzurro per me... mi accorgo di non avere più risorse senza di te*. Una canzone che suo padre fischiettava spesso la mattina, mentre si faceva la barba.

– Buongiorno, dottoressa – vibrò melodiosa la voce di De Vicari. – Mi auguro sia riuscita almeno a fare un'abbondante colazione.

Il commissario non stava facendo dell'ironia, sapeva bene come lei aveva trascorso le prime ore della sua giornata. Giovanni l'aveva buttata giù dal letto alle quattro meno un quarto. L'infermiere si era scusato mille volte per l'ora infausta, ma era convinto che la direttrice avrebbe voluto essere messa al corrente subito di quello di cui lui era venuto a conoscenza.

Le aveva raccontato della mamma piombata nel reparto con l'intenzione di riprendersi il figlio, dopo essere rimasta rinchiusa per qualche ora nell'ascensore dell'ospedale. Ma non si sarebbe mai permesso di disturbarla, se non fosse che la signora gli aveva annunciato che la mattina, e cioè quel giorno stesso, sarebbe stato pubblicato online un articolo che raccontava della sparizione di Angelica e che nel testo venivano formulate illazioni su sperimentazioni cliniche non autorizzate in ospedale. Sperimentazioni sui bambini, aveva specificato l'infermiere.

Lei, ancora annebbiata dal sonno, si era subito resa conto dell'importanza dell'informazione. Nei giorni precedenti erano state prese tutte le precauzioni perché la notizia non trapelasse all'esterno e Giovanni ne era al corrente. La polizia aveva richiesto alla direzione di mantenere il più assoluto riserbo su quanto era accaduto, perché la pubblicità avrebbe intralciato le indagini.

Ma avevano preso anche in considerazione l'eventualità che la notizia fosse circolata, nel qual caso l'ospedale avrebbe dovuto rilasciare una dichiarazione, il cui contenuto sarebbe dipeso dalle circostanze. Soprattutto per la questione della sperimentazione illegale: quella doveva essere percepita da tutti come una fake news e basta.

Dopo aver chiuso la telefonata con l'infermiere, lei aveva chiamato Gianluca Mantovani, tirando giù anche lui dal letto. Al telefono le era parso di udire l'imprecazione di una voce femminile, ma il responsabile delle relazioni con i giornalisti non aveva fatto una piega e insieme avevano concordato il testo di un comunicato da inviare alle agenzie, perché potesse essere ripreso dai notiziari contemporaneamente all'uscita dell'articolo su quel fantomatico blog.

– Dottoressa, è ancora in linea? – domandò De Vicari.

Si rese conto di essersi distratta.

– Ha delle novità per me? – chiese il commissario.

– Non esattamente – replicò lei – ma vorrei parlarle di persona.

De Vicari non la lasciò finire. – La raggiungo in ospedale.

– Preferirei venire io a trovarla.

Le parve che De Vicari fosse un po' sorpreso dalla proposta. – D'accordo, quando?

– Tra una mezz'oretta – ribatté lei – sempre che mi offra quella abbondante colazione a cui ha accennato prima. – Si stupì con se stessa della sua intraprendenza: i rapporti tra lei e il commissario erano piuttosto formali. E lui non le aveva formulato alcun invito. Ma quel giorno si sentiva più audace del solito, visto che era il suo compleanno e non aveva nessuno con cui festeggiarlo.

De Vicari non mostrò esitazioni. – Conosco una magnifica pasticceria in centro.

Lei sorrise al telefono. – Perfetto.

– Sforna le migliori brioche alla crema di Milano – insistette l'ufficiale di polizia, quasi fosse lui a doverla convincere.

– Non potrei chiedere di meglio – concluse lei, ringraziandolo in cuor suo della gentilezza.

Nessuno l'avrebbe portata a cena, quella sera, ma c'era almeno qualcuno con cui avrebbe condiviso la prima colazione del mattino. E pazienza se questo qualcuno era un commissario che in cambio si aspettava delle informazioni da lei. Era pur sempre un uomo dalle buone maniere con il quale avrebbe bevuto un cappuccino e mangiato un dolce in un posto carino il giorno del suo compleanno.

Infilò di nuovo la chiave nel cruscotto e riavviò il motore. I compleanni sono giornate simboliche e rappresentano un punto di svolta nella vita di una persona. Un altro anno se n'era andato e stava per cominciarne uno nuovo. Il bilancio era inevitabile, così come la speranza che cambiasse qualcosa in meglio nella propria vita.

La colazione con il commissario era solo un gradevole inizio di giornata. Stava accontentandosi di poco, ne era consapevole, ma era comunque meglio di ciò che aveva avuto fino a quel momento.

Da quando lo aveva lasciato, Edoardo non si era più fatto vivo, neanche con una telefonata. Si ricordava il giorno esatto della loro ultima volta, lunedì 18 marzo, il giorno prima della festa del papà. Avevano progettato due giorni insieme per il weekend, poi lui aveva annullato l'appuntamento. Suo figlio gli aveva chiesto di trascorrere con lui quel fine settimana.

La separazione da Edoardo era il fatto più importante accaduto nel suo ultimo anno. All'inizio ne aveva sofferto da morire, poi si era convinta che da quel dolore sarebbe dovuta passare per riprendersi la vita, come quando ci si disintossica da una dipendenza.

Come antidoto alla malinconia che la coglieva, talvolta d'improvviso, soprattutto nei giorni di festa, le bastava rievocare i dieci lunghi anni che aveva trascorso ad aspettare che lui le concedesse i ritagli di tempo che riusciva a far saltare fuori dalla sua vita famigliare e dagli impegni professionali.

Mai una domenica trascorsa con lei alla luce del sole, o un regalo indicativo del legame che esisteva fra loro. Eppure Edoardo aveva sempre dichiarato di amarla, giurava che prima o poi si sarebbe deciso a lasciare la moglie, ma la verità era che a lui quella situazione andava bene così com'era. Era lei che si ostinava a non prenderne atto.

Forse anche perché, doveva ammetterlo almeno con se stessa, negli ultimi dieci anni lei aveva dato alla sua affermazione professionale più importanza di quanto non avesse voluto riconoscere.

Non poteva dare la colpa a Edoardo di quel fallimento. È vero, lui non le aveva mai offerto nulla di stabile, ma non le aveva mai neanche mentito sulla sua situazione famigliare. Lei avrebbe potuto staccarsene molto prima, se solo lo avesse voluto. Invece aveva preferito credere alle sue mezze verità, che poi erano anche quelle che raccontava a se stessa.

Ricordava le interminabili sedute dal terapeuta, nel corso delle quali non faceva che lamentarsi di quella relazione clandestina che la stava consumendo dal di dentro, impedendole di costruirsi una vita affettiva su basi reali. Ma era stato soltanto quando era riuscita ad assumersi la responsabilità di quella situazione, non dando la colpa a nessun altro, che aveva potuto riprendere le redini della sua vita. Rintracciando le ragioni della sofferenza nella sua storia personale, aveva trovato la chiave per disinnescare il meccanismo che l'aveva intrappolata.

Ora quel capitolo era definitivamente chiuso, doveva guardare avanti; era il giorno del suo compleanno, il passato era alle spalle.

– Buon giorno, Amalia, volevo avvertirla che sto andando in questura.

Quella mattina aveva già parlato più volte con la sua assistente, che si era alzata molto presto anche lei per seguire l'invio dei comunicati.

– In questura?

– Vorrei vederci più chiaro sulle indagini – ribatté lei.

Margherita prese atto che la sua assistente non si era ricordata del suo compleanno, ma era comprensibile, visto quello che stava accadendo. Neanche sua madre e sua sorella, per la verità, le avevano ancora telefonato per farle gli auguri.

Si sistemò meglio sul sedile e subito si rimproverò per quei pensieri nocivi. L'avrebbero cercata nel corso della giornata. E, in ogni caso, che importanza poteva avere? Aveva deciso di iniziare una nuova vita e ci voleva del tempo perché le cose si rimettessero in carreggiata. Doveva stare all'erta dalle insidie della depressione.

– Nel primo pomeriggio deve organizzare una riunione con i capisala – disse ad Amalia. – Non tollererò assenze se non più che giustificate.

La giovane esitò. – Non sarà facile riunirli tutti in un tempo così ravvicinato.

Lei non rilevò l'obiezione. – Vorrei incontrare anche il dottor Rossetti. Gli chieda di fare un salto da me a fine mattinata.

– D'accordo.

– Al mio ritorno si appunti di chiamare anche il presidente del Comitato etico.

Amalia assentì.

– Questa sera, invece, dovrebbe convocare una riunione con i primari.

– Dottoressa, questo è impossibile! – esclamò l'assistente.

– Conto sulle sue capacità organizzative – ribatté lei. – Avverta anche Castelli dell'incontro con i primari, caso mai volesse essere presente. In ogni caso, informi la sua segretaria che a fine giornata farò un salto da lui per aggiornarlo sulla situazione.

Amalia non commentò e lei ebbe l'impressione che la comunicazione si fosse interrotta. – È ancora al telefono?

– Dottoressa, io non mi sono mai permessa di mettere in discussione le sue decisioni – replicò. – Ma forse non si è resa conto della tensione che aleggia in ospedale.

– È naturale, con quello che è successo – la interruppe la Palladino.

Amalia insistette. – Tensione a cui si è aggiunto anche il timore.

– Il timore di cosa?

– Di essere accusati di qualcosa – spiegò Amalia. – Ci sono persone pronte a fare dei nomi, pur di non essere coinvolte in questa vicenda.

– Proprio per questo dobbiamo cercare di venirne a capo nel più breve tempo possibile – la interruppe lei.

– Quello che sto cercando di dirle, dottoressa – non mollò Amalia – è che forse sarebbe meglio incontrarle a una a una, le persone. In una riunione collegiale nessuno parlerebbe.

– Non abbiamo il tempo – controbatté lei. – Per convocare capisala e primari singolarmente dovremmo fissare una cinquantina di appuntamenti.

Amalia non aggiunse altro.

– La prego, non discutiamo! – sbottò alla fine, con un volume della voce un po' più alto del dovuto. – So quello che sto facendo.

– Va bene, dottoressa – cedette la sua assistente. – Metterò tutto il mio impegno nell'organizzare le riunioni.

Lei stava per chiudere la telefonata, ma avvertì che Amalia voleva dirle ancora qualcosa.

– Ha chiamato Gino, il tecnico che segue i monitor, quello che dipinge.

– So chi è – la interruppe. – Cosa voleva?

– Parlare con lei – rispose Amalia. – Ha una cosa importante che vuole farle vedere.

– A che riguardo? – le chiese.

– Non me lo ha voluto dire.

– Deve farsi anticipare qualcosa, lo vede come sono presa.

– Ci ho provato in tutti i modi – replicò l'assistente – ma ha detto che parlerà solo con lei.

– Quando tornerò in ospedale dovremo preparare le riunioni e chiedere a tutti i reparti la documentazione sui farmaci che si stanno sperimentando in ospedale. Vorrei essere sicura che il nostro materiale sia aggiornato.

– Dunque, con Gino che facciamo? – domandò Amalia.

– Fissi un appuntamento con lui per domani mattina presto.

Accese il motore, mise la freccia e, uscendo da quel parcheggio improvvisato, si avviò verso il centro. Solo allora notò che in quel tratto della strada avevano messo un divieto di sosta per lavori in corso. Ci mancava una multa proprio il giorno del suo compleanno!

Inutile prendersela. Aveva cose importanti da fare. L'aspettavano un cappuccino e una brioche in una delle migliori pasticcerie di Milano.

Ora il piano d'azione le si era delineato in modo chiaro nella mente. E quale migliore argomento per intrattenere il suo commissario?

Margherita incrociò lo sguardo di De Vicari. – Sa qual è il compito di un ospedale?

Lui si massaggiò i baffi. – Curare i malati.

– È solo una delle sue funzioni – rimarcò lei e, mentre sollevava la tazza del cappuccino, notò che De Vicari si era spuntato baffi e capelli. Rimesso un po' in ordine non era poi male, il suo commissario. – In ospedale si formano i medici. Non a caso, molti istituti di cura sono diventati sedi universitarie.

La stanza nella quale si erano accomodati era insolitamente vuota, mentre il salone centrale della pasticceria era affollatissimo. Margherita sospettò che il commissario avesse riservato tutti i tavoli per la loro colazione. Dovette fare uno sforzo per trattenere un sorriso. Neanche fossero amanti clandestini!

Era una situazione che conosceva bene. Solo che ora lei non doveva nascondersi da nessuno, tutto era alla luce del sole. Tanto che era addirittura al tavolo con un rappresentante delle forze dell'ordine.

Fece un piccolo disegno sulla tovaglia con il cucchiaino. – La didattica in un ospedale riguarda tutte le professioni che ruotano intorno al mondo della salute, infermieri, ricercatori…

– Ecco, appunto, parliamo della ricerca – la interruppe De Vicari.

– La ricerca clinica è un'altra importante funzione dell'ospedale. – Finì la sua brioche. Se non si fosse messa a dieta avrebbe rischiato di non entrare più nei tailleur. Ma era il suo compleanno e per quel giorno, si disse, non era il caso di pensare a restrizioni di sorta.

Fece girare su se stesso il ciondolo della collana e si accorse che i due bottoni della giacca le si erano slacciati proprio sull'attaccatura dei seni.

Fu in quel punto che incontrò gli occhi del commissario.

De Vicari distolse subito lo sguardo. – Desidera qualcos'altro? – chiese lui, forse per togliersi dall'imbarazzo di essere stato colto sul fatto.

– Ancora un cappuccino – rimbalzò lei, civettuola.

– Un cappuccino e un caffè – ordinò De Vicari al cameriere. – E mi porti anche della minerale gassata.

Lei si risistemò meglio sullo schienale ed ebbe l'impressione che, se anche il commissario ora stava guardando il quadro sulla parete di fronte, con la coda dell'occhio seguiva i movimenti del suo corpo e la cosa, non sapeva perché, la metteva di buon umore.

– Il fine della ricerca è approdare a nuove terapie, farmaci, apparecchiature – continuò lei, per nulla imbarazzata. Il sapere di essere guardata la rendeva più audace. – Nel nostro ospedale in questo momento sono in corso un centinaio di progetti di sperimentazione clinica.

– Anche su Angelica è in atto qualcosa di analogo?

Lei annuì. – Su di lei ha funzionato molto bene. Più tardi mi riferiranno a che punto è il progetto che la riguarda.

– Le sperimentazioni si fanno sui pazienti?

– E su chi, se no? – si infervorò lei, per nulla toccata dalla vena polemica del commissario. Si rinfilò una delle décolleté che le era sfuggita sotto il tavolo e accavallò le gambe. – Sono i pazienti i destinatari dei nuovi medicinali, ed è su di loro che si deve verificare l'efficacia di una nuova cura.

De Vicari si impegnò a seguirla con maggiore concentrazione.

– Un capitolo a parte andrebbe aperto sulla ricerca in campo pediatrico – continuò Margherita.

– Vuole dire sui bambini? – chiese il commissario.

Lei prese il cellulare nella borsetta. – La ricerca clinica viene svolta sotto lo stretto controllo dell'ospedale, secondo una procedura ben definita dai Comitati etici che a loro volta agiscono sulla base di normative nazionali…

– Ho capito – tagliò corto De Vicari. – Nessuna nuova terapia viene sperimentata senza autorizzazione e regole precise.

Lei annuì.

– E la storia di cui parlano i siti di news?

– In realtà è stata diffusa da un blog ben poco affidabile, noto per diffondere fake news. Però, visto che ha scatenato molto rumore, sto preparando una risposta ufficiale per la stampa.

Lui arricciò di nuovo i baffi con le dita. – Cosa c'è di vero?

– È quello che vorrei sapere anch'io – sospirò lei. – Da quanto mi risulta, tutto avviene nel rispetto delle regole. Mi sto facendo inviare i protocolli aggiornati sulla sperimentazione dai vari reparti. – E gli riferì delle riunioni convocate nel pomeriggio.

– Dovrò essere messo al corrente di tutto.

Margherita lo scrutò nel profondo degli occhi, notando per la prima volta che erano trasparenti come il ghiaccio, ma avevano anche un bel riflesso che le ricordava il mare in una tempesta. – Sono qui per collaborare, oltre che per la colazione, ma non per farle rapporto.

De Vicari sorrise sotto i baffi. – Mi conceda un'ulteriore domanda.

Lei non disse di no.

– Il paziente è al corrente della sperimentazione?

– Ma come può pensare il contrario? – si alterò lei. Ripiegò il tovagliolo e lo appoggiò sul tavolo, infastidita. – Il medico riferisce al paziente della sperimentazione, gli spiega che quel farmaco potrebbe curare la sua malattia meglio di quanto non abbiano fatto altri prodotti. – Diede un'occhiata al display del cellulare: c'erano una ventina di messaggi che attendevano risposta. – Ma lo informa anche dei possibili rischi o effetti collaterali – spiegò ancora. – Sta a lui accettare. Tutti i passaggi sono controfirmati dal paziente.

Si alzò dalla poltroncina aggiustando la gonna del tailleur, che nel frattempo le era risalita sulle gambe. – Ora devo rientrare in ospedale – disse.

De Vicari non demorse. – Queste informazioni sono preziose per le indagini.

– Potremmo riprendere il discorso in un altro momento – propose lei.

– E se le chiedessi di vederci questa sera, dopo la riunione con i primari? – le suggerì De Vicari senza guardarla in faccia, come se lui stesso si rendesse conto che era un invito un po' al limite. – Così mi dice com'è andata...

Margherita si infilò il soprabito. Era la prima volta che le capitava una situazione del genere e forse avrebbe dovuto condividere con il direttore generale la decisione. Si avviò verso l'uscita mentre il commissario andava alla cassa per pagare. Ma si trattava di una situazione di emergenza. Era sparita una bambina in ospedale e bisognava ritrovarla. Non aveva nulla da perdere ad accettare l'invito del commissario. E poi c'era un vantaggio collaterale. Non sarebbe stata sola, la sera del suo compleanno. Non era esattamente il tipo di festeggiamento che si sarebbe scelta, ma avrebbe funzionato da antidoto contro la depressione.

30. L'ILLUMINAZIONE DI VIOLA

Il telefono squillò alle sette del mattino. Regina sentì Viola che correva a rispondere. Dopo un po' gridò: – Nonna, è per te!

Regina raggiunse la nipote in salotto. Aveva sentito il timbro della voce avvicinandosi alla sala, e aveva capito che in linea c'era un uomo. Non era però Augusto, ed era troppo presto anche per il dottor Garavaglia.

– Chi è? – chiese alla nipote sottovoce.

– Non lo so – rispose Viola, mostrando un'espressione dispiaciuta, probabilmente perché non aveva pensato di chiederlo.

Regina le infilò una mano nei capelli come per dirle che non aveva importanza.

– Chi parla? – chiese prendendo il ricevitore.

– Sono Isacco.

Regina trasse un sospiro di sollievo. – Ti ringrazio di avermi richiamato – disse all'amico rabbino. Si erano conosciuti nell'immediato dopoguerra a Milano, lei appena arrivata da Casablanca e lui da Tangeri. Le loro famiglie erano riuscite ad andarsene dall'Italia prima che le leggi razziali rendessero impossibile la fuga.

– Ho saputo della tua idea di organizzare un dibattito con i musulmani e i rappresentanti di altre religioni sulla convivenza tra le fedi.

– Non è una mia idea – ribatté lei. – Se ne sta occupando Eva.

– Bisognerà decidere il titolo della conferenza e i relatori – continuò il rabbino.

Regina lo interruppe. – Isacco, io non ne so niente, ti suggerisco di parlarne con mia figlia. – Aveva troppi impegni, quella mattina, per cui cercò un modo gentile per troncare la conversazione.

Una volta conclusa la chiamata raggiunse la cucina.

– A proposito di religione – disse Viola, raggiungendola – io non ci capisco più niente.

– Che cos'è che non capisci, cara?

– Noi siamo ebrei.

Lei annuì, mentre metteva sul fuoco la moka.

– La mamma non frequenta il tempio e neanche io.

Regina le rivolse uno sguardo interrogativo.

– Tu e nonna Eva ci andate regolarmente, non è vero? – chiese ancora Viola.

Lei fece di nuovo sì con la testa.

– Essere ebreo non ha a che vedere con la religione?

Regina versò il latte caldo nella tazza della nipote. – Prima di rispondere, vorrei farti anch'io una domanda.

Viola la guardò sorpresa.

– Chi dei tuoi compagni che si dichiara cattolico va a messa la domenica? – le chiese Regina.

– Fammi pensare... – Viola mise un cucchiaio di cacao e uno di zucchero nel suo latte e mescolò con cura. – Ludovica mai e neanche i suoi genitori. Per non parlare di quelli di Luca. Parlano di una chiesa solo dal punto di vista artistico. Francesca invece ha una fede profonda e va sempre a messa. Valentina ogni tanto. La maggior parte non frequenta la parrocchia, o lo fa saltuariamente.

Regina versò del caffè nella sua tazza. – Però sono stati battezzati, hanno fatto la prima comunione e la cresima.

Viola mise in bocca un pezzo di torta di mele. – Sì, credo di sì.

– Ci sono persone che, pur non praticando la loro religione, si riconoscono in un insieme di valori e tradizioni. Insomma, si sentono appartenenti alla comunità che ha dato loro le origini, il che non pregiudica il sentirsi parte di questo mondo. La fede è un'altra cosa. Per me è importante. Ma è un fatto individuale.

Viola bevve un sorso di latte. – Ho capito quello che vuoi dire. La mamma si sente parte della Comunità ebraica anche se non è religiosa.

Regina annuì.

– Allora perché volete organizzare tutti questi incontri interreligiosi?

– Perché nel mondo gli uomini si ammazzano in nome di una fede.

Viola fece una smorfia. – È assurdo!

Questa volta fu il campanello della porta a suonare. Regina guardò l'orologio: erano le otto, doveva essere Augusto, in anticipo come al solito.

Fu Viola ad andare ad aprire e Regina provò a osservare il suo futuro marito con gli occhi di una ragazzina di tredici anni. Un uomo anziano, calvo al centro della nuca, con dei ciuffi di capelli grigi un po' disordinati ai lati della testa, eppure con occhietti vispi che brillavano anche attraverso gli occhiali e con un sorriso arguto.

– Lo so che sono in anticipo di mezz'ora – esordì lui con l'aria fintamente desolata. – Avevo due alternative: aspettare mezz'ora in piedi davanti al portone, al freddo, o sottopormi alle tirate d'orecchio di tua nonna. Pur sapendo a cosa andavo incontro, ho scelto la seconda opzione.

Viola scoppiò in una risata.

Regina li raggiunse, gli prese il soprabito e gli fece segno di seguirla in cucina.

– Vedo che voi, invece, ve la state prendendo con comodo – disse lui, riferendosi probabilmente al fatto che erano ancora entrambe in pigiama. Aveva con sé un mazzo di fiori per lei e un pacchetto di dolcetti per la nipote.

– È un piacere conoscerti – disse stringendo la mano di Viola, come se fosse una persona adulta. – Regina mi ha parlato molto di te e della famiglia e non vedo l'ora di incontrarvi tutti in circostanze meno drammatiche.

Regina aveva preparato il caffè e gliene versò una tazzina.

Augusto si sedette al tavolo della cucina e prese una fetta di torta. – Vengo subito al dunque, Viola. Avremo modo e tempo di chiacchierare di tanti altri argomenti in un altro momento, ma oggi abbiamo una priorità. Come tu sai, fra poco andremo in Questura. Il dottor De Vicari e io non ci saremo e tu verrai interrogata da una giovane *poliziotta* molto per bene, oltre che parecchio carina.

– Augusto!

Lui strizzò un occhio a Viola. – Io mi diverto con la nonna perché è prevedibile. Basta schiacciare un piccolo pulsante e lei si scandalizza. Non è delizioso?

Viola sorrise, anche se era chiaro che non aveva capito perfettamente la battuta.

Augusto bevve un sorso di caffè. – Vuoi ripetere anche a me quello che hai raccontato alla nonna ieri sera?

– Lasciale almeno finire la colazione – protestò Regina.

Viola bevve la sua tazza di latte e rievocò la sua visita ad Angelica. Poi riferì dell'acquerello e aggiunse, con il candore di un'adolescente: – Per fortuna la nonna lo ha custodito.

– Ti rendi conto? – fece Augusto con uno sguardo burbero rivolto verso Regina. – Potrebbe essere considerato l'occultamento di una prova.

Lei alzò le spalle, come per dire che non l'aveva fatto apposta.

– Potremmo dire che quel disegno Angelica lo ha consegnato alla nonna la mattina – propose Viola – e che lei lo ha messo in borsa. Poi se n'è dimenticata, non considerandolo importante.

– Mia nipote è geniale – affermò Regina.

– Farai la parte della rincitrullita – replicò Augusto con una smorfia. – Ma vista l'età ci può stare.

Augusto andò verso l'attaccapanni per prendere il soprabito. – Signore, preparatevi, ora direi che è arrivato il momento di andare.

– Mi è venuta in mente una cosa! – esclamò Viola alzandosi di scatto dalla tavola.

Regina inarcò le sopracciglia.

– A un certo punto la caposala ha aperto la porta, ma non è entrata nella stanza – disse Viola. – Ha soltanto chiesto ad Angelica se era pronta.

– Pronta?

– Sì, ha detto proprio così.

– E Angelica? – chiese Regina.

– Ha risposto di sì.

31. L'AGGUATO

Raffaele Scuteri uscì dalla doccia stampando le impronte dei piedi bagnati sulle piastrelle grigie del bagno. – *Meraviglioso amore mio* – canticchiò. – *Meraviglioso come un quadro che ha dipinto Dio.* – Si passò l'asciugamano su tutto il corpo. – *Ora che vivo la storia più libera del mondo. Che sento nell'aria il bene più profondo.* – Il giorno prima un collega gli aveva detto che sarebbe riuscito a procurargli due biglietti super scontati per il concerto di Arisa, forse per marzo o aprile. E così avrebbe potuto invitare Jessica: lei andava pazza per Arisa, diceva che era una donna autentica.

Si guardò allo specchio e sbuffò. Per farsi aggiustare il naso avrebbe dovuto aspettare ancora un annetto. Ci sarebbe voluto ancora un bel po' per racimolare la somma necessaria per l'intervento.

Accese il phon per dare forma al ciuffo di capelli sulla nuca.

Poi lo spense di colpo.

Gli sembrava di aver udito un rumore, come il tonfo di un oggetto metallico, nella stanza accanto. Poi Pablo emise un prolungato miagolio. Doveva aver fatto cadere la ciotola: anche per lui era ora di colazione.

Riaccese l'asciugacapelli.

– *A volte ho paura che crolli tutto quanto – riprese a canticchiare. – Non è razionale, non lo puoi spiegare…*

Di nuovo il rumore metallico.

Si infilò i jeans e andò in cucina, che poi era anche la sala e la camera da letto, visto che il divano si trasformava in un matrimoniale con due semplici movimenti.

Pablo era ritto sulle zampe appoggiato sulla mensola più alta, con la ciotola vuota, in attesa di essere riempita, al centro del tavolo.

Tutto sembrava a posto.

Era meglio controllare dallo spioncino, forse stava succedendo qualcosa sul pianerottolo. Nel palazzo giravano facce poco raccomandabili.

All'improvviso un'ombra nascosta dietro la porta del bagno gli saltò addosso alle spalle, puntandogli qualcosa alla gola. Un coltello!

– Cos'hai detto alla polizia? – sibilò l'aggressore con un accento che denotava chiaramente una provenienza straniera.

Raffaele stentava a respirare, con il braccio dell'uomo premuto sulla carotide. Agli agguati non era più abituato. Da quando avevano messo dentro suo fratello, si erano dimenticati della sua esistenza. Ma questa volta l'appostamento era diretto a lui. Si augurò che la Svevo stesse seguendo la scena, attraverso la microcamera che gli avevano piazzato in casa.

– Bastardo! – gridò l'intruso. – Rispondi o ti ammazzo.

– Non respiro – riuscì appena a rantolare, il volto che stava diventando paonazzo.

L'altro allentò leggermente la stretta. – Allora?

– Chi sei? – Raffaele aveva capito benissimo che si trattava di Omar Brahini, l'algerino che la polizia aveva identificato grazie alla sua descrizione.

– Non ha importanza chi sono – sbraitò il suo assalitore. – Voglio sapere cos'hai detto alla polizia.

– Toglimi il coltello dalla gola.

L'altro strinse di nuovo, ma spostò di qualche centimetro la lama.

– Ho detto che ho visto Angelica alle otto di sera andarsene in Radiologia – replicò Raffaele ansimante. – Anch'io qualche volta l'ho accompagnata giù a fare degli esami.

Quello gli puntò di nuovo la lama sul collo.

– Di te non ho detto un bel cazzo di niente! – esplose Raffaele. – Se è questo che vuoi sapere.

– Così va meglio.

– E poi che cosa avrei potuto dire? – biascicò. – Io non ti conosco. Ti ho visto per una frazione di secondo e certo non ricordo la tua faccia.

L'aggressore mollò la stretta e gli si palesò di fronte, la faccia deformata da una calza di nylon.

Raffaele alzò la voce. – Non so dove hai portato Angelica…

– Cosa urli, coglione? – Brahini impugnò il coltello come se fosse un piccone. – Tu quella ragazza te le devi scordare, hai capito?

– È ancora viva?

– Certo che è viva! – strillò. – Ma per te non esiste più, chiaro?

Lui non commentò.

– Per il mondo intero non esiste più – insistette l'altro. E a sorpresa gli sferrò un calcio nei testicoli.

Raffaele si piegò in due dal dolore.

– Non mi hai ancora detto se hai capito.

Fece di sì con la testa.

Allora quello gli strappò la camicia e gli passò la lama appuntita sul torace. Un taglio non profondo, ma sufficiente a farlo sanguinare. – Questo è solo un avvertimento – disse – nel caso ti tornasse la memoria.

Raffaele mise la mano sulla ferita, impiastricciandosi di sangue. – Ma quale memoria e memoria? – biascicò a mezza voce. – Credi che non lo conosca, il codice?

Il suo aggressore si alzò in piedi.

– Ecco, bene. – Fece il gesto di tagliargli la gola. – Tuo fratello non è un agnellino e in carcere i tipi come lui li fanno fuori come niente. Lo sai, no? Poi c'è tua madre. Oh, la tua vecchietta tutte le sere si asciuga le lacrime. Dalle un altro dispiacere e la smetterà una volta per tutte di piangere.

32. VIOLA IN QUESTURA

Al centro del tavolo della sala degli interrogatori troneggiava l'acquerello, dipinto dalla ragazzina scomparsa, che Viola aveva mostrato all'ispettore sin dall'inizio del colloquio.

– Dunque Angelica ti ha fatto vedere questo disegno domenica pomeriggio sul cellulare – riassunse la Svevo. – Tu ne hai parlato alla nonna ieri sera e lei si è ricordata che era lo stesso disegno che Angelica le aveva consegnato proprio quella mattina in ospedale.

Viola annuì, cercando con la coda dell'occhio lo sguardo della nonna, seduta dall'altra parte del tavolo.

– Tre giovani sul palco di un concorso di bellezza, vestite in abiti da sera – continuò l'ispettore, prendendo in mano il foglio. – Che significato può avere?

Viola sistemò un gomito sul tavolo per appoggiare la testa su una mano. – È la domanda che ho fatto anch'io ad Angelica – disse guardando la Svevo. – Lei non mi è mai sembrata particolarmente interessata ai vestiti o all'aspetto fisico.

– Eppure era una ragazzina molto carina.

Regina batté leggermente il pugno sul piano del tavolo, come se fosse sul punto di protestare. – Ispettore, ma che domande sta facendo a mia nipote? – Allargò le braccia con disappunto. – Cosa vuole insinuare?

La Svevo alzò la mano, come per dirle OK, d'accordo, non andrò oltre.

– Le ricordo che sta parlando a una ragazzina di tredici anni – insistette la nonna.

L'ispettore proseguì con l'interrogatorio. – E come ha risposto Angelica alla tua domanda?

– Con un'altra domanda. Mi ha chiesto se pensavo che ci fosse qualcosa di male in un concorso di bellezza.

La Svevo la invitò a continuare.

– Ma io non sapevo cosa rispondere! Credo di aver alzato le spalle. – Viola mimò il gesto davanti all'ispettore. – Io non ne ho mai visto uno, di concorso di bellezza, non so neanche come sia fatto.

– La citazione di Gandhi: "La vera bellezza sta nella purezza del cuore" sembrerebbe dimostrare che lei fosse combattuta sull'argomento.

Viola annuì. – Ma non so in che modo. Mi ha detto che a volte si prendono decisioni contro la propria volontà. Ma lo si fa per un bene superiore.

– Quale bene superiore?

– Non lo so! – sbuffò Viola. – Non ce l'ho con lei, ispettore, ce l'ho con me stessa. – Mise le mani sulla faccia come se non sopportasse più quella tensione. – Mi dispiace di non averle chiesto di più. Sono stata una stupida!

Regina le si avvicinò. – Non devi sentirti in colpa, cara, come avresti potuto immaginare un fatto del genere? – Prese un fazzoletto per asciugarle la lacrima che le era scesa sulla guancia.

Anche la Svevo si sentì in dovere di rassicurarla: – Viola, tu non hai nessuna responsabilità in quello che è accaduto – disse. – Ma il nostro compito è scoprire in fretta di cosa si tratta per ritrovare Angelica sana e salva. È per questo che tu e io siamo qui.

Viola alzò la testa e prima cercò lo sguardo della nonna, poi quello dell'ispettore. – Angelica continuava a guardare la porta. Aveva paura che qualcuno potesse sentirla.

– Chi avrebbe dovuto sentirla?

Viola mise i gomiti sul tavolo e si strinse le mani. – Non Carmen, perché quando è entrata per darle la pastiglia, Angelica si è rilassata. Di Carmen non aveva paura.

– Per darle la pastiglia? Ne sei sicura?

Viola raccontò quello che aveva rivelato ad Augusto e alla nonna.

Qualcuno bussò alla porta. – Iolanda, devi venire subito.

Viola si mise una mano sulla fronte. – Mi è venuta in mente una cosa che forse può servire.

La Svevo era già in piedi, ma la invitò a proseguire.

– Tempo fa Angelica mi aveva detto che Kristina conosceva sua madre.

– Quest'informazione è molto importante Viola, brava! – La Svevo le diede una carezza. – Ora devo andare.

L'ispettore uscì rapidamente.

– Omar Brahini sta minacciando Scuteri nel suo appartamento – le disse Ciro quando l'ebbe raggiunto nel corridoio. – Se scendi subito alle intercettazioni, credo che tu possa ancora seguire la scena in diretta. Ti ricordi? Abbiamo messo una cimice nell'appartamento del portantino.

Lei fece una smorfia. – Dove abita Scuteri?

– A Baggio.

– Aurora è libera?

L'agente annuì.

– Io scendo alle intercettazioni, vai con la Rizzo subito da lui e ci teniamo in contatto.

– D'accordo.

La Svevo toccò il braccio di Ciro prima che schizzasse fuori. – Mi raccomando, niente colpi di testa – gli disse. – Brahini ci deve portare da Angelica.

Chiamò De Vicari, ma il suo cellulare era staccato.

33. FAGOTTINI AL CIOCCOLATO

Un bambino aveva avuto una crisi epilettica, mentre Giovanni si stava cambiando. Il suo turno era finito da un pezzo, ma lui non ci aveva pensato due volte e si era rimesso il camice. Le emergenze dei pazienti avevano la priorità sugli impegni personali. Soltanto quando il dottor Garavaglia era riuscito a sedare il piccolo, Giovanni si era deciso a lasciare l'ospedale.

Aveva dovuto chiamare un taxi per raggiungere il locale nel quale aveva appuntamento con l'avvocato.

– Il ritardo è più che giustificato – sentenziò l'ex magistrato, non appena lui si scusò per il contrattempo che gli aveva impedito di essere puntuale.

Si sedettero all'unico tavolino rimasto libero e Giovanni appoggiò il giubbotto alla spalliera della poltroncina di velluto, ripiegandolo verso l'interno per paura di rovinarne il rivestimento. Era un'elegante pasticceria, quella che Altieri aveva scelto per il loro incontro, un locale nel quale lui non si sarebbe mai sognato di entrare, e non solo per il timore che fosse al di fuori della sua portata; quello era un luogo che non aveva mai fatto parte del panorama della sua esistenza e, forse, al quale non si sentiva neanche in diritto di accedere.

– È stato un turno molto complicato – iniziò lasciandosi andare contro lo schienale, riferendosi a quello che era accaduto in reparto durante la notte. Poi vide la propria immagine riflessa in uno specchio. – Non ho avuto il tempo di farmi la barba – si giustificò, toccandosi il viso con la mano. – E neanche di cambiarmi.

– Avevi altro da fare – lo tranquillizzò Augusto. – Mi racconterai ogni cosa, ma prima ordiniamo la colazione.

– Cosa posso portarvi? – chiese il cameriere, in attesa al loro tavolo.

– Un cappuccino e una brioche alla crema – rispose Augusto. E, volgendosi verso Giovanni: – Le brioche alla crema sono una delle specialità di questa pasticceria.

– Va bene anche per me.

– Al signore porti anche un paio dei vostri fagottini alle mele, quelli con le gocce di cioccolato – disse al cameriere. – Lui è giovane e ha bisogno di ricarburarsi. Io, invece, devo stare attento alla dieta.

– Avvocato... – cercò di protestare Giovanni.

– Tu ancora non conosci la mia età! – esclamò Augusto con un sorriso che andava da un orecchio all'altro. – Tra un mese compirò ottant'anni. Capisci bene che non devo esagerare.

Giovanni pensò che se gli avessero chiesto lì sui due piedi di scegliersi un padre, avrebbe indicato l'avvocato. Senza esitazione.

– Accetta un consiglio da me. – Augusto indicò i fagottini riposti in un contenitore di vetro. – Io sono di casa, qui, quelli ti danno diritto a una seconda vita.

Anche il cameriere ora aveva mosso gli angoli della bocca.

– Di fronte a tanta esperienza, mi arrendo!

Altieri si ripulì gli occhiali con un fazzoletto di carta. – Allora, raccontami come si sono svolti i fatti – disse. – Ma prima ti devo chiedere un piacere.

– Certo, avvocato.

– Ecco, appunto, smetti di chiamarmi avvocato.

– D'accordo, avvocato. – Arrossì. – Ehm... Augusto.

Altieri fece un gesto con le dita per indicare di andare oltre.

Giovanni gli raccontò dell'incontro con la Svevo e del guasto all'impianto del sistema di sorveglianza, quindi lo informò della situazione che aveva trovato in reparto quando era risalito.

Gli riferì anche dell'assenza di Carmen, ma trascurò il dettaglio che lei non lo avesse avvertito. Ripeté la scusa che gli avevano propinato e, mentre ne parlava, si rese conto di quanto fosse debole la giustificazione.

Mentre era in taxi aveva riflettuto sul comportamento di Carmen e aveva deciso di darle ancora una chance, almeno fino al pranzo di domenica. Per questo, quando descrisse ad Augusto la scena che aveva intravisto dal buco della serratura nella sala medica, non gli rivelò che era lei una delle quattro persone che aveva sentito litigare. Sostenne che all'incontro avevano partecipato Rialto, il medico di un altro reparto, il rappresentante di una casa farmaceutica, di cui non ricordava il nome, e una donna che non aveva riconosciuto.

– È plausibile che il rappresentante di un'azienda farmaceutica circoli nel reparto di un ospedale? – chiese Augusto.

– Se non fosse per l'orario, non ci sarebbe nulla di anomalo. Il suo lavoro consiste nel presentare ai medici le novità sui farmaci, sta poi al dottore valutare se, e in quali circostanze, il medicinale può essere utile per i pazienti.

Giovanni si augurò che Augusto non percepisse il suo disagio. Stava mentendo a una delle poche persone che gli avevano dato fiducia, e questo lo faceva star male. Poi disse a se stesso, a suo parziale discarico, che non stava mentendo del tutto, gli aveva raccontato solo tre quarti della verità.

Ora non riusciva più a nasconderlo neanche a se stesso: era innamorato di Carmen, ma aveva giurato sulla memoria di suo fratello che, se lei non fosse stata sincera la domenica, avrebbe agito di conseguenza. Se solo avesse avuto il sospetto che lei potesse aver contribuito al rapimento di Angelica, o avesse commesso qualche altro reato, l'avrebbe denunciata. Con i bambini non si può scherzare. Lui, che era stato abbandonato in fasce insieme a Sergio sulla scalinata della chiesa di piazza Leonardo da Vinci, ne sapeva qualcosa.

Poi raccontò della donna che era piombata nel cuore della notte nel reparto pediatrico e dell'annuncio dell'articolo del blogger.

– L'articolo è uscito – lo interruppe Augusto.

Giovanni bevve l'ultimo goccio del suo secondo cappuccino. – Non ci capisco nulla, in questa storia della sperimentazione dei farmaci.

– Cosa vuoi dire?

– Ieri ho sentito dire che c'erano medici che stavano sperimentando prodotti non autorizzati sui bambini.

Augusto annuì, sollecitandolo a continuare.

– Pensavo lo stessero facendo al servizio di una farmaceutica per ampliare in modo fraudolento il numero dei casi della sperimentazione e accorciare i tempi di autorizzazione di un medicinale.

– E invece?

– Nella sala medica, questa mattina, era l'informatore medico-scientifico che stava intimando ai medici di sospendere la sperimentazione, perché non avevano più l'autorizzazione.

– L'autorizzazione di chi? – l'incalzò Augusto.

– Dell'azienda farmaceutica. Ma la riunione è stata interrotta dall'irruzione della polizia.

– Angelica rientrava in un progetto di sperimentazione clinica?

Giovanni annuì.

– E se avessero voluto sospendere la sperimentazione con lei? – chiese Augusto.

– Per quale motivo?

Augusto scrisse una nota sul suo taccuino. – L'informatore come ha giustificato la sua presenza in reparto alle sei del mattino?

– Non lo hanno trovato. Anche questo non me lo spiego. Gino non lo ha visto né arrivare né andarsene.

Giovanni agguantò l'ultimo fagottino alle gocce di cioccolato. – Dovrò parlare con Garavaglia – disse. – Sono convinto che lui sappia qualcosa.

– Dovrebbe farlo la polizia. In ogni caso, bisogna mettere sotto controllo il telefono di medici e infermieri della Pediatria.

Alla parola "infermieri", Giovanni ebbe un impercettibile sussulto.

Augusto ripose il suo tovagliolo sul tavolo. – Devo tornare in Questura – disse. – Riferirò a De Vicari del nostro colloquio.

Giovanni chiamò il cameriere con l'intenzione di pagare.

L'uomo in giacca bianca accennò a un lieve inchino. – È tutto a posto.

– Ma avvocato... cioè Augusto...

L'ex magistrato si alzò dalla poltroncina. – Sono io ad averti invitato.

– E va bene – accettò lui – ma la prossima volta...

– La prossima volta pagherai tu – lo rassicurò Augusto – e vedrai quanti dolci mi sbaferò alla faccia della linea.

Giovanni uscì dal locale e si avviò alla fermata dell'autobus, con l'intenzione di rientrare a casa, quando da lontano scorse la Palladino che stava aprendo la portiera di un'auto. Si avvicinò per salutarla, ma il cellulare della direttrice squillò in quel momento e lui rimase lì, a poca distanza da lei, indeciso sul da farsi.

– Fra un quarto d'ora sarò in ufficio – disse Margherita ad Amalia. Erano arrivati venticinque messaggi per lei mentre era in pasticceria con il commissario e immaginò che la sua assistente volesse anticipargliene qualcuno. – C'è qualcosa di particolarmente urgente? – chiese.

– Ecco, sì – rispose Amalia. – Gino vuole incontrarla assolutamente oggi. – Margherita registrò che ancora nessuno l'aveva cercata per farle gli auguri, ma di nuovo scacciò dalla mente quel pensiero nocivo: rischiava di avvelenare una giornata che era iniziata nel migliore dei modi. Quante volte lei stessa si era dimenticata, presa da mille impegni, del compleanno di persone alle quali voleva bene?

– L'appuntamento non era per domani mattina?

– Lui sostiene che "deve" incontrarla a tutti i costi – ribatté Amalia. – Oggi stesso. È nella saletta degli ospiti. Ha detto che non se ne andrà finché non sarà riuscito a vederla.

– Che cosa vuole?

– Deve mostrarle qualcosa, ma oggi – ha detto – e non domani o un altro giorno.

– Ha scoperto qualcosa attraverso le telecamere di sorveglianza?

– È quello che gli ho chiesto. Lui mi ha risposto di no, ma io credo che a me non lo direbbe.

Margherita prese dalla borsa gli occhiali. – Come va l'organizzazione delle riunioni? – chiese.

– Meglio del previsto – replicò la sua assistente – ma è ancora troppo presto per cantare vittoria.

– Allora che facciamo con Gino? – la interruppe lei aprendo la portiera.

– Io penso che dovrebbe vederlo, magari solo per un attimo. Non credo che insisterebbe così tanto, se non ci fosse qualche cosa di realmente importante.

– D'accordo. Dica a Gino che tra poco rientrerò in ospedale.

Giovanni era rimasto sul marciapiede, a pochi passi dalla Palladino mentre lei era al telefono, e stava decidendo di andarsene quando, ascoltando senza volere gli stralci della conversazione telefonica, capì che la direttrice aveva intenzione di incontrare Gino. Allora si fece coraggio: non c'era tempo da perdere.

Bussò al finestrino con l'idea di salutarla. Se Gino aveva scoperto qualcosa su Carmen, magari l'avrebbero portata via senza che lui avesse il tempo di parlarle. *Questo non deve succedere*, pensò. Se lei fosse stata colpevole, lui avrebbe dovuto essere il primo a saperlo.

Lei tirò giù il vetro. – Buongiorno, Giovanni, cosa ci fa qui?

– Dovevo incontrare un amico, ma ora rientro in ospedale.

– Lei deve riposarsi – ribatté la direttrice.

– Non è ancora il momento – replicò Giovanni. – E poi devo tornare per forza in reparto: ho dimenticato il portafogli nell'armadietto.

– Allora le do un passaggio – disse la Palladino, sbloccando l'apertura delle portiere. – Stavo tornando anch'io in ospedale.

34. LA SFIDA

La città era congestionata dal traffico e Margherita si pentì di aver preso l'auto proprio quella mattina in cui aveva i minuti contati. Dovette cambiare direzione più volte, in uno slalom tra sensi unici e lavori in corso, per non finire imbottigliata in un ingorgo.

In qualità di direttore sanitario di un ospedale di quelle dimensioni, aveva a disposizione un autista che, per tutto il giorno e anche nel corso della notte, l'accompagnava dovunque lei dovesse spostarsi per ragioni di servizio. Ma per il suo compleanno – almeno un giorno all'anno – aveva sentito il bisogno di riacquisire lo status di cittadina qualunque. Quel gesto le era costato una tirata d'orecchi da parte del commissario che, nel corso della loro prima colazione, l'aveva rimproverata – come se avesse un qualche diritto su di lei – asserendo che proprio in un frangente come quello era più opportuno che lei girasse con l'autista.

Si stava preparando mentalmente alla tempesta di telefonate che le sarebbero arrivate da ogni dove e non aveva la più pallida idea di che cosa dichiarare. Le indagini brancolavano nel buio. Oltre ai giornalisti, l'avrebbero cercata anche i rappresentanti delle istituzioni e tanti altri ancora che avrebbero voluto sentire direttamente dalla sua voce che cosa diavolo stesse succedendo nel suo ospedale.

Per il Ministero avrebbe dovuto aspettare fino all'ora di pranzo: le istituzioni romane di solito erano più lente nelle reazioni e prima si affidavano a canali non ufficiali. Forse, allora, persino Edoardo si sarebbe ricordato di lei.

Prima di incontrare Gino sarebbe dovuta passare dal direttore amministrativo: voleva dare un'occhiata alle entrate e alle uscite degli ultimi mesi nei vari reparti, per verificare che non ci fossero stati movimenti sospetti in quell'ultimo periodo. Anche se poi, per la verità, le irregolarità non si deducevano mai dai conti ufficiali. In ogni caso, un controllo era dovuto; con il putiferio che stava per scatenarsi, qualcuno lo avrebbe chiesto. Tanto valeva anticipare i tempi.

Mentre era ferma a un semaforo si ricordò di Giovanni che se ne stava seduto accanto a lei senza dire niente e si domandò a che cosa stesse pensando.

– Siete stati molto efficienti, questa mattina – commentò Giovanni non appena lei accese la radio.

– Lei crede?

– Nei prossimi giorni dovremo prepararci ad altri colpi di scena.

Margherita fu così sorpresa da quell'affermazione che poco mancò che tamponasse l'auto davanti alla loro. – A cosa si riferisce? – gli chiese, riuscendo a sterzare all'ultimo momento.

– Ora che la notizia è pubblica, qualcuno dovrà scoprire le sue carte – le rispose enigmatico – e forse ci consentirà finalmente di venire a capo di questa storia.

Lei non commentò, mentre imboccavano il viale che conduceva all'ospedale. Giovanni non aveva tutti i torti. Il can can mediatico avrebbe sicuramente mosso qualcosa. Girò a destra per passare dal Pronto soccorso.

– La lascio all'entrata del personale – disse all'infermiere. – Io devo portare la macchina al parcheggio.

Giovanni attraversò la hall dell'ospedale e si diresse verso gli ascensori che conducevano al reparto senza fermarsi alla reception, tanto sapeva che Gino non era nel suo ufficio. Fece un cenno di saluto da lontano a Rossana, la ragazza di turno al banco dell'accoglienza.

Non sapeva neanche lui come avesse potuto rivolgersi in un modo così sfacciato alla direttrice. Si tolse il giubbotto perché stava scoppiando dal caldo.

Un discorso del genere avrebbe potuto farlo a un collega, non certo a un superiore, a maggior ragione se questo era ai massimi gradi della gerarchia dell'ospedale. Stava peccando di arroganza e non capiva che cosa gli fosse preso. Ma non era il momento di riflettere sul suo comportamento. Ora doveva evitare il peggio.

Innanzitutto, voleva accertarsi che Carmen fosse realmente tornata a casa, come aveva dichiarato quando si erano visti per l'ultima volta e lei lo aveva baciato sulla bocca.

Poi doveva correre in direzione sanitaria e parlare con Gino prima che incontrasse la Palladino, per capire che cosa avesse intenzione di rivelarle e se queste rivelazioni avevano a che fare con Carmen.

Si rese conto in quell'istante che stava agendo in preda a un sentimento irrazionale che, forse, gli stava facendo perdere la lucidità. Ma si giustificò con se stesso pensando che prima di punire qualcuno bisognava avere le prove che avesse realmente commesso un reato e lui non era ancora convinto che Carmen stesse facendo qualcosa di male.

Ora i media avrebbero puntato i riflettori sull'ospedale, per saperne di più sulle illazioni riguardo la sperimentazione clinica dei farmaci e capire se ci fosse un nesso tra presunte irregolarità in questo ambito e la sparizione della ragazzina. O almeno così immaginava: se fosse stato lui un giornalista, avrebbe cercato di capire se ci fosse una correlazione fra le due cose.

Per questo ci teneva a parlare con il dottor Garavaglia. L'informatore medico-scientifico che lui aveva visto quella notte in sala medica aveva chiaramente chiesto di sospendere il programma di sperimentazione.

Lui ora era confuso sull'argomento, ma Garavaglia, in quanto oncologo della Pediatria, doveva sicuramente sapere qualcosa di più.

– Giovanni, come mai ancora qui? – gli chiese Kristina quando lo vide arrivare.

– Ho dimenticato il portafogli nell'armadietto.

Lei gli fece segno di andarlo a prendere.

– Hai visto Carmen? – le chiese mentre si avviava verso l'infermeria.

– È andata a casa.

Giovanni comprese che Kristina avrebbe avuto voglia di chiacchierare, ma lui ora non aveva tempo di darle corda. – Non vedo l'ora di tornare a casa anch'io – disse schiarendosi la gola, perché lei capisse quanto fosse stanco. – Ci credi che mi si stanno chiudendo gli occhi?

– Da quante ore sei in piedi?

– Sono due giorni che non dormo.

– Vai a riposarti – gli disse lei. – Stasera sei ancora di turno.

– È successo qualcosa, da quando me sono andato?

– La mamma di Luca Fanti ha deciso di lasciare qui il bambino – raccontò Kristina. – Non so che armi tu abbia usato con lei, ma sei stato piuttosto convincente.

Giovanni annuì, poi percorse a grandi passi il corridoio e si fermò davanti alla porta della stanza dove Garavaglia visitava. Mise la testa dentro, senza bussare: – Ho bisogno di parlarle – disse sottovoce al medico, che stava facendo aprire la bocca a un bambino per guardargli la gola.

– Dove posso trovarla fra un paio d'ore? – gli chiese Garavaglia. Sulle seggioline rosse accanto alla parete c'erano altri tre piccoli che aspettavano il loro turno, insieme alle loro madri.

– Mi chiami sul cellulare.

– Allora a più tardi.

Gino ora si era convinto, ne aveva parlato anche con sua moglie e lei lo aveva incitato ad andare fino in fondo. Non se ne sarebbe andato dall'ospedale se non a missione compiuta.

Amalia si affacciò nella sala d'attesa. – La direttrice è appena rientrata – gli riferì. – Devi avere ancora un po' di pazienza, è dovuta passare in amministrazione. Ma non ci vorrà molto, sarà qui tra qualche minuto.

– Grazie – disse lui, lo sguardo abbassato sul plaid appoggiato sulle ginocchia. – Non hai idea di quanto sia importante.

Amalia entrò nella sala d'attesa, forse per fare due chiacchiere, o incuriosita dal plico rettangolare che lui aveva appoggiato a una delle ruote della carrozzella. Ma non aveva nessuna intenzione di anticiparle niente.

Poi Gino sentì dei passi nel corridoio che non avevano la leggerezza di quelli di una signora. Anche Amalia si voltò in direzione della porta.

– Ah, siete qui! – fece Giovanni affacciandosi nella stanza, come se fosse sorpreso di trovarli entrambi in quel luogo.

In quel momento squillò il telefono nell'ufficio di Amalia. – Devo rispondere – si scusò lei, correndo per arrivare in tempo a prendere la chiamata.

– Ti vedo affaticato – commentò Gino.

Giovanni si sedette di fronte a lui, sprofondando sulla sedia di metallo come se fosse su una poltrona imbottita.

Poi si toccò il mento. – Non ho avuto neanche il tempo di radermi – ribatté. – A proposito, hai letto quella news?

– Sì, e ho anche ascoltato i notiziari. Si stanno ribalzando quelle illazioni come fossero vere.

L'infermiere alzò le spalle. – Siamo nel mirino.

– Già.

– C'è qualcosa di nuovo?

– Non so – replicò Gino – o almeno non credo.

Giovanni insistette. – Hai scoperto qualcosa, a proposito dei movimenti di questa notte?

– No, ma...

– Ma? – Giovanni si raddrizzò sulla sedia.

– Niente di certo, più che altro delle supposizioni.

– Quali supposizioni?

Gino scrutò il suo interlocutore. La questione era molto più seria di quanto non avesse immaginato. Un altro non ci avrebbe fatto caso, ma lui conosceva Giovanni e glielo leggeva in volto. Il ragazzo si era preso una cotta per Carmen e ora era lì per cercare di sapere qualcosa su di lei.

Fu in quel frangente che Margherita Palladino irruppe nella sala di attesa.

Giovanni si alzò in piedi di scatto e andò incontro alla direttrice, porgendole la mano.

Gino le sorrise.

La direttrice salutò Giovanni, ma la sua attenzione ora era rivolta verso di lui. – Gino – esordì con un tono amichevole – mi dispiace averla fatta aspettare così tanto!

– La ringrazio di avermi ricevuto, dottoressa. – Gino le strinse la mano e azionò le ruote della carrozzella verso l'uscita della sala d'attesa. Ma, prima di muoversi, sollevò il pacco e lo appoggiò sulle ginocchia, sopra il plaid. – Sono molto contento di incontrarla.

– Dottoressa, vuole che sia presente anch'io alla riunione? – chiese Giovanni, rivolto alla Palladino.

Lei gli fece no con la testa. – Se sarà necessario, la farò chiamare io.

Quando entrarono nell'ufficio, Margherita andò a sedersi direttamente sul divanetto degli ospiti, anziché alla scrivania, per far sentire Gino più a suo agio. Ma prima chiese ad Amalia di portar loro da bere.

– Gradisce qualcosa?

– Un caffè lo prendo volentieri – rispose Gino – se non è troppo di disturbo. – Si collocò di fronte a lei, sistemando il pacco rettangolare accanto a una delle ruote.

– Amalia, ci porti per favore due caffè. Il mio con un po' di latte, grazie.

E poi, rivolta al suo ospite: – Caro Gino, come sta? – gli chiese. – Da quante ore di seguito sta lavorando?

– Forse trenta, ma non deve preoccuparsi per me, ci sono abituato – replicò lui. – È una vita che faccio il turno di notte, e ora siamo in una situazione di emergenza.

Amalia era ancora lì, indecisa sul da farsi. – Dottoressa, questo è l'elenco delle persone che l'hanno cercata. – Le porse il blocco degli appunti. – Inutile dirle che hanno tutti chiesto di lei urgentemente.

Margherita scorse velocemente la lista: nessuna delle persone in nota la stava chiamando per farle gli auguri. – Ora che i media hanno annusato una possibile storia, non ci lasceranno più in pace – disse.

– L'hanno cercata anche dal Ministero – insistette Amalia.

Lei guardò l'orologio. Molto prima di quanto avesse previsto. – Se aspettano ancora per qualche minuto, non crollerà il mondo.

– Alle dodici e mezza la vuole vedere il direttore generale.

– Ok, da lui devo proprio andare – sostenne rivolta a Gino, come se spettasse a lui darle l'assenso. – Chieda al dottor Rossetti di venire da me, qualche minuto prima dell'incontro. Non abbiamo fissato anche con lui un appuntamento?

– Sì, certo, ma...

La interruppe. – Ora la prego, Amalia, mi lasci da sola con il signor Gino, abbiamo già così poco tempo. – Fece una brevissima pausa e poi sottolineò: – Mi raccomando, niente telefonate, d'accordo?

La sua assistente appoggiò diverse cartellette colorate sulla scrivania. – Le lascio i primi fascicoli arrivati dai reparti sulla sperimentazione clinica.

– Ottimo lavoro, Amalia – approvò lei. – Non voglio più sentire nessuno per almeno un quarto d'ora.

Quando Amalia richiuse la porta, Margherita si rivolse a Gino con un sorriso accogliente. – Finalmente soli! – esclamò. – Non mi tenga sulle spine, che cosa c'è di tanto urgente?

– Ecco, dottoressa… – iniziò lui piuttosto impacciato. – È una storia lunga.

– Sono qui per ascoltarla – lo incoraggiò la direttrice.

– Per lei, forse, questo fatto non sarà stato importante quanto lo è diventato per me, ma…

– Si esprima liberamente – lo interruppe lei, con una certa impazienza.

Gino continuò come se stesse seguendo il filo dei suoi pensieri. – Sono almeno dieci anni che ci penso tutti i giorni e soprattutto tutte le notti, quando vengo qui a lavorare.

– Pensa a cosa?

– Alla sfida che lei mi ha lanciato quando è entrata in ospedale.

Lei incrociò i suoi occhi. – Di quale sfida sta parlando?

– Davvero non ricorda? – chiese lui disorientato.

– Non mi viene in mente niente – replicò Margherita.

Gino si mosse un po' con le ruote della carrozzella. – Dottoressa Palladino, lei non è appassionata di pittura?

– Sì, certo, ma cosa c'entra con quello che sta succedendo? – controbatté lei, questa volta in modo più duro.

– Non c'entra niente – rispose lui. – Il fatto è che io a questa sfida ho dedicato dieci anni della mia vita!

– E allora? – lo interruppe lei. Adesso cominciava a spazientirsi. – Non capisco dove vuole arrivare.

Il portiere non aggiunse altro, ma le porse il plico rettangolare che teneva appoggiato alla ruota. – Lo guardi e mi dia il suo giudizio – dichiarò, senza incrociare il suo sguardo.

Lei allungò istintivamente le mani per prendere il pacco, ma poi ebbe uno scatto d'ira che non riuscì a controllare del tutto. Possibile che Gino le avesse chiesto un appuntamento tanto urgente, in una situazione come quella, soltanto per farle vedere un quadro? – Mi dica prima, per favore, di cosa si tratta. – Sapeva che adesso il tono della sua voce era polemico. – Come lei sa, sono piuttosto occupata, in questo periodo.

– Lei sa che io dipingo.

– E dunque? – lo incalzò alzando la voce. Con tutti i problemi che doveva affrontare in quel momento, quello le stava parlando di pittura!

– Copio quadri di pittori famosi…

– Senta, Gino, io non ho tempo da perdere – lo interruppe, alzandosi in piedi con l'intenzione di congedarlo. Si augurò che lui se ne andasse spontaneamente perché, preoccupata com'era, avrebbe rischiato di scaricargli addosso tutta la tensione che aveva accumulato in quei giorni.

Lui proseguì ignorando il suo tono di rimprovero: – Dieci anni or sono io le proposi di regalarle un mio lavoro.

– Allora? – incalzò ancora lei.

– La prego, mi lasci finire – la supplicò lui, con la voce leggermente incrinata. – Non la tratterrò a lungo.

Lei non riuscì a rispondere, tanto stava adirandosi. Avrebbe dovuto chiamare Amalia per mandarlo via. Una bambina era sparita, tutti la stavano cercando, e lei si era tenuta libera per Gino pensando che avesse qualcosa di importante da comunicarle…

Lui approfittò dell'interruzione per terminare il discorso: – Lei mi rispose che non avrebbe mai appeso nel suo ufficio la copia di un quadro, ma che se fossi riuscito a realizzare un'opera tutta mia… – Deglutì per trovare la forza di continuare. – Da allora non ho mai smesso un momento di pensare a quello che mi ha detto. E lo sa perché? Lei aveva ragione! Io ho sempre lavorato nell'ombra di qualcuno. E sbagliavo. Nella vita bisogna avere il coraggio di essere se stessi. – Adesso le sue mani stavano tremando.

Margherita era sempre sul piede di guerra, ma ora lo stava ascoltando. D'un tratto si ricordò dell'episodio al quale Gino si riferiva. Lei era appena stata nominata direttrice sanitaria dell'ospedale. Lui voleva a tutti i costi regalarle la riproduzione di un Canaletto, per la verità dipinta con grande maestria e che probabilmente lui avrebbe potuto vendere a migliaia di euro.

Ma lei si era intestardita. – Non è necessario riempirsi la casa di quadri – le ribadiva sempre suo padre, che aveva coltivato in lei la passione per l'arte. – Se una persona non può comprarsi un'opera autentica, ne faccia a meno. Meglio il muro bianco, o una bella fotografia, che un falso. – E lei non aveva mai mancato all'insegnamento paterno.

Gino dovette interpretare quel silenzio come una tacita disapprovazione. Sistemò di nuovo il pacco sulle ginocchia e azionò la carrozzella per andarsene.

– Cosa fa? – lo fermò lei, rendendosi conto all'improvviso del dramma interiore di quell'uomo. – Non mi fa neanche vedere il quadro?

Gino arrestò di colpo le ruote della sedia a rotelle. In quel momento le stava voltando le spalle. Esitò un attino, poi fece un'inversione e si sistemò di nuovo di fronte a lei. – Davvero vuole vederlo?

– Non le avevo lanciato una sfida? – gli chiese allora Margherita. In fondo si trattava soltanto di qualche minuto in più, che diritto aveva di ferirlo?

Si risedette sul divanetto e lui le porse la tela.

Lei fece per scartare la confezione, ma poi si arrestò, come se avesse bisogno di chiarire un dubbio. – Mi spieghi soltanto una cosa, Gino. – Questa volta il suo tono era più gentile. – Io so che lei è una persona seria ed è per questo che ho accettato di riceverla. – Fece una piccola pausa. – Ma perché tanta insistenza nel darmelo proprio oggi? Ha visto che cosa si sta scatenando lì fuori? – gli chiese, indicando la porta.

Lui sembrava incerto. – Sì, lo so, dottoressa, e mi scuso – disse. – Anch'io sono molto preoccupato per la situazione. Ma c'è una ragione precisa.

– E cioè quale?

– Oggi non è il suo compleanno?

A quel punto Margherita dovette costringersi a deglutire la saliva.

Questa proprio non se l'aspettava! Nessuna delle persone a lei più care l'aveva ancora cercata per farle gli auguri e quel tipo così riservato, con il quale non aveva mai scambiato che qualche frase di circostanza, si era ricordato della ricorrenza. – E lei come lo sa? – riuscì appena a dire, schiarendosi la voce.

– Me l'ero riproposto già dieci anni fa.

Lei si accigliò. – Si era riproposto cosa?

Gino si illuminò. – Un regalo si fa in un momento speciale nella vita di una persona – le spiegò. – Ecco, io mi ero riproposto di regalarglielo per il suo compleanno. Ma gli anni passavano e l'ispirazione non veniva. Ormai mi stavo rassegnando a morire nel girone dei copioni.

Margherita scoppiò in una risata. In quel momento squillò il telefono e dal tasto che lampeggiava lei capì che si trattava di Amalia. – Per favore, ancora un momento – disse premendo il pulsante.

– Dottoressa, è arrivato Rossetti.

– Rossetti? Aveva appuntamento a mezzogiorno.

– Ha bisogno di chiederle qualcosa di urgente.

– Una decina di minuti e sarò da lui. – E senza ascoltare la risposta chiuse la comunicazione.

– Dove eravamo rimasti? – chiese, strizzando l'occhio al suo ospite. – Già, ora avrò l'onore di ammirare un'opera prima. – Estrasse il pacco dal sacchetto di cellophane e poi scartò la confezione colorata. Si rese subito conto che i colori non erano ancora del tutto asciutti, quindi fece attenzione a maneggiarlo.

Lo appoggiò sulla scrivania in modo che stesse in equilibrio, per osservarlo prima da vicino. Poi si spostò di qualche metro, senza esprimere nessun commento, per guardarlo a distanza. Suo padre le aveva sempre detto che per valutare un'opera bisognava allontanarsi e osservarla da prospettive diverse.

– Gino, non è bello – commentò lei, continuando a fissare il dipinto. – È straordinario! – Si avvicinò di nuovo per osservare alcuni dettagli nella miscela dei colori. – Glielo dico sul serio.

– Dottoressa, lei non… – cercò di dire lui, ma non riuscì ad andare avanti.

– Mi ascolti bene. Abbiamo poco tempo, ora sono io che sto per chiederle un piacere.

– A sua disposizione, dottoressa – replicò lui.

– Le chiederò di fare una cosa che fino a qualche minuto fa avrei giudicato inopportuna.

– E cioè?

– Innanzitutto questa tela la requisisco io, perché lei l'ha regalata a me per il mio compleanno – dichiarò. – E voglio appenderla proprio qui di fronte alla mia scrivania, al posto di questo quadro – asserì, indicando una natura morta.

– Ma non è un Morandi?

– Già, ma il suo lavoro vale per me più di un semplice quadro. È un messaggio per tutte le persone che stanno lottando contro la malattia.

Lui prese un fazzoletto di carta dai pantaloni.

– Cosa desidera che faccia? – chiese, la voce rotta dall'emozione.

– Siccome non possiamo privare l'ospedale di un'opera come questa…

Gino si strofinò l'angolo sinistro di un occhio.

– Lei ora deve realizzare una copia di se stesso. E badi bene che sto andando contro tutte le mie convinzioni.

Lui strinse gli occhi, come se non riuscisse a crederci.

– Quando saremo usciti da questo pandemonio – continuò Margherita – verrà esonerato per un po' dalla sua normale attività. E vorrei che dipingesse questo soggetto all'entrata dell'ospedale, con la grandezza di un murale, in modo che tutti passando possano ammirarlo.

Lui le prese una mano e gliela strinse forte tra le sue.

– A proposito di gente che va e gente che viene – disse a quel punto Gino. – Troppe persone entrano ed escono dall'ospedale senza che io possa registrarlo dalla mia postazione – disse cambiando di colpo argomento.

Lei inarcò le sopracciglia. – Cosa vuole dire?

– Io controllo con i monitor tutte le uscite del palazzo, dei reparti, e mi domando come sia possibile che Angelica sia uscita, da sola o con qualcuno, senza che io potessi accorgermene.

– Vada avanti.

– Questa notte anche Carmen sembra sia andata via all'improvviso, perché ha avuto un problema con suo figlio o qualcosa del genere, e poi è rientrata, ma io non l'ho vista sul monitor. E così Rialto. E che dire del rappresentante della farmaceutica di cui ha parlato Giovanni?

– Si riferisce alla riunione notturna? – chiese lei.

Lui assentì.

– E lei cosa ne pensa? – gli chiese.

Gino riagguantò il plaid che gli stava cadendo dalle gambe.

– Non so, forse sto dicendo una sciocchezza.

– Continui, la prego – lo incoraggiò.

– Ieri ho voluto controllare dal video le entrate e le uscite di tutto il personale del reparto. Ho l'elenco di tutti i nominativi.

– E...?

– Non vedo quasi mai Kristina Fernandez, la caposala, quando esce dall'ospedale.

Margherita incrociò le gambe. – Cosa vuole dirmi, Gino?

– Sono convinto che nel reparto ci sia un passaggio segreto che nessuno di noi conosce, ma che altri, invece, stanno usando con molta disinvoltura.

35. SPIRAGLI

La temperatura era salita, sembrava una di quelle giornate di primavera che preannunciano, con qualche impennata di caldo, l'arrivo dell'estate. De Vicari si tolse la giacca e l'appoggiò sullo schienale della poltrona. Prese un fazzoletto dalla tasca e si asciugò la fronte, perché era sudato. Pensò di convocare Desdemona, poi si ricordò che lei gli aveva chiesto qualche ora di permesso.

La ricerca di Angelica stava assorbendo gran parte delle sue energie, tra interrogatori e sopralluoghi, e avrebbe avuto una priorità assoluta finché non avessero ritrovato la ragazzina. Ma doveva fare il punto anche su altre inchieste in corso, come quella sul furto alla Popolare di Milano, e verificare se ci fossero novità sul traffico di droga di Lambrate.

Prese in mano il ritratto della figlia. Quella foto gliel'aveva scattata lui stesso l'estate prima sulla spiaggia di Viareggio, quando era riuscito a immortalare l'attimo in cui Lisa era scoppiata in una risata spontanea. Si alzò per andare ad aprire la finestra, aveva bisogno di una boccata d'aria fresca.

Al questore non avrebbe mai parlato dei biglietti per la Scala. Aveva un bel dire Desdemona che non si trattava di un favore. Forse aveva ragione lei, ma quella richiesta era al di sopra delle sue forze. Uno è fatto come è fatto, si disse. Gli dispiaceva più che altro per sua madre, lei quella serata se la sarebbe meritata.

Non era ancora rientrato in ufficio che la Palladino lo aveva richiamato per riferirgli dell'incontro con Gino. Del possibile passaggio segreto tra la pediatria e i sotterranei. Dei suoi sospetti sulla caposala che entrava e usciva senza che il tecnico fosse in grado di rintracciarla attraverso le telecamere di sorveglianza.

Che relazione c'era tra tutto questo e le sperimentazioni cliniche? E poi, ne facevano davvero di illegali? Possibile? Su dei ragazzini?

La situazione stava prendendo una piega non prevista.

E non soltanto dal punto di vista dell'indagine.

Ora lui e la direttrice si chiamavano per nome e si davano del tu.

Si domandò se non fosse stato un errore invitarla a cena. Doveva fare attenzione a non sovrapporre il piano delle indagini con qualcosa che con il lavoro non aveva nulla a che fare.

Margherita gli piaceva, non poteva nasconderlo. Ma non era questo il punto. Lui si era abituato così bene a tenere a freno le pulsioni, da aver perso ogni velleità di ricostruirsi una vita affettiva.

Non aveva sposato la madre di sua figlia perché lei gli aveva posto come condizione di lasciare la polizia, un'attività dal punto di vista di Beatrice inconciliabile con la vita familiare. Ma lei non aveva capito che era proprio quel lavoro a dare un senso alla sua esistenza.

Lo era stato per suo padre che, per mettere in salvo una bambina, aveva perso una gamba. E non l'aveva mai sentito lamentarsi una sola volta, anche se quell'incidente aveva buttato all'aria la vita della loro famiglia.

In uno dei battibecchi che avevano avuto, Margherita gli aveva confessato che considerava il lavoro in ospedale una missione.

Per fortuna il questore aveva rinviato il loro appuntamento alla mattina successiva. Quell'incontro lo tormentava perché l'unica cosa che al momento poteva fare era prendere del tempo. Una ragazzina di tredici anni era sparita da tre giorni e lui non aveva ancora individuato una pista convincente.

Il centralino della Questura sembrava impazzito. I media si erano accaniti sulla vicenda e, non essendoci informazioni concrete da dare in pasto ai lettori o agli ascoltatori, lavoravano sulle illazioni.

Il questore aveva cercato di spiegare ai giornalisti che quella bagarre non favoriva le indagini, ma la macchina mediatica ormai si era messa in moto ed era quasi impossibile fermarla, in un rimbalzo continuo tra commenti a caldo dei cittadini che, attraverso i social, puntavano il dito contro le istituzioni o raccontavano la loro esperienza, e le interviste a psicoterapeuti, criminologi, esperti di ogni genere che proponevano una loro interpretazione dell'accaduto.

Tutto quel rumore non faceva che alimentare l'angoscia collettiva.

Sua figlia Lisa lo chiamava tre volte al giorno per sapere se c'erano novità su Angelica e, come aveva previsto, anche sua madre si era fatta viva per questo motivo, supplicandolo di non fare imprudenze e ricordandogli che lui era un genitore.

D'improvviso, una folata d'aria fresca scompaginò i fogli sul piano di lavoro. Andò a chiudere la finestra e decise di farsi una moka nella sala relax. Se ne sarebbe bevuto diverse tazzine, una dopo l'altra, lontano dagli sguardi indiscreti dei colleghi. Il caffè aveva su di lui lo stesso effetto dell'alcol per un bevitore: nel breve lo aiutava a concentrarsi e ad allentare la tensione, ma l'accumulo a fine giornata gli impediva di prendere sonno.

La Svevo mise la testa nella stanza proprio mentre il liquido scuro stava risalendo dalla macchinetta.

Anche se non era dell'umore migliore, De Vicari si sforzò di sorridere. – Finalmente riuscirò a offrirtelo io un caffè.

– Sembra che Angelica sia ancora viva – disse lei, con un'espressione cupa in volto.

– Dovrebbe essere una buona notizia – annuì De Vicari, spegnendo il fornello. – Perché quella faccia?

La Svevo confessò di non essere per niente sicura che fosse così. Gli raccontò dell'agguato a Scuteri. – Forse è meglio che lei valuti personalmente. È un'informazione che il portantino ha carpito al suo aggressore in una situazione di minaccia.

De Vicari mollò la moka sul tavolinetto e la seguì in corridoio.

– Il caffè? – chiese lei.

Lui sventolò una mano in aria, come per dire che era l'ultimo dei suoi pensieri.

Si diressero velocemente verso le scale che conducevano alla sala delle intercettazioni.

– Arnoldo, puoi far rivedere al dottor De Vicari le riprese sull'aggressione a Scuteri? – chiese la Svevo a uno degli agenti seduti davanti ai video.

Arnoldo Vieri riportò il filmato all'inizio.

De Vicari guardò le riprese due volte, la seconda al rallentatore. Poi chiese all'agente di replicare ancora quel brevissimo tratto in cui Raffaele chiedeva a Brahini di Angelica.

Quindi fece stop con la mano.

– La ragazzina è viva – sentenziò lasciandosi andare su una poltroncina a rotelle. – Dev'essere nascosta da qualche parte.

– Come fa a esserne così sicuro? – chiese Ciro Rizzo, che li raggiunse in quel momento. – Quando io e Aurora siamo arrivati da Raffaele, l'algerino se n'era già andato.

De Vicari annuì, poi cominciò a torturarsi i baffi. – Perché spaventare Scuteri in quel modo? Qualcosa bolle in pentola.

– Già – gli fece eco la Svevo. – Ha minacciato di sterminare la sua famiglia.

– Sta prendendo tempo e vuole assicurarsi che non ci siano ostacoli ai suoi piani – ribadì De Vicari. – La ragazzina è ancora qui, in Italia.

– Vuol dire che si sta preparando qualcosa di grosso? – Era arrivata anche Aurora Romano.

De Vicari annuì. – Così sembra. Ora non dobbiamo fare passi falsi – aggiunse. – Bisogna proteggere Scuteri. Nessuno di noi deve prendere contatto con lui, almeno non in ospedale, perché non sappiamo ancora chi sia la fonte di Brahini.

Fece segno alla Svevo di volerle parlare in privato.

Strada facendo, l'ispettore mise al corrente De Vicari del colloquio con Viola e dello strano acquerello che Angelica aveva realizzato la domenica. Anche Viola aveva indirettamente confermato il sospetto di Gino su Kristina Fernandez che, peraltro, sembrava conoscesse la madre di Angelica prima del suo ricovero in ospedale.

– Ho convocato il papà di Angelica, sarà qui fra una decina di minuti – disse Iolanda. – Lo riceverò nella saletta degli interrogatori e vorrei che lei seguisse l'incontro al di là del vetro.

– Devi fare attenzione – la mise in guardia De Vicari. – La situazione non deve sfuggirci dalle mani. Lui tiene moltissimo a sua figlia, non vorrei che agisse in autonomia.

La Svevo annuì.

– In ogni caso, dopo l'incontro con Wen Li – concluse De Vicari – dobbiamo riunire la squadra, ora ci sono decisioni importanti da prendere.

36. L'INIZIATIVA DI DESDEMONA

Desdemona sedette di fronte ad Antonella. Per fortuna quella mattina il questore non c'era e il commissario sarebbe rientrato più tardi; in ogni caso, lei gli aveva chiesto qualche ora di permesso.

Stava prendendo un'iniziativa che forse l'avrebbe rispedita in un archivio, e questa volta sarebbe stato per il resto della vita, ma non c'era tempo per le esitazioni. Se non avesse preso al volo la fortuità dell'incontro con Antonella in ascensore e, tutto sommato, la sua disponibilità, avrebbe perso l'occasione. E sarebbe stato un peccato per il commissario.

Ma volle cominciare la riunione con l'assistente del questore parlando di ordinaria amministrazione, come se in realtà avesse voluto incontrarla per familiarizzare e rendere più agevoli le procedure del lavoro che svolgevano in comune. Tutti i giorni dovevano sbrigare insieme diverse cose.

– Lo sapevi che la madre di De Vicari è ricoverata in ospedale? – buttò lì tra una cosa e l'altra, mentre passavano in rassegna gli appuntamenti delle settimane successive.

Antonella fece di no con la testa. – Mi dispiace.

– Non ne ha per molto, purtroppo. – Continuò a spulciare l'agenda.

– Aiutami a ricordare – disse a un tratto la giovane riccioluta, mettendo un dito davanti alla bocca. – La madre del tuo commissario non è stata la moglie del braccio destro del capo della Squadra Mobile, Mario Nardone?

Desdemona si illuminò. – Sì.

– De Vicari senior perse una gamba in uno scontro a fuoco per salvare una bambina – continuò Antonella. – Qui alla Mobile è considerato un eroe.

Desdemona aprì l'agenda e menzionò una commemorazione alla quale il questore avrebbe dovuto presenziare o mandare qualcuno dei suoi in rappresentanza. – Marisa Corti, la madre del nostro commissario, era un soprano, quando era giovane – disse con apparente noncuranza, sempre sfogliando il quaderno. – Ha insegnato canto in Conservatorio, ma ha dovuto lasciare tutto quando il marito ha avuto l'incidente.

Antonella scosse la testa, come per dire "questa non la sapevo".

A Desdemona sembrò che la ragazza avesse preso a cuore l'argomento, per cui ritenne di poter passare alla fase due della sua strategia. – De Vicari mi ha chiesto di informarmi sugli spettacoli alla Scala, in particolare sull'opera. Vorrebbe portare sua madre almeno una volta, prima che... – Lasciò la frase in sospeso e sollevò lo sguardo dalle pagine del quaderno. – Tu sai a chi potrei rivolgermi?

– Sì, certo.

La porta si aprì all'improvviso e sulla soglia comparve il questore con un'espressione contrariata.

Desdemona fece una smorfia: maledizione, era a un passo dall'obiettivo, non ci voleva!

– Buon giorno, dottor Proietti, non l'aspettavo così presto. – Antonella lo accolse perfettamente a suo agio. – Mi permetta di presentarle Desdemona Raimondi, l'assistente del dottor De Vicari.

Lui abbozzò un sorriso. – Ci siamo già incontrati – disse – anche se non conoscevo il suo nome, peraltro impossibile da dimenticare.

– Mio padre era un appassionato di Shakespeare – spiegò lei, contagiata dalla disinvoltura della collega. Quindi si alzò dalla sedia. – Ora vi lascio e scusatemi del disturbo.

– Ti richiamo dopo – la salutò Antonella sulla porta. Poi le sussurrò in un orecchio: – Mi è venuta un'idea...

37. L'INTERROGATORIO

Iolanda entrò nella sala negli interrogatori con due bicchierini di plastica appoggiati su un piccolo vassoio di legno.

Wen Li si alzò accennando a un lieve inchino di saluto.

– Mi dispiace, signor Li, il tè del commissariato non è all'altezza di quello che lei mi ha offerto a casa sua – gli disse. – Purtroppo è ciò che passa il convento.

Lui piegò uno soltanto degli angoli della bocca. – Novità? – chiese senza preamboli, quasi a dire che non era lì per i convenevoli.

Iolanda rimase in piedi, appoggiando una gamba sulla sedia. – Non ancora, mi dispiace. Ma stiamo seguendo una pista e ora avrei qualche domanda da farle.

– A sua disposizione. – Si tolse gli occhiali e li appoggiò sul tavolo. I suoi occhi erano fessure circondate da un alone grigio. Non doveva aver dormito molto, negli ultimi giorni.

Iolanda si sedette. – Lei conosce Kristina Smirnova?

Lui mostrò un'espressione sorpresa. – È la caposala del reparto dove è ricoverata mia figlia. Perché mi fa questa domanda?

– Le domande fanno parte del nostro mestiere, signor Li, dovrebbe saperlo.

Lui emise un respiro profondo.

– Conosceva la Smirnova prima di entrare nel reparto?

– Sì. Era un'amica di mia moglie.

Iolanda si sedette a sua volta e bevve un sorso di tè. – Visto che siamo in argomento, mi parli un po' di sua moglie. Quando vi siete conosciuti?

Wen Li appoggiò i gomiti sul tavolo e allargò le braccia. – Ho già raccontato al commissario la mia storia.

Lei non si scompose. – Vogliamo ripercorrerla insieme?

– Nel 2001 sono scappato dalla Cina. Avevo un Internet café tra i più frequentati di Pechino. Ero considerato un dissidente… mio padre era morto nel massacro di piazza Tienanmen dodici anni prima. Mi è giunta voce che stavano venendo ad arrestarmi. Mi hanno avvertito appena in tempo. La polizia è entrata nel mio locale e ha distrutto tutto. Ma io sono scappato con i miei due collaboratori.

– Chi l'ha aiutata?

– Non posso fare i nomi delle persone che mi hanno protetto, metterei a repentaglio la loro vita.

– Continui.

– Ho vissuto due anni in Vietnam nella clandestinità, poi sono riuscito ad andare a Londra con dei documenti falsi. Non avevo le idee chiare su cosa fare della mia vita. Risale a quel periodo il mio incontro con Natasha Petrova.

– Come mai lei era a Londra?

– Era scappata dalla Russia, ma non per motivi politici; lei fuggiva dal padre, un uomo violento. Aveva appena compiuto ventun anni.

– Poi?

– Cominciammo a frequentarci e me ne innamorai. Voleva iscriversi all'università a Londra. Ma poi se ne andò.

– In che senso?

– Sarebbe più corretto dire che scomparve. Non la trovai più da nessuna parte. Ebbi il timore che fosse stata costretta a rientrare in Russia, ma venni a sapere che anche il padre la stava cercando. Qualche mese dopo, lei mi fece sapere che si era nascosta in Italia, dove aveva una nazionalità valida e conosceva la lingua perché sua madre era italiana.

– Quindi?

– Decisi di raggiungerla, e fu allora che scoprii che era incinta.

– Incinta di chi?

– Non me volle parlare.

– E lei non ha voluto sapere?

– Come no?

– Allora?

– Natasha mi ha supplicato di non insistere. Voleva voltare pagina. Aveva fatto pace con suo padre, che le aveva garantito che l'avrebbe lasciata vivere la sua vita.

– E il padre del bambino?

– Non ne voleva sapere né di lei né del figlio. Natasha diceva che era una brutta storia. Ogni volta che affrontavo l'argomento scoppiava a piangere. L'unica cosa che contava per lei era che ci fossimo ritrovati.

Lo sguardò di Wen Li implorava compassione: "Perché infierisce? Non vede come sono ridotto?", sembrava voler dire.

Iolanda accolse la supplica silente. – Torniamo a Kristina. Quando l'ha incontrata la prima volta?

Wen Li mise le dita della mano destra sulla fronte, come per fare mente locale. – Fu una sera di tanti anni fa. Natasha e io vivevamo già insieme, lei aspettava Angelica. Quindi tredici anni fa. Tornai a casa una sera e trovai mia moglie seduta al tavolo della cucina che chiacchierava con Kristina.

– Loro come si erano conosciute?

– A dire la verità, non lo so esattamente, forse da piccole. Erano entrambe di Tver, una piccola città nei dintorni di Mosca, nella regione dell'Anello d'oro. Io non ci sono mai stato.

– In Italia si frequentavano?

– No. O almeno non molto. Forse sarebbe più esatto dire di tanto in tanto.

Iolanda lo invitò a continuare.

– Un giorno mia moglie andò a mangiare una pizza con lei e io le raggiunsi. Ricordo che Kristina si stava asciugando le lacrime con un fazzoletto.

– Perché?

– Natasha mi disse che il ragazzo con cui stava allora l'aveva lasciata.

– Poi?

– Si persero di vista. Fu Kristina a mettersi di nuovo in contatto con Natasha qualche anno dopo. Le raccontò del lavoro in ospedale, della maternità e del suo matrimonio. Insomma, sembrava che la sua vita avesse preso una buona direzione.

– Ha incontrato altre volte Kristina, prima che fosse ricoverata sua figlia?

– No, ma sono stato poi io a cercarla. Quando il medico di famiglia cominciò ad avere dei sospetti sul malessere di Angelica – Natasha non c'era già più – pensai di rivolgermi a lei. Mi ero informato, il suo ospedale era specializzato nel trattamento della leucemia infantile.

– Come si comportò Kristina quando ricevette la sua telefonata?

– Fu disponibile, anche se…

– Anche se?

– Era cambiata. Indurita, forse.

Iolanda rivolse a Li uno sguardo indagatore.

– La prima cosa che mi chiese, quando ci rincontrammo, fu come la trovavo. D'aspetto, intendo.

– Una strana domanda.

– Eppure fui stupito anch'io di rivederla così.

– Così come?

– Ingrassata di una ventina di chili. Kristina era molto bella, quando la conobbi.

– Lei ha usato la parola "indurita". Cosa intende dire?

– La ricordavo come una ragazza fragile, impaurita dalla vita. In un certo senso mi apparve più solida.

– E in un altro senso?

– Più fredda, distante. Dissi a me stesso che quello dell'assistenza era un lavoro duro. Di casi come quello di Angelica doveva vederne tutti i giorni, quindi era normale che non si emozionasse più di tanto, di fronte alla malattia.

Iolanda prese qualche appunto e lasciò passare un paio di minuti prima di riprendere: – Come può definire il comportamento di Kristina nei confronti di sua figlia?

Wen Li aggrottò le sopracciglia. – Cosa intende dire?

Lei non fece commenti.

– Credo che sia sempre stata gentile. Angelica non si è mai lamentata.

Iolanda inchiodò gli occhi dell'uomo senza aggiungere altro.

Wen Li si passò una mano fra i capelli. – Perché mi fa questa domanda?

– Lei risponda senza pormene un'altra.

Lui bevve un sorso di tè.

– Angelica non le ha mai accennato a qualcosa su Kristina? – lo incalzò lei.

L'uomo esitò. – Niente in particolare. – Poi la guardò e inspirò. – Vuole dirmi che Kristina ha qualcosa a che vedere con la sparizione di mia figlia?

– No.

– E allora?

– Cerchi di ricordare tutto quello che le viene in mente.

– In ospedale Angelica aveva legato con due infermieri in particolare: Giovanni e Carmen. Poi aveva fatto amicizia con Viola, una ragazzina che è la nipote di una volontaria, una signora anziana. Regina.

– Le ho chiesto di Kristina.

Lui strinse i pugni sul tavolo e trattenne il respiro. – Cosa vuole che le dica? Impressioni? Se devo essere sincero fino in fondo, Kristina non mi è mai piaciuta, sin da quando l'ho conosciuta. Ma questo non significa che io abbia qualcosa da rimproverarle.

– Perché non le è mai piaciuta?

– Una sensazione personale. Non c'è altro.

Iolanda aprì una cartelletta che aveva sul tavolo. – Signor Li, ora le mostrerò un disegno. Lo guardi con attenzione e mi dica cosa ne pensa.

Lui prese il foglio. – Chi lo ha fatto?

– Guardi meglio.

Wen Li inarcò le sopracciglia: – Angelica! – Osservò l'acquerello in ogni dettaglio, poi lesse ad alta voce la frase di Gandhi. – È una citazione che ricorre nella nostra famiglia. Io ho messo in guardia le mie figlie dal dare troppa importanza all'esteriorità.

– Perché, sua figlia è molto carina?

Wen Li tamburellò con le dita sul tavolo. – E allora?

– È carina o non è carina? Risponda a questa domanda.

– Cosa vuole insinuare?

– Niente.

Wen Li tirò fuori un fazzoletto dalla tasca e si asciugò la fronte. – Lei mi sta spaventando, ispettore, mi dica qualcosa, la prego.

Iolanda non aggiunse altro.

Wen Li cercò i suoi occhi. – Davvero, non capisco.

Lei si alzò. – Mi deve scusare. – Finì il suo tè con calma, senza guardarlo, e prese con sé la cartelletta. – Tornerò tra qualche minuto – disse, uscendo dalla stanza e richiudendosi la porta alle spalle.

– Cosa ne pensate? – chiese Iolanda al commissario e agli altri membri della squadra che stavano ascoltando dietro il vetro della sala degli interrogatori.

– Non ci andare troppo pesante – suggerì la Rizzo.

– Gli hai messo paura – gli fece eco la Romano, che non distoglieva gli occhi da Wen Li, che si era preso la testa fra le mani. – Sembra disperato.

De Vicari si massaggiò i baffi. – Sei andata bene, Iolanda – commentò. – Bisognava preparare il terreno, ora devi affilare il coltello.

Lei si legò i capelli con un elastico. – Dobbiamo saperne di più sul passato della moglie.

– Non ci ha detto tutto su di lei – concordò il commissario. – Ma dobbiamo procedere per gradi. – Tirò fuori dalla tasca il blocchetto degli appunti. – Quando rientri chiedigli della rete dei dissidenti – qui ci sono dei dati che ha trovato Scialoja parlando con uno all'Emigrazione – e perdi un po' di tempo su questo argomento.

Ciro Rizzo guardò De Vicari. – Ma noi sappiamo già che ha interrotto i rapporti con i netizen, i suoi amici cinesi del web – disse. – A cosa serve insistere?

– Riportarlo su un terreno neutro gli ridarà sicurezza – ribatté il commissario. Iolanda fece per rientrare nella sala degli interrogatori, ma De Vicari la trattenne. – Aspetta un momento – le disse, sedendosi sulla panca e invitando lei a fare altrettanto. – Io credo sia meglio che in questa fase dell'interrogatorio siate in due. Potrebbe venire con te la Romano.

Si rivolse all'agente che continuava a osservare Wen Li da dietro il vetro. – Aurora, entra anche tu e lascia fare all'ispettore, ma sorridi ogni tanto al padre di Angelica. Così Iolanda prosegue con le domande in profondità. Ma tu gli fai capire con la mimica facciale, non con le parole, che non ce l'abbiamo con lui e non siamo lì per giudicare.

Iolanda aveva capito: – Gli dobbiamo cavar fuori delle cose che neanche lui vuole ricordare della moglie.

– Ha paura di infangarne la memoria – disse la Romano.

Il commissario annuì. – A lui disseppellire il passato fa male, per questo dobbiamo farlo con tatto, se no si chiude a riccio. – Consegnò il foglio degli appunti a Iolanda e le indicò i dati dai quali sarebbe potuta ripartire. – Ma noi dobbiamo sapere. Perché forse è proprio in quel passato che si trova la chiave per ritrovare la figlia.

– E se prima di continuare scoprissimo noi qualcosa di più sulla famiglia di lei? – chiese a un tratto Iolanda. – Magari darebbe a noi degli agganci per approfondire, e saremmo noi a rivelare a lui qualcosa che da solo non riesce a dire.

De Vicari tacque per qualche istante, come se ci stesse pensando. – Può essere una buona idea. – Chiese a Salvatore Scialoja di mettersi subito al lavoro e di scavare nel passato di Natasha Petrova, nella sua vita prima di approdare in Italia. – Vorrei sapere anche dei suoi genitori e qualcosa della loro situazione patrimoniale.

Poi si rivolse ad Alfredo Consoli e gli chiese di fare le stesse ricerche su Kristina Smirnova e suo marito Alvaro Fernandez.

– Iolanda, riconvoca Wen Li per le quattordici e trenta. Trova una scusa plausibile per lo slittamento dell'incontro.

38. LA DECISIONE DI VILLARD

Quella mattina Irene arrivò in ufficio alle dodici in punto, in anticipo rispetto a quanto previsto. Sin dal momento della sua assunzione, due mesi prima, aveva avvertito Eva che per quel giovedì le era stato fissato un appuntamento medico. Le avevano asportato un nodulo al seno, niente di grave per fortuna, ma doveva fare una mammografia di controllo.

A volte le code nei laboratori di analisi sono interminabili, ma quel giorno Irene non aveva dovuto aspettare, anzi, era riuscita a cavarsela molto in fretta. Era contenta perché aveva molto da fare in ufficio: nel pomeriggio aveva fissato un appuntamento telefonico con l'amico del *New Yorker* che le aveva promesso di fare una sua indagine riservata sul Gruppo JWT e su Green. E poi doveva buttar giù una sintetica relazione sulla riunione con gli americani che Eva le aveva affidato la sera precedente, qualche minuto prima che Valente la invitasse al ristorante.

Per tutta la notte aveva pensato a come impostare quella relazione, cercando di dimenticare il brutto incidente che era stata la cena con il direttore commerciale. Aveva pensato di scusarsi con lui per essersene andata all'improvviso e senza spiegazioni. Avrebbe addotto la sua fuga a un malessere improvviso, legato a problemi femminili. Si sarebbe cosparsa il capo di cenere. Era sicura che, se lei avesse piegato la testa con convinzione, lui avrebbe fatto finta di crederle.

Ma tutto ciò che doveva fare per scusarsi non era in fondo così rilevante. Quello che contava era il suo lavoro. Finalmente ora le era stato chiesto di impegnarsi nell'ambito che le era più congeniale, e cioè quello della scrittura. Se avesse dimostrato una certa predisposizione su quel terreno, magari le avrebbero consentito, con il tempo, di cimentarsi con qualche articolo e poi chissà… uhm, meglio non correre troppo e svolgere bene i compiti che le venivano a mano a mano affidati.

Non fece in tempo ad appoggiare la borsa che squillò il telefono sulla scrivania. Dal tasto che lampeggiava, notò che si trattava di un numero interno, nello specifico quello di Alice, la segretaria di Villard.

– Sei già arrivata! – disse non appena Irene prese la chiamata. Alice era al corrente del suo appuntamento medico, anche perché Irene aveva girato a lei le chiamate in arrivo sul numero di Eva, visto che era una delle colleghe con le quali aveva legato di più.

– Sono stata fortunata, non c'è stato molto da aspettare.

– Il mio capo ti vuole vedere – affermò lei. – Subito.

– Sai per quale motivo? – le chiese lievemente preoccupata.

– Non ne ho la più pallida idea. Ma oggi mi sembra di ottimo umore.

– Do un'occhiata alla posta e salgo subito da voi.

Irene si tolse il giubbotto, smistò le buste negli appositi raccoglitori, controllando che non ci fosse qualcosa di urgente, poi prese una penna e il blocco degli appunti e si avviò verso l'ufficio di Villard al piano superiore. Non era quello il genere di appuntamenti che la metteva più a suo agio. Tra i compiti del suo lavoro c'era anche quello di tenere la nota spesa di alcuni dei dirigenti della casa editrice: biglietti aerei o ferroviari, ristoranti, taxi. Decisamente non si sentiva portata per quel genere di attività, aveva sempre paura di fare pasticci o sbagliare un calcolo.

Salì velocemente le scale interne, due gradini alla volta, e quando entrò nella stanza di Alice, lei indicò la porta del suo capo che la stava già aspettando.

– Si accomodi. – Villard le indicò la sedia di fronte alla sua scrivania senza neanche salutarla. Lui, che di solito era così cordiale.

Sin dal primo istante del colloquio, Irene ebbe la sensazione che qualcosa non stesse andando per il verso giusto. In un primo momento pensò a delle inesattezze nel resoconto che aveva appena consegnato in amministrazione. Le sarebbe toccata una bella tirata d'orecchi, perché non era un lavoro difficile, bisognava soltanto metterci un po' di attenzione e, dall'espressione dell'uomo che aveva di fronte, doveva aver fatto un bel po' di errori.

– Ho controllato la sua scheda – cominciò Villard mentre cercava il rettangolo di cartoncino in uno dei cassetti di metallo che fungevano da archivio. – Oggi sono due mesi esatti che lavora da noi.

Era un signore vecchio stampo, forse l'unico ad avere ancora un archivio cartaceo, ma sapeva che Alice, poi, gli ritraduceva tutto in formato elettronico.

Lei annuì. – Sono felice di collaborare con questa casa editrice.

– Bene – la interruppe lui senza alcun calore. – Allora sarà ancora più contenta di fare una nuova esperienza professionale. – Non c'era alcuna enfasi nelle sue parole.

– Certamente – replicò lei, ma la sensazione di disagio non fece che aumentare.

Lui aprì un paio di email e rispose a una di queste. – Da oggi stesso lei è trasferita in amministrazione – affermò pacatamente, ma con il tono di chi stava impartendo un ordine.

A Irene si contrassero i muscoli dello stomaco. – In amministrazione? – riuscì a malapena a domandare, mentre gli occhi le si velavano di lacrime. – E perché?

– Siamo convinti che lei possa essere più utile in quell'ambito. Aiuterà Roberta nella registrazione delle fatture. – Lo disse senza incrociare il suo sguardo, come se la sua attenzione fosse concentrata nel riordinare le quattro carte sulla scrivania.

– Non era nei patti – si lasciò sfuggire lei sottovoce, ma non poté andare oltre perché sarebbe scoppiata in singhiozzi. Peggio di così non poteva andare.

– Quali patti? – ribatté lui con freddezza glaciale.

Irene fece una pausa prima di rispondergli, temendo di fare un passo falso, ma ormai non poteva più tirarsi indietro. – Quando la signora Eva mi ha assunta – cercò di spiegargli, ma la voce le tremava – sapeva che l'attività che più mi sarebbe piaciuta era quella di redazione.

Stava per accennare alla lunga amicizia che aveva legato Eva a suo padre, e suo padre al marito di Eva, perché forse Villard non ne era al corrente, ma si trattenne. Sapeva di nepotismo. Si era sempre detta che le sue medaglie se le sarebbe dovute guadagnare sul campo, non per la raccomandazione di qualcuno.

– Mi consenta di dirle che non sempre è possibile fare quello che si desidera, nella vita. – Il tono della sua voce ora era quasi sarcastico.

"Come se già non lo sapessi!" avrebbe voluto esclamare lei, ma riuscì a tenere la bocca chiusa.

– Lei è ancora molto giovane e può darsi che in un secondo tempo – continuò Villard, continuando a ignorare il suo sguardo – possa tornare a svolgere quell'attività, ma oggi... – Si interruppe, giusto il tempo per alzarsi e stringerle la mano in segno di commiato. – Oggi abbiamo bisogno di lei alla registrazione delle fatture.

Irene fece un ultimo tentativo. – La signora Eva proprio ieri sera mi ha affidato la stesura di un rapporto...

– Non si preoccupi – la bloccò lui, senza darle neanche il tempo di concludere la frase – troveremo qualcuno che se ne occuperà.

Irene trattenne il respiro. Ricambiò la stretta di mano e si avviò verso la porta.

– Il trasferimento ha effetto immediato – tenne a sottolineare Villard, mentre lei varcava la soglia dell'ufficio. – Porti subito in amministrazione i suoi effetti personali. Roberta le farà vedere dove sistemarsi. Abbiamo predisposto per lei un angolo nell'open space della contabilità.

Irene fece cenno di avere capito e uscì velocemente dalla stanza. Doveva cercare di resistere e arrivare almeno fino alla sua scrivania, prima di scoppiare in lacrime.

– C'è qualcosa che non va? – le chiese Alice vedendola sfrecciare lungo il corridoio.

Lei fece ruotare la mano nel vuoto, ma senza guardarla negli occhi, come a dirle "non ora".

Scese le scale di corsa e quando arrivò nel suo ufficio pensò che fosse meglio rifugiarsi in bagno. Ma non in quello per tutti i dipendenti. Non voleva che qualcuno la vedesse in quelle condizioni. Aveva la chiave di quello privato di Eva, e pazienza se lei fosse entrata in quel momento! Avrebbe preso atto delle ripercussioni del suo gesto.

Si sedette sulle piastrelle, appoggiandosi con la schiena al muro, e finalmente scoppiò in un pianto a dirotto. Aprì il rubinetto dell'acqua in modo che nessuno potesse sentirla. Quella mattina Villard aveva preso le sue residue illusioni sulla vita e le aveva buttate in un cestino come si fa con un pezzo di carta straccia.

Il suo ragazzo l'aveva lasciata per tornarsene a Città del Capo. Quando era stato nominato medico di famiglia in un comune fuori Milano, lei era al settimo cielo. Era quello che Marc desiderava fare. Ma quando lui si era insediato, l'ambulatorio si era svuotato. Molti, troppi pazienti non volevano farsi curare da un medico dalla pelle scura. Dopo qualche mese lui aveva gettato la spugna, lasciando il suo incarico a un bianco.

Irene si domandò quale fosse il motivo di questo repentino trasferimento in amministrazione. Pensò a Henry Valente. Di sicuro non aveva digerito il fatto che lei lo avesse piantato in asso al ristorante. Ma non le sembrava possibile che lui avesse potuto architettare una vendetta di questo genere in così poco tempo. E, comunque, avrebbe dovuto inventarsi una scusa plausibile con Eva, per spingerla a fare delle scelte così drastiche, perché lei non sembrava facilmente manipolabile.

E se ci fosse stato un errore? Magari Villard l'aveva scambiata per un'altra. Ma anche questo le sembrò inverosimile. A differenza di Valente, il direttore amministrativo era una persona seria che agiva con equilibrio.

Si alzò da terra e si sciacquò la faccia con l'acqua fredda. Ora doveva calmarsi. Suo padre le ripeteva che era proprio nei momenti difficili che veniva fuori il carattere di una persona. Doveva guardarsi dall'agire d'impulso.

Forse avrebbe potuto parlarne con Micol. Ma non subito. Doveva lasciare passare qualche giorno, per calmarsi e trovare il modo migliore per affrontare la situazione.

39. GLI AFFARI DI PETROV E FERNANDEZ

Bussarono alla porta. – Posso entrare? – chiese Salvatore Scialoja.

De Vicari terminò la sua telefonata e andò ad aprire, ma prima di fare entrare Scialoja attese Consoli che stava arrivando dal fondo del corridoio. Lasciò la porta aperta. Aveva convocato la squadra al completo per fare il punto sull'indagine di Angelica. Non tutti sarebbero stati presenti, perché le postazioni alle telecamere andavano presidiate e qualcuno di loro era impegnato in altre inchieste.

Aurora Romano fece capolino nella stanza con la Svevo e subito dopo arrivò anche Rizzo.

Desdemona, che aveva ordinato i sandwich dal bar, si presentò anche con un cestello di bevande e dei bicchieri di plastica impilati. Di solito la segretaria non partecipa alle riunioni della squadra, ma De Vicari le aveva chiesto di rimanere. Oltreché motivarla, era convinto che facendosi un'idea delle indagini in corso lei sarebbe stata più reattiva, in caso di necessità. Quindi le chiese di girare nel suo ufficio le telefonate in arrivo in segreteria.

A quel punto chiese a Scialoja di iniziare la riunione, visto che aveva delle nuove informazioni, dopo che lo aveva incaricato di prendere contatti con l'Interpol.

Salvatore non si fece pregare e raccontò che la moglie di Wen Li, Natasha Petrova, era figlia di Andrej Petrov e di un'italiana, Maria Galleni, morta in un incidente automobilistico. Guidava a duecento all'ora alle tre di notte, con un tasso alcolico da far scoppiare anche un palloncino di piombo, e si era schiantata contro le barriere di sicurezza di un'autostrada vicino a Mosca. – Che cosa ci facesse ubriaca in auto così tardi, le indagini non lo hanno appurato – commentò Scialoja. Anzi, non sembra sia stata aperta alcuna inchiesta sull'incidente. C'erano due righe in fondo alla cartella nelle quali si diceva che la donna soffriva di depressione e le venivano somministrate quotidianamente pesanti dosi di psicofarmaci.

– Quando è successo? – chiese la Romano.

– Nel 2010.

De Vicari si toccò le punte dei baffi. – Natasha era ancora viva.

La Svevo seguì il suo ragionamento: – Quindi dovremmo verificare se la moglie di Wen Li sia andata al funerale della madre.

De Vicari annuì, quindi invitò Scialoja a riprendere la relazione.

Il padre di Natasha si era risposato, un anno dopo la morte della prima moglie, con una famosa modella di San Pietroburgo, Irina Ivanova, classe 1987, trentasette anni meno di lui. E a riprova, Scialoja mostrò le foto della donna sul cellulare, ripresa nella pubblicità di un marchio di biancheria intima.

Ciro Rizzo emise un mezzo fischio di ammirazione. – E di cosa si occupa, questo superman? – chiese con un sorrisetto.

– Andrej Petrov è un uomo d'affari – rispose Scialoja.

– Che genere d'affari? – chiese De Vicari.

Scialoja accese il suo portatile. – È l'amministratore delegato di un Gruppo che si chiama Goal – disse, in attesa che il computer si caricasse. – Questo è il suo sito, guardatelo, è in inglese.

Aurora si avvicinò al video.

Desdemona accolse il ragazzo del bar che aveva portato da mangiare e distribuì un paio di sandwich su un piatto di carta a ciascuno dei partecipanti alla riunione.

– Nel sito si dice che il Gruppo organizza eventi per promuovere la moda russa nel mondo, e in particolare nei Paesi arabi – tradusse Aurora, masticando con la bocca mezza piena.

Scialoja aggiunse che da suoi contatti all'Interpol aveva saputo che Petrov era un uomo molto chiacchierato in Russia, legato ai piani alti del Kremlino. Un giornale americano lo aveva ripreso a una conferenza nella quale parlava Putin. Era stato fermato diverse volte per traffico di droga, ma nessuno era mai riuscito a incastrarlo.

Consoli intervenne: – Nel dossier si parla anche di tratta degli esseri umani e sfruttamento della prostituzione.

– Un dossier limpido come il cristallo di questo tavolo – commentò Rizzo. – Che non induce a pensare a nulla di male.

De Vicari si pulì la bocca con un tovagliolo di carta, dopo aver finito il suo panino. – Cosa sappiamo di Natasha e dei suoi rapporti con il padre?

– È nata a Mosca, ma è vissuta a Tver con la nonna paterna e lì è rimasta fino ai diciott'anni, frequentando anche il liceo in quella città – proseguì Scialoja. – I genitori vivevano nella capitale e non si sono mai molto interessati alla figlia. A Mosca lei è approdata solo dopo il liceo ma, stando a quello che ha raccontato prima Wen Li, è scappata da lì per Londra non appena ha compiuto ventun anni.

Il commissario bevve un bicchier d'acqua. – E ora, Consoli, veniamo a Kristina: cos'hai scoperto?

– Anche lei è di Tver – rispose l'ispettore. – Il padre possiede tuttora un negozio di ferramenta, mentre la madre è infermiera, anche se ora è in pensione. Kristina ha frequentato lo stesso liceo di Natasha e nell'ultimo anno ha vinto il concorso di "Miss qualcosa" organizzato dalla scuola.

– E poi? – lo invitò a proseguire De Vicari.

– È arrivata a Milano nel 2003, dove ha frequentato la triennale di Scienze infermieristiche.

– Con quali documenti? – chiese ancora il commissario.

– Inizialmente sembra sia entrata con un permesso di studio – spiegò Consoli. – Poi sarà rimasta. Nella scheda mancano molte informazioni

– Per iscriversi all'università occorrono dei documenti in regola – intervenne la Svevo.

– Sarà riuscita a farsi fare dei documenti falsi – affermò Scialoja. – Che ci vuole a procurarsi un passaporto? – La sua frase rotolò come una biglia di metallo sul tavolo di vetro, provocando il silenzio immediato dei commensali.

Solo Desdemona rivolse a De Vicari uno sguardo interrogativo. Gli altri ripresero a mangiare come se Scialoja non avesse aperto bocca.

Consoli proseguì il suo racconto: – Il dossier dice che nel 2006 si è laureata, due anni dopo è rimasta incinta e si è sposata con Alvaro Fernandez.

– Bisogna sapere di più anche su Fernandez – disse De Vicari.

– Ci servono dei collegamenti tra Petrov e Fernandez – incalzò la Svevo.

– Eccovi accontentati – replicò Consoli. – Anche Alvaro Fernandez, madre italiana, padre brasiliano, è un uomo d'affari.

– Che genere di affari? – chiese di specificare la Svevo.

– Nella scheda non se ne parla, ma c'è di meglio. – Consoli accese il portatile. – Il suo nome compare accanto a quello del padre di Natasha. – Invitò i colleghi a guardare un'immagine alla quale si stava collegando. – Nel sito di Petrov c'è una foto che ritrae i due sul bordo di una piscina con due ragazze spettacolari.

40. LE PROVE

De Vicari prese la pipa dal cassetto e se la infilò in bocca.

La Svevo chiuse la porta dell'ufficio, assicurandosi che i colleghi se ne fossero andati. – Che ne facciamo delle informazioni emerse nella riunione? – sbuffò lasciandosi andare su una poltroncina.

– Stiamo iniziando a delineare meglio il quadro della situazione – commentò De Vicari – anche se per il momento questi elementi non portano ad alcuna conclusione.

– Possibile che Wen Li non fosse al corrente di quello che abbiamo saputo? – insistette Iolanda.

– È quello che dovrai appurare con lui fra poco. – De Vicari controllò l'ora sul display del cellulare. Mancava un quarto d'ora all'appuntamento con il padre di Angelica nella sala degli interrogatori. – Forse in parte sapeva, ma non proprio tutto. Ho l'impressione che Natasha se ne sia andata da Mosca non appena si è resa conto del genere di affari che trattava il padre.

– Doveva essere molto diversa dai genitori.

– Credo di sì, ma fai attenzione, Iolanda, non stiamo facendo un processo alla moglie di Li, le informazioni su di lei ci servono per ritrovare la figlia.

La Svevo si alzò in piedi e cominciò a girovagare per la stanza, cercando di intrecciare i capelli. – C'è una cosa che non mi è chiara. Come ha fatto Natasha a rimanere incinta?

Il commissario agganciò la pipa su uno dei lati della bocca. – Te lo devo proprio spiegare?

Iolanda scoppiò in una risata.

– Qualcosa non quadra, però – disse poi. – Natasha ha parlato a Wen di una "brutta storia", riferendosi a quello che le era accaduto.

– Che vuoi dire?

– Se una donna è innamorata di qualcuno, non si fa mettere incinta dal primo che capita. Wen Li è un bell'uomo, colto, autorevole. – Iolanda si stava infervorando. – Ha delle buone maniere, capisco che una donna possa perdere la testa per lui.

De Vicari restò meravigliato. – Ah! Davvero? – Le strizzò un occhio. – Non mi ero accorto che Wen Li fosse così interessante.

Lei piegò la bocca di lato. – Mi metto nei panni di una ragazza giovane.

– Sì, certo – annuì lui. – Comunque hai degli ulteriori elementi per interrogarlo. Dobbiamo tirare le fila di questa storia. Non essere troppo dura con lui, o si chiuderà. Mettilo alle strette, ma senza essere troppo aggressiva.

La Svevo si alzò in piedi. – E Kristina? – chiese. – Secondo me è al centro di tutta questa vicenda.

– Lasciamola stare, per il momento – disse De Vicari.

Iolanda gli rivolse uno sguardo interrogativo.

– Se la convocassimo ora, potrebbe prendere delle contromisure. Non basta più mettere sotto controllo il telefono e il reparto, dobbiamo mettere una cimice nel suo appartamento, il più in fretta possibile.

– D'accordo.

– Mettile alle costole Consoli. Ma attenzione: persone come Fernandez sanno come difendersi. La casa sarà presidiata. Io chiedo le autorizzazioni, tu pensa a come fare per installare una telecamera a casa loro. Metti anche Rizzo e la Romano in appostamento sotto il suo portone.

La Svevo rimise le sue carte nello zainetto per accingersi a uscire, ma De Vicari aveva ancora qualcosa per lei.

– Che idea ti sei fatta di Scialoja?

Iolanda incrociò il suo sguardo. – Mi sta chiedendo se è implicato...

– Lo so già che è implicato, la voce circola da tempo. Il fatto è che non siamo ancora riusciti a incastrarlo. Vorrei che tu indagassi, anche se ti creerà qualche problema qui dentro.

La Svevo si stava guardando la punta delle scarpe da ginnastica. – Non è questo il punto.

– E allora cosa?

– Per accusare qualcuno bisogna avere delle prove, a maggior ragione se è un collega.

De Vicari aprì un cassetto, rovistò tra le sue carte e trovò il foglio che cercava. – Un paio di mesi fa... tu non eri stata ancora nominata ispettore, e forse non eri ancora in servizio a Milano... c'è stato un furto di passaporti vuoti, cioè di libretti arrivati dal Poligrafico dello Stato, non ancora stampati al loro interno.

– Sì, l'ho sentito dire.

– Io credo che lui abbia a che fare con questa faccenda.

Lei non commentò.

– I passaporti si vendono, sai?

L'ispettore annuì. – Ho conosciuto a Trieste un falsario. Era già dentro, ma aveva la fama di farli meglio che in Questura.

– Chi ha rubato i libretti? A chi sono stati venduti? Temo che questa storia possa interferire con l'indagine su Angelica.

La Svevo incrociò il suo sguardo. – Su chi, della nostra squadra, lei metterebbe la mano sul fuoco?

– Un'idea te la sarai già fatta – replicò De Vicari. – Comunque Rizzo, Romano, Consoli, Vieri... – Terminò l'elenco, a cui aggiunse: – Desdemona, naturalmente. – Poi si alzò in piedi di scatto, sbattendo la pipa sul tavolo. – Ci sono! – tuonò.

Scrisse due righe su un foglio e lo firmò. – Ecco come faremo. Lui sarà la nostra pedina. Segui il mio ragionamento...

41. FACCIA A FACCIA CON HENRY

Irene stava infilandosi il giubbotto per andare a casa quando vide Valente affacciarsi alla porta dell'open space dell'amministrazione.

Erano circa le sette e mezza, le colleghe che lavoravano con lei nelle altre postazioni erano già uscite. Roberta le aveva tenuto il muso tutto il giorno come se avesse cercato lei di farle le scarpe, e non c'era stato modo di spiegarle com'erano andate veramente le cose.

Al piano era rimasta soltanto Alice, che in quel momento era in sala riunioni con Villard e una delegazione di editori olandesi.

Valente perlustrò con lo sguardo l'ufficio per sottolineare che ora erano soli, quindi si avvicinò alla sua scrivania. – Buonasera, Irene. – Era in maniche di camicia, un po' sudato, il nodo della cravatta allentato, gli occhiali appesi a una catenella dorata che penzolava sul torace. – Da quando lavora qui?

– Dalle dodici e mezza di oggi – rispose prontamente lei. S'infilò un'unghia nella carne e premette fino a farsi male per mostrare indifferenza. Ma ringraziò il cielo che non ci fosse una mazza da baseball nei dintorni, perché gliela avrebbe scaraventata volentieri in testa.

Si domandò come mai Valente fosse tornato in casa editrice. Le colleghe le avevano riferito che sarebbe stato fuori città tutto il giorno per una riunione con i commerciali, ma evidentemente l'incontro si era concluso prima del previsto.

Lui finse di sfogliare con aria annoiata una rivista appoggiata sul tavolo, poi accese gli occhi e li puntò su di lei come fari abbaglianti. – Posso congratularmi con lei?

– Per cosa, mi scusi? – Irene si rese conto troppo tardi di essere caduta nella sua trappola.

– Vedo che sta facendo carriera. – Questa volta il sorriso lei glielo lesse negli occhi. Irene ingoiò la saliva in silenzio. "Bastardo!" gridò nella sua mente. "Bastardo, bastardo, bastardo". Strinse i pugni ma riuscì a rimanere impassibile. Anzi, sfoderò una delle sue migliori espressioni di gioia. – Ce la sto mettendo tutta! – Abbassò lo sguardo a terra con finta modestia.

– Bene, bene – ribatté Valente. – Lei non può immaginare quanto questo mi faccia piacere. – Si appropriò della sua agenda e la aprì su un giorno a caso.

– Che stupida – riprese lei. – Ieri sera non devo averglielo confessato. – Ed era come se si stesse giustificando. Ora era lei che cercava i suoi occhi. – Mi creda, ma proprio non ce n'è stato il tempo materiale. – Non concluse la frase, dando a intendere di essere dispiaciuta per quella mancanza.

Ora fu Valente a cadere nella trappola: – Non c'è stato il tempo materiale per cosa?

– Per confidarle le mie aspirazioni – replicò Irene, mettendocela tutta per mostrare entusiasmo. – Dottor Valente, forse lei non sa che lavorare in amministrazione è sempre stato il mio sogno nel cassetto.

– Ah sì?

"Beccati questa!" esclamò Irene tra sé e sé. Se era venuto per ferirla, si era sbagliato. Questa volta il sorriso le spuntò spontaneamente sulle labbra.

Henry fece una pausa, poi con uno scatto si avvicinò a lei così tanto da costringerla a schiacciarsi contro il muro. – No, non me l'aveva detto – le sussurrò, alitandole sul collo e poi passando in rassegna con lo sguardo ogni centimetro del suo corpo.

La sala riunioni era in fondo al corridoio. Se Irene avesse cercato di gridare, nessuno avrebbe potuto sentirla. Tentare di difendersi sarebbe stato inutile. La sera prima, nel tragitto in auto dall'ufficio al ristorante, Valente le aveva raccontato di essere stato un campione di karate.

Irene si sentì spacciata.

Harry schiacciò ancora di più il proprio corpo contro il suo.

Il suo membro premeva appoggiato sull'inguine di Irene.

Lei non fece neanche il tentativo di gridare.

Poi all'improvviso si sentirono dei rumori nel corridoio.

E lui mollò la presa.

Anzi, si allontanò da lei come se niente fosse, aggiustandosi la piega dei pantaloni. – Come mai questo cambiamento repentino di attività? – domandò, riprendendo il tono beffardo.

Irene mostrò un'espressione radiosa. – Semplicemente, hanno esaudito un mio desiderio. – Anche lei si sistemò il vestito, come se da un momento all'altro dovesse arrivare qualcuno. – Al momento della mia assunzione avevo fatto esplicita richiesta di essere inviata in amministrazione.

– Davvero? – la interruppe lui tagliente.

Lei non si fece intimorire. – Non avrei mai supposto che questo passaggio potesse avvenire così in fretta. Ci pensa? Ci sono dei matematici che scrivono dei romanzi e io, che mi sono laureata in letteratura italiana a Città del Capo con centodieci e lode, sognavo soltanto di occuparmi di numeri. – Lui la guardò accigliato, ma Irene non aveva ancora finito: – E non immagina neanche quanto sia stata fortunata. Mi hanno messo subito alla registrazione delle fatture!

GIOVEDÌ

42. INCONTRO CON IL QUESTORE

La vetrata era aperta quando il commissario De Vicari entrò nell'ufficio di Proietti. Le bandiere dietro la scrivania sventolavano, intrecciandosi l'una con l'altra al ritmo di una leggera brezza autunnale, e un raggio di sole era puntato come un faretto a illuminare il volto del presidente della Repubblica sulla parete color ocra.

Ma fu la fotografia del questore che sorrideva accanto al figlio adolescente, appoggiata sulla sua scrivania al contrario, e cioè rivolta verso l'esterno probabilmente per una svista della donna delle pulizie, a riportare De Vicari molto indietro nel tempo. Per l'esattezza a un fatto accaduto trentasette anni prima in quella stessa stanza.

Il questore di allora era il dottor Bonanni, che lui ricordava come molto anziano, forse a causa della chioma di un bianco candido o più probabilmente perché lui all'epoca aveva soltanto dodici anni.

Stava accompagnando suo padre nel suo ufficio in via Fatebenefratelli e, per l'occasione, la nonna sarta gli aveva confezionato il suo primo completo "da uomo".

Bonanni per salutarlo gli aveva bonariamente infilato una mano tra i capelli, spettinandogli in un sol colpo il ciuffo che gli era costato una buona mezz'ora di paziente lavoro con il gel davanti allo specchio. Voleva fare colpo sui colleghi del papà e sembrare più adulto di quel che era.

E doveva averne messa una quantità esagerata, di quel fissante per capelli, perché Bonanni, diversi anni dopo, gli aveva confessato che aveva dovuto lavarsi le mani diverse volte con il sapone, tanto gli erano rimaste appiccicose in seguito a quella carezza.

Ma il questore, da vero gentiluomo qual era, temendo di mettere in difficoltà un ragazzino agli esordi della vita, non aveva mostrato allora alcun segno di disagio, anzi si era perso in sperticati elogi sul padre e gli aveva detto che doveva essere orgoglioso di averlo come genitore, come suo papà lo era di lui.

– Allora, De Vicari, a che punto siamo con Angelica? – gli chiese Proietti, mostrando una certa apprensione.

– Ora abbiamo una pista attendibile.

Se solo lo avesse incontrato il pomeriggio prima, sarebbe stato costretto a rivelargli che brancolavano nel buio. Ma nelle indagini era così: si procedeva per tentativi, si prendevano in considerazione svariate ipotesi, a volte anche quelle più improbabili, finché non si trovava il filo che conduceva al centro del groviglio. Solo allora si poteva cominciare a cercare in modo più mirato.

Iniziò con il metterlo al corrente dell'aggressione a Scuteri.

– Dunque è convinto che Angelica sia ancora viva? – Proietti si alzò per andare a chiudere la finestra. L'arietta stava diventando un venticello e qualche foglio era già volato via dalla sua scrivania.

De Vicari annuì. – È ancora un'ipotesi, ma abbiamo più di un indizio che lo conferma.

– Come intendete muovervi?

De Vicari si massaggiò le punte dei baffi. – Ieri notte siamo riusciti a trovare anche il passaggio segreto.

– Quale passaggio?

– Una via di comunicazione, all'interno del reparto, attraverso la quale si può entrare e uscire senza essere visti dalle telecamere di sorveglianza. Pensiamo che Angelica sia stata fatta uscire da lì.

Proietti era ancora in piedi. – Dove si trova?

De Vicari tirò fuori dalla tasca un foglio piegato in quattro e si alzò per mostrarlo al questore. – Questa è la piantina della Pediatria. Il passaggio è nel punto segnato in rosso. È situato tra la sala degli infermieri e quella dei medici, nascosto da un armadio la cui parete è a sua volta una porta. Conduce direttamente ai sotterranei dell'ospedale.

– Allora qualcosa non torna.

De Vicari contrasse i muscoli facciali. – Immaginavo la sua obiezione.

Proietti gli fece segno di continuare.

– Vuole sapere perché l'algerino, Brahini, ha trasportato la ragazzina in ascensore, allo scoperto, se sapeva del passaggio.

Il questore fece una smorfia, come per dire che l'obiezione sarebbe venuta in mente a chiunque.

Il commissario aggottò le sopracciglia. – È un tassello che manca anche a noi. Può essere che in quel momento nel passaggio ci fosse qualcuno che non doveva vederlo. La caposala potrebbe dirci di più.

– Continui.

– Abbiamo pensato di interrogarla, ma allo stato attuale potrebbe mettere a rischio tutta l'operazione.

– Quale operazione?

De Vicari gli spiegò gli altri aspetti emersi dall'indagine, primo fra tutti il legame di affari esistente tra il padre di Natasha Petrova, la madre di Angelica, ora deceduta, e il marito della caposala Kristina Fernandez.

– Questo vuol dire che Wen Li…

Il commissario scosse la testa in modo deciso. – No, lui non c'entra niente, è una vittima di questa storia.

– E allora?

– Stiamo costruendo una rete perché i colpevoli cadano nella trappola.

Proietti fece una smorfia. – Mi sta parlando come se fossi un giornalista.

De Vicari sorrise sotto i baffi, poi mise i gomiti sul tavolo e intrecciò le mani. – Vede, dottor Proietti, al momento sono solo congetture, non ho nessuna certezza. – Incrociò i suoi occhi che cercavano di essere severi. – Quello che potrei fare è esporle tutte le ipotesi investigative.

– Ho capito, non mi vuole dire niente. – Sbuffò. – E quando daranno i frutti, queste ipotesi investigative?

De Vicari piegò la bocca di lato. – Abbiamo messo più cimici in questa indagine che nell'ultima operazione antimafia. In un giorno o due ne sapremo di più.

Il questore si alzò dalla poltrona. – Va bene, come sempre mi fido di lei. – Si infilò la giacca. – Cercherò di tenere a bada i giornalisti. – Strinse il nodo della cravatta. – Ah, ancora una domanda.

De Vicari si massaggiò le punte dei baffi.

– Cosa c'entrano le sperimentazioni cliniche, lecite o meno, con tutto questo?

Il commissario si prese qualche istante prima di rispondere. – Dobbiamo ancora appurarlo.

Più passava il tempo e più aveva l'impressione che si trattasse di una questione sulla quale valesse la pena investigare, ma che poco aveva a che vedere con la sparizione di Angelica. E un po' gli dispiaceva, perché voleva dire avere meno occasioni "di servizio" per incontrare Margherita. A meno che…

Proietti considerava terminato l'incontro, glielo si leggeva in faccia che ora aveva altro da fare, e De Vicari si alzò dalla poltroncina con l'idea di andarsene. Raccolse il suo fascicolo, ma il questore lo fermò.

– Ah, commissario, me ne stavo dimenticando, si riaccomodi, per cortesia.

Proietti sedette di nuovo al suo posto, mettendosi a cercare qualcosa sulla scrivania. – Non ho idea se la cosa possa essere di suo interesse – disse allargando le braccia, come se gli stesse rifilando una scocciatura, una di quelle a cui ogni tanto si è costretti a causa del ruolo che si riveste.

De Vicari aggrottò le sopracciglia.

– Lei è un uomo schivo e so che evita accuratamente le occasioni mondane.

Il commissario non riuscì a intercettare lo sguardo del questore, che continuava a rovistare fra le carte.

– Ma io ho pressanti impegni con la famiglia, in questo periodo – disse – e ho preferito parlarne con lei prima di impegnarmi con qualcun altro.

– Parlarmi di cosa?

Proietti alzò la testa dal tavolo, sollevato. Doveva aver trovato quello che stava cercando. – Mi domandavo se lei volesse sostituirmi il sette dicembre alla Prima della Scala. Ho due biglietti...

43. BLACKOUT

Anche quella mattina la giornata si metteva al bello: il cielo era terso, striature di azzurro più intenso si sovrapponevano, come pennellate in contrasto a un fondo più chiaro che a tratti dava sull'indaco; nonostante questo la temperatura sembrava scesa di almeno dieci gradi. *Forse perché è ancora molto presto*, pensò Ciro varcando con un certo sollievo il portone della Questura.

– Iolanda ha parlato con il suo contatto in Enel – disse sottovoce ad Aurora, con la quale aveva un appuntamento in ufficio – e ha già organizzato tutto. – Si guardò intorno con circospezione, ma erano le sei di mattina e nell'open space della Squadra mobile non c'era ancora in giro nessuno. – Ovviamente serve l'autorizzazione del magistrato – aggiunse, togliendosi il giubbotto di pelle. – Ma non è impossibile creare un blackout all'impianto elettrico in una zona.

La Romano era ancora mezzo addormentata. – Come funziona? – chiese, stirando le braccia verso l'esterno.

– Si stabilisce un orario e la corrente viene tolta dalla centrale in un edificio, o in più edifici, di un quartiere. – Poi Ciro chiese ad Aurora se voleva un caffè.

Lei fece di no con la testa.

– Mi accompagni?

Aurora sorrise.

Si diressero verso il distributore delle bevande, invece che nella sala relax dove c'era la moka, per evitare di fare incontri indesiderati.

– Sei sicura di non volere niente?

– Ma sì, dai – sospirò lei. – Una cioccolata mi darà un po' di carica – aggiunse tirando fuori la sua chiavetta.

Ciro fece stop con la mano. – Almeno una cioccolata te la posso offrire?

Lei puntò l'indice della mano destra verso l'alto. – Lo so come va a finire, poi. Dalla cioccolata si passa alla pizza. Dalla pizza a bere qualcosa. È un attimo. – Gli mostrò le sue fossette.

– Ehi! Ma che hai capito? – Ciro fece una smorfia. – Sono un uomo d'onore, io, ancora non mi conosci? Ti sto offrendo solo una cioccolata. – Le diede un buffetto sulla guancia.

Aurora gli fece il segno di Ok con le dita.

Lui le strizzò l'occhio. – Per adesso.

– Dai, come funziona questo blackout?

– La corrente viene tolta e una squadra di tecnici va in ricognizione, casa per casa, per cercare la causa del guasto. – Ciro si guardò di nuovo alle spalle. – Sai perché la Svevo ha escogitato questo stratagemma?

Lei fece di no con la testa, scatenando la sua montagna di riccioli scuri.

– I tecnici perlustreranno tutti gli appartamenti, nessuno escluso, per non destare sospetti.

– E andranno anche dai Fernandez?

– Appunto.

– Bisogna mettere una cimice da loro. Ma hai capito che tipo è il marito della caposala?

Ciro si spostò per rispondere al telefono, perché aveva sentito vibrare il cellulare. – Dobbiamo andare – le disse riavvicinandosi a lei.

Uscirono velocemente dal cortile laterale della Questura, senza incontrare nessuno dei colleghi. Ciro salì alla guida dell'auto di servizio e Aurora gli sedette accanto. – Novità su Salvatore? – gli chiese.

– È un bastardo, bisogna stare attenti. Se gli serve, ti tradisce senza problemi. Ma ora concentriamoci. Prendi la mia agenda, c'è un foglio con l'indirizzo. So dov'è, ma preferisco mettere il navigatore.

– D'accordo.

– Trova anche le foto di Alvaro Fernandez e di Kristina.

– Kristina non la segue Consoli?

– Sì, ma così quando esce la riconosciamo. La Svevo ha detto che dovrebbe lasciare casa alle otto meno un quarto.

Non c'era traffico e in dieci minuti arrivarono in via Pompeo Marchesi. Ciro posteggiò poco distante dal portone, in modo che l'uscita fosse bene in vista.

Aurora tirò fuori il thermos e versò in due tazze di plastica il caffè americano che si era portata da casa. Era il suo modo per ingannare il tempo negli appostamenti.

– Hai visto la foto di Angelica? – chiese a un tratto, mettendosi una mano nei riccioli per riassettare la chioma disordinata.

– Perché me lo chiedi? – replicò Ciro cercando di rimanere impassibile. Quel suo gesto lo faceva impazzire. Aurora lo faceva impazzire. – L'abbiamo vista tutti, la foto di Angelica.

– È molto carina, non trovi?

– Sembra anche più grande della sua età, se è per questo, ma cosa vuoi dire?

– Speriamo non le sia capitato qualcosa di brutto.

Ciro si avvicinò al finestrino. – Guarda – disse – quella che sta uscendo di casa sembra Kristina.

– Sì, è lei – confermò Aurora, che una volta era andata in ospedale con la Svevo. – È con sua figlia.

– Iolanda mi ha detto che prima di andare in ospedale la accompagna a scuola.

– Vedo anche Alfredo, dall'altra parte della strada.

– Ora bisogna capire se è rimasto qualcuno nell'appartamento – disse Ciro.

– A che piano abita?

– All'ultimo. Io porto le bottiglie al portiere e vediamo se Fernandez è di sopra.

– Quali bottiglie?

– Ieri sera mi è venuta un'idea, poi te la spiego. Tu chiama la Svevo e chiedile per che ora è prevista la visita dell'Enel.

44. LA TELEFONATA DI NICHOLAS

– Sono arrivati, finalmente! – esclamò Barbara irrompendo nell'ufficio di Micol e lanciando sul tavolo il pacco dei volumi che la tipografia aveva appena consegnato.

Micol guardava fuori dalla finestra.

– Perché non andiamo al bar a berci un caffè? – propose Barbara, lasciandosi andare sulla poltroncina di fronte alla scrivania.

– Ti prego, puoi lasciarmi per un attimo da sola? – bisbigliò Micol, voltandosi verso di lei e coprendo con la mano il cellulare.

– Oh, scusami. – Barbara si rialzò come una molla e si diresse verso la porta. – Non mi ero accorta che fossi al telefono.

Micol attese che la ragazza chiudesse la porta, prima di riprendere la conversazione.

– Nicholas, sei ancora in linea? – chiese, non sentendo più alcun rumore dall'altra parte. – Scusami, nella mia stanza è entrata una collega per consegnarmi l'ultimo libro uscito. – Si voltò di nuovo verso la finestra, come se dare le spalle alla porta la mettesse al riparo da orecchie indiscrete.

– Micol, non hai idea di come sia felice di sentirti. – Arrotò l'ultima sillaba, a causa del suo accento americano. – Ho provato diverse volte a chiamarti, ieri. – Non c'era alcun accenno polemico o di risentimento, nella sua voce.

– Sono giorni movimentati – commentò lei senza aggiungere altro. In verità non sapeva che cosa dire. Non poteva certo raccontargli ciò che era accaduto con Alex. Forse lo avrebbe fatto un giorno, ma certo non ora. Anche lei aveva cercato di richiamarlo, il giorno prima, ma Nicholas era in riunione, e la sera lei l'aveva trascorsa con sua figlia.

– Di che libro si tratta?

Micol lo ringraziò in cuor suo del cambio di argomento. – È un volume scritto per la Giornata internazionale contro la violenza alle donne, che viene celebrata il 25 novembre – gli rispose.

– Fra poco meno di un mese – replicò lui.

– Lo abbiamo realizzato in collaborazione con un'associazione di volontariato e con il contributo di una decina di sponsor. Lo distribuiremo allegato a un quotidiano nazionale e stiamo traducendolo in diverse lingue.

Con quella risposta voleva trasmettergli un messaggio preciso: che era un buon progetto, con un forte impatto sociale. E che la casa editrice aveva i piedi per terra, cioè era attenta ai conti.

– Un'ottima idea – commentò lui. – Mi racconterai, ma... quando possiamo rivederci?

Micol si fermò un attimo a pensare. Quella sera non avrebbe potuto lasciare Viola da sola ed era prematuro invitarlo a casa. – Cosa dici di oggi a pranzo?

– Ho un impegno – replicò lui – ma...

Lei non sentì più nulla e temette che la comunicazione si fosse interrotta.

– Nicholas?

– Stavo controllando l'agenda. Ho troppa voglia di vederti. L'impegno lo sposterò nel pomeriggio.

A lei spuntarono le lacrime agli occhi e non riuscì a replicare.

– Allora ci vediamo più tardi – concluse Nicholas.

– D'accordo.

Micol fece per spegnere il cellulare, ma poi sentì che lui stava cercando di dirle dell'altro. – Forse ho una cosa importante per te.

– Cioè? – chiese lei incuriosita.

– Qualche informazione a proposito dell'ospedale dove è scomparsa la bambina.

– Com'è possibile?

Nicholas le riferì della conversazione tra un medico e il rappresentante di una farmaceutica ospite nel suo stesso hotel, alla quale aveva assistito per caso la sera prima della loro cena, che verteva sulla sperimentazione clinica nell'istituto dove era successo il fatto. Conversazione alla quale non avrebbe dato alcun peso, se lei non gli avesse fatto notare l'articolo uscito su Internet. Al suo rientro in albergo, Nicholas ne aveva parlato con il capo della reception, che lo aveva messo in contatto con il rappresentante della farmaceutica.

– Ne è emerso qualcosa di interessante? – domandò Micol, sorpresa da quell'insieme di circostanze.

– Non conosco abbastanza il problema, ma...

– Ma? – incalzò Micol.

– La notizia è ancora riservata. Il manager mi ha anticipato che la sua azienda ha intenzione di indire una conferenza stampa per sabato.

– A proposito di cosa? – incalzò di nuovo lei.

– Sembra che vogliano fare il punto sulla sperimentazione clinica in quell'ospedale e chiarire le loro responsabilità per quanto riguarda la terapia a cui è stata sottoposta Angelica.

– Cosa significa esattamente?

– Non mi ha risposto. Ha insistito sul fatto che sabato verrà esposto il problema nella sua interezza.

– Angelica è con loro?

– Lui ha detto di no – rispose Nicholas – ma non credo che avrebbe rivelato a me una cosa così importante. Però ha lanciato un'accusa.

– Quale?

– Mi ha detto che la polizia dovrebbe guardarsi dal personale del reparto pediatrico, più che accusare la sua azienda.

– Cosa vuol dire?

– Non chiederlo a me.

– Devo parlarne con mia nonna – replicò Micol.

– Con tua nonna?

Ora toccò a lei spiegare a Nicholas che era stata proprio la nonna a coinvolgerla in quella vicenda. Stava per dargli ulteriori dettagli sull'accaduto, quando sentì che qualcuno dall'altra parte stava sollecitando Nicholas a chiudere la telefonata.

– Micol, perdonami – si scusò lui – devo proprio andare. Sono già in ritardo sul prossimo appuntamento.

45. L'INEDITO

Accese l'iPad con l'idea di dare un'occhiata alle notizie della giornata, ma non era in grado di concentrarsi neanche su una fotografia. Guardò oltre i vetri: dalla sua finestra si vedeva il cortile e non la strada. Due ragazzi stavano scaricando un furgone, forse con dei pacchi per il negozio di occhiali.

Micol non riusciva a pensare che a Nicholas e all'intensità del suo sguardo su di lei. Al desiderio che aveva espresso di vederla, al punto da far saltare un appuntamento fissato da chissà quanto tempo, pur di incontrarla.

Doveva stare con i piedi ben saldi a terra, se non voleva farsi del male un'altra volta. E poi Nicholas abitava dall'altra parte del pianeta, non sarebbe stato agevole frequentarsi. Un salto nel buio lei lo aveva già fatto, lasciando tutto per trasferirsi a New York da Brian, ma all'epoca era giovanissima, non aveva nulla da perdere. Ora doveva pensare a Viola e aveva degli impegni professionali, non poteva buttare tutto all'aria.

D'un tratto si ricordò dei volumi sul tavolo. Scartò la plastica trasparente che avvolgeva l'involucro e cominciò a sfogliare uno dei libri. Avevano fatto sovraimprimere con un rosso speciale il titolo della copertina che riprendeva, in un'immagine da *reportage*, il sangue che colava dal corpo di una ragazza violentata e abbandonata sul ciglio di una strada di una grande metropoli. Quell'illustrazione era un pugno nello stomaco, anche per chi avesse voluto ignorare il problema. Alzò il ricevitore e compose il numero interno per chiamare Barbara. Aveva ancora mezz'ora, prima dell'appuntamento successivo.

Non fece in tempo ad appoggiare la cornetta che Barbara era già nella sua stanza. – Come va? – le chiese la collega. – Mi sembri strana.

Micol aveva gli occhi umidi. – Strana come?

L'amica si strinse nelle spalle, come per dire che non lo sapeva.

Micol sospirò. Non se la sentiva di mentirle, ma raccontarle quello che le stava succedendo era fuori discussione. Avrebbe voluto, anzi le avrebbe fatto bene parlarne con qualcuno, ma non poteva permetterselo. Nicholas era l'americano dal quale potevano dipendere le sorti della casa editrice. Barbara non l'avrebbe mai tradita. Ma sarebbe stata sufficiente un'occhiata involontaria, scambiata nel momento sbagliato, per scatenare reazioni dall'esito imprevedibile.

E poi lei stessa non sapeva quale etichetta appiccicare a quel capitolo della sua vita. Decise di cambiare argomento. – A che punto siamo con l'intervista? – chiese.

Con Degli Antoni si era presa un impegno. O, comunque, gli aveva fatto balenare la possibilità di un colloquio con una delle due testimonial che avevano intenzione di raccontare la loro storia di "schiavitù sessuale" nel libro-testimonianza del trafficante del sesso, in uscita all'inizio del prossimo anno.

– Lo so che la scadenza è oggi – replicò Barbara, con un'espressione che non nascondeva un po' di delusione – ma purtroppo non ho avuto una risposta.

– Vuoi dirmi che è un no da parte di tutte e due?

– Non essere così pessimista! – l'ammonì la collega. – Nel nostro lavoro può accadere di tutto, anche all'ultimo momento.

– Già, ma a noi servirebbe che l'articolo uscisse domani.

Barbara non commentò. Si diresse verso la porta, poi si appoggiò un dito sulla tempia, come se le fosse venuta in mente una cosa importante. – Mi stavo dimenticando di parlarti di un racconto molto bello.

– Chi l'ha scritto?

– Non lo so.

– Come, non lo sai?

– È stato consegnato a mano per il concorso degli inediti.

Da qualche anno la casa editrice aveva istituito un premio per le opere prime, sponsorizzato da una società di telecomunicazioni che si faceva carico della pubblicazione del volume contenente i racconti dei vincitori e, inoltre, offriva agli esordienti una somma per incentivarli nella continuazione dell'attività di scrittura.

– Barbara, lo sai che la regola per accettare un manoscritto è che sia firmato.

L'altra annuì.

– E allora?

– Dai retta a me, è un racconto straordinario! Lo hanno letto tutti i ragazzi in redazione. Dagli un'occhiata, poi vedremo di fare un'indagine per scoprire da dove proviene.

– D'accordo, ma siamo nei tempi per inviarlo alla giuria?

Il cellulare di Barbara squillò, lei annuì con la testa e uscì dalla stanza.

Micol lanciò un'occhiata alla pila di cartellette sulla scrivania: era tutto lavoro arretrato da smaltire! Si sarebbe fumata una sigaretta. Se avesse tenuto aperta la finestra per un po', l'odore non avrebbe impregnato la stanza.

Le restavano due ore prima dell'incontro con Nicholas.

Poi cambiò idea e pensò di cominciare con il racconto che le aveva segnalato Barbara. La lettura era la sua terapia, l'ansiolitico più efficace. E ora aveva giusto bisogno di questa valvola di sfogo, di immergersi in un altro mondo. Vestire i panni di un personaggio di fantasia la aiutava a ridimensionare i suoi problemi.

L'autore si era premurato di rilegare il testo con una spirale e una copertina di plastica trasparente. La prima pagina era dedicata al titolo: *Verità e riconciliazione.*

– *Vuoi tu Elisabeth Sparks, nel pieno esercizio delle tue facoltà, presentarti davanti ai Signori della Commissione, vestita come in un giorno di festa, anche se sai di non essere pulita dentro, con il sole che illumina i tuoi capelli ma con il cuore gravido di sofferenza?*

L'incipit catapultava il lettore direttamente nella storia.

– *Sei sicura, Elisabeth Sparks, di volerti sedere sul banco degli imputati?*

La verità verrà alla luce per quella che è, senza ornamenti né attenuanti.

Ti troverai di fronte a un assassino, e magari dovrai anche stringergli le mani sudate, come se fosse la cosa più giusta da fare.

Non sapeva per quale motivo, ma Micol avvertì una sensazione di disagio, come se quella storia dovesse riguardarla da vicino. Andò a chiudere la finestra e si infilò un golf perché aveva freddo.

– *Elisabeth Sparks, guarda in faccia la realtà, non sei più una bambina!*

Il protagonista dei tuoi incubi notturni prenderà le sembianze di un uomo in carne e ossa che siederà di fronte a te.

Rivedrai l'iride azzurra che si è impressa come una macchia nel tuo cervello.

Stiamo parlano del mostro biondo che ti ha selvaggiamente stuprata a dodici anni, davanti all'unica persona che contava per te. Tuo padre. E che poi, non pago dell'abuso del tuo corpo, ha finito a coltellate il tuo unico genitore, facendo in modo che il suo sangue sgorgasse lentamente dalle sue viscere, mentre tu eri annichilita dal dolore.

Micol rabbrividì per l'orrore. – *Elisabeth Sparks, coraggio! Devi fare uno sforzo per simulare nella tua mente ciò che potrebbe accadere quando ti troverai faccia a faccia con il killer. Perché una volta che avrai comunicato alla Corte la tua decisione, non potrai più tirarti indietro.*

Micol interruppe la lettura del racconto per prendere un fazzoletto di carta e asciugarsi le lacrime. Quella vicenda non nasceva dalla fantasia di un brillante esordiente. Era la storia di Irene!

– *Lui rievocherà i fatti di quel pomeriggio infuocato e ti chiederà perdono per le atrocità che ha commesso. E fin qui lo sai che puoi farcela a sopportare. Le sue parole scivoleranno sulla tua pelle come gocce d'acqua sulla tela cerata.*

Ma poi toccherà a te, Elisabeth Sparks, e allora non potrai più scappare.

D'un tratto si ricordò di ogni dettaglio di quel tragico evento. I suoi genitori erano volati a Città del Capo ai funerali del padre della ragazza.

Due anni dopo la tragedia, Irene fu chiamata a testimoniare davanti alla Commissione per la verità e la riconciliazione che Nelson Mandela e il vescovo Desmond Tutu, entrambi premi Nobel per la pace, avevano istituito in Sudafrica per riappacificare le persone in un Paese dilaniato dall'odio e dalla violenza. La Commissione non emetteva sentenze di innocenza o colpevolezza, non condannava nessuno, ma aveva il compito di stabilire la verità.

– *Se accetterai, il tuo gesto verrà ripreso in TV. I giornali verseranno fiumi di inchiostro su quello che racconterai. Verranno rievocate le battaglie che tuo padre ha combattuto contro i due grandi nemici della sua vita: l'apartheid e la leucemia. E sarà lo stesso Nelson Mandela, il primo presidente della Repubblica, liberamente votato dai cittadini nelle prime elezioni non razziali, che si congratulerà con te per il tuo coraggio...*

Micol aveva seguito la cronaca di quegli eventi. Più di venticinquemila persone, tra martiri e carnefici, comparvero davanti alla Commissione tra il 1994 e il 1998. E a coloro che fecero una confessione aperta dei crimini commessi durante l'apartheid, venne concessa l'amnistia.

Ma il compito del perdono toccò alle vittime. Alcune delle quali ebbero la possibilità, per la prima volta, di denunciare pubblicamente i soprusi che avevano subito nel corso di tutta la loro vita.

– *Vuoi tu, Elisabeth Sparks, perdonare l'uomo che ti ha dato la morte, anche se sei ancora in vita, e che ti ha fatto consumare in un solo giorno tutta la riserva di lacrime che Dio ti ha concesso per il resto dei tuoi giorni?*

La protagonista del racconto alla fine decideva di presentarsi alla Commissione e di perdonare. Irene non ce l'aveva fatta. Aveva lasciato il Sudafrica per qualche anno ed era andata a vivere in Italia, dalla zia. E nessuno l'aveva biasimata per questo: aveva solo quattordici anni, quando le era stato chiesto di deporre.

Ma quella decisione aveva lasciato in lei una traccia indelebile, come d'altronde tutto quello che le era accaduto.

Micol ripose il dattiloscritto in un cassetto della scrivania. Fece per chiamare Barbara e commentarlo con lei, poi le venne in mente che la collega in quel momento era occupata con i giornalisti.

46. L'AVVERTIMENTO DI VASCO

Il cellulare vibrò nel taschino del camice inamidato di fresco. Di solito Kristina Smirnova in Fernandez non rispondeva quando era in reparto, a meno che non fosse una telefonata di servizio. Ma era la terza volta che la chiamata si ripeteva – aveva già controllato, il numero era sconosciuto – ed ebbe il timore che la stessero cercando dalla scuola della figlia.

– Chi parla? – chiese entrando nel bagno e appoggiandosi sul muro della zona dei lavandini.

– Signora Kristina – dall'altra parte c'era una voce maschile concitata – sono Vasco, il portiere.

– Ah, buongiorno Vasco, che succede? Sono in ospedale… al lavoro.

– Sì, signora, lo so, mi spiace disturbarla ma devo chiederle un permesso.

– Per cosa?

– È saltata la corrente in tutto il quartiere e c'è una squadra dell'Enel che si sta recando in tutti gli appartamenti per controllare da dove sia partito il guasto.

– Ma io non sono a casa.

– Appunto, le volevo chiedere se posso portarli in cantina a controllare il contatore e poi nel suo appartamento. A loro interessa solo quello che c'è all'entrata. Dicono che l'interruzione dev'essere partita dalla colonna centrale.

– Vasco, non mi piace che degli sconosciuti entrino in casa mia – disse con la voce alterata.

– Ma ci sono io, signora! – replicò l'altro.

– Dovranno aspettare il mio rientro.

Lui non mollò: – Le passo il capo dei tecnici dell'Enel, vuole parlarle.

– Signora, buongiorno – disse un'altra voce. – Se lei rientra a casa entro una mezz'oretta la aspettiamo, non di più.

– Sono al lavoro, non posso venire.

– Bene, qui c'è un'ingiunzione del Tribunale. Dobbiamo agire in fretta. Non a seconda dei comodi suoi, o di qualche altro inquilino. Il rischio è che si ripeta un nuovo blackout di tutto il quartiere. Ha capito? Abbiamo un ordine firmato da un magistrato. Se non ci dà l'okay, forziamo la porta del suo appartamento.

– Per carità, no! Mi ripassi il portiere.

– Eccomi, signora – disse Vasco nel telefono.

– Va bene, gli apra lei la porta, ma mi raccomando.

– Certo, si fidi – la rassicurò lui. – Li controllerò a vista.

Kristina si guardò intorno. – Mio marito è ancora in casa? – chiese sottovoce.

– No, signora, è uscito subito dopo di lei.

– Con la valigia?

– Sì, con la valigia.

– Va bene, Vasco, stia incollato a quelli dell'Enel. Non mi piacciono gli estranei in casa.

47. UN ARRIVO IMPREVISTO

Ciro si allontanò dalla guardiola per rispondere alla chiamata della Svevo, ma c'erano troppe persone in giro – tra tecnici dell'Enel "veri", colleghi e inquilini che volevano saperne di più sul blackout – per cui preferì spostarsi sul marciapiede per parlare senza rischiare di essere ascoltato.

– Abbiamo intercettato la chiamata della caposala – disse lei. – Sei stato convincente.

Ciro piegò un angolo della bocca. – Ora vado nell'appartamento a sistemare la telecamera.

– Non ti ho chiamato per farti un complimento – replicò lei.

– Che c'è? – Si pentì di non essersi messo una sciarpa, quella mattina, perché si era alzato un vento gelido.

– Volevo avvertirti che il marito di Kristina è uscito di casa subito dopo di lei. Almeno, così le ha detto il portiere.

– Com'è possibile? – sbottò Ciro. – Noi non l'abbiamo visto. Ho fotografato tutte le persone che sono passate per il cancello questa mattina.

– Magari si è travestito. Ci sono dei garage sotto il palazzo?

– Ieri sera ho fatto un sopralluogo. Non ci sono altre uscite.

– Forse ce n'è una secondaria attraverso le cantine – ipotizzò Iolanda. – Ah, dimenticavo, Kristina ha chiesto al portiere se il marito aveva con sé una valigia. E lui ha confermato.

– Quindi non solo è uscito, ma aveva anche del bagaglio. Allora, forse...

– Forse?

– Faccio una verifica con le immagini, poi te ne parlo. Ora però vado, mi stanno aspettando.

– Controlla personalmente l'installazione della videocamera e poi chiedi al custode se l'edificio ha delle altre uscite – disse ancora la Svevo.

– Il portiere me lo sono già lavorato.

– Ah sì?

– Il suo passato non è del tutto limpido.
– Cioè?
– Suo figlio è un piccolo delinquente. Ogni tanto spaccia per procurarsi delle dosi. Non so quanto il padre sia implicato nella vicenda. Comunque, gli ho portato due bottiglie di vino per ringraziarlo per la collaborazione. E quando ha cominciato a fare qualche resistenza, gli ho fatto capire che se ci avesse messo i bastoni tra le ruote avrei parlato del suo ragazzo con un amico poliziotto e per lui sarebbero stati guai.
– Bene – concluse la Svevo.
La sirena di un'ambulanza si stava avvicinando. Ciro si voltò per guardare, e nel movimento colse due persone in avvicinamento sul marciapiede.
– Cazzo! – inveì. – Questa non ci voleva...
– Che succede? – chiese Iolanda.
– È arrivato Fernandez! Ti richiamo.

L'ambulanza si era fermata due portoni più in la. Due infermieri stavano tirando fuori una barella con un malato, forse lo stavano riportando a casa.
Ciro si era spostato per non farsi scorgere da Fernandez e dall'uomo che era con lui.
All'improvviso il cellulare squillò di nuovo.
– È arrivato Fernandez – gli disse Aurora nell'auricolare. – È con una persona.
– L'ho visto – replicò lui. – Io corro su a mettere le cimici nell'appartamento, ma tu trova il modo di tenere Fernandez lontano dal palazzo il più a lungo possibile.
– E come?
– Non lo so, maledizione. Intanto invia un'immagine alla Svevo, magari individua quello con cui sta parlando. Non interromperlo. Ma se vedi che si dirige verso casa, abbordalo.
– Attento alle parole...
– Era un modo di dire! – sbuffò Ciro. – Sei così carina...
– Mi inventerò qualcosa. Magari tiro in mezzo quelli dell'ambulanza.
– Sì, ma non fartelo scappare.
– Ciiiiro!
A lui piaceva quando fingeva di essere arrabbiata. – Ora devo andare.
– A dopo.
– Occhio, bambina, quell'uomo può essere pericoloso.
– Vattinne, Ciro – sbuffò Aurora. – E piantala di chiamarmi bambina!

48. LA DECISIONE DI EVA

Eva inserì il gettone nel distributore delle bibite e premette il pulsante "cappuccino con cioccolato dolce". Si sentiva più sollevata. L'incontro con il direttore della banca non era andato poi così male: lui aveva espresso un'opinione cautamente ottimistica sulla situazione finanziaria della casa editrice. Il fatturato stava risalendo. Certo, i debiti andavano risanati il prima possibile, su questo era stato tassativo, e dunque riteneva urgente trovare un partner finanziario. Ma non erano sull'orlo del fallimento come Micol paventava, ogni volta che tornavano sull'argomento.

Henry Valente aveva fissato un appuntamento nel pomeriggio con un editore di medie dimensioni, interessato a loro. Non che lei facesse salti di gioia all'idea, ma bisognava pur valutare soluzioni alternative al Gruppo JWT. E l'interlocutore in questione era solido finanziariamente e ben presente sul web, anche se si occupava di medicine alternative, tema molto distante da quelli affrontati dalla loro casa editrice.

Villard aveva spostato Irene in amministrazione e le aveva assegnato Linda per la gestione quotidiana della segreteria. Indubbiamente il provvedimento preso con Irene era stato piuttosto drastico, ma quello che le aveva riferito Henry era molto grave. Frugare nei suoi documenti e, ancora peggio, nella cassaforte, era cosa da licenziamento in tronco e infangava la memoria del padre. Durante la notte si era anche detta che forse sarebbe stato più corretto affrontare l'argomento direttamente con lei, in nome dell'amicizia che un tempo l'aveva legata ai suoi genitori, ma che cosa avrebbe potuto dirle? "Perché stavi rovistando tra le mie carte?". Oppure: "Valente mi ha riferito che hai aperto la mia cassaforte".

Lei si sarebbe difesa. Chiunque con un minimo di intelligenza, a maggior ragione se aveva torto, lo avrebbe fatto. Non sarebbe servito a niente. Anzi, avrebbe addirittura potuto essere controproducente, l'avrebbe messa sulla difensiva. L'unica cosa da fare, per il momento, era cautelarsi. Con una trattativa in corso di quelle dimensioni, non poteva permettersi intromissioni indebite.

Se poi si fosse verificato che le ricerche di Irene erano soltanto il frutto di curiosità giovanile, be', allora ne avrebbero riparlato.

Micol entrò nello spazio relax mentre lei stava buttando il bicchierino di plastica nel cestino dei rifiuti. L'ultima volta che Eva aveva parlato con sua figlia era stato alla riunione di due giorni prima. Ed erano l'una contro l'altra.

Eva ruppe il ghiaccio con un freddo – Ciao – e l'intenzione di andarsene subito. La tensione tra di loro era palpabile. Di discutere con sua figlia in quel momento non ne aveva nessuna voglia.

– Perché non facciamo due chiacchiere, mamma? – le chiese però Micol, mentre lei si avviava verso il corridoio. – Tu e io.

Eva tornò sui suoi passi. – Vuoi dirmi qualcosa di particolare? – le chiese, sperando che sua figlia le raccontasse spontaneamente della cena con Green.

– Abbiamo diverse cose di cui discutere.

– A proposito di che? – domandò lei aggressiva.

– Per esempio, della riunione con gli americani – replicò Micol. – L'incontro è domani e non abbiamo ancora deciso una strategia.

– Tutto qui? – ribatté Eva con una punta di sarcasmo.

– Non mi sembra una questione irrilevante.

Eva non nascose la sua delusione. Esitò qualche istante, poi si disse che era inutile perdere altro tempo. – Micol, ho riflettuto molto su quanto è accaduto fino a ora.

La figlia incrociò il suo sguardo.

– E sono giunta a una conclusione.

In quel momento, nello spazio relax entrarono Alice e due impiegate dell'amministrazione. Stavano chiacchierando con foga a proposito di un contrattempo che doveva essere accaduto a una collega.

– Ma dai, non ci credo! – esclamò una delle ragazze.

– Ti dico che è andata così – ribadì l'altra. – Lo ha piantato in asso al ristorante e...

Poi Alice dovette accorgersi della loro presenza. – Oh, mi dispiace – si scusò, interrompendo di colpo la conversazione. – Ce ne andiamo subito.

– No, restate – affermò Eva, riavviandosi verso il corridoio. – Noi abbiamo già preso da bere. – Micol rimise in tasca il gettone per le bevande.

Eva oltrepassò la porta di vetro che separava quell'area dal resto della casa editrice. – Fermiamoci qui – disse a sua figlia, arrestandosi nella saletta di attesa riservata agli ospiti.

– Perché non andiamo nel tuo ufficio? – le chiese Micol.

– Non ne vedo la necessità – rispose lei seccamente. – Tanto, per quello che ho da comunicarti sono sufficienti pochi minuti.

– E cioè? – domandò Micol, non decidendosi a entrare nella saletta.

Eva si sedette sul divanetto rivestito di velluto. Non vedeva sua figlia così rilassata da molto tempo e non le sfuggì l'abbigliamento più femminile. Per fortuna Valente le aveva aperto gli occhi. Non sapeva come fosse potuto accedere, ma ora Micol non stava più agendo per il bene della famiglia.

Eva era consapevole che quello che sarebbe stato detto di lì a qualche minuto avrebbe avuto delle ripercussioni sui loro rapporti e sul futuro della casa editrice. – Dopo aver considerato attentamente i pro e i contro della proposta – disse – sono giunta alla conclusione che *non* dobbiamo vendere al Gruppo JWT.

Micol sbiancò di colpo. – E perché? – mormorò.

– Enrico Attias mi appoggia – dichiarò lei. – Quindi insieme superiamo ampiamente la maggioranza delle quote.

– Mamma, so benissimo che hai il potere di decidere, ma...

– Ma?

– Credo che tu stia facendo un errore.

– Senti chi parla! – si lasciò sfuggire Eva.

Micol si decise a entrare nella saletta. – Come mai questa decisione improvvisa? – chiese, sedendosi nella poltroncina di fronte a lei. – Non dovevamo discuterne ancora?

– L'abbiamo già fatto fin troppo.

– Mamma, tu sai come la penso.

– Come posso non saperlo? – la interruppe lei polemica. – Me l'hai ripetuto un'infinità di volte.

– Quindi non posso fare altro che prendere atto della tua decisione?

Eva annuì.

Micol prese a far schioccare una per una le dita. – D'accordo, allora lasciami esprimere fino in fondo la mia opinione. Poi ti lascerò in pace.

– Avanti, parla – la incitò Eva in tono di sfida. – Ma per favore stai ferma con le mani o mi farai saltare i nervi.

Micol versò in due bicchieri dell'acqua dalla bottiglia che era sempre a disposizione degli ospiti e ne porse uno alla madre. – Anch'io ho riflettuto molto, in questi giorni, ma per giungere a una conclusione opposta alla tua.

– Questo mi era chiaro – la interruppe Eva.

– Hai promesso di lasciarmi finire – incalzò la figlia.

– D'accordo, ma arriva al dunque – replicò lei, facendo segno di stringere.

– Siamo pieni di debiti e questa è già una ragione per vendere. Ma se anche non lo fossimo, io siglerei comunque l'accordo con gli americani.

Eva tamburellò con un piede. – Siamo a questo punto? – esclamò irritata.

Sua figlia mantenne la calma. – Mi piacerebbe sapere come immagini il futuro della casa editrice.

– Dimmelo tu, visto che ci hai pensato così tanto.

– Quando tu e papà avete fondato la società, volevate trasformarla in una sorta di centro culturale.

Eva non commentò.

– Io penso alla stessa cosa, solo in una chiave più contemporanea.

– Cosa significa? – le chiese Eva sospirando.

– Un progetto inizia con un libro, poi si sviluppa in un film, quindi in una serie televisiva, diventa oggetto di riflessione nei talk show e sui social, potremmo anche creare dei punti di aggregazione fisica dove la gente possa incontrarsi e discutere.

– Micol, stai delirando – la interruppe Eva.

– Mamma, sono i fatti che parlano.

– Quali fatti?

– Sono cambiate le abitudini di lettura. Le storie si sviluppano sulla carta, ma i lettori si affezionano ai personaggi che incontrano online o che "vedono" recitare. Dobbiamo inventare nuovi contenitori, sperimentare nuovi linguaggi.

Eva la fermò con un gesto della mano. – Micol, ora basta!

Sua figlia non demorse. – Perché?

– Sono progetti che richiedono una montagna di quattrini.

– Ci sei arrivata anche tu. – Micol accennò a un sorriso. – Per fare business, oltre alle risorse messe a disposizione dal Gruppo JWT, sfrutterei l'accordo con Alibaba. Promuovendo l'arte e la cultura italiana nei Paesi asiatici, potremmo guadagnare molto.

– Sei tale e quale a loro, parli solo di soldi!

– Hai detto che mi lasciavi finire. – Sua figlia non mollava.

– Sbrigati – la incitò Eva.

– I processi di concentrazione sono all'ordine del giorno in tutti i settori e non si può che andare in questa direzione. Stare sul mercato ha dei costi esorbitanti. L'innovazione ha dei costi esorbitanti. Ma non si può farne a meno. È anche il bello della vita. Si cambia. Cambiando ci si assumono dei rischi. È l'unico modo per evolvere.

Eva si stava innervosendo. – Ci sono altre possibilità.

– Vuoi trasformare la nostra casa editrice in una boutique di libri colti e di qualità?

– C'è qualcosa di male in questo?

– I libri non sono un prodotto da boutique, mamma! – Micol bevve ancora un sorso d'acqua, poi riprese: – Hai sempre dichiarato che lo scopo della casa editrice è di contribuire a cambiare la realtà.

– Già, ma ognuno deve fare i conti con quello che ha.

– Appunto! E non mi sembra che una ristretta cerchia di intellettuali possa essere un pubblico sufficientemente interessante per noi.

Eva cominciava a non poterne più di quella conversazione.

– Abbiamo anche un'altra opzione – continuò Micol.

– Quale?

– Quella di continuare a rimanere piccoli – ribatté. – Ma, se decidiamo di imboccare questa strada, la direzione non è quella dei prodotti sofisticati, bensì di quelli innovativi.

Eva la interruppe. – E dunque?

– Per sviluppare dei prodotti innovativi in ambito editoriale bisogna investire cifre importanti – rispose Micol – perché oggi l'innovazione viaggia con l'interattività e nell'utilizzo simultaneo di tutti i mezzi di comunicazione.

Eva non voleva cedere. – Non è con degli americani, o peggio con i cinesi, che potremmo costruire tutto questo.

– E perché no? – le domandò sua figlia. – La valutazione va fatta nel merito, non in base a stereotipi. Noi italiani abbiamo fatto molti passi avanti nell'immaginario collettivo, ma sono in molti a considerarci ancora il Paese degli spaghetti e della pizza.

– E questo cosa c'entra?

– Quando tu giudichi gli americani, o i cinesi, ragioni allo stesso modo. Bisogna lasciarsi alle spalle i pregiudizi.

Eva scrutò la figlia nel profondo degli occhi. – Questi signori ti hanno decisamente folgorato!

– Mamma, ti sto parlando di cose concrete.

– E, dimmi, ti sono bastati due incontri per giungere a queste conclusioni?

Micol si arrabbiò. – Dimentichi che ho sposato un americano? Ho vissuto per cinque anni a New York, lavorando in due case editrici diverse.

– D'accordo, ma...

– Sai qual è il problema della gente colta nel nostro Paese? La visione ideologica. Parlare di fatturato e di profitti in una casa editrice è come fare un affronto alla Cultura con la C maiuscola. Come se alla fine dell'anno i nostri conti non dovessero quadrare come quelli di tutte le altre società.

Eva si alzò per andare ad aprire la finestra. Aveva bisogno di aria fresca.

– Non voglio idealizzare i nostri interlocutori americani – riprese sua figlia. – Ma tengo a dirti che ragionano con una logica che condivido. Non è sufficiente che una casa editrice faccia dei buoni libri, deve anche venderli e guadagnarci. In caso contrario non si può parlare di un'azienda, ma di un circolo culturale o di un'istituzione non profit, dove qualcuno mette dei denari a fondo perduto.

Eva questa volta non replicò, ma chiamò Alice per chiederle di annullare il suo impegno a pranzo. Si alzò in piedi. – Micol, ho preso la mia decisione, e questa volta è definitiva. Non ci sarà nessun accordo con la multinazionale.

Micol si alzò a sua volta. – Vuoi dire che faremo saltare la riunione con gli americani? – chiese con un filo di voce.

Eva guardò sua figlia: ora era a terra. Se ne sarebbe fatta una ragione. – Ci conviene mantenere dei rapporti amichevoli, con loro.

– E come ci comportiamo domani?

– Prendiamo tempo – rispose. – Diremo che apprezziamo la loro proposta, ma non siamo ancora pronti ad accettarla. Forse, si potrà riprendere il discorso il prossimo anno. – Si sistemò la camicetta nei pantaloni. – E preparati bene, perché sarai tu a dover fare questo discorso, in rappresentanza della proprietà.

49. LA TRAPPOLA

Desdemona mise in evidenza sullo schermo del computer un post it verde acido. Aveva due corse urgenti da chiedere al commissario al rientro in ufficio, ma ora doveva uscire o avrebbe fatto tardi all'appuntamento con la Svevo, che le aveva proposto di pranzare insieme quel giorno. A quanto pareva voleva la sua opinione su una certa questione. L'appuntamento era stato fissato alle 13.30 in un ristorante cinese che non era proprio dietro l'angolo, e questo per non ritrovarsi uno stuolo di colleghi al seguito. La questione doveva avere una qualche rilevanza, perché uscendo dal suo ufficio l'ispettore capo aveva premuto l'indice della mano destra contro le labbra.

Se il suo Filippo ci fosse stato ancora, avrebbe potuto condividere con lui quello che le stava accadendo. Pur essendo stata privata dalla natura di quello che comunemente si definisce fascino, Desdemona un grande amore se lo era goduto per venticinque anni. Era stata una donna fortunata. Poi la sua dose di felicità si era esaurita tutta d'un colpo, come i soldi di una carta di credito. Suo marito se n'era andato in una notte, senza neanche il tempo di dirle addio.

Alla soglia dei cinquant'anni, era rimasta sola. Non aveva figli né parenti, al lavoro svolgeva mansioni per le quali era sufficiente l'intelligenza di un criceto. Così si era rassegnata a tirare avanti in una insipida routine, in attesa che si consumasse anche il ciclo della sua esistenza.

Ora, invece, la vita sembrava offrirle una seconda possibilità. Un nuovo lavoro che si faceva ogni giorno più interessante. Il commissario l'aveva coinvolta nelle riunioni della squadra perché comprendesse la logica di un'indagine e potesse agire in sinergia con agenti e ispettori.

Doveva affrettarsi o sarebbe arrivata in ritardo dalla Svevo. Andò nella toilette delle donne a cotonarsi un po' i capelli e infilò un paio di occhiali da sole scuri che aveva ripescato da un vecchio cassetto. La giornata era molto luminosa, ma più che altro li voleva mettere perché facevano un po' dark.

Non a caso si era vestita tutta di nero, aveva comprato anche degli stivaletti a punta con il tacco copiando da Antonella, l'assistente del questore, che era una ragazza molto chic. Si augurava soltanto di non inciampare, non essendo abituata a camminare a quelle altezze.

Guardò l'orologio: era l'una meno un quarto. Uscì dal bagno così velocemente che quasi finì addosso al dottor De Vicari.

Lui ci mise qualche istante a riconoscerla. – Ah, è lei, Desdemona! – Fece per dire qualcos'altro, ma si fermò.

Forse vorrebbe chiedermi perché mi sono conciata in questo modo, pensò Desdemona.

Lui la stava guardando, ma in silenzio.

Per fortuna è un signore, il mio commissario, pensò ancora lei, e lo ringraziò in cuor suo per la sensibilità.

– Ha un appuntamento per pranzo? – le domandò lui alla fine.

– Sì, dottore, ha bisogno di me? – Non era autorizzata ad accennargli dell'incontro al ristorante cinese; più che altro non sapeva se la Svevo lo avesse informato, per cui preferì non dire nulla.

– No, Desdemona, stia tranquilla – rispose lui. – Si goda il suo pranzo in santa pace.

Lei riprese la corsa nel corridoio e scese in fretta la scalinata centrale, la mano destra aggrappata al corrimano perché con quei tacchi rischiava l'osso del collo.

– Non sapevo che fosse anche così veloce!

De Vicari era alle sue spalle. Oddio, la stava seguendo! Come avrebbe dovuto comportarsi? Le sembrava di aver preso le sembianze del personaggio secondario di un romanzo giallo.

Si voltò e lui dovette rendersi conto che stava ansimando.

– Volevo ringraziarla, Desdemona – disse semplicemente. – Il questore mi ha dato i suoi biglietti per la Prima della Scala senza che io avessi bisogno di chiedere nulla.

Desdemona si sedette al tavolo che la Svevo aveva prenotato a suo nome, ma l'ispettore non c'era ancora.

Un cameriere si avvicinò a lei. – Desidera qualcosa?

– Preferisco aspettare la mia ospite, grazie.

Lui chinò il capo come per dire d'accordo, ma non se ne andò. – Ho vissuto a Trieste, anche se non sono nato lì come la signora Svevo.

Desdemona si domandò quale comportamento adottare in una situazione del genere. Avrebbe dovuto continuare la conversazione o troncare sul nascere quel dialogo? Nel dubbio, sorrise.

– Mi sono sempre chiesto se la signora sia una parente dello scrittore.

Desdemona dovette fare uno sforzo per non farsi prendere da un attacco di ilarità. – Bravo! – esclamò. – Vedo che se ne intende di letteratura.

– Più che altro è una passione – asserì lui.

Non resistette alla tentazione. – Anch'io sono parente... – Fece una pausa.

– Di chi?

– Di Shakespeare.

– Come si chiama?

– Desdemona.

– Come la moglie di Otello!

Per fortuna, Iolanda entrò nel ristorante in quel momento, togliendola dall'impaccio di quella conversazione surreale. Non aveva la più pallida idea di come si comporti un agente in missione. Ma di sicuro lei aveva imboccato una pista che non portava da nessuna parte.

– Ciao, Desdemona, scusami per il ritardo – disse la Svevo sprofondando nella poltroncina. – È stata una mattina piuttosto movimentata.

– Com'è andato il blackout?

– Abbiamo piazzato la cimice dai Fernandez, ma c'è mancato un pelo...

Iolanda appoggiò il giubbotto sulla spalliera, poi scrutò Desdemona come se la vedesse per la prima volta. – Come ti sei vestita?

Lei trattenne il respiro. – Ho sbagliato qualcosa? – Per fortuna aveva tenuto gli occhiali scuri anche dentro il locale, perché ora le stavano spuntando dei goccioloni.

L'ispettore capo inarcò le sopracciglia. – Al contrario, stai benissimo! – Prese il cellulare dalla borsa. – Devo farti una fotografia che invierò a te soltanto. Vestiti sempre così, ti toglie dieci anni.

Desdemona l'avrebbe abbracciata, se non fosse stato fuori luogo. Si limitò a sorridere. Ma prima di cominciare le raccontò del cameriere. – È convinto che tu sia una parente dello scrittore.

– Sai quante volte me l'ha chiesto?

– Perché non gli dici la verità, che quello di Italo Svevo è uno pseudonimo?

– Mi spiace fargli fare una figuraccia.

– La prossima volta che vengo qui gli regalo un libro di Svevo, così leggerà la biografia nel risvolto di copertina.

Il cameriere si avvicinò al loro tavolo e prese le ordinazioni. Ravioli al vapore e pollo al limone per Desdemona, involtini primavera e gamberetti saltati con le verdure per l'ispettore.

Prima di venire al dunque, Iolanda le chiese: – E tu come lo sai che Italo Svevo era un nome d'arte? Non è così scontato come credi.

– Avrò letto *La coscienza di Zeno* tre volte. – Scoppiò in una risata. – Prima di capirci qualcosa!

– Sei laureata in lettere?

– Magari! – Si mise a giocare con una bacchetta sulla tovaglia. – I miei genitori non avevano la possibilità di farmi studiare. Però mi è sempre piaciuto leggere. Ho preso la maturità classica di sera.

– Sei piena di sorprese, Desdemona. – La Svevo fece un sorriso di ammirazione. – Ma ora veniamo al dunque.

– Ti ascolto.

– Ho bisogno del tuo aiuto – dichiarò Iolanda sorseggiando la sua birra fresca.

– Tutto quello che posso fare.

– Farò questo nome, poi non lo citeremo più per evitare che qualcuno senta – disse Iolanda, abbassando la voce. – Salvatore Scialoja.

Il cameriere portò i piatti tutti insieme e augurò loro buon appetito.

Desdemona prese la forchetta e inzuppò un raviolo nella salsa di soia. Aveva provato con le bacchette, ma si era rassegnata: non riusciva a prendere il cibo, le cadeva tutto. – Credo che anche lui pensi che tu abbia vinto il concorso perché sei parente dello scrittore.

La Svevo sorrise. – Il punto è che dobbiamo trovare il modo di incastrarlo. – E le raccontò del furto dei passaporti e del sospetto che lui ne fosse l'autore.

– Come funziona esattamente?

– Qualcuno si impadronisce dei libretti ancora vuoti ma timbrati dalla Questura, e li fa compilare da un falsario.

– E poi?

– Li vende. Un passaporto può valere qualche centinaio di euro, o anche molto di più, se chi ne ha bisogno è nei guai.

– Alla riunione di ieri lui ha detto che non ci vuole niente a fare un passaporto falso – ricordò Desdemona.

– Appunto. Temo che questa volta i passaporti abbiano a che vedere con Angelica. Forse si sta preparando il suo espatrio. Per questo dobbiamo fare in fretta.

Desdemona bevette il suo tè in silenzio. – Credo di avere un'idea.

– Di già?

– Magari non è perfetta, ma provo a parlartene.

Iolanda le fece un segno di OK con le dita.

– Io non vivo proprio nel centro di Milano. Nel mio quartiere di gente che avrebbe bisogno di un passaporto ce n'è parecchia. Il mio vicino, per esempio, è una brava persona ma è senza permesso. Lavora in nero da anni e nessuno lo mette in regola.

– Continua.

– Se gli chiedessi una mano? Di lui mi fido ciecamente, è stato così caro quando il mio Filippo…

– Filippo?

– Mio marito. È mancato tre anni fa, durante la notte. Un colpo al cuore, mi hanno detto in ospedale. Ma io, lì per lì, non capivo di che cosa si trattasse. È diventato bianco come il marmo tutto a un tratto, non aveva più ossigeno in corpo né parole per dirmi che cosa gli stava succedendo. Ero disperata e ho bussato alla porta di Gil. Lui, sebbene non avesse il permesso di soggiorno, fosse rientrato soltanto da un paio d'ore dal lavoro e la mattina dovesse ripartire alle sei, ha chiamato il 118 e non mi ha lasciata sola finché non è arrivata l'ambulanza.

– Qual è il tuo piano?

– Potrebbe offrire dei soldi a Scialoja, o al suo tramite, poi ci pensate voi a come fare per incastrarlo.

– Mi sembra un'ottima idea. De Vicari pensava già a qualcosa del genere.

Lei si tolse gli occhiali da sole. – Ma a una condizione.

Iolanda le rivolse uno sguardo interrogativo.

– Mi devi promettere che se lui ci fa questo favore – disse – lo metteremo in regola con i documenti. Fai tutti i controlli che sono necessari, ti accorgerai che è una persona perbene.

50. MICOL IN OSPEDALE

Micol parcheggiò la sua auto in una via laterale, perché sentiva il bisogno di fare due passi a piedi prima di arrivare in ospedale. Le auto sfrecciavano veloci, costeggiando il marciapiede tappezzato di foglie autunnali. Era come se le sue gambe si muovessero in autonomia, mentre la sua mente era altrove in una sorta di sospensione irreale. Mai si era sentita così a un passo dalla felicità e al tempo stesso così lontana dalle sue speranze.

Attraversò la porta a vetri e si diresse verso la reception dell'ospedale. Erano quasi le due e non provava alcun desiderio di mangiare, anzi sentiva nausea. Aveva giocato male la partita della sua vita.

Poco prima dell'una aveva chiamato Nicholas e declinato l'invito a colazione, rimandando a un momento non precisato il loro prossimo incontro. Come scusa aveva addotto un imprevisto con la figlia.

Poi aveva telefonato a Regina, dato che per vie traverse era venuta a sapere qualcosa che poteva essere utile all'indagine su Angelica, e la nonna le aveva proposto di raggiungerla in reparto, dove avrebbe dovuto fermarsi fino a tardi.

Rievocò la conversazione con Nicholas. Per fortuna, quando lo aveva chiamato per disdire, lui era impegnato con una persona e non aveva fatto commenti. Ma lei aveva avuto la sensazione che non se lo aspettasse e fosse rimasto male per la sua decisione.

Più ci pensava e più si convinceva di aver fatto bene ad annullare l'appuntamento. Micol con lui sarebbe stata incapace di fingere. Che cosa avrebbe potuto dirgli? Che della trattativa non se ne faceva più niente? Che anche lei si era convinta che fosse giusto così? O, piuttosto, che non era stata in grado di fronteggiare sua madre?

A ogni modo, ora Micol lo aveva tolto dall'imbarazzo di giustificarsi, nel caso avesse voluto porre fine alla loro relazione. E poi di che relazione si trattava?

Un attimo di straordinaria vicinanza, questo sì, ma non abbastanza per presumere l'inizio di una storia.

In quel momento squillò il cellulare. – Dove sei finita? – C'era Barbara all'altra parte. – Ti ho cercata dappertutto.

Lei sospirò. – Ho un impegno con mia nonna, sono in ospedale .

– Micol, sento che c'è qualcosa che non va.

– Ti sbagli. – Si sentiva ingiusta con l'amica, ma non poteva fare diversamente. – C'è qualcosa di urgente? – chiese. Voleva solo essere lasciata in pace. Era al limite.

– Ho delle buone notizie sull'intervista! – esclamò Barbara.

– E cioè?

– Una delle due testimonial ha accettato di parlare al telefono con Degli Antoni.

Alla luce della decisione di sua madre, quell'intervista non aveva più senso. L'accordo con gli americani sarebbe saltato. Un'anticipazione su un libro in uscita a gennaio avrebbe potuto essere persino controproducente. Rimase in silenzio.

– Sei ancora in linea? – le chiese Barbara.

Lei sospirò. – Mettila in contatto direttamente con Degli Antoni.

– Micol, stai dando i numeri? – sbottò l'amica. – C'è un lavoro preliminare da fare. Dobbiamo capire cosa ci vuole raccontare e poi concordare, nei limiti del possibile, le domande con il giornalista.

Micol si rese conto che ora non poteva più tornare indietro. Il danno d'immagine per la casa editrice sarebbe stato anche peggiore. – Mi dispiace, è che...

– L'avevo capito subito che qualcosa non era a posto – ribatté l'altra, ma senza fare ulteriori domande. – Quando torni in ufficio?

– Più o meno alle tre e mezza – rispose Micol.

– Penso a tutto io, così al tuo rientro avremo soltanto un controllo da fare insieme.

Micol spense il cellulare. Lo sistemò nella borsa in una tasca con la cerniera, in silenzioso, perché non voleva più altre scocciature, e si diresse verso l'accoglienza dell'ospedale.

– Per cortesia, può indicarmi dove posso trovare la Pediatria? – chiese a un addetto al banco.

– Il percorso è un po' complicato – rispose lui. – Ora mi sposto verso di lei, così riesco a indicarle meglio la strada.

L'uomo che uscì dallo spazio adibito alle informazioni era seduto su una sedia a rotelle e portava un plaid di lana scozzese sulle ginocchia.

Micol non resistette alla tentazione. – Mi perdoni l'indiscrezione, ma lei dipinge?

– Come lo sa? – domandò lui con un'espressione di sorpresa.

– Mia nonna mi ha parlato di lei.

Lui la squadrò da cima a fondo. – Ci sono! – esclamò toccandosi con due dita la fronte. – Lei è la nipote della signora Regina.

Micol annuì con la testa.

– Non è per caso anche la mamma di quella deliziosa ragazzina, Viola?

Micol sorrise per la prima volta da quando si era alzata quella mattina.

– Due gocce d'acqua.

Micol gli chiese anche notizie di suo figlio che si stava laureando in Medicina, poi Gino le indicò come raggiungere l'area dov'erano ricoverati i pazienti più piccoli.

Quando Micol suonò il campanello della Pediatria fu un ragazzo alto, con i capelli arruffati e gli occhiali spessi, ad aprirle la porta.

Non appena lei varcò la soglia nel reparto, ebbe la sensazione di ritrovarsi in un ambiente che già conosceva, anche se non c'era mai stata.

– Più che un ospedale sembra un asilo – commentò Micol girando su se stessa. Viola si era innamorata fin dal primo istante delle pareti giallo limone tappezzate di personaggi delle fiabe. C'era stato un periodo in cui voleva a tutti costi che anche le pareti della sua stanza venissero dipinte con quel colore.

– L'ambiente gioca un ruolo importante nella lotta contro la malattia – disse l'infermiere – soprattutto per i bambini che devono affrontare una lunga degenza. – Poi le chiese: – Chi sta cercando?

– La signora Regina.

– Lei è…?

– Micol.

In quel momento, la nonna spuntò fuori da una camera, con indosso il camice bianco dei volontari con tanto di targhetta di riconoscimento, e subito fece le presentazioni: – Micol, questo è Giovanni. Giovanni, mia nipote.

– La mamma di Viola?

Regina fece il segno di okay.

– Prima che tu abbia delle sorprese – disse la nonna – ti avverto che tua figlia è famosa in questo reparto.

Micol cominciava a sentire dell'aria buona intorno a sé. Aveva avuto un'ottima idea ad andare a trovare Regina.

– Sua figlia trasmette una simpatia istintiva – concordò Giovanni. – Non so come faccia, ma riesce a strappare un sorriso anche ai bambini più gravi.

Micol fece per dire qualcosa ma Regina la interruppe: – Che peccato, volevo farti conoscere anche Carmen, ma oggi è in ferie. – Si girò verso l'infermiere: – Non è vero, Giovanni?

Micol notò che il ragazzo ebbe un lieve sussulto quando la nonna pronunciò quel nome.

– Rientrerà al lavoro lunedì prossimo – disse lui guardando in un'altra direzione.

Se non ricordava male, Regina le aveva raccontato che Giovanni aveva trascorso la sua infanzia in un orfanotrofio con il fratello gemello, che poi era morto nella comunità dov'era finito per disintossicarsi.

– Signora Regina, perché non fa conoscere alla mamma di Viola...

– Mi chiamo Micol – lo interruppe lei, porgendo a Giovanni la mano.

– Perché non presenta Micol all'avvocato Augusto?

Questa volta fu Regina a sussultare.

L'infermiere continuò: – Lui c'è, in questo momento, l'ho appena sentito al telefono.

– Un'altra volta – tagliò corto Regina e a Micol parve che le guance della nonna avessero preso il colore della minuscola giacca a vento fucsia che aveva in mano. – Il suo ufficio è troppo lontano da qui. Mia nipote non ha tempo – ribatté senza interpellarla. – Piuttosto, ha idea se il dottor Rossetti è in reparto? – cambiò argomento.

Giovanni scosse la testa. – Il primario è uscito pochi minuti fa.

– Cosa mi dice di Margherita? – chiese ancora Regina. – Margherita Palladino, la direttrice sanitaria.

– Credo sia fuori anche lei.

Regina sembrò rassegnarsi. – Cara Micol, questo significa che dovrai venirmi a trovare un'altra volta.

– Se queste sono le premesse – affermò lei – farò il sacrificio!

Micol non attese di giungere alla caffetteria per entrare in argomento con la nonna: mentre percorrevano i vialetti che conducevano al locale di ristoro le riferì quello che aveva saputo da Nicholas, a proposito della conferenza stampa che la casa farmaceutica aveva intenzione di indire il sabato per fare chiarezza sulle sperimentazioni cliniche e, nello specifico, su quella che riguardava Angelica. Il manager con cui aveva parlato il "suo" americano sosteneva che con la sparizione della ragazzina loro non c'entrassero niente e che, piuttosto, l'ospedale avrebbe fatto meglio a controllare i movimenti del personale del reparto. Una frase in codice che lei non era riuscita a decifrare, ma che forse per la nonna aveva un significato.

– È importantissimo, quello che mi stai dicendo! – replicò Regina – Devo subito avvertire... – Lasciò la frase in sospeso. Prese il cellulare dalla borsa, tirò fuori gli occhiali e si allontanò di qualche metro.

Micol cercò un tavolino libero all'aperto.

– Vuoi che ne parli io con la Palladino? – domandò la nonna al telefono.

Micol si sedette e indicò a Regina il tavolo che aveva scelto, come per chiederle se andasse bene, ma lei era troppo concentrata sulla conversazione. Non ci voleva molto per intuire che doveva esserci il suo fidanzato, al telefono.

– D'accordo – la sentì dire – allora tu avverti De Vicari e io mi occupo della direttrice – concluse. – Ora sono al bar con mia nipote, ma fra non molto tornerò in reparto.

Micol non seppe se fu il clima di confidenza che si creò dopo la telefonata oppure fu la dolcezza della nonna, ma d'improvviso sentì il bisogno di scaricare il macigno che aveva dentro. Le riassunse tutto ciò che era accaduto negli ultimi giorni, compresa la discussione di quella mattina con la madre.

A quel punto Micol chiese alla nonna di intercedere con lei, e non tanto perché cambiasse opinione sugli americani. Su quello non c'era più niente da fare. Ma se la situazione fosse continuata così, non avrebbe più potuto lavorare nella casa editrice. Ora non si trattava più soltanto di una divergenza di opinioni: Eva non aveva più fiducia in lei.

Non nascose che anche il destino della casa editrice era per lei fonte di preoccupazione. La proposta degli americani capitava quando più ne avevano bisogno. Non riusciva a immaginare come se la sarebbero potuta cavare da soli. E non solo dal punto di vista finanziario. Quell'accordo offriva loro opportunità per affrontare le innovazioni necessarie per tenersi al passo con i tempi.

Non tralasciò neanche di raccontarle di Nicholas, facendole intuire che era scoppiato qualcosa tra loro. Omise però il dettaglio che avevano dormito insieme già la sera del loro primo appuntamento, anche perché, per quanto al passo con i tempi potesse essere la nonna, era pur sempre una donna di un'altra generazione e non voleva essere giudicata male da lei.

– Provi qualcosa per lui? – le chiese la nonna.

Proprio in quel momento un uomo anziano in giacca e cravatta si avvicinò al loro tavolo. – Regina, mia cara, sono felice che tu sia ancora qui! – esclamò con un sorriso stampato sulle labbra. – Il commissario vorrebbe parlarti con una certa urgenza.

Senza chiedere un permesso formale si accomodò su una delle poltroncine di plastica bianche di fronte a loro. – Buongiorno, mie belle signore – disse. – Questo non è di certo uno dei migliori ristoranti della città, ma ci accontenteremo. Che cosa posso offrirvi di buono?

E, visto che la nonna sembrava aver perso la parola, fu Micol a prendere l'iniziativa: – Lei deve essere l'avvocato Altieri – disse, porgendogli la mano che lui strinse con cordialità. – Io sono Micol, la nipote di Regina nonché la mamma di Viola, che lei ha già conosciuto ieri mattina prima di andare in Questura, riscuotendo un personale successo. Mia figlia e io le diamo il benvenuto in famiglia. L'osso duro temo che sarà mia madre.

51. CONNESSIONE DA BORGO PANIGALE

C'era ancora molta luce quando Carmen salì sulla sua auto. Se non ci fossero stati ingorghi, sarebbe riuscita ad arrivare prima del tramonto. Appoggiò la giacca e la borsa sul sedile accanto e inserì la chiave nel cruscotto. La temperatura si era abbassata, l'aria era frizzante, ma lei non sentiva freddo. Lanciò un'occhiata al cornetto rosso che penzolava dal portachiavi e si domandò se, questa volta, l'amuleto che sua madre le aveva regalato quando aveva compiuto dieci anni sarebbe riuscito a tenerla lontana dai guai.

Accese il motore e mise la freccia per uscire dal parcheggio.

Per fare quella telefonata avrebbe dovuto percorrere almeno duecento chilometri o forse di più. Si era informata: anche i cellulari usa e getta erano rintracciabili e per questo doveva allontanarsi il più possibile dal luogo dove era nascosto suo figlio Matteo.

Il bambino ora era al sicuro a casa di Antonio Baldini, uno dei medici della Caritas che lei aveva conosciuto durante una delle giornate di volontariato che svolgeva fuori dall'ospedale. Non era una soluzione definitiva, lo sapeva bene, ma le sarebbe servita a prendere tempo.

Imboccò la tangenziale e poi l'autostrada del sole e lanciò la Swift a centoventi all'ora. Erano le quattro e mezza del pomeriggio, non c'era molto traffico, così decise di non attraversare la barriera con il Telepass per non essere rintracciabile: pagò il biglietto al casello con la moneta.

Diede un'occhiata allo specchietto retrovisore. Non le sembrava di essere seguita. Sorpassò una macchina e controllò di nuovo. Non c'era nessuno dietro di lei. Superò un camion e ancora niente di sospetto. Percorse ancora qualche chilometro, sempre facendo attenzione a ciò che accadeva alle sue spalle.

Forse questa volta era riuscita a sfuggire alle loro grinfie.

Accese la radio e si ubriacò di musica, cantando ad alta voce sulle melodie trasmesse dall'emittente, cercando di non pensare almeno per un po' a quello che stava accadendo.

Ripensò a Giovanni. Un ragazzo così non lo aveva mai conosciuto e non l'avrebbe mai più trovato. Ma doveva toglierselo dalla testa, perché lui non avrebbe mai potuto accettare il suo passato. Non aveva avuto il coraggio di accennare a Giovanni qualcosa a proposito di Matteo, o di altro della sua vita, per paura di sporcare l'immagine che lui si era costruito della sua persona.

Sarebbe stato bello sognare una vita normale con un ragazzo che le volesse bene per davvero. Suo figlio aveva bisogno di una figura paterna. Ma questo non era scritto nella sua costellazione.

Tutto sembrava filare liscio. Uscì a Bologna, al casello di Borgo Panigale, poi fece ancora qualche chilometro. Non sapeva esattamente dove si trovasse, finché non individuò una piazzola che le sembrava ospitale, con degli alberi e un piccolo bar, e si fermò davanti a un'aiuola fiorita.

Spense la radio e cercò il portatile nuovo di zecca nello zainetto. Era riuscita a comprarlo senza mostrare documenti. Non aveva messo in bocca niente dalla colazione del mattino e le forze cominciavano a mancarle. Prese una confezione di Kinder Cereali e mangiò tre delle barrette al riso e cioccolato una dietro l'altra, poi trangugiò tutto in una volta mezzo litro d'acqua dalla bottiglietta di plastica. Fece un bel respiro e si decise a comporre il numero di telefono

– Ciao, Kristina – esordì con un tono che voleva apparire rilassato – sono Carmen.

– Riconosco la tua voce – ribatté la caposala. – Da che numero stai chiamando?

– Il mio cellulare è bloccato. Ho anche un problema con la scheda, così ne ho comprato un altro.

– Non sei in ferie?

– Sì, ma sono preoccupata.

– Carmen, devi stare tranquilla – insistette l'altra. – La polizia sta presidiando l'ospedale. So che sei affezionata ad Angelica, ma vedrai che la troveranno.

Carmen si era preparata a quella conversazione in codice che probabilmente sarebbe stata intercettata. Non si aspettava niente di diverso: Kristina avrebbe fatto molta attenzione alle parole che pronunciava per lo stesso motivo. Quindi sapeva di dover "dire e non dire".

– Lo pensi davvero?

– Perché mi fai questa telefonata?

– Sono preoccupata per mio figlio.

– Non devi farti venire degli strani pensieri.

– Strani pensieri?

– Carmen, ti ha dato di volta il cervello? – Ora la voce di Kristina cominciava a diventare aggressiva. – Riposati, sei stanca, è naturale.

– D'accordo, ma mio figlio?

Kristina sembrava contenere a stento la rabbia. – Cosa c'entra tuo figlio, ora? – Poi la sentì emettere un sospiro. – Se ti comporti bene, tutto si risolverà nel migliore dei modi. – E interruppe la comunicazione.

Quando squillò il cellulare, Iolanda Svevo vide che era Vieri.

– Che succede? – lo interpellò subito.

– Vieni subito. Stiamo registrando una telefonata tra Carmen Melis e la caposala.

Lei scese a balzi le scale che portavano alla sala intercettazioni ma, come c'era da aspettarsi, quando arrivò la conversazione tra le due era terminata.

Scialoja riuscì a localizzare la telefonata a pochi chilometri dal casello di Borgo Panigale a Bologna.

– Ho guardato tra i suoi documenti – disse Vieri. – Possiede una Suzuki Swift rossa, e infatti l'auto che abbiamo individuato nella piazzola era la sua.

– Chiamiamo la Centrale di Bologna e verifichiamo se c'è una pattuglia nei paraggi – disse lei. – Non vorrei fermarla, per il momento. Solo seguirla. Forse quello per Kristina era un avvertimento e allora bisogna proteggerla. O forse fa gli interessi di qualcun altro. Se è così dobbiamo capire cosa sta succedendo. Non possiamo escludere niente, ma dobbiamo controllare.

Il tempo di individuare il punto esatto sulla mappa che le segnalarono una nuova telefonata da parte dell'infermiera. Si mise in ascolto.

– Giovanni?

– Carmen, finalmente, dove sei finita?

– Non posso dirtelo, ora.

– Da che numero mi stai chiamando?

De Vicari nel frattempo li aveva raggiunti. – Carmen Melis, l'infermiera della Pediatria, si è messa in contatto con Giovanni – l'aggiornò Iolanda sottovoce.

– Dimentica questo numero – disse ancora Carmen. – Finita questa telefonata, butterò via la scheda.

– Carmen, cosa sta succedendo?

– Ho messo in salvo mio figlio, ma non sarà per molto, lo rintracceranno.

– In salvo da chi? – la interruppe Giovanni. – Carmen, per carità, parla!

Lei continuò: – Non ho tempo per le spiegazioni, ora. Volevo solo dirti che Angelica è viva. Non so cosa mi accadrà, ma io non posso sopportare che tu pensi che io sia coinvolta in qualcosa di grave. Angelica per il momento non è in pericolo, almeno fino a che...

– Fino a che cosa? – chiese Giovanni. – Carmen, non ti sento più. Carmen!

La comunicazione si interruppe di colpo.

52. MINACCE

Raffaele oltrepassò la porta a vetri dell'ospedale per tornarsene a casa fischiettando, ma rabbrividì al cambio di temperatura tra l'interno e l'esterno. Non bisognava farsi ingannare dal sole: l'autunno cominciava a reclamare i suoi diritti. Lui era un caloroso, ma la maglietta a maniche corte non era più sufficiente; per fortuna nello zainetto aveva con sé un pullover.

Non vedeva l'ora che arrivassero le otto, perché quella sera sarebbe finalmente uscito con Jessica. Si trattava soltanto di una pizza e non doveva montarsi la testa, ma la ragazza gli aveva detto di sì e Dio solo sapeva da quanto tempo lui desiderasse incontrarla fuori dall'ospedale.

Con discrezione, senza mai insistere, aveva cercato la sua amicizia, e d'altronde non era stato difficile, perché avevano molti interessi in comune, amavano la stessa musica e poi sentiva che Jessica era predisposta come lui per la ricerca interiore.

Era convinto che una donna andava conquistata con le attenzioni e perché ci si piaceva entrambi, non con la forza, come aveva sempre fatto suo fratello.

Se una ragazza ti dice no, è no. Devi fartene una ragione. E cambiare obiettivo. A che serve pretendere delle cose che lei non desidera affatto? Che gusto c'è a imporsi con la violenza?

Con Jessica lui voleva fare sul serio. O, almeno, così gli sembrava a pelle: era una ragazza diversa dalle altre, era pulita dentro.

Si appoggiò a una colonna della pensilina davanti alla fermata. Erano le due del pomeriggio ed era il solo, per il momento, ad aspettare l'autobus.

Poi qualcuno gli puntò qualcosa di duro contro la schiena.

– Non voltarti – gli fece una voce maschile, premendo di più la punta dell'oggetto. – Vai verso la Porsche Cayenne nera accostata al marciapiede – sibilò l'aggressore a voce bassa – e non provare a dire una parola o una pallottola ti passerà da parte a parte.

Era Omar Brahini, riconosceva il suo accento. Si aspettava che si rifacesse vivo, era un rischio che aveva preso in considerazione con la Svevo ma, maledizione, perché proprio quella sera?

– Sali – ordinò Brahini aprendo la portiera e spingendolo dentro.

Raffaele si sedette su uno dei due sedili posteriori e l'altro gli si sistemò accanto con la pistola puntata contro il suo fianco.

Davanti c'erano due tipi in giacca e cravatta. Uno aveva l'aria di essere italiano, l'altro sembrava un fratello maggiore dell'algerino, perché si assomigliavano molto. Questa volta tutti avevano il volto scoperto.

– Mi sembra di aver rispettato i patti – disse rivolto a Brahini. – Che vuoi ancora da me?

Quello tirò fuori il coltello e gli piazzò la lama contro lo stomaco.

Raffaele trattenne il respiro. Doveva cambiare atteggiamento o per lui questa volta sarebbe finita male. Gli ci voleva un'idea.

Se fosse riuscito ad accendere il cellulare, dalla Centrale avrebbero potuto localizzarlo, però non poteva muoversi senza destare sospetti.

La macchina correva veloce e lui ebbe l'impressione che fossero già fuori città, ma non era in grado di valutare con precisione quanti chilometri avessero percorso perché i vetri erano oscurati.

– Vuoi che faccia qualcosa per te? – chiese a un tratto, dopo un buon quarto d'ora di silenzio.

L'altro lo guardò in cagnesco. – E dimmi, perché dovrei fidarmi?

– Non mi sembra di averti tradito, fino ad ora – ribatté lui, cercando di non mostrarsi spaventato. – Eppure non mi hai trattato benissimo, l'ultima volta.

Brahini si mise a parlare fitto fitto in arabo con l'uomo seduto davanti a lui che sembrava suo fratello e che, ogni tanto, si girava nella sua direzione.

L'autista non sembrava prendere parte alla conversazione. Da quando Raffaele era entrato, non aveva detto una parola.

– Perché vuoi aiutarmi?

– Non voglio fare la fine di mio fratello, ti basta questo? – Fece una pausa. – E poi vorrei guadagnare un po' di soldi. In ospedale non sono molto generosi.

Il suo aggressore tradusse in arabo.

Lui continuò: – Magari potrei procurarmi delle informazioni dall'interno...

Quello davanti si girò per passarlo ai raggi X e il suo sguardo non era tra i più gentili.

Raffaele riuscì a rimanere impassibile.

Anche l'italiano lo guardò dallo specchietto retrovisore. Quindi non era proprio solo un autista.

– Cos'hai bisogno di sapere? – buttò lì ancora Raffaele. – Io sono un portantino, mi intrufolo dappertutto...

– A che punto sono le indagini? – lo interruppe Brahini.

– Qualcosa in particolare?
– Ho bisogno che stiano lontano da me ancora per un paio di giorni.
– Se vuoi, posso sapere qualcosa anche stasera.
– E come?
– Ho amici dappertutto in ospedale, anche in Pediatria. Dammi il tuo numero di telefono. Stasera esco con una ragazza. Lasciatemi in pace con lei, te lo chiedo per favore. Puoi anche controllare, se vuoi, ma a distanza. – Gli fece segno di spostare la lama dal suo stomaco, perché così non poteva parlare, e Brahini la spostò, ma non rinunciò a puntargli la pistola contro il fianco. Poi parlò ancora in arabo con l'altro.
– Mi è venuta un'idea migliore – disse Raffaele. – Lasciami dove c'è un distributore o un punto riconoscibile. Io mi faccio venire a prendere da uno della polizia.
– Dalla polizia?
– Mi hanno dato un numero, quando mi hanno interrogato. Mi hanno detto di richiamare, casomai mi fossi ricordato qualcosa. Vuoi che te lo faccia vedere?
L'altro non disse niente e lui continuò: – Gli dico che mi avete preso, la macchina era una Mercedes grigio perla. Mi avete incappucciato e poi mi avete lasciato per la strada. Insomma, mi fingo terrorizzato e, con questa scusa, mi faccio scucire a che punto sono.
Brahini ora lo stava ascoltando.
– Poi telefono a un collega in Pediatria. Insomma, faccio una mia piccola indagine personale.
Brahini tradusse ancora in arabo.
Raffaele ora alterò il tono della voce. – Quanto mi date per tutto questo? – Si complimentò con se stesso per il sangue freddo.
– È già tanto se ti salvi la pelle! – ringhiò l'altro.
– Ma che razza di affari sono, questi? – si indignò Raffaele. – Se mi ammazzate adesso cosa ci guadagnate? Apriranno un altro filone dell'indagine. – Suo fratello gli diceva sempre che con persone del genere bisognava trattare alla pari. Anche con una pistola puntata contro la tempia. Solo se sono convinti che sei un bastardo come loro, ti prendono in considerazione. Ma se mostri paura, sei fottuto. In fondo, sono come gli animali.
– D'accordo.
– Non ho sentito quanto.
– Lo vedi questo? – Brahini puntò lo sguardo sul revolver. – Non sei nelle condizioni di contrattare.
– Vorrei che ti fosse chiaro che per me non è un giochetto – disse Raffaele in modo sostenuto. – A te non te ne frega un cazzo, ma io rischio di perdere il posto di lavoro e di farmi mettere dentro, non so se mi spiego.

L'altro stava soppesando le sue parole in silenzio.

– Certo avrò il piacere di rivedere mio fratello… – Fece un sorriso obliquo.

Brahini tradusse in arabo e la conversazione tra i due andò oltre la traduzione.

– Vediamo cosa tiri fuori – disse l'algerino. – Poi ne parliamo.

– Ok, dammi il tuo numero di cellulare. Ti faccio uno squillo, così hai il mio. Non so neanche come ti chiami di nome.

– Non hai bisogno di saperlo.

Lui prese il cellulare dalla tasca e anche Brahini si decise a tirar fuori il suo. Raffaele gli fece uno squillo, così entrambi memorizzarono il numero.

– C'è qualcuno da cui mi devo guardare? – chiese tenendo il cellulare in mano.

– Questo ce lo dovrai dire tu – disse l'altro premendogli la pistola sul fianco. – Se fai uno sgarro, sai come finisci.

– Credo di averlo intuito – sibilò, contraendo le guance. – Fammi scendere. Dove siamo?

Ciro e Aurora lo vennero a prendere all'Autogrill di Assago con le sirene accese. Gli tolsero il cappuccio e le manette, gli fecero bere un caffè e dell'acqua prima di farlo salire sull'auto di servizio.

Raffaele si accomodò sul sedile dietro. – Piacere, ragazzi – disse. – Controllate se ci stanno seguendo. Ero su una Porsche Cayenne nera. – La tensione che aveva controllato così bene ora gli crollò tutta addosso. Si accorse che stava grondando di sudore.

– Sei una persona coraggiosa – gli disse Ciro.

Lui sorrise dentro di sé. Era indubbio che la cosa gli faceva piacere, ma non poteva dimenticare che un paio dei loro colleghi gli avevano spaccato il naso due anni prima senza un perché. E lui, proprio quella sera, avrebbe dovuto incontrare Jessica e raccontarle la sua storia. Magari con qualche brutto ceffo alle calcagna che li spiava per conto dell'algerino. Era la prova del fuoco. Lei lo avrebbe accettato?

– Vorrei che mi chiamaste la Svevo dal vostro telefono – disse. – Occhio allo specchietto, non so se ci stiano alle costole. Avete un asciugamano? Io faccio finta di essere spaventato, caso mai ci stessero seguendo.

– Raffaele, calmati – rimbalzò Aurora. – Ora sei al sicuro. Anche noi abbiamo i vetri oscurati, quindi nessuno può vedere dentro.

Lui fece un respiro profondo. – L'asciugamano mi serve lo stesso.

Ciro gli chiamò la Svevo.

– Sono riuscito a clonare il cellulare di Brahini – disse Raffaele. – Non è stato difficile, il vostro tecnico me l'ha spiegato bene. Ma ho bisogno che mi ridiate subito il mio telefonino. Pulito. Se quello mi becca con il suo clonato dentro, questa volta mi ammazza davvero. Ho memorizzato anche la targa della Porsche.

– Bravo – si congratulò Iolanda. – Ciro sistemerà il tuo cellulare.

Ma Raffaele non era soddisfatto. – Ci vuole una strategia, dovete pensare a cosa gli devo dire questa sera e nei prossimi giorni. – Mise in viva voce, in modo che anche gli altri due fossero messi al corrente. – In ogni caso, ora mi dovete riportare a casa.

– Non vuoi che ci vediamo? – gli chiese la Svevo.

– Sono già le quattro. Devo farmi una doccia di acqua gelata per togliermi di dosso la notte in ospedale e tutto questo schifo. Poi passo a salutare mia madre. Alle otto ho un appuntamento con una ragazza e non posso, anzi, *non voglio*, mancare.

53. LA LITE

Quando Regina vide il nome di Eva sul display del cellulare, alle cinque del pomeriggio, temette fosse accaduto qualcosa di grave. Invece sua figlia la chiamava per dirle che desiderava fare due chiacchiere con lei, non al telefono ma di persona.

Regina aveva terminato proprio in quel momento il suo turno in ospedale e si era subito precipitata a casa con un taxi.

Aveva promesso a Micol che avrebbe parlato a sua madre e lei stessa voleva farlo da tempo, ma non riusciva mai a trovare l'occasione giusta. Sua figlia era sempre di corsa o qualcun altro era con loro.

Doveva comprare qualche birra già fresca da mettere in frigo e del tè allo zenzero. Non sapeva che cosa Eva desiderasse, ma quelle erano le bevande che preferiva. Di salatini e biscotti la sua dispensa era sempre rifornita.

Affrontare sua figlia non sarebbe stato semplice, doveva agire con molto tatto. In quel momento Eva non sembrava disposta ad ascoltare nessuno e, in ogni caso, la sua suscettibilità andava oltre il limite di guardia. Bastava un nonnulla per farle saltare i nervi. Anzi, aveva l'impressione che fosse sempre alla ricerca di un appiglio per arrabbiarsi, pur di evitare un dialogo sincero.

Eva si era chiusa in se stessa come in una roccaforte sotto assedio, con l'unica preoccupazione di salvare la pelle. Non era la casa editrice che voleva mettere al riparo, ma se stessa. Regina sospirò. Mancava qualche mese al suo compleanno. I suoi prossimi sarebbero stati i sessanta. Un cambio di decennio e una scadenza, quella dei sessanta, difficile da digerire per tutti. Per una donna, un passaggio quasi impossibile da attraversare senza una crisi e una profonda riflessione interiore.

Si entrava in una nuova fase, per se stessi e nella percezione degli altri. E anche se si godeva di ottima salute, bisognava lottare per mantenere un ruolo di responsabilità nella vita professionale ed essere accettate come donne, senza sentirsi dire "è ancora bella" o "è in gamba" nonostante l'età, e cioè sebbene sia già vecchia. Gli uomini erano più fortunati, da questo punto di vista, e non subivano lo stesso linciaggio psicologico.

Quando il campanello suonò, lei si stava sistemando i capelli in bagno. Se c'era una cosa che non sopportava, era presentarsi in disordine.

– Ciao, Eva, che bella sorpresa – disse non appena sua figlia varcò la soglia dell'appartamento. Era sorridente, un po' meno tirata del solito, forse era persino andata dal parrucchiere. Il che a Regina sembrò un bel segnale, visto che l'indomani avrebbero avuto un incontro importante.

– Avevo voglia di vederti, mamma. – Appese giacca e sciarpa all'attaccapanni in anticamera. – Da quando è sparita Angelica, sono un po' preoccupata per te.

– E perché mai?

– Ho paura che, per ritrovare quella ragazzina, tu stia infilandoti in un gioco pericoloso.

Regina si diresse verso il salotto. – Figlia mia, se sono arrivata alla mia età – replicò strizzandole l'occhio – è perché so badare a me stessa.

– A proposito, ci sono novità sulla ragazzina?

– Per il momento non ancora, ma ci sono motivi per credere che sia ancora viva. La Polizia ci sta lavorando e purtroppo c'è anche il rischio che sia finita in un traffico di minorenni.

– Oh mio Dio! – Eva si mise le mani sulla faccia. – E tu come lo sai?

– Ho i miei agganci.

– Fammi indovinare. – Eva inarcò le sopracciglia. – Questo aggancio si chiama Augusto, il "tuo" magistrato?

Regina liquidò la cosa con un'alzata di spalle. – Cosa prendi, cara? – chiese poi dirigendosi in cucina.

– Un tè allo zenzero.

Lei aveva già preparato il bollitore sul fuoco.

Sua figlia si sedette al tavolo della cucina.

– Mi sembri più serena – buttò lì Regina tirando fuori dei dolcetti dalla dispensa.

– È vero – confermò Eva – adesso sto un po' meglio. Ma non posso fermarmi molto, devo prepararmi per la riunione di domani.

Regina colse l'occasione: – Hai preso una decisione per la casa editrice?

– Sì.

– Cioè?

Eva verso il tè nella tazza e aggiunse un cucchiaino di zucchero. – Non venderò agli americani.

Regina sgranocchiò un piccolo wafer al cioccolato. – Micol lo sa?

Eva si limitò ad annuire.

– Mi fa piacere – disse Regina senza aggiungere altro.

– Dunque non sei anche tu contro di me? – replicò la figlia.

– E perché dovrei?

– Condividi la mia decisione?

– Cara, io non sono in grado di valutare se questa sia o meno la scelta più giusta per la casa editrice – replicò Regina, pensando che sua figlia stesse lanciando il primo amo per farla cadere nella trappola di una polemica senza via d'uscita. – Però suppongo che, se sei giunta a questa conclusione, avrai valutato tutte le implicazioni.

Lei sospirò. – Non penso ad altro.

Regina fece una piccola pausa prima di puntare il dito sul tasto dolente. – Sei dunque riuscita a risolvere i problemi finanziari?

– Non ancora.

– E quindi?

– Non ritengo sia giusto buttar via quello che ho costruito in questi anni per una questione di soldi.

Regina non commentò.

– Hai qualche obiezione? – le domandò Eva con aria provocatoria.

– Questa volta sono io a essere preoccupata.

– Mamma, stai tranquilla, vedrai che in un modo o nell'altro ce la caveremo.

Regina la interruppe. – Non temo per la casa editrice.

– Per cosa, allora?

– Sono preoccupata per te.

– Per me?

– Negli ultimi mesi sei dimagrita ancora.

– Questa trattativa mi ha logorato.

– Non mi riferisco soltanto al tuo lavoro.

Eva le lanciò uno sguardo interrogativo.

– Da quando Maurice è morto, non ti ho più vista sorridere.

Lei si alzò tenendo la tazza bollente in mano. – Mamma, non hai idea di quanto ho sofferto.

– Lo so, Eva, e ti capisco, ma sono passati cinque anni.

– E allora?

– Non puoi trascorrere il resto dei tuoi giorni seppellita in casa.

Eva si irrigidì. – Se pensi che debba risposarmi, ti sbagli!

– Chi ha parlato di risposarsi? – Agguantò un altro biscotto. – Ricominciare a vivere non vuol dire necessariamente convolare a nozze.

– Tu non stai facendo questo?

– Quello che va bene per me non è detto che vada bene per te o per un'altra persona. E poi io non mi risposo per colmare un vuoto. Ho preso questa decisione perché ho incontrato una persona con la quale mi è tornato il desiderio di farlo. Ma sono molti anni che vivo bene da sola. E, credimi, questa è l'ultima cosa che avrei immaginato di fare, tanto più alla mia età.

– Dunque, cosa vuoi da me?

Regina aspettava da tempo quel momento. – Devi dare un nuovo significato alla tua esistenza.

– L'ho già trovato con la casa editrice. Per questo ho deciso di non venderla.

– Non ti seguo più – sostenne lei, sempre calibrando i toni. – Sono due anni che ti sento dire che non dormi la notte perché sei angustiata dai debiti. Qualche mese fa mi hai detto che se non aveste recuperato un finanziamento entro l'anno avreste corso il rischio di portare i libri in tribunale. Adesso che ti si è presentata una possibile via d'uscita, la stai rifiutando a priori.

– Ora ho capito dove vuoi arrivare – la interruppe Eva arrabbiata. – Vuoi dirmi che se dovessi vendere la casa editrice poi non saprei più cosa fare. È questo, non è vero?

– Ti sto soltanto invitando a riflettere. Se Dio vuole, la salute ti assiste, hai ancora molti anni davanti a te. Vuoi trascorrerli continuando a vivere nel passato?

– Questo passato è stato tutto, per me.

– Nessuno potrà mai toglierti ciò che hai vissuto. È salvo per sempre nella tua mente. Ma non tradisci il passato se ti proietti nel futuro.

– Mamma, non ci riesco! – Regina si accorse che sua figlia stava trattenendo le lacrime.

– Devi provarci, almeno – le disse. – Devi ritrovare un scopo per la tua esistenza. Nessuna persona può vivere senza uno scopo. Chi non crede nel futuro perde il proprio sostegno morale e si lascia andare interiormente, proprio come stai facendo tu.

Eva bevve metà del suo tè. – Se accettassi l'accordo mi farebbero fuori, è naturale che sia così – dichiarò. – Ho quasi sessant'anni.

– Prima di tutto, non è detto che ti mettano da parte. Quanti anni ha il nostro presidente della Repubblica? Per non parlare di Papa Bergoglio.

– Mamma, ma cosa c'entra? Quelli sono casi eccezionali.

– Vai a controllare l'età delle persone che hanno maggiori responsabilità in Europa. Alcune sono giovani, tante altre non lo sono affatto. Ed è una fortuna che sia così, perché l'esperienza si acquisisce solo con gli anni. Quello che voglio dire è che se si ha la fortuna di star bene di salute, l'età è quella che ci si sente dentro.

– Già, ma se mi buttassero fuori?

– Nella vita bisogna saper ricominciare. Se si supera il primo impatto della crisi, diventa bello riprogettare se stessi. È una nuova sfida.

Eve scosse la testa. – Senza la casa editrice io sono finita. – Con una mano si chiuse gli occhi. – La vita per me non ha più significato.

– La vita ha sempre un significato! – esclamò Regina. Avrebbe voluto abbracciare sua figlia, ma sapeva che lei era allergica ai gesti affettuosi. – Siamo noi che dobbiamo ricercarlo. Io l'ho trovato nel volontariato, nella famiglia e nella fede. Ma ci sono mille altri modi per vivere.

– Parlare è facile!

– Lo sai bene quanti momenti terribili ho attraversato. Quante volte ho ricominciato, a partire dall'infanzia a Casablanca. Per fortuna che tuo nonno ha portato in salvo la famiglia in Marocco, qualche anno prima che scattassero le leggi razziali.

– Lo so, mamma, ricominci con le stesse cose?

– Volevo soltanto dirti che, a volte, bisogna fare forza su se stessi e voltare pagina. Magari facendosi aiutare da qualcuno.

Eva saltò in piedi come una molla. – Mamma, non ne posso più di sentire altri che mi indicano cosa devo o non devo fare! – Ora stava quasi gridando.

– Io sono tua madre e ho il dovere di farlo.

– Ho quasi sessant'anni!

– Io quasi ottanta. E allora? – Si alzò a sua volta dalla sedia.

– Sì, ma questo non ti dà il diritto di interferire nella mia vita – gridò ancora Eva, allontanandosi velocemente dalla cucina.

Regina la seguì in corridoio, raggiungendola in anticamera, dove lei stava rimettendosi in fretta e furia la giacca.

– E chi sta interferendo? – chiese, a sua volta con voce alterata. Poi si impose di calmarsi. – Io ti sto esprimendo delle preoccupazioni, poi tu farai quello che ti pare. – Fece una pausa perché Eva non la stava ascoltando. – Ed è la prima volta che lo faccio. Di questo devi darmi atto. Se penso che stai facendo un grave errore, è mio dovere dirtelo.

Eva stava cercando nervosamente qualcosa nella borsa, forse le chiavi della macchina.

Regina accese la luce. – È difficile che tu riesca a trovare qualcosa al buio! – non rinunciò a dirle. Si sforzò di restare calma, ma volle comunque andare fino in fondo. – Non vorrei che la decisione di non vendere la casa editrice sia dettata dalla paura, più che da considerazioni razionali – aggiunse. – Non stai, per caso, liquidando troppo in fretta la proposta degli americani?

Sua figlia si fermò di colpo. – Allora hai parlato con Micol?

– Eva, non è questo il punto!

– Dunque è una congiura! – esclamò sempre più arrabbiata, ritrovando finalmente le chiavi in una tasca della giacca.

Poi ricominciò a girare su se stessa. – Maledizione, ora dove ho messo il cellulare? – imprecò, rovesciando il contenuto della borsa sulla consolle all'entrata.

Ma Regina non aveva ancora finito. – Fra qualche tempo potresti trovarti in una situazione anche peggiore di questa, e senza avere la possibilità di scegliere.

Quando Eva ritrovò il telefonino, Regina si era piazzata proprio di fronte a lei.

– Fammi uscire di qui! – le ingiunse la figlia con il volume della voce sempre più alto. Aprì la porta di casa con rabbia e fece per uscire.

– Ti prego, calmati – cercò di dirle Regina, tenendola affettuosamente per il braccio. – Stavo cercando soltanto di aiutarti...

Lei si divincolò dalla stretta. – Lasciami! – gridò così forte che Regina temette che i vicini uscissero dai loro appartamenti per vedere cosa stava succedendo.

– Sai che ti dico? Sono a un punto di non ritorno. Ed è inutile che tu e tua nipote sprechiate il vostro fiato con me! La casa editrice è mia e non la vendo per nessun motivo al mondo. Il futuro mi dirà se ho avuto ragione o torto.

54. L'INCONTRO CON GARAVAGLIA

La situazione stava prendendo una piega tragica. Giovanni non poteva più restarsene ad aspettare con le mani in mano. Carmen era in pericolo a tal punto da aver dovuto mettere al sicuro il figlio.

Il dottor Garavaglia, l'oncologo di Angelica e della Pediatria, gli aveva promesso di chiamarlo e ancora non si era fatto vivo. Non sapeva quanto fosse al corrente di tutta questa storia, ma sulle sperimentazioni certo avrebbe potuto dargli qualche spiegazione.

Lo stomaco gli si strinse, all'idea che qualcuno potesse fare del male a Carmen. Perché la telefonata con lei si era interrotta? Che cosa le era accaduto?

Si augurò che in commissariato avessero intercettato la chiamata, visto che a quanto gli risultava anche il suo telefono era sotto controllo, e che fossero già sulle sue tracce. Dopo aver ricevuto la telefonata di Carmen, aveva subito cercato di mettersi in contatto con la Svevo, ma il suo numero era irraggiungibile e lui non conosceva nessun altro degli agenti della Squadra.

Non gli restava che mettere alle strette Garavaglia. Se non altro, il medico era al corrente di ciò che era accaduto martedì notte, quando Carmen se n'era andata lasciando il reparto scoperto senza avvertire. E poi era ricomparsa, come se nulla fosse, prima della fine del suo orario di lavoro.

Giovanni era al suo secondo turno di seguito. In realtà, qualche ora di pausa se l'era presa: la mattina era uscito alle otto dall'ospedale, ma era rientrato alle due, proprio quando era arrivata la mamma di Viola. Era stata la Palladino stessa a pregarlo di fare degli straordinari, gli altri colleghi, per un motivo o per l'altro, si erano dati alla macchia.

Aveva l'impressione che Kristina fosse stata un po' esautorata dai suoi compiti di coordinamento; forse la situazione era fuori controllo e la direttrice preferiva tenere lei stessa le redini del reparto.

Lui era stanco morto, ma tanto era inutile, in quelle condizioni di stress per riuscire a dormire avrebbe dovuto farsi fare un'anestesia.

Garavaglia stava terminando la sua ultima visita del pomeriggio. La porta dello studio era socchiusa e Giovanni lo intravide mentre dava dei suggerimenti alla mamma di un piccolo paziente che lui conosceva bene, reduce da una brutta polmonite.

Questa volta non gli sarebbe scappato, almeno non prima di avergli dato i chiarimenti necessari. Gli era difficile valutare quanti anni potesse avere Garavaglia, i suoi capelli erano già tutti sale e pepe, ma il viso appariva giovanile e il comportamento era così informale che talvolta faceva fatica a dargli del "lei". A Giovanni piaceva molto come persona perché andava fiero della sua famiglia, aveva tre figli suoi e due li aveva adottati.

La madre uscì dallo studio con il bambino che le trotterellava al seguito e lui, dopo averli salutati, si catapultò dentro lo studio, chiudendosi la porta alle spalle e senza lasciare all'oncologo altra scelta che ascoltarlo.

Non perse tempo nei preamboli né si giustificò per l'irruzione. D'un fiato gli rovesciò addosso il contenuto della telefonata di Carmen, tanto per fargli capire l'urgenza della situazione. Sottolineò che lui aveva diritto di sapere, anzi *tutto il reparto* aveva diritto di sapere che fine avesse fatto Angelica.

– Si calmi, per favore – ribatté Garavaglia. – È talmente agitato che sarò costretto a somministrarle del Valium.

– Non mi serve il Valium, voglio soltanto capire cosa sta succedendo qui dentro.

Il medico si sedette alla scrivania e lo invitò a fare altrettanto sulla sedia di fronte a lui. – Vediamo di mettere le cose un po' in ordine – disse – almeno per quel che ne so io.

Giovanni si pose in condizione di ascolto, come se fosse un comune paziente.

– Prima di tutto – e direi che questa è la cosa più importante – io non so nulla di Angelica. E aggiungo "purtroppo". Sono preoccupato quanto lei, per la ragazzina. Mi è testimone dell'impegno con il quale ho seguito il suo iter terapeutico, e con quanta gioia ho annunciato al padre la sua quasi totale guarigione. Non c'è nessuno, in questo reparto, che non possa dire di essere affezionato ad Angelica: è una ragazzina straordinaria che è riuscita a farsi volere bene da tutti.

Giovanni annuì.

– Ma la sperimentazione clinica non ha niente a che vedere con la sua sparizione. Se non perché i nuovi farmaci, usati sempre nel rispetto del protocollo, sono stati efficaci su di lei. Ho cercato di spiegarlo anche alla polizia, e non capisco da dove nasca questa distorta correlazione. Possibile che diano tutti credito alle fake news di un sito Internet?

– Mi spieghi, allora, che cosa è accaduto l'altra notte. – Giovanni gli riferì della discussione nella sala medica, alla quale avevano partecipato anche Carmen e il rappresentante di una farmaceutica di cui non ricordava il nome.

– Si chiama Zanetti – lo informò Garavaglia.

– E dunque?

– Per il momento non posso risponderle. Sabato mattina l'azienda ha intenzione di indire una conferenza stampa su questo argomento, e sarà in quell'occasione che chiariremo la nostra posizione.

– Noi chi?

– Non le dirò altro, Giovanni, la prego, non insista: non posso.

– E Carmen?

Garavaglia assunse un'espressione grave. – Carmen fa parte del nostro gruppo e quello che lei ora mi ha raccontato mi preoccupa molto. – Tacque qualche istante, come se stesse riflettendo a fondo. – Non ho idea di cosa possa esserle accaduto. Ma vorrei che questo concetto le si imprimesse bene nella testa: non c'è nessuna correlazione con la sperimentazione dei farmaci.

– La prego, dottore, provi a pensarci ancora un attimo – insistette Giovanni, sconfortato. – Dobbiamo aiutarla.

Il medico si alzò dalla scrivania, si tolse il camice, ripose le sue carte nella borsa.

– Carmen ha un passato drammatico – replicò. – Una situazione con cui ha dovuto fare i conti per tutta la sua pur giovane vita, e con la quale deve venire a patti ancora adesso.

Giovanni aggottò le sopracciglia, come per dire che lui non ne sapeva niente.

– La vita non è stata molto generosa con lei.

Giovanni strinse gli occhi. – E allora?

– Temo che si debba guardare ancora in quel buco nero, per capirci qualcosa.

55. LE RIVELAZIONI DI TURRINI

La casa dei Fernandez era sotto controllo. Il cellulare di Brahini clonato, grazie al sorprendente sangue freddo di Scuteri.

Inoltre Raffaele, nonostante la pistola puntata al fianco, era riuscito a premere un tasto del cellulare che lo collegava a un'applicazione installata dal tecnico e quasi tutta la conversazione a bordo della Porsche Cayenne era stata registrata. Sembrava materiale preparato per la formazione degli agenti in missione.

Quel ragazzo aveva fegato da vedere.

Iolanda avrebbe potuto essere soddisfatta. Avevano raggiunto anche un accordo con Gil Kaplan, il vicino di pianerottolo di Desdemona che, in cambio di un permesso di soggiorno, si era prestato ad agire per loro conto. Ora bisognava che Scialoja abboccasse all'amo. E lei non dava nulla per scontato: se quell'uomo era riuscito a farla franca per così tanti anni, doveva avere una sua rete di protezione.

Ma ora c'era una variabile impazzita: Carmen doveva essere finita in guai seri. Che cosa c'entrava lei con quella storia? Stando alla telefonata appena intercettata, aveva chiamato la caposala per dirle di lasciarla in pace, che le sue minacce non le facevano più paura perché suo figlio adesso era al sicuro.

Aveva parlato in codice, quindi immaginava di essere ascoltata dalla polizia. Oppure da qualcun altro? Di sicuro era quello che temeva Kristina, che le aveva messo giù il telefono in malo modo. Perché la comunicazione con Giovanni era stata interrotta bruscamente?

A dirla tutta, nella ricostruzione della sparizione di domenica c'era anche un particolare che non quadrava con quanto aveva testimoniato Carmen. Un dettaglio, forse, ma che Iolanda non riusciva a spiegarsi.

L'infermiera aveva dichiarato di non avere più trovato Angelica proprio quando avrebbe dovuto darle una pastiglia, e cioè intorno alle diciotto. Se lo ricordavano anche Ciro e Aurora, che erano andati a trovarla a casa quella sera stessa.

Ma Viola aveva raccontato che l'infermiera una pillola ad Angelica l'aveva data, tant'è che era dovuta andare a prendere una bottiglia d'acqua perché in camera non ce n'era più.

Il cellulare di Iolanda squillò.

– Buonasera, dottoressa, immagino sia al corrente delle telefonate di Carmen – esordì Giovanni senza girare intorno alla questione. – Sono preoccupato per lei e devo dirle qualcosa anch'io.

– Se vuole, può venire qui anche adesso.

– Sono in ospedale, non posso muovermi.

Iolanda gli propose di parlarne al telefono e lui le riferì del colloquio con Garavaglia. Questa volta le sembrò sincero fino in fondo, ed ebbe come l'impressione che quel giovane si sarebbe buttato anche nel fuoco, pur di salvare Carmen.

Alla fine le confessò che nella notte in ospedale non le aveva detto tutta la verità, o perlomeno aveva omesso che c'era anche l'infermiera nella sala con i medici. Carmen era ricomparsa la mattina senza che le telecamere di sorveglianza l'avessero registrata, quindi era al corrente anche lei del passaggio segreto. Lui aveva mentito, non perché avesse qualcosa da nascondere, ma perché era preoccupato per la collega. Era una bella persona Carmen, ne era certo, e non voleva che l'arrestassero senza una ragione.

Iolanda gli suggerì di calmarsi – era evidente che Giovanni aveva perso la testa per quell'infermiera – e gli disse che era meglio non stesse troppo al telefono, per non destare sospetti.

– Kristina è in ospedale? – gli chiese poi.

– Dovrebbe finire alle diciotto.

Iolanda gli promise che si sarebbero subito messi alla ricerca di Carmen e avrebbero indagato sul suo passato. Lo stesso commissario aveva ascoltato la registrazione delle telefonate da Borgo Panigale.

Con questi pensieri, dopo aver riattaccato con Giovanni si diresse nell'ufficio di De Vicari, dove fece irruzione senza bussare. Se ne rese conto soltanto nell'istante successivo, ma ormai era già al cospetto del suo capo. – Non so come scusarmi – si giustificò con una smorfia, dispiaciuta per la mancanza di rispetto che aveva ostentato.

– Dai, Iolanda, siediti – replicò lui.

In quello stesso istante Desdemona bussò alla porta e si catapultò anche lei nella stanza, senza attendere l'assenso del commissario.

– Vedo che oggi siete particolarmente attente alla forma. – De Vicari fece baluginare i denti attraverso i baffi.

– Accomodatevi, signore. O stavate per avvertirmi che la Questura sta prendendo fuoco?

Desdemona si buttò sulla poltroncina come su una boa di salvataggio: era evidente che su quei tacchi così alti non si sentiva a suo agio.

Iolanda riassunse le ultime novità, non trascurando il pranzo al cinese e il racconto del piano che avevano messo a punto con Gil Kaplan, il vicino di Desdemona.

De Vicari rivolse un'occhiata di sbieco alla sua segretaria.

Desdemona arrossì fino alla radice dei capelli.

– Quindi era in missione! – esclamò, infilando la pipa sul lato sinistro della bocca.

– A proposito, commissario – disse lei rossa d'imbarazzo, come se volesse cambiare subito argomento – c'è una cosa urgente. Ha chiamato Sebastiano Turrini, il nostro tecnico informatico.

Iolanda sorrise. Desdemona aveva sostituito gli occhiali scuri con quelli soliti dalla montatura spessa, ma era ancora vestita di nero. – Il dottor De Vicari conosce bene Sebastiano – le ricordò.

Quella strinse le mani a pugno e le mosse avanti e indietro, come se stesse shakerando una miscela. – Continuo a fare pasticci...

– Desdemona, che cosa voleva Turrini?

– Voleva parlarle della rubrica di Brahini.

Il commissario la interruppe. – Allora grazie per l'ottimo lavoro.

Desdemona capì che era il momento di uscire.

De Vicari compose il numero di Turrini non appena la segretaria ebbe richiuso la porta alle sue spalle.

– Indovina chi ho trovato fra i contatti di Brahini? – fece il tecnico, messo in vivavoce.

De Vicari si massaggiò i baffi. – È un indovinello?

L'altro sbuffò. – Alvaro Fernandez e Andrej Petrov.

– C'era da aspettarselo.

– Infatti era facile. Ma c'è dell'altro.

– Che fai, ti diverti a tenermi sulle spine?

– Uff, va bene – accettò l'altro. – Mi togli sempre il piacere della suspense, ma capisco che oggi non posso farla tanto lunga.

– Allora?

– Salvatore Scialoja.

– Bisogna estrometterlo subito dalle indagini! – fu la prima reazione della Svevo, non appena lui concluse la telefonata con Turrini.

– Sarebbe un errore – ribatté con il dito indice alzato. – Gli daremmo modo di prendere le contromisure. – Si alzò in piedi e si diresse verso la finestra. – Non sappiamo fino a che punto sia implicato nella faccenda. Magari lui vende solo i passaporti. Se no, non avrebbe reperito tutte quelle informazioni su Petrov e Fernandez.

– Oppure ce le ha date perché prima o poi ci saremmo arrivati lo stesso – ipotizzò la Svevo, che si era alzata anche lei. – In questo modo si è coperto.

De Vicari si massaggiò una tempia. – Aspetta, forse lui non c'era quando abbiamo discusso di Brahini. – Spostò la pipa dall'altro lato della bocca. – Se è così, siamo a cavallo. Bisogna ricostruire la sequenza temporale ed essere certi che nessuno gliene abbia parlato.

– Io chiamerei Ciro, Aurora e Alfredo Consoli. Sono gli unici di cui mi fido veramente – lo interruppe la Svevo. – E non estrometterei Desdemona, è molto più di una segretaria.

De Vicari annuì. – Bisogna trovare subito qualcosa di qualificante su cui impegnare Scialoja.

– Dobbiamo pensare anche qualcosa per Raffaele – aggiunse la Svevo. – Altrimenti quel ragazzo rischia la pelle. A Brahini deve parlare entro questa sera.

De Vicari sospirò. – Cosa facciamo con Carmen?

– È l'altra questione di cui dobbiamo occuparci subito.

56. CHEN ZANG

Eva salì in auto, gettò in malo modo borsa e libri sul sedile del passeggero e si appoggiò allo schienale del sedile. Chiuse gli occhi. Neanche sua madre era in grado di trasmetterle un briciolo d'affetto. Era andata da lei per riprendersi e si era trovata di fronte a un muro. In quell'incontro si era consumato l'ultimo volt della sua energia.

Accese la radio ruotando al massimo la manopola del volume. La musica si propagò nell'abitacolo all'istante, fino a stordirla.

Micol doveva aver chiesto a Regina di intervenire per farle cambiare opinione sulla vendita agli americani, ne era certa. Si prese la testa tra le mani. – Non ce la faccio piùùùù! – gridò sopra le note della canzone. Ma anche l'emittente radiofonica sembrava avercela con lei: *Come si cambia per non soffrire*, cantava Fiorella Mannoia con la sua voce da contralto. *Come si cambia per ricominciare.*

Nel pomeriggio aveva avuto una discussione anche con Cesare Martinelli.

Era forse la prima volta che poteva definire "discussione" una chiacchierata con il direttore generale della casa editrice. Di solito lui non prendeva mai una posizione netta, contemplava tutte le possibilità, valutando punti di forza e debolezza di ogni opzione, poi lasciava a lei le conclusioni.

Ma questa volta si era espresso in modo esplicito a favore dell'accordo con il Gruppo JWT.

– E come la mettiamo con i cinesi?

– Americani, cinesi, arabi? – l'aveva rimbalzata lui. – Che significa? Oggi non ha più senso ragionare in questi termini.

Eva si era meravigliata nell'udire un'affermazione del genere da Martinelli.

– A ciascun Paese corrisponde un sistema culturale diverso – aveva ribattuto. – Valori, religioni e sistemi di governo a volte sono incompatibili. Con la Cina c'è in gioco il concetto stesso di democrazia.

– Se pensi che l'accordo tra due società debba funzionare come un governo sovranazionale – e quindi incidere sulla vita delle persone – il tuo ragionamento funziona – le aveva risposto Martinelli. – Ma noi stiamo parlando di business, anche se di un business particolare perché ha a che vedere con la cultura.

Lei lo aveva lasciato continuare.

– Le economie asiatiche sono interconnesse a quelle occidentali, gli interessi delle une sono intrecciate a quelle delle altre in un'unica logica, quella del profitto. Pensa a quello che sta avvenendo nel mondo del calcio e dello sport.

– Ti sembra un bene?

– Cerco di essere realista. Per quanto ci riguarda, abbiamo un solido progetto e delle buone idee. Ma senza soldi e tecnologia siamo con le mani legate. Per essere ancora più espliciti: non andiamo da nessuna parte.

Micol doveva aver fatto pressioni anche su di lui. E poi Cesare non aveva neanche cinquant'anni, se si fosse dimostrato capace avrebbe potuto assumere posizioni di rilievo nel Gruppo JWT. La sfida lui poteva ancora giocarsela al rialzo e, dal suo punto di vista, poteva anche essere interessante.

Ma per lei non ci sarebbe stato posto, nella nuova realtà. A parte, forse, un fisiologico periodo di transizione.

Per questo non ci sarebbe stato nessun accordo tra la sua casa editrice e il Gruppo JWT. Non si sarebbe fatta sfilare via la sua creatura senza nulla in cambio!

Aveva lavorato sodo per trentacinque anni per costruire quel patrimonio. L'esperienza che aveva acquisito non poteva essere gettata al vento solo perché le cose a un certo punto dovevano cambiare.

Doveva calmarsi. Ormai aveva preso una decisione definitiva e quella consapevolezza le diede sicurezza all'istante. La capacità di un imprenditore sta anche nel saper fare le scelte migliori al momento giusto.

Abbassò il volume della radio e si guardò nello specchietto. Era sciupata, glielo dicevano tutti; non con le parole, ovvio, ma con lo sguardo. Un tempo passava per essere una bella donna, e dunque forse doveva tornare a occuparsi un po' di più di se stessa.

Nel pomeriggio aveva incontrato Gismondi, il consulente finanziario della casa editrice, e insieme a Villard avevano provato a fare un piano di rientro dei debiti. Il che avrebbe comportato zero investimenti per un paio d'anni e una contrazione quasi assoluta delle spese. Sarebbe stata costretta a fare anche qualche licenziamento. D'altronde, tutte le aziende passavano attraverso fasi come quella.

Un paio d'anni di quella terapia e avrebbero potuto tirare il fiato.

Aurelio Tirolli, l'editore che era venuto a trovarli con due dei suoi manager nel pomeriggio, non le era piaciuto un granché, ma forse avrebbero potuto trovare un'intesa operativa. Per quanto li riguardava, sembravano interessati ad ampliare l'area dei testi culturali, e in cambio erano disponibili a fornire loro assistenza sul fronte del web. Quello che non la convinceva, però, era che non li aveva visti entusiasti all'idea di tirar fuori dei quattrini. Sembrava più uno scambio funzionale, che un accordo vero e proprio.

Ma questo non era che il primo incontro.

Valente si era messo d'impegno e aveva individuato altri cinque interlocutori con i quali valeva la pena confrontarsi. Non si dovevano prendere le cose con leggerezza, era indubbio, ma qualche spiraglio poteva aprirsi.

Ora lei doveva concentrarsi di più sull'aspetto gestionale della casa editrice e lasciare alla figlia una certa autonomia sulle scelte editoriali.

Spense del tutto la radio, o le sarebbe scoppiata la testa. Sentiva che era in arrivo una potente emicrania. Doveva mandar giù in fretta un calmante e mangiare qualcosa, prima di ritrovarsi distesa sul letto senza più essere in grado di fare niente.

In quel momento sentì squillare il telefono. Lo prese, e si accorse che erano segnalate diverse chiamate senza risposta.

– Signora Cohen?

– Con chi parlo?

– Sono Wen Li.

Wen Li, il papà della ragazzina sparita in ospedale! – Oh, buonasera... ho saputo di Angelica – disse. – Come sta? Sono preoccupata per lei e per la sua bambina... – In quel momento ricordò che il cinese era anche il proprietario della libreria Odissea, alla quale qualche giorno prima aveva ordinato un libro per Viola. Forse per questo lui aveva il suo numero di telefono personale.

– È da domenica scorsa che non chiudo occhio.

– Dev'essere terribile quello che sta passando. Posso fare qualcosa per lei?

– La ringrazio, signora Cohen, vorrei tanto approfittare della sua gentilezza, ma neanche la polizia sta venendo a capo di questa faccenda e ogni giorno che passa... – la sua voce si incrinò.

– Davvero mi dispiace – ribatté lei sottovoce. – Mia nipote Viola è così affezionata a sua figlia.

– L'ho saputo, e mi fa piacere pensare che Angelica sia stata circondata da persone che le volevano bene.

– Non parli al passato, signor Li – lo rimproverò lei. – Io sono convinta che la ritroveranno.

– Vorrei tanto riacquistare un po' di speranza. – Fece un lungo respiro. – Ma non è per parlare di mia figlia che l'ho cercata.

Eva restò in attesa.

– Si ricorda del nostro incontro in libreria?

Con tutto quello che era accaduto nel corso della settimana, lo aveva cancellato dalla mente. Si era dimenticata di aver richiesto un libro. – È arrivato il volume che ho ordinato? – chiese.

– No. E comunque non è di quello che volevo discutere con lei.

– E allora di cosa?

– Quando ci incontrammo, le promisi delle informazioni...

Eva ripescò dalla memoria il file del loro incontro. Una scena che, nel ricordo, sembrava presa in prestito da un film di spionaggio. Lei era entrata a fatica in quella libreria, avendo giurato in cuor suo fedeltà al signor Olmo, il precedente proprietario del negozio. – I cinesi stanno prendendosi la nostra città – era il suo pensiero di solo sette giorni prima. – Dobbiamo preservare il nostro patrimonio culturale da quest'invasione. – La cultura rappresenta l'identità di un Paese. Per questo si era ripromessa di non mettere più piede in quella libreria. D'improvviso le sembrò che quei pensieri si fossero svuotati di significato. Come i fiori, che con una semplice folata di vento perdono i loro petali.

Le sembrò trascorso un tempo incalcolabile, da quell'incontro, e non erano passati che cinque giorni. La percezione del tempo è soggettiva. Lo aveva sempre pensato, ma in quel momento fu come se avesse intuito il significato della relatività ristretta.

In meno di una settimana era diventata un'altra persona.

Wen Li le aveva, in effetti, promesso delle informazioni.

– Signora Cohen, è ancora in linea?

– Sì, certo. Di cosa voleva parlarmi?

– Si dà il caso che io conosca Chen Zhang sin dall'infanzia.

– Chen Zang? – lo interruppe Eva.

– L'amministratore delegato di Alibaba.

Eva mise il cellulare in viva voce, quasi volesse comprendere meglio il significato di quelle parole. L'amministratore delegato di Alibaba, e cioè del Gruppo che aveva comprato le quote degli americani.

– È grazie a lui se sono riuscito a fuggire dalla Cina.

Eva aggrottò le sopracciglia.

– E se sono ancora vivo – concluse lui.

Eva non commentò.

– C'è un ottimo ristorante cinese, accanto alla libreria, ed è praticamente da una settimana che non mangio. Mi domandavo se volesse cenare con me, questa sera...

57. APPUNTAMENTO AL GIAPPONESE

Amedeo De Vicari fece spazio sul ripiano della scrivania, sistemando le cartellette impilate nel primo cassetto e in un punto ben visibile del mobile a vetri che gli stava di fronte, per evitare poi di passare la giornata a cercarle.

Aveva bisogno di fare piazza pulita intorno a sé per concentrarsi solo sugli aspetti cruciali dell'indagine.

Prese quattro fogli bianchi formato A4 e li dispose allineandoli due sopra e due sotto perché formassero un rettangolo perfetto, suddiviso in quattro parti uguali.

Avrebbe avuto voglia di accendersi la pipa, ma sapeva che non poteva farlo. E non soltanto perché nei locali pubblici non si poteva fumare. Arnoldo, l'amico cardiologo, su questo aspetto era stato tassativo: la nicotina era veleno per le sue arterie e anche per le cellule cerebrali. – Posso capire le tensioni del tuo lavoro – gli aveva detto – ma l'assunzione di sostanze nocive non ha nessuna relazione con la causa.

Mise in bocca un chewing gum, giusto per avere qualcosa da masticare senza che nessuno gli rompesse le scatole, magari facendo un palloncino ogni tanto. Odiava le cicche, ma in qualche modo doveva scaricare i nervi.

L'indagine era a un punto di svolta. Di esche ne erano state piazzate in abbondanza, e alcuni elementi emersi potevano essere già collegati tra loro.

Cominciò a enumerare con la penna blu i fatti accaduti, uno per uno, nel primo foglio in alto a sinistra. Su quello di destra scrisse in rosso le azioni che la Squadra aveva intrapreso. Come in un romanzo elencò i personaggi – principali e secondari – della storia nel foglio in basso a sinistra, e i moventi delle azioni criminali su quello di destra.

Mancavano dei tasselli e c'erano ancora diversi punti da chiarire nella vicenda – primo fra tutti il motivo del comportamento di Angelica – ma la logica dell'inchiesta ora andava delineandosi nella sua mente.

Aveva appena messo giù il telefono con Lisa, sua figlia, che non si dava pace e voleva avere notizie sulla ragazzina. Sarebbero arrivati in tempo per mettere in salvo Angelica? Ammesso che fosse ancora viva...

Ecco, questo era il punto interrogativo a cui i fogli non avevano ancora dato risposta. Il vero discrimine che, dal suo punto di vista, faceva sì che quell'indagine potesse ritenersi andata a buon fine o meno.

Che i colpevoli finissero dentro doveva essere una conseguenza.

Per la terza volta, in quel pomeriggio, qualcuno entrò nella sua stanza aprendo la porta senza annunciarsi. Ma che diamine era? Le regole non erano più di casa neanche in via Fatebenefratelli?

Alzò la testa dai foglie vide che lo scocciatore di turno era Salvatore Scialoja; con lui non fu così accomodante come con le due colleghe, anche se mantenne una gentilezza formale per non destare sospetti.

Scognamiglio, il capo della Squadra mobile, lo doveva aver già chiamato per affidargli un incarico urgente e spedirlo quella sera stessa a Livorno. Era in arrivo una partita di armi, nascosta in casse che avrebbero dovuto contenere pezzi di ricambio per auto. Scialoja era un esperto di armi da fuoco, e di solito si inviavano gli elementi migliori per missioni di quel genere.

Lui ora doveva far finta di essere scocciato perché lo stavano privando di una risorsa nel cuore di un'indagine e, nel frattempo, farsi dire a che punto era arrivato con le ricerche su Petrov.

Con l'autorizzazione di Gualtieri, il telefono di Scialoja era stato messo sotto controllo. Per quanto abile fosse stato in quegli anni l'agente, ora c'erano concrete possibilità di scoprire che cosa nascondeva.

Anche il questore era stato informato dell'operazione. Si diceva che l'investigatore si muovesse con disinvoltura nei corridoi della politica e, se era così, ci sarebbero state delle ripercussioni in Questura e sarebbe toccato a Proietti gestirle.

Scialoja si scusò dell'irruzione: era in anticipo sull'appuntamento, ma lui gli disse che era costretto a posticipare di una buona mezz'ora il loro incontro. Doveva affrontare un imprevisto e aveva una telefonata urgente da fare, quindi gli chiese di tornare più tardi.

Graffettò i fogli sul tavolo, poi li infilò in una busta che ripose in una tasca interna della sua borsa, dotata di cerniera. Il ragionamento lo avrebbe ripreso a casa, nelle ore notturne, nelle quali non gli riusciva di prendere sonno e quando la sua concentrazione era massima.

La telefonata doveva farla davvero anche se, per la verità, proprio urgente non era. Voleva raccontare a Margherita del colloquio tra Giovanni e Garavaglia. La sperimentazione clinica, per esempio, era una delle questioni che ancora non avevano trovato un posto nei riquadri che aveva appena abbozzato.

Ma qualcosa di prioritario da fare ce l'aveva, eccome.

Chiamò la Svevo sul cellulare, riuscendo a intercettarla prima che uscisse dall'ufficio, e le chiese di raggiungerlo subito, richiamando anche Ciro. Gli altri sarebbero stati avvertiti subito in seguito.

– Ho ripensato alle decisioni prese nella riunione di prima – le disse, non appena Iolanda mise piede nella stanza, lo zainetto ancora sulle spalle. – Prendere tempo con Brahini può essere pericoloso.

– In che senso? – gli chiese lei.

– Potrebbe non abboccare e fare del male al ragazzo.

– Cosa propone?

– Diamogli qualcosa che sia vero.

La Svevo si sedette di fronte a lui. – Per esempio?

– Io gli farei sapere che la polizia ha scoperto il passaggio segreto in ospedale e che ha messo una telecamera lì. Tanto, che lui lo sappia o no, oppure che avverta Kristina, a questo punto a noi non cambia niente. Quel luogo è bruciato. I giochi si svolgeranno fuori dall'ospedale.

– E poi?

– Ecco l'idea. Io gli direi che la polizia sospetta di Carmen. O almeno che, al momento, pare essere la massima indiziata. È stata vista, attraverso le telecamere di sorveglianza, uscire attraverso il passaggio. Il che è abbastanza vero, perché spesso usa quella via per uscire dall'ospedale. È scomparsa la notte che era di turno.

Iolanda sembrò avere capito: – Così la lasceranno in pace.

– Appunto.

– Raffaele potrà anche dire che ha saputo che i nostri sospetti sono collegati a sperimentazioni cliniche illecite nell'ospedale – proseguì Iolanda. – Carmen è in contatto con i medici che le stanno mettendo in atto – il che è vero – e noi stiamo mettendo sotto torchio anche loro.

La Svevo si alzò. – Brahini deve pensare che per il momento siamo su una pista sbagliata.

De Vicari annuì. – Avverti subito Ciro, sono già sono le sette e mezza – la sollecitò. – Scuteri non doveva vedere quella ragazza alle otto?

Quando si rese conto che la chiacchierata con Margherita si sarebbe svolta tra un sushi e un sashimi, da acchiappare con bacchette di legno previa immersione in quel liquido maleodorante chiamato salsa di soia, a De Vicari venne voglia di cancellare l'appuntamento.

Non aveva avuto il tempo di pranzare e già si prefigurava una cenetta a lume di candela con una gentile signora a base di spaghetti, pomodorini e basilico. Non aveva grandi pretese, a lui bastava un saporito piatto di pasta innaffiato da un paio di calici di vino rosso, e gli tornava subito il buon umore.

Ma disdire non sarebbe stato gentile nei confronti della sua ospite che, peraltro, si presentò all'appuntamento nella sua forma migliore, con una *mise* grintosa e inusuale per il suo stile. Il pullover chiaro, generosamente scollato, ricevette sguardi di ammirazione da più di un commensale, come peraltro la gonna di pelle nera fasciante, che accompagnava le curve di Margherita mentre lei camminava ondeggiando per mantenersi in equilibrio sui tacchi alti.

Guardandola avvicinarsi al tavolo, De Vicari pensò che la direttrice valesse il sacrificio del ristorante giapponese.

Dopo i preamboli di circostanza, lei gli rovesciò addosso le sue difficoltà nel gestire l'ospedale in una circostanza come quella.

Era assediata dai giornalisti, tempestata dalle richieste di chiarimento dal Ministero della salute e dalle istituzioni cittadine, ma quello che più la preoccupava era il clima interno. Medici e operatori erano sul chi vive. I pazienti – e i parenti dei pazienti – apparivano spaventati, neanche fossero finiti in un quartiere della malavita invece che in un ospedale considerato, fino alla settimana prima, all'avanguardia in campo scientifico.

De Vicari si affidò a lei per le ordinazioni e, quando Margherita gli chiese se avesse gradito l'idea del giapponese, lui sostenne che non avrebbe potuto prendere una decisione migliore. Disse la verità confessandole di avere dei gusti piuttosto tradizionali in fatto di cucina, ma mentì spudoratamente affermando che aveva sempre amato sperimentare piatti esotici. E dovette essere molto credibile, perché lei se ne uscì con un'affermazione che gli tolse il sorriso per un bel cinque minuti: – Allora la nostra prossima cena sarà da un indiano.

Rinunciando definitivamente alle bacchette, e chiedendo delle normali posate, De Vicari le raccontò del colloquio tra Giovanni e Garavaglia.

Anche lei era stata informata, attraverso canali interni, della conferenza stampa che la casa farmaceutica intendeva convocare per il sabato. – In ogni caso, ho fatto dei controlli con i primari sullo stato dei progetti di sperimentazione clinica in corso in questo momento in ospedale – disse Margherita – e tutto sembra procedere secondo le regole.

– Converrebbe saperne di più con la casa farmaceutica – ribatté lui. – Non possiamo aspettare fino a sabato.

– Domani proverò a chiamare il capo degli informatori medico-scientifici.

De Vicari si massaggiò i baffi. – Che mi dici della sperimentazione su Angelica?

– Questa è la cosa più strana di tutte – ribatté Margherita. – Il progetto su di lei è terminato da un pezzo, tanto è vero che ha già fatto il trapianto di midollo. Angelica è clinicamente guarita, se non fosse che…

De Vicari aggrottò le sopracciglia. – Che?

– Garavaglia mi ha detto che anche dopo il trapianto lei avrebbe dovuto continuare a prendere il farmaco, per prevenire recidive e consolidare la guarigione.

– Invece?

– L'azienda farmaceutica si è opposta.

VENERDÌ

58. L'INCONTRO CON GLI AMERICANI

Micol spense la sigaretta a metà con la punta della scarpa sul marciapiede; era già la terza che fumava da quando aveva messo i piedi giù dal letto. Poi raccolse il mozzicone e lo buttò nel cestino dei rifiuti, all'angolo del portone.

Disinnescò l'antifurto dell'auto, aprì la portiera alla figlia e si mise alla guida. Per fortuna Viola se ne stava sulle sue, scrutando la città che scorreva velocemente dal finestrino.

Quello che le aveva detto la nonna, la sera prima, aveva tolto a Micol ogni residua speranza. Secondo Regina, con Eva non c'erano più margini di discussione, aveva preso una decisione irrevocabile. Riprendere la questione adesso sarebbe stato controproducente anche per il futuro del loro rapporto.

Ora toccava a lei l'ingrato compito di annunciare agli americani che l'accordo era prematuro, ma nulla era deciso sul futuro. In altre parole, doveva lasciarsi una porta aperta, qualora nella casa editrice non fossero riusciti a cavare le castagne dal fuoco da soli. Come se il più importante gruppo d'informazione al mondo fosse lì ad aspettare i loro comodi!

Si pentì di non aver chiamato Martinelli per chiedergli di condurre lui la riunione. Parlava perfettamente l'inglese, ed essendo anche lui socio della casa editrice, seppure con una piccola quota, avrebbe potuto rappresentare degnamente la proprietà in quell'occasione.

Non riusciva a immaginare la reazione di Nicholas. O, forse, lui già si aspettava quell'epilogo, tanto è vero che non l'aveva più chiamata, dopo che lei aveva disdetto il loro appuntamento senza dargli tante spiegazioni.

Micol frenò di colpo, rendendosi conto soltanto all'ultimo momento che il semaforo era diventato rosso, e anche Viola sobbalzò.

– Un weekend di bel tempo per tutti coloro che andranno al mare o in montagna – assicurò lo speaker che ogni mattina riferiva per radio le previsioni meteo.

Proprio quello che avevo in programma, pensò Micol, ripartendo con il verde.

Non c'era molto traffico e in meno di un quarto d'ora raggiunsero il liceo.

– Mamma! – gridò eccitata sua figlia, non appena arrivarono all'entrata della scuola. – È lui! – E visto che Micol non mostrava alcun entusiasmo, aprì metà del finestrino. – Possibile che tu non lo veda? – le chiese, indicando un ragazzino seduto sulla gradinata dell'istituto.

– Di cosa stai parlando, Viola?

– Di Abdel, il ragazzo marocchino che mi piace.

Lei si impose di togliersi dalla faccia l'espressione imbronciata.

– Allora? – insistette sua figlia. – Non sei folgorata anche tu dalla sua straordinaria bellezza?

Micol non poté fare a meno di sorridere. – Già, non mi sembra niente male.

– Mamma, lo so che per te è una brutta giornata – disse Viola – ma ci terrei a presentartelo.

– Certo! – ribatté lei. – Non sto più nella pelle all'idea di conoscerlo.

Viola si voltò verso di lei con un sorriso riconoscente.

Micol mise le quattro frecce e accostò al marciapiede, in un punto dove, se anche se non si poteva posteggiare, non avrebbe intralciato il passaggio.

Viola balzò sulla strada e cominciò a tirar fuori dal portabagagli lo zaino e il borsone di pelle verde che di solito utilizzavano per andare in vacanza.

– Quello a che ti serve?

– Oggi è il giorno dell'interscambio religioso.

– Il giorno di cosa?

– Dell'interscambio religioso – ripeté sua figlia. – Tutti i ragazzi devono portare a scuola i libri sulle religioni che hanno in casa per confrontare insieme come ciascuno di questi tratta l'argomento della fede.

– Ma è pesante, quando l'hai messo in macchina?

– Ieri sera, mentre tu eri al telefono con la nonna.

– Perché non me l'hai detto?

– Eri così giù non ho voluto disturbarti.

Micol scese dall'auto. Sua figlia le venne incontro con l'aria di qualcuno che ha qualcosa da farsi perdonare. – Ora non prendertela con me... – Congiunse le mani a preghiera porgendole una piccola busta.

– Dove l'hai trovata?

– Nella casella delle lettere.

– Quando?

– Ieri sera.

– Perché non me l'hai data?

– Te l'ho già detto, eri triste!

Ora Micol si stava arrabbiando: – Già, ma questo non ti dà il diritto di decidere...

Viola la interruppe. – È un messaggio di Nicholas.

Micol girò la busta e scorse il nome dell'americano impresso sulla carta.

– Non volevo che tu passassi una brutta notte, mamma! – Le si avvicinò e parlò a bassa voce. – Quando sei tornata a casa e mi hai raccontato che non l'hai più sentito, ho avuto paura di darti un altro dispiacere.

Micol nascose con un dito una lacrima che stava spuntandole da un occhio e accarezzò la testa della figlia. – Allora, quando mi fai conoscere il tuo amico?

Viola non si fece pregare. – Abdeeeel! – strillò facendogli un cenno con la mano. – Vieni che ti presento mia madre!

Il ragazzo raccolse il suo zainetto e le raggiunse.

– Buongiorno, signora – le disse tendendo educatamente la mano. – Sua figlia a scuola non fa che parlare di lei.

Micol sorrise. – Mi fa piacere conoscerti. Viola ti ha detto che in famiglia abbiamo una particolare simpatia per il Marocco?

Lui fece di no con la testa.

– Ti basti sapere che la bisnonna di Viola è nata a Casablanca.

– Davvero?

– E se verrai a trovarci a casa ti racconterò la nostra storia. In cambio tu ci racconterai quella della tua famiglia, d'accordo?

Poi, rivolta a Viola: – Ora devo andare. Allora siamo d'accordo, ci vediamo alle cinque.

Lei le strizzò un occhio. – Mi raccomando, stendili questi americani!

Quando Eva aprì la porta principale della casa editrice non c'era ancora nessuno, anche perché erano soltanto le sette. Si diresse verso il suo ufficio, appoggiò sul tavolo il sacchetto delle brioche, accese il bollitore del caffè americano e spalancò la finestra. Avrebbe voluto dare un'occhiata alle notizie sull'iPad, prima di cominciare, ma non aveva tempo, doveva finire di prepararsi per la riunione con i manager del Gruppo JWT.

Aveva deciso di condurre lei stessa l'incontro. Rappresentando l'azionista di maggioranza, era più appropriato che quel genere di comunicazioni le facesse direttamente il presidente della casa editrice.

Quindi ora le toccava ripassarsi mentalmente, ad alta voce, il discorso che si era appuntata nel corso della notte. Il doversi esprimere in inglese non semplificava le cose. Avrebbe messo le mani avanti, scusandosi in anticipo per gli eventuali strafalcioni, ma lo sforzo di concentrazione per superare quella prova non era un gioco da bambini.

Chiuse la porta del suo ufficio per non venire distratta dai rumori dell'inizio della giornata e i vetri perché sentiva troppa aria. Sua madre l'aveva toccata nel vivo, costringendola a guardare da vicino ferite non ancora rimarginate, ma cambiare il comportamento, alla sua età, era al di sopra delle sue forze.

Lanciò un'occhiata alla foto di Maurice nel portaritratti sulla scrivania, che lei gli aveva scattato in uno degli ultimi weekend che avevano trascorso insieme. Era sorridente e da quell'immagine non traspariva ancora il male che qualche mese dopo lo avrebbe colpito, non lasciandogli più speranza.

Aprì il bloc notes e cominciò a rivedere, punto per punto, gli argomenti dei quali voleva trattare. Si rese conto che c'erano diverse parole della cui traduzione non era sicura, quindi si accinse a verificarle, una per una, con il vocabolario su Google.

Sentì dei rumori nella stanza a fianco, dove in quei giorni era stata dislocata Linda, l'impiegata che Villard le aveva inviato come segretaria in sostituzione di Irene. Stava per andare ad avvertirla che era già lì, quando si rese conto che la ragazza stava chiacchierando sottovoce con una collega. Non seppe neppure lei per quale motivo, ma qualcosa la trattenne e, invece di uscire dalla stanza, rimase appoggiata al muro in silenzio a origliare la conversazione tra le due ragazze.

– Ma come fai a esserne sicura?

– Fidati, è andata così.

– Devi dirmi da chi l'hai saputo.

Eva appiccicò l'orecchio alla parete per captare la continuazione del dialogo.

– Allora? – tagliò corto Linda. – Chi te l'ha detto? La signora Cohen può arrivare da un momento all'altro. C'è la riunione con gli americani, oggi. Anzi, mi stupisco che non sia ancora qui.

– A proposito, sai cosa hanno deciso? – Eva riconobbe l'altra voce. Era Roberta, un'impiegata dell'amministrazione che, talvolta, le aveva portato delle fatture da siglare.

– Non cambiare argomento – rispose Linda.

– Me l'ha detto Irene… – Eva non udì la fine della frase, perché la ragazza doveva essersi allontanata. Poi Roberta alzò leggermente la voce. – Adesso che lo sai fai attenzione a Valente, se non vuoi fare la sua fine.

– E cioè?

Roberta riprese: – Ti ha invitata a cena, non è vero?

Il cellulare stava vibrando nella sua tasca, ma Eva cercò di rimanere immobile: ora voleva arrivare fino alla fine di quella conversazione.

Linda si allontanò leggermente dalla porta. – Sì, mi ha invitata e non mi dispiacerebbe uscirci. – Poi si allontanò e lei perse la conclusione della frase. In compenso udì chiaramente la risposta di Roberta: – Dai retta a me che sono qui da diversi anni. Digli che il tuo fidanzato è geloso, o qualsiasi altra cosa che non lo indispettisca, e sparisci dalla circolazione.

– Ma perché? – chiese ancora Linda.

– Non capisci? Lui invita a cena tutte le ragazze carine e poi, se queste non ci stanno, si vendica.

– Allora perché Irene è uscita con lui? – insistette Linda.

Eva non udì più niente. Forse le due ragazze stavano continuando il loro discorso a gesti o si erano zittite perché era passato qualcuno in corridoio.

Poi Roberta riprese a voce bassa, ma lei riuscì a sentire perché per fortuna era vicinissima alla porta: – Non lo sapeva. In questo periodo è molto sola, il suo ragazzo l'ha lasciata ed è tornato a Città del Capo.

– Quindi Irene è stata spedita in amministrazione – ribatté Linda con voce incredula – solo perché la sera prima ha piantato in asso Valente al ristorante? Quando lui ha cominciato con le avance?

Roberta sembrava sicura di sé. – È così.

– Sembra inverosimile.

– Non ti fidi di Irene?

– Non è questo. È che mi pare strano che una persona seria ed equilibrata come Villard si sia prestato al gioco di Valente.

Eva aveva deciso di ridurre al minimo i partecipanti alla riunione con gli americani, lo aveva annunciato a sua figlia la sera prima. E per una volta Micol era stata d'accordo con lei. Oltre a loro due c'erano Martinelli, Villard e, naturalmente, Henry Valente.

All'incontro, Nicholas Green si fece accompagnare da Stone e Bob Hale.

Linda entrò nella sala prima dell'inizio della riunione con un grande vassoio di brioche dolci e salate. E poi prese le ordinazioni per il bar.

Quando Eva richiamò tutti all'ordine, Martinelli stava mostrando ai due giovani manager le prove di stampa della copertina di uno dei volumi che sarebbero dovuti uscire nel mese di novembre, mentre Nicholas, in piedi vicino alla finestra, stava terminando una telefonata oltreoceano.

– Bene, che ne dite se cominciamo? – esordì aprendo il blocco degli appunti. Stava per aggiungere qualcos'altro, ma si accorse che il direttore commerciale non era nella stanza. Chiese ai presenti di avere ancora un attimo di pazienza e invitò Martinelli ad andare a cercare Henry.

Quando anche Valente entrò nella sala, Micol si alzò per andare a parlare vicino alla lavagnetta magnetica. Fissare dei punti su un quadro visibile a tutti aiutava le persone presenti a concentrarsi. Eva sapeva quello che avrebbe detto, avevano concordato i punti del discorso la sera prima. Un discorso diplomatico che voleva convincere i loro interlocutori a sospendere le trattative, ma soltanto per qualche mese. La casa editrice non era ancora matura per un accordo con il Gruppo JWT, ma ci stava pensando seriamente.

Micol scrisse su un lato della lavagna il nome della loro casa editrice, sull'altro quello del gruppo, ma Eva la bloccò per prendere lei stessa la parola: – Inizialmente avevo chiesto a mia figlia di condurre la riunione – la sua voce tremava per lo sforzo linguistico – poi ci ho ripensato: credo tocchi a me questo compito.

Tutti si volsero verso di lei, stupiti di sentirla parlare in inglese.

Eva si scusò in anticipo per gli errori che avrebbe commesso e per la lentezza con la quale si esprimeva. – D'altra parte, per acquisire dimestichezza con una lingua – disse – bisogna parlarla, e io non ho mai avuto molte occasioni per farlo.

Con la coda dell'occhio vide Micol lasciarsi cadere sulla sedia; probabilmente si stava domandando quali altre sorprese stava per riservarle.

Quindi Eva entrò nel merito dell'argomento: – Se mi aveste chiesto soltanto ieri sera il mio parere sull'intesa con JWT, e mia figlia può testimoniarlo, avrei sostenuto di essere categoricamente contraria. – Si interruppe, per cercare le parole più appropriate.

– Perché? – cercò di venirle incontro Stone.

– Sono io che ho fondato questa casa editrice, e mi dispiace cederne le redini a qualcun altro. – Fece un'altra pausa per bere un po' d'acqua. – Ma il motivo non è soltanto personale. La verità è che temo di vedere snaturate le nostre radici in una fusione con una multinazionale americana che, peraltro, ha venduto una quota significativa a un gruppo cinese. Nessuno di noi può sapere, neanche JWT, cosa accadrà di qui a qualche anno.

Diede un'occhiata ai suoi fogli. – La globalizzazione è solo una parola, può piacere o spaventare a seconda dei punti di vista. Nella realtà dei fatti può comportare implicazioni molto diverse. Io provengo da un'epoca nella quale i confini, e non solo quelli nazionali, erano ben definiti, e comunque si cercava sempre di demarcarli. Anche i confini tra il bene e il male.

– È un'osservazione interessante – disse Nicholas.

Eva proseguì: – Oggi le demarcazioni non hanno più senso. Almeno quelle del passato. Zygmunt Bauman ha definito la nostra società "liquida", asserendo che "il cambiamento è l'unica cosa permanente, l'incertezza è l'unica certezza". – Si guardò intorno. – Il fenomeno della globalizzazione non riguarda soltanto le imprese, ma investe tutti gli aspetti della vita. Indossiamo abiti prodotti in Asia, guardiamo serie televisive americane, ascoltiamo musica inglese, guidiamo auto tedesche e francesi, acquistiamo cibi provenienti da tutte le regioni del mondo. Per le aziende, lavorare in un'ottica globale vuol dire economie di scala, capitali per l'innovazione e la ricerca. Non entro nel merito di un dibattito più strettamente economico. Né tanto meno è questa la sede per affrontarlo. Mi limito a osservare che la globalizzazione può anche comportare l'annullamento delle differenze, la perdita di identità, la distruzione di valori e tradizioni. Per contro, gli accordi tra aziende di Paesi diversi potrebbero dare vita a fertili contaminazioni culturali. Ci si arricchisce a vicenda nel confronto, al di là dei confini naturali, se si mantengono salde le radici. Un multiculturalismo dove ognuno apprende qualcosa dall'altro.

Eva si rese conto che, a mano a mano che parlava, aumentava anche la fluidità del suo inglese.

– Ma c'è una cosa che temo più di tutte – continuò.

– Quale? – chiese Hale.

– La libreria si sta uniformando a un supermercato. Mette in vendita prodotti per il grande pubblico a prezzo contenuto. Non che ci sia niente di male. Ma non si può fare solo questo.

Nella sala regnava il più assoluto silenzio e, guardando la faccia dei loro collaboratori, Eva percepì che, come in un giallo, erano in trepida attesa di comprendere che piega avrebbe preso il suo intervento.

– Mio marito e io, e da qualche anno anche mia figlia Micol, ci siamo impegnati perché questa casa editrice diventasse un centro di riflessione e di idee.

– Suo marito ha mai lavorato in casa editrice? – intervenne ancora Hale.

– Non direttamente – rispose lei. – Insegnava Farmacologia alla facoltà di Medicina, dirigeva un centro di ricerche sulla sperimentazione clinica. Ma eravamo sempre insieme nelle decisioni. Volevamo che la nostra casa editrice fosse in grado di incidere sulla realtà e di dare un contributo per cambiarla.

D'un tratto Eva si fermò, sperando di non essersi spinta troppo avanti.

Ma Nicholas la incoraggiò a continuare.

– Come un medico deve curare i suoi pazienti, a prescindere dal compenso, anche una casa editrice non può realizzare prodotti soltanto nell'ottica dell'utile. Con una certa presunzione, noi siamo convinti che i libri possano contribuire alla salute della mente. – Bevve ancora un sorso d'acqua e poi aggiunse, con una piccola dose di provocazione: – Mi rendo conto che una tesi come questa risuoni come un oltraggio a dei sacerdoti del profitto. Quello che posso dire, però, è che noi abbiamo peccato nel senso opposto. Per tanti anni, al profitto non ci abbiamo pensato affatto.

Eva lanciò un'occhiata verso Micol, che ora sembrava più rilassata.

– Mia figlia ha ragione quando sostiene che in una casa editrice i conti devono tornare così come in una qualsiasi altra società – sostenne ancora – e che noi non sappiamo ragionare in una logica di mercato. Ed è questo il motivo per il quale ora siamo seduti a questo tavolo.

Quindi rivolse lo sguardo a Nicholas. – Ieri ho avuto modo di conoscere – per il momento solo telefonicamente – Chen Zang, una persona squisita, uno spirito arguto...

– Chen Zang? – chiese Martinelli spalancando gli occhi.

– L'amministratore delegato di Alibaba – confermò lei, producendosi in un luminoso sorriso. – È un uomo convincente.

Eva fece una pausa per godersi le espressioni di stupore dipinte sui volti dei presenti. – Dunque, per concludere, sono favorevole a un accordo con il Gruppo JWT, ma a una condizione – riprese, guardando negli occhi uno per uno gli americani, come se dovesse dipendere soltanto dalla casa editrice mettere dei paletti. – Che il nostro accordo preveda un periodo di prova. – Pronunciò quell'ultima frase in italiano.

– What does it mean? – le domandò Stone.

Eva sollevò le spalle e rispose in inglese: – Vorrei che il nostro contratto prevedesse un fidanzamento prima del matrimonio, in modo da poter tornare indietro se dovessimo renderci conto di non essere fatti gli uni per gli altri.

Dopo la pausa per il caffè, toccò al capo degli americani prendere la parola. – Prima di cominciare – Nicholas si alzò in piedi – vorrei complimentarmi con la casa editrice per il bellissimo articolo uscito oggi sul Corriere della Sera.

Eva cercò una risposta nello sguardo di Martinelli, ma neppure lui doveva aver avuto il tempo di sfogliare la rassegna stampa prima della riunione.

Nicholas venne loro incontro. – È scritto da Lorenzo Degli Antoni – disse, strizzando un occhio a Micol.

Lei allora tirò fuori il quotidiano dalla borsa e lesse ad alta voce l'inizio del pezzo. Una famosissima attrice americana aveva accettato di confessare il suo passato di "schiava sessuale". E l'aveva fatto per confermare quanto era scritto nel libro-confessione del trafficante della prostituzione che sarebbe stato pubblicato a gennaio dalla loro casa editrice.

– Avevo undici anni quando sono stata rapita – raccontava la testimonial a Degli Antoni. – E venduta di bordello in bordello in vari Paesi, stuprata da centinaia di uomini, fino a che non ho incontrato Peter, che non è l'uomo di cui mi sono innamorata, ma il rappresentante di una ONG che andava in cerca di ragazze come me per sottrarle a quell'inferno. – Micol prese fiato. – Quando la tragedia è finita, avevo sedici anni. Con quello che mi è accaduto, non posso più avere figli. Per fortuna, dieci anni dopo, l'amore l'ho incontrato davvero e di bambini ne abbiamo adottati tre.

Eva lanciò un'occhiata di approvazione alla figlia. Poi alzò la mano come per chiedere a Nicholas uno spazio, voleva dire ancora qualcosa. – Questo libro è emblematico dello spirito che anima la nostra casa editrice.

Sentì il bisogno di alzarsi in piedi. – Abbiamo lanciato una battaglia per contribuire a combattere la tratta degli esseri umani che esiste ancora oggi ed è uno dei business più remunerativi nel mondo.

Era soddisfatta di poter esprimere con autenticità il suo pensiero. – Con JWT saremo lanciati verso il futuro, entreremo nell'era digitale e, forse, anche nella realtà aumentata. Ma non dimentichiamoci che oltre 750 milioni di persone nel mondo vivono sotto la soglia della povertà – e cioè con meno di due dollari al giorno – e ci sono milioni di esseri umani che vengono venduti e comprati come schiavi. Non possiamo far finta di niente solo perché siamo nati nella parte più fortunata del pianeta.

Nicholas Green lasciò che lei terminasse l'intervento e riprese il suo discorso: – A nome del Gruppo che rappresento, vorrei dire che sono onorato che abbiate accettato la nostra proposta e sono convinto che insieme troveremo una formula che preveda una gradualità nel passaggio delle quote, per conoscerci meglio.

Quindi si addentrò, con maggiore profondità di quanto non avesse fatto nel loro primo incontro, in una descrizione delle strategie della multinazionale. Fu in quel momento che Eva si sorprese a pensare che, in fondo, non le sarebbe dispiaciuto se fosse diventato suo genero.

– Sbaglieremmo, se decidessimo di realizzare soltanto prodotti commerciali – stava dicendo lui – e non fossimo in grado di soddisfare le esigenze di un pubblico colto. Come voi stessi avete ammesso di avere delle difficoltà nel far quadrare i conti, noi dobbiamo rafforzare, soprattutto in Europa, le nostre competenze nel campo della saggistica e delle tematiche culturali. Ed è per questo che ci siamo rivolti alla vostra casa editrice e non a un'altra.

Approfittando di un piccolo intervallo che Green chiese per rispondere a una telefonata dal suo quartier generale, Eva fece chiamare Linda e le chiese un piccolo favore, pregandola di non farne parola con nessuno.

Poi Nicholas riprese enunciando uno per uno i progetti che il Gruppo aveva in cantiere e nei quali voleva che la loro casa editrice facesse da capofila.

– Da capofila? – gli fece eco Martinelli.

– Se l'accordo dovesse funzionare, è nostra intenzione nominare uno di voi come responsabile delle politiche culturali del Gruppo in Europa – confermò lui.

Nessuno commentò, ma se ci fosse stato un termometro che misurava l'indice di gradimento – Eva ne era sicura – quest'ultima affermazione avrebbe portato ai massimi gradi la temperatura, anche perché Green aveva aggiunto che la proposta avrebbe potuto essere inserita tra le clausole del contratto.

Ma fu solo quando stavano per accomiatarsi dagli americani che Eva decretò fosse giunto il momento di aggiungere qualcosa che le stava particolarmente a cuore. Chiese ai suoi ospiti ancora un attimo di pazienza. – Si tratta di una novità assoluta. Neanche i miei collaboratori ne sono a conoscenza.

Tutti si ricollocarono intorno al tavolo, anche se non con lo stesso ordine di prima.

In quell'istante la porta della sala delle riunioni si aprì ed Eva andò incontro a Linda, che si fece da parte facendo entrare Irene.

– Più che altro è una comunicazione di servizio – esordì Eva, rimanendo in piedi ma invitando gli altri a sedersi di nuovo – eppure sono convinta che potrà essere importante per le nostre relazioni future. Irene, che qualche giorno fa vi ho presentato come segretaria, ora è diventata la mia assistente e lunedì vi farà avere un primo resoconto di questa riunione e della precedente, così da cominciare a mettere nero su bianco quello che ci siamo detti finora. È lei la persona che fungerà da collegamento organizzativo tra noi e JWT, visto che, tra le altre cose, parla perfettamente l'inglese e diverse altre lingue. Linda manterrà il suo posto alla segreteria.

Eva era cosciente che quella comunicazione avrebbe sorpreso in primo luogo Villard, che lei non aveva avuto il tempo di informare prima dell'incontro, e se ne dispiacque, anche perché il direttore amministrativo le aveva dato un'ulteriore prova di lealtà.

Ma, soprattutto, era consapevole che questo cambio repentino delle carte in tavola avrebbe provocato la reazione di Valente, dal quale lei era stata raggirata in modo inaccettabile.

Per questo si rivolse a lui con il migliore dei suoi sorrisi, quando fece la sua dichiarazione conclusiva: – Devo annunciarvi, infine, che oggi stesso Henry Valente lascia la casa editrice – affermò appoggiando una mano sulla spalla della figlia. – Mi ha convinto ad accettare le sue dimissioni irrevocabili la diagnosi di esaurimento nervoso che mi ha presentato questa mattina. Un esaurimento molto grave che lo ha portato in questi ultimi tempi a commettere errori imperdonabili, ma se una persona non si sente bene bisogna comprenderla. Può sbagliare, e per questo deve curarsi, ma non può più continuare a lavorare con noi.

Si avvicinò per stringergli la mano in segno di riconoscenza. – A te va comunque il nostro vivo ringraziamento per l'impegno che hai prodigato per la casa editrice, prima di questo brutto periodo.

Stavano ancora scambiandosi le ultime chiacchiere sulla porta, quando Micol ricevette una telefonata sul cellulare. Si spostò in corridoio per rispondere. – Allora, mamma, com'è andata? – Era Viola e doveva essere a scuola, forse nell'intervallo tra una lezione e l'altra, perché si udiva in sottofondo il frastuono delle voci dei ragazzi.

– Gli americani sono ancora qui. – Sorrise a sua figlia, come se fosse lì davanti a lei. – Ma direi che sono soddisfatta.

– Grande! Allora ce l'hai fatta?

– Più tardi ti racconterò tutto – bisbigliò in risposta – ora non posso.

– Ancora una cosa, mamma – la supplicò Viola.

– Dimmi.
– Cosa ti ha scritto Nicholas nel bigliettino?
Micol si mise la mano davanti alla bocca. – Voleva che sapessi che comunque fosse andata la riunione, lui ci teneva al rapporto con me.
Avvertì che sua figlia stava emettendo un sospiro di sollievo. – Lo vedi che sei sempre troppo pessimista?

59. LO STATO DELL'ORDINE

Iolanda si scapicollò giù dalle scale per raggiungere la sala intercettazioni, augurandosi che Vieri, oltre a lei, avesse avvertito il commissario.

Omar Brahini, il faccendiere algerino, stava parlando con qualcuno e la comunicazione questa volta sembrava avere una qualche rilevanza per l'indagine.

Da quando il suo cellulare era stato clonato, si era messo in contatto solo con la madre e la donna di servizio, tanto che si erano chiesti se quello che Omar aveva dato a Scuteri non fosse un numero che utilizzava per cose di poca importanza.

Alla signora delle pulizie aveva chiesto di preparare la casa per il weekend, voleva fare ripulire il piazzale della piscina e arricchire di fiori i vasi del giardino, perché avrebbe avuto ospiti. Dunque nel weekend aveva intenzione di tornarsene a Dubai, forse a operazione conclusa.

Ma ora la questione si stava profilando diversamente. Un arabo stava chiamando Omar per avere un aggiornamento "sullo stato dell'ordine". Anche le telefonate precedenti si erano svolte in arabo, per cui Iolanda aveva chiesto ad Angela Virolli, una delle interpreti della polizia, di rimanere a disposizione, se fosse stato necessario anche da remoto, perché le conversazioni venissero tradotte in tempo reale.

De Vicari era convinto che Brahini svolgesse un ruolo centrale nella vicenda, fungendo da snodo tra i due soci, Petrov e Fernandez, e qualcun altro.

Quando Iolanda si sedette su una delle sedie girevoli, di fronte all'apparecchio delle intercettazioni, Brahini e l'arabo erano già ai saluti.

Al termine del dialogo tra i due, Angela Virolli, che aveva preso appunti, tradusse le frasi che entravano nel vivo della questione, scrivendole su un PC.

Iolanda lesse il monitor a mano a mano che lei scriveva.

Interlocutore: – *Allora, la merce è pronta?*

Brahini: – *Sì, tutto è a posto, stai tranquillo.*

Interlocutore: – *Quante scatole partiranno?*

Brahini: – *Dieci, come d'accordo.*
Interlocutore: – *Come sono i prodotti?*
Brahini: – *Di ottima qualità.*
Interlocutore: – *I documenti di viaggio?*
Brahini: – *Siamo in attesa degli ultimi due. Sabato mattina arriva Andrej da Mosca per controllare le procedure.*
Interlocutore: – *Quando verrà consegnata la merce?*
Brahini: – *Domenica, come previsto.*
Interlocutore: – *La pace sia con te, Omar. Ci vediamo domenica.*

I preamboli e il saluto, spiegò l'interprete, denotavano una certa formalità nel rapporto tra i due, ma anche una certa familiarità. Sembrava che si conoscessero da tempo, anche se il dialogo si riduceva a poche frasi in codice.

– Che dici sull'uomo che ha chiamato? – chiese ancora Iolanda.

– Pur essendo la conversazione condotta secondo un rituale, ho l'impressione che la persona si esprima con proprietà di linguaggio. Direi che non è l'ultima ruota del carro. Ma neanche il capo. È probabile che chiami per conto di chi dirige le operazioni.

Non fecero in tempo ad aggiungere altro perché partì un'altra telefonata dal numero di Brahini: questa volta era lui che chiamava e la conversazione si svolse in italiano.

Nel frattempo era arrivato anche De Vicari, che rimase in piedi ad ascoltare. L'algerino era in connessione con Scialoja.

– Hallo.

– Dimmi.

– Quando cazzo me li fai avere i documenti che mancano?

– Sono a Livorno.

– Non mi interessa dove sei!

– Calmati, Omar, ho avuto un imprevisto.

– Imprevisto un cazzo! Entro stasera voglio i documenti, chiaro?

– Non posso, sono in missione. Ma appena ho finito torno, e potrei essere dal nostro amico all'alba, tanto poi devo essere di nuovo a Livorno.

– Forse non hai capito bene, imbecille! Li voglio questa sera.

– Ehi, modera i termini! – la voce dell'ispettore si stava alterando. – Sei tu che ancora non hai capito per chi cazzo lavoro. Vuoi che mi faccia seguire dalle volanti?

– Avrai la metà di quanto abbiamo pattuito!

– Mi stai facendo girare i coglioni! – gridò Scialoja. – Questa è un'operazione ad alto rischio, non mi avevi avvisato della posta in gioco.

– Non è necessario che tu sappia tutto – ribatté Brahini con la voce ancora più alta.

– Adesso mi sto incazzando veramente – ringhiò Scialoja. – Senza di me le coperture te le scordi!

L'altro sembrava aver ripreso la calma. – Fino a prova contraria, siamo noi a pagare.

– Mi darai tutto quello che abbiamo pattuito, pezzo di merda – replicò l'ispettore. – Anzi, sai che ti dico? Per come stanno le cose, voglio il doppio, o tu non avrai nessun documento. – Salvatore chiuse la comunicazione senza attendere risposta.

Desdemona era indecisa se disturbare o meno la Svevo. Sapeva che la squadra era in fibrillazione, perché i dettagli dell'operazione si stavano decidendo in quel frangente, ma anche lei aveva raggiunto un obiettivo che avrebbe potuto essere prezioso per l'indagine.

Se mi hanno coinvolto, si disse, *è perché credono che io possa servire a qualcosa. Se non è il momento*, pensò ancora, *Iolanda mi manderà al diavolo o ne riparleremo più tardi.*

Stava per comporre il suo numero di telefono quando l'ispettore mise la testa nell'ufficio.

– Ciao, stavo proprio per chiamarti – disse Desdemona.

La Svevo la ispezionò con lo sguardo da cima a fondo, neanche fosse un'indiziata. Appariva delusa.

– C'è qualcosa che non va? – chiese Desdemona.

– Sei tornata a vestirti come prima? – Rivolse il pollice della mano destra verso il basso, mentre si accomodava su una poltroncina. – Lo so che non sono fatti miei e io non sono la tua fashion stylist.

– La mia cosa?

– La tua stilista.

– Ehi, Iolanda, hai idea di quanto costi cambiare modo di vestirsi?

L'ispettore congiunse le mani a preghiera. – Hai ragione. – Strizzò gli occhi, come se si fosse resa conto solo in quel momento della sua intromissione indebita. – Ti chiedo perdono.

– Dammi tempo – replicò lei. – Cambierò qualcosa nel mio stile perché sono convinta anch'io di doverlo fare per me stessa, e il tuo apprezzamento mi incoraggia. – Chiuse l'agenda. – Ma ora parliamo di cose serie.

La Svevo incrociò le gambe e si mise eretta sulla sedia. – Cosa volevi dirmi?

– Gil, il mio vicino di casa, è riuscito a mettersi in contatto con Scialoja.

– Di già?

– Sai quanto gli ha chiesto per un permesso di soggiorno?

– Spara.

– Cinquemila euro per uno "vero", cioè con il suo nome e cognome. Ma ora arriva il bello.

– Cioè?

– Per la modica cifra di ventimila euro gli ha proposto un passaporto falso. In questo caso deve cambiare identità, però poi sarebbe a posto per sempre. Gil allora gli ha chiesto come avrebbe potuto fare con la famiglia, se avesse cambiato nome e cognome. E Salvatore gli ha risposto di non preoccuparsi, avrebbe pensato lui a tutto. Ci sarebbero state delle ulteriori spese, ma tutto si poteva risolvere.

– E il tuo vicino?

Desdemona sorrise. – Gil è fantastico, mi piace per questo.

La Svevo le fece segno di stringere.

– Si è lamentato per la cifra, ma non è stato negativo. Gli ha detto solo che al momento non li aveva, tutti quei soldi.

– E Scialoja?

– Gli ha risposto che anche per questo c'era una soluzione.

– Davvero?

– Aveva chi poteva prestarglieli.

La Svevo digrignò i denti. – È proprio un bastardo!

60. CONTROLLI FINANZIARI INCROCIATI

L'indomani sera Scialoja, dopo aver svolto il suo lavoro a Livorno, si sarebbe sparato trecentocinquanta chilometri per presentarsi in tempo per le sette dal falsario di sua fiducia, ritirare i passaporti e metterli nelle mani di Brahini.

Documenti che l'algerino, a sua volta, avrebbe consegnato al duo Fernandez e Petrov per far partire la merce che doveva arrivare a destinazione domenica.

Non si trattava soltanto della corruzione di un singolo poliziotto che in cambio di denaro forniva permessi di soggiorno a qualche immigrato.

Si trovavano di fronte a un'organizzazione – De Vicari ne era convinto – che forniva documenti e passaporti contraffatti a un'altra organizzazione che trasportava persone da un continente all'altro sotto falsa identità, per motivi che non erano sicuramente umanitari. E c'era da individuare anche la rete di persone che chiudeva un occhio ai controlli di frontiera.

Che Andrej Petrov con il suo Gruppo fatturasse 38 milioni di euro per promuovere la moda russa all'estero non era un mistero, il dato era facilmente reperibile su Internet, ci era arrivato persino Scialoja. La polizia russa aveva già provato a scoprire quali traffici si celassero dietro la facciata ma, per un motivo o per l'altro, tutte le indagini a carico di Petrov erano state insabbiate. C'erano state denunce a suo carico per traffico di droga e prostituzione, ma anche in questo caso i procedimenti erano finiti in nulla.

De Vicari chiamò Gualtieri e lo informò dello stato a cui erano giunte le indagini e della necessità di un'azione tempestiva congiunta tra la magistratura e la polizia.

– Ho bisogno di mettere il naso nella situazione finanziaria di Kristina e Alvaro Fernandez.

– La caposala e il marito?

De Vicari annuì. – Il loro conto corrente è quello di due normali impiegati.

Il magistrato lo invitò a continuare.

– Il figlio di lui studia a Londra. La loro bambina è iscritta alla scuola americana. Conosce la retta di quell'istituto? Lui gira con una Porsche Cayenne da 150mila euro, intestata a suo nome, lei con una Mini Cooper ultimo modello. Vivono in un attico di duecento metri quadri, con un terrazzo che può essere scambiato per un giardino pubblico. Impossibile mantenere un tenore di vita del genere con i loro stipendi.

– Che cosa fa esattamente, Fernandez?

– Non lo sappiamo, ma prende un compenso di duemila euro al mese come consulente del Gruppo Goal di Petrov. Sul sito di Petrov risulta essere il responsabile dei suoi affari per l'Italia.

– Ora chiamo Girardi, il capitano della Finanza.

– La cosa più rapida sarebbe quella di richiedere oggi stesso un controllo della Porsche per verificare i pagamenti dell'auto nell'ultimo anno e da lì risalire al conto da cui è partito l'assegno dei Fernandez.

Gualtieri ridacchiò. – Vuole fare anche il mio mestiere, De Vicari? Venga qui, le lascio volentieri la poltrona.

Lui si massaggiò le punte dei baffi, senza nascondere un sorriso bonario. – È che abbiamo una fretta indiavolata. – Era un'ammissione e, insieme, il suo modo di scusarsi. Lavoravano insieme da molti anni. – Domani può accadere di tutto. Se fossimo costretti a tenerli in stato di fermo, meglio avere più frecce al nostro arco.

– La Porsche è un modello di quest'anno?

– Le invio la targa.

– Dovremmo fare lo stesso anche con le rette della scuola americana. Così facciamo dei controlli incrociati.

– Ohi, De Vicari – si lamentò il magistrato – non basta premere un pulsante, bisogna vedere poi se anche Girardi…

– Non l'abbiamo scelto noi, il giorno dell'appuntamento in aeroporto!

– Ci manca anche che vi mettiate d'accordo con i criminali.

Questa volta fu De Vicari ad avere uno scoppio di ilarità. Ma non aveva finito. – Per completare il quadro, dovremmo anche dare un occhio alla situazione finanziaria di Scialoja. Ma a quello potremmo pensarci noi.

– Evviva! Allora anche la sua squadra si mette a lavorare.

De Vicari non cadde nella provocazione. – Ammesso che le banche da controllare non siano troppe. Sul conto corrente di Scialoja c'è solo il suo stipendio.

– Vedo che, comunque, avete già controllato.

– Informalmente.

– Chiaro.

– Eppure chiede ventimila euro a passaporto. Dove finiscono gli altri soldi? Ha una grande famiglia, Scialoja. Un suocero con un ristorante. Un cognato parrucchiere. Bisogna spulciare i conti di tutti quanti.

– Manca ancora qualcosa, commissario? Sto prendendo nota.

De Vicari pensò che Gualtieri era fatto della stessa pasta di Altieri. Stesso umorismo caustico. Stessa dedizione alla causa. L'aveva visto solo una volta andare su tutte le furie. Con un collega che gli aveva mentito, e non per ragioni di servizio.

– Crede che siamo arrivati al dunque con l'indagine su Angelica? – chiese Gualtieri.

Lui non rispose subito.

– È sicuro che la ragazzina sia ancora viva? – insistette il magistrato.

De Vicari ponderò la risposta. – Spero di non sbagliarmi. – Nonostante le intercettazioni e gli indizi, non era sicuro di niente.

– C'è una cosa che ancora non mi convince in questa storia.

De Vicari si massaggiò i baffi. – E sarebbe?

– Petrov è il nonno di Angelica o sbaglio?

– Esatto – confermò lui. Sapeva benissimo dove il magistrato volesse andare a parare.

– Perché, tra tutte le ragazze che ha a disposizione, portare via proprio lei, che peraltro era ancora in ospedale? Per farne cosa?

Era uno degli interrogativi ancora aperti dell'indagine.

61. JESSICA

Raffaele stava trasportando verso la Rianimazione un paziente appena uscito dalla sala operatoria, quando ricevette la telefonata di Brahini. Con lui c'era un'infermiera, una di quelle che non si facevano mai i fatti propri.

Per questo non rispose alla chiamata, anzi spense il cellulare.

Anche se il regolamento lo vietava, la maggior parte dei suoi colleghi rispondeva al telefono anche quando era in servizio.

– Non farti problemi per me – gli disse la collega, avendo probabilmente percepito una certa agitazione in lui non appena aveva lanciato un'occhiata al display. – Se hai bisogno, lo accompagno io in Rianimazione.

Lui le fece un cenno con la mano come per dire grazie, non ti preoccupare, al paziente ci penso io.

Ma dentro di sé era in fibrillazione e, in effetti, di tutto aveva voglia fuorché di mettersi in contatto con il suo persecutore.

Cosa vorrà, adesso? si domandò. Ciro gli aveva assicurato che quello che stava rivelando a Omar non era del tutto campato in aria e che una parte di verità c'era.

E se avessero trovato Carmen?

La serata con Jessica era trascorsa a meraviglia. Nessuna dichiarazione esplicita, ma le parole non erano state necessarie: loro due si capivano, lui l'aveva intuito fin dal primo momento in cui l'aveva conosciuta.

Erano stati a chiacchierare fino a mezzanotte e poi l'aveva riaccompagnata a casa, stampandole un piccolo bacio sulla guancia.

Raffaele non le aveva nascosto nulla di sé, a partire dal padre che se n'era andato, lasciandoli in miseria, quando loro due erano piccoli. Sua madre aveva fatto quello che aveva potuto, andando a pulire i bagni negli autogrill.

Jessica lo aveva ascoltato senza sorprendersi di niente e gli aveva raccontato un po' della propria storia.

Quello che ancora Raffaele non aveva osato rivelarle era il casino in cui si era ficcato in ospedale. Il motivo per cui l'aveva fatto, però, era aiutare a ritrovare Angelica. Per lui era inammissibile quello che stava succedendo. Non conosceva abbastanza bene Jessica per sapere se lei lo avrebbe apprezzato. Lo poteva solo sperare.

In ogni caso Brahini gli aveva messo un uomo alle calcagna, minacciando che, se qualcosa fosse andato storto, a rimetterci sarebbe stata proprio lei, la sua Jessica.

– Pronto, Omar – disse non appena ebbe sistemato il paziente.

– Come mai ci metti così tanto a richiamare?

– Sto lavorando – replicò lui, cercando di non incazzarsi anche perché c'erano molte orecchie in giro. – Cosa c'è, ancora?

– Dov'è Carmen?

– E come faccio a saperlo?

– Cercala.

– Sono impegnato, ora.

– Chiedi in giro.

Raffaele dovette spostarsi perché stava passando la caposala. – Scusami, non capisco, ieri ti ho detto che anche la polizia la sta cercando – mise anche la mano davanti alla bocca perché c'era un gran andirivieni di colleghi. – Sembra che sia la principale indiziata.

– La vogliamo trovare prima noi.

– Perché?

– Non ti riguarda.

– Allora come posso aiutarvi?

– Vogliamo capire cosa sa delle nostre faccende.

– Ok, chiedo in giro.

– Trovala, altrimenti sai a chi ci rivolgiamo. – Brahini interruppe la comunicazione.

Raffaele avrebbe voluto chiamare Ciro o la Svevo per chiedere aiuto, era suo dovere proteggere Jessica.

Poi si disse che quello che gli stava capitando era perché lui non era come suo fratello, lui aveva senso civico e sin dall'inizio era stato dalla loro parte. In realtà, non doveva lamentarsi con nessuno, era stata una sua scelta. Quel bastardo aveva rapito Angelica e chissà cos'altro aveva fatto.

Ma non poteva sopportare che una ragazza pulita come Jessica ci andasse di mezzo.

Poi un sorriso gli comparve spontaneamente sulle labbra, mentre s'infilava una mano nel ciuffo sulla testa. Mai perdersi d'animo! Era stato lui a clonare il cellulare di Brahini, in Questura ora sapevano già tutto.

Grazie a quel maghetto di Turrini, persino la conversazione con l'algerino sulla Porche Cayenne era stata registrata. Fatto sta che il commissario in persona si era complimentato con lui per il suo comportamento in quella circostanza.

Ora doveva trovarsi un momento da solo per mettersi in contatto con Ciro e capire quali avrebbero dovuto essere le prossime mosse.

Pensandoci bene, Jessica stava arrivando in ospedale e ci sarebbe rimasta fino alle otto del mattino, quindi per il momento era al sicuro.

Iolanda ricevette Ciro e Aurora nel suo ufficio, per essere messa al corrente della telefonata di Brahini. Questi aveva appena parlato con Raffaele, mentre Jessica era in ospedale, quindi non correva alcun pericolo. E lui aveva appena dato la sua disponibilità a sostituire un collega che non si era sentito bene.

Almeno per quella sera, entrambi sarebbero stati alla larga dai tentacoli dell'algerino.

Il mistero, pensò Iolanda, continuava a essere Carmen. Non si capiva da che parte stesse. Né quale segreto celasse.

Se la stavano cercando, voleva dire che non era con loro né una di loro.

Aurora Romano aveva fatto delle ricerche su di lei. Carmen era vissuta con sua madre nella famiglia contadina della sorella di lei, sua zia, a Bidonì, in provincia di Oristano. La madre si era ritrovata a fare la serva a dieci persone dalle prime luci del giorno a notte inoltrata. Il patto era che a Carmen fosse permesso di studiare di giorno, ma anche lei era stata obbligata a fare le pulizie in una pizzeria, a qualche chilometro dalla fattoria, per portare a casa qualche soldo.

All'età di diciannove anni era scappata a Milano, forse perché si era fatta mettere incinta, oppure l'*incidente* era accaduto appena era arrivata in città.

Del padre del piccolo Matteo non c'era traccia.

Queste informazioni ad Aurora le aveva date un'insegnante di Carmen che si era affezionata alla ragazza e si era battuta con la famiglia, facendole avere anche una borsa di studio alle superiori, perché non abbandonasse la scuola.

Come fosse riuscita a mantenersi a Milano, arrivando a laurearsi in Scienze infermieristiche, era un mistero. Quando era stata assunta all'ospedale dove lavorava ora, era riuscita a prendere in affitto un minuscolo appartamento nella periferia di Milano e aveva fatto venire sua madre a stare con lei.

– Comunque, se si sta nascondendo – disse Iolanda a Ciro – è perché qualcosa teme. Lo si è capito anche dalla telefonata a Kristina.

– Sembra preoccupata più che altro per suo figlio – replicò Aurora.

– Ma qualcosa deve sapere sulla sparizione di Angelica – ribatté Ciro – perché altrimenti non la starebbero cercando.

62. CASA FERNANDEZ

Quella sera Kristina era di ottimo umore: Alvaro le aveva telefonato avvertendola che sarebbe tornato a casa a cena e, cosa straordinaria, sarebbe arrivato anche Mark, di passaggio da Londra. Sarebbe stata una festa per sua figlia, che avrebbe avuto l'occasione di vedere insieme il padre e il fratello. Come se fossero una vera famiglia. Ma non doveva farsi alcuna illusione.

Anzi, prima o poi avrebbe dovuto confessare a Veronika la verità sui suoi rapporti con Alvaro, che marito lo era soltanto sulla carta – a lui faceva comodo così – e ricambiava la cortesia di quel matrimonio di copertura garantendole una vita agiata che lei trascorreva con la figlia. Senza lo straccio di un amico, o di un parente, perché non voleva e non poteva condividere con nessuno l'assurdità del suo destino.

Alvaro viveva da qualche parte, Kristina non conosceva neanche il suo indirizzo, perché lui non aveva mai voluto rivelarglielo – forse temeva incursioni inopportune o visite della figlia in momenti inadatti – e si giustificava dicendo che, se loro avessero avuto bisogno, lui sarebbe stato sempre disponibile sul cellulare.

Non pensava che suo marito avesse una relazione stabile con qualche donna, con la sua attività; più probabilmente ne alternava in continuazione. A Fernandez piaceva la "carne fresca".

Forse era da quando gli aveva sentito pronunciare quelle parole al telefono, ridendo in modo volgare, non sapeva neanche lei con chi, che aveva cominciato a mettere su chili, uno dopo l'altro. La battaglia con il tempo era finita in coincidenza con la nascita di Veronika, quando lei aveva ventisette anni.

A quell'epoca Alvaro aveva già perso interesse per lei. E vista l'insistenza di Kristina per averlo accanto a sé nel letto, a un certo punto lui glielo aveva dichiarato apertamente, che era diventata troppo vecchia per lui. Questo per quanto riguardava l'aspetto sessuale, anche se a modo suo le voleva ancora bene.

E Kristina invece di cercarsi un altro compagno – dieci anni prima era ancora in linea e molto bella – si era lasciata andare, lievitando giorno dopo giorno, accontentandosi di quello che lui le offriva, nel disprezzo di se stessa, senza riuscire a trovare soddisfazione nemmeno sul lavoro.

Era invidiosa di Natasha e di quel suo marito che l'amava così tanto. Era grazie a Wen Li se Natasha era riuscita a riprendersi da un inizio così difficile, sfuggendo a un padre come Andrej, per cui era impossibile trovare una definizione diversa da "mostro".

Un mostro che suo marito si era scelto come socio. Se Alvaro era diventato così, forse, lo doveva anche a quel cattivo incontro.

Ma era solo dopo aver saputo la verità su Angelica che le residue illusioni di Kristina sulla vita avevano perso consistenza. Da allora non aveva pensato ad altro che a come risolvere la questione il più velocemente possibile. Anche in modo cruento, se fosse stato necessario. E quando le si era presentata l'occasione, non aveva fatto che prendere "la palla al balzo".

La vita era stata dura con lei, lo era stata con Natasha, lo sarebbe diventata anche per Angelica. La vita era un calvario per tutti. Non c'era scampo. Il mondo era un inferno, tutti pagavano il loro pegno all'esistenza. E lei non era affatto convinta che dall'altra parte ci sarebbe stata una ricompensa per questa sofferenza.

Alvaro aveva un debole per la buona cucina e apprezzava i suoi piatti. Almeno in questo era ancora in grado di fare faville, per lui.

Il campanello la colse impreparata. Erano le sei e mezza. Forse Mark era arrivato un po' prima del previsto. A dire il vero, suo marito non le aveva parlato di un orario.

Invece era Alvaro: voleva farle una sorpresa, per questo non aveva aperto con le sue chiavi. Sopra il trolley c'erano dei fiori rossi e arancioni confezionati in una carta trasparente con un fiocco colorato intonato, e li aveva portati per lei.

– Non ti aspettavo così presto – disse Kristina, prendendo il mazzo e cercando un vaso adatto. Si dispiacque di non essersi neanche truccata.

– Domani mattina arriva Andrej – ribatté lui. – Devo sistemare ancora delle cose, prima di andarlo a prendere all'aeroporto.

– È tutto pronto?

– Ho l'impressione che ci sia ancora qualche problema con i documenti di viaggio. A mezzanotte vedrò Omar per fare una verifica su tutto.

Kristina riempì un vaso di vetro rettangolare con dell'acqua. – Tornerai a casa a dormire?

– Penso di sì – le rispose, ma senza guardarla negli occhi.

– Veronika ha bisogno di sapere che ci sei.

– *Mi amor*, tu devi parlare con nostra figlia...

Kristina cambiò argomento. – Questa sera volevo preparare una buona cenetta.

– Mi fa piacere, fra poco arriverà anche Mark.

Lei si spostò verso la cucina. Doveva ancora svuotare le borse della spesa. – Quando è prevista la partenza?

– Domenica mattina.

Alvaro aprì il frigo e fece per stappare una bottiglia di bianco.

– Aspetta. – Kristina lo fermò. – Non aprire il vino ora. Preparo della caipirinha e andiamo a bercela in terrazzo.

– Buona idea – ribatté lui. – Quando torna Veronika?

– Fra una mezz'ora, è a scuola di danza. È molto brava, sai?

Alvaro prese il trolley. – Vado a farmi una doccia.

Lei lo seguì con lo sguardo mentre si allontanava verso la zona notte. – E lo sceicco? – gli chiese a un tratto.

– Aspetta il nostro arrivo.

– Quindi partirai anche tu?

– Andrej vuole sempre che io ci sia, durante le trattative.

Lei sospirò. – Lo so. – Iniziò ad armeggiare con il pesce.

– Lo sceicco non si fida di nessuno – riprese Fernandez – e forse ha ragione, con quel che tira fuori. Prima di fare il bonifico, controlla sempre che la merce sia di suo gradimento, se no la rimanda indietro.

Kristina fece una piccola smorfia. – Come quella volta che ha rifiutato i due maschietti...

– E non capisco perché – affermò Fernandez. – Erano carini e ambigui al punto giusto, come ci aveva richiesto

– Li avevo visti anch'io.

– Ma noi li abbiamo rifilati al network di pedofili e ci abbiamo guadagnato anche di più – sghignazzò Alvaro.

Kristina rise. – Quelli prendono i bambini come fossero caramelle... chissà poi cosa se ne fanno.

– Non sono affari nostri. Lo sai che è una domanda che non devi mai porti, nel nostro lavoro.

Lei annuì.

Alvaro tornò indietro. Prese la borsa e ne tirò fuori due pacchetti. Su uno c'era scritto "Mark". Fece capire a Kristina con i gesti che si trattava di un cellulare.

Sull'altro pacchetto c'era "Veronika". – Per lei ho preso un tutù – disse. – Spero che la misura sia giusta.

Quindi estrasse dalla cerniera una scatolina rettangolare che sembrava contenere un gioiello. Il bigliettino era per lei. Kristina sorrise con gli occhi. Avrebbe avuto voglia di buttargli le braccia al collo, ma si trattenne, perché sapeva che lui non avrebbe gradito. Quante volte le era venuto spontaneo farlo, e come era stato frustrante constatare che lui si spostava, se lei si permetteva di fargli anche solo la più innocente delle carezze. Si ritraeva perfino davanti ai ragazzi, mostrando apertamente che non c'era più nessuna affettuosità tra di loro.

– Ti prego, a tavola non parliamo di affari – disse lui. – Né con Mark, né tantomeno con Veronika.

– Certo, è ovvio.

Kristina si rimise a pulire il pesce, sentendo lo sguardo di lui addosso.

– Chi si sta occupando delle ragazze? – gli chiese a un tratto.

– Sono ben protette – rispose Alvaro.

– Che significa?

– È una "vendita speciale". Nessuno deve toccarle prima, altrimenti lo sceicco non le compra – replicò Alvaro. – Abbiamo messo quattro uomini di guardia alla casa.

– Ma Carmen dove s'è cacciata? – chiese Kristina.

– Non riusciamo a trovarla.

– E come avete fatto senza di lei?

– Abbiamo trovato un'altra.

– E se Carmen parlasse? – si allarmò lei. – La telefonata che mi ha fatto ieri suonava come una minaccia.

– Non parlerà – replicò lui. – Altrimenti troverebbe il cadavere di suo figlio appeso come un coniglio davanti alla finestra, magari arrotolato con la pancetta e il rosmarino. – Sorrise obliquo. – Brahini non si fa nessuno scrupolo, anzi si diverte in questo genere di lavoretti. E lei lo sa.

– E per Angelica cosa avete deciso?

63. UN'OPERAZIONE A PIÙ TAPPE

Di solito, nelle notti che precedevano le operazioni di una certa rilevanza, Amedeo De Vicari non disfaceva neanche il letto. Distendersi al buio e poi stare con gli occhi sbarrati era molto peggio, per lui, che affrontare uno scontro armato. Per non parlare dei dormiveglia a singhiozzo che assorbivano ogni energia, dando consistenza agli incubi peggiori.

Quindi si predisponeva a trascorrere le ore di attesa, prima dell'azione, tra il divano e lo studio, la televisione accesa con un audio impercettibile in sottofondo, cellulare, telecomando, chiavi della macchina e pistola sempre a portata di mano. La pipa spenta in bocca teneva a bada la tensione delle mandibole. A dire il vero c'era sempre una bottiglia di vino rosso sul tavolino: lui cercava di approfittarne il meno possibile, ma il fatto che fosse lì per ogni evenienza, soprattutto per le cattive notizie, lo tranquillizzava.

Questa volta l'operazione prevedeva più tappe, alle prime delle quali lui non avrebbe potuto prendere parte. Il che significava non avere il controllo diretto della situazione. Poteva solo venire aggiornato, a mano a mano, per telefono.

Scialoja avrebbe dovuto incontrare Omar Brahini dal falsario la mattina alle sette e consegnargli personalmente i passaporti.

Ancora non avevano localizzato il luogo dell'incontro, ma da una telefonata che il poliziotto aveva fatto alla moglie si poteva pensare ai dintorni di Milano. Nel salutarla, lui le aveva chiesto di tener pronto un cambio di camicie, perché se avesse fatto in tempo sarebbe passato da casa, per poi volare di nuovo a Livorno.

– Più che a Livorno, ti faremo volare *a diavulu* – aveva commentato Ciro Rizzo quando avevano intercettato la chiamata. Che, tradotto dal dialetto napoletano, significava all'inferno.

Solo allora l'algerino avrebbe dato l'ordine di bonifico e il poliziotto avrebbe incassato.

I margini di rischio dell'inseguimento erano elevati anche se, a differenza di quanto accaduto in circostanze analoghe, grazie alle intercettazioni e alla geolocalizzazione dei cellulari di Brahini e Scialoja ora non erano costretti a procedere a tentoni, basandosi soltanto sull'intuizione, ma potevano seguire dei tracciati più precisi.

Trafficanti di quel genere però vivevano coprendosi le spalle, attorniati da guardie del corpo, perché il sospetto faceva parte del loro DNA. Quindi la squadra avrebbe dovuto stare loro alle costole in modo invisibile, senza destare il minimo sospetto.

Grazie al magistrato avevano esaminato la situazione finanziaria completa di Scialoja. Lui era stato ben attento a non fare pasticci. Aveva un conto intestato a se stesso e alla moglie sul quale venivano versati i loro due stipendi e i movimenti riguardavano quelli di una normale famiglia con due figli a carico.

Ma Gualtieri era riuscito in poche ore a risalire alle diverse società che erano state create da suocero, fratelli e cognati vari del poliziotto, in Italia e all'estero: ristoratori, parrucchieri, tappezzieri che in bugigattoli di pochi metri quadrati fatturavano cifre da capogiro.

Scognamiglio, il capo della Squadra Mobile, aveva parlato con il questore di Livorno e De Vicari con il commissario della zona per concordare i dettagli dell'intervento di Scialoja in loco. Era indispensabile che lui fosse lasciato libero di partire in tempo utile per presentarsi all'appuntamento con Brahini, ma bisognava trovare una scusa valida per svincolarlo. Anche l'operazione di Livorno era cruciale per mettere le mani sul traffico di droga e di armi al porto, e lui era stato chiamato lì come rinforzo, in quanto esperto d'armi. In questo genere di interventi non c'era un cartellino da timbrare e si andava avanti fino a che tutto non si fosse concluso, nel bene o nel male.

De Vicari sarebbe sceso in campo quando Scialoja si fosse trovato nelle vicinanze del falsario. E qui iniziava il dilemma al quale ancora non si era data una risposta.

La prima ipotesi era far procedere l'operazione in modo lineare, e cioè consentire a Scialoja di consegnare i passaporti all'algerino. Poi seguire quest'ultimo fino all'incontro con Fernandez e Petrov in aeroporto. Per arrivare, se tutto filava liscio, al nascondiglio di Angelica e delle ragazze.

Il terzetto infatti, sempre secondo le intercettazioni, sarebbe dovuto andare a controllare la "merce" sabato, prima della partenza prevista per domenica. Non era mai stato fatto il nome della destinazione finale, ma sembrava evidente che il punto d'arrivo fosse Dubai, e questo spiegava anche perché Brahini avesse fatto preparare la sua villa. Ma avrebbero potuto anche dirigersi ad Abu Dhabi e poi raggiungere la Las Vegas degli Emirati Arabi in auto.

L'alternativa era bloccare Scialoja prima che entrasse dal falsario e obbligarlo a collaborare – mettendogli una cimice in tasca per registrare il dialogo – e poi portarlo in centrale per farsi dire cos'altro sapeva.

Questa poteva sembrare, a prima vista, la soluzione migliore, ma Scialoja si sarebbe anche potuto rifiutare di parlare per non finire, come aveva detto Fernandez a proposito del figlio di Carmen, appeso come un coniglio arrotolato con pancetta e rosmarino davanti alla finestra di casa sua.

L'obiettivo non era tanto incastrare Scialoja, ma attraverso di lui arrivare ad Angelica e liberare le ragazze. Incolumi.

SABATO

64. AEREI

Fu solo alle tre di notte che De Vicari mise a fuoco il tassello mancante nella comprensione del piano dei malviventi. Per la verità, il tarlo del dubbio si era già insinuato in lui il giorno precedente, ma ora gli era chiaro dove andare a cercare. E c'era una sola persona che poteva aiutarlo in una situazione del genere.

Prese in mano il cellulare e allargò le braccia come se dovesse giustificare a qualcun altro, oltre che a se stesso, una telefonata a quell'ora.

– Allora, Gaetano – esordì, strizzando gli occhi come se fosse pronto a ricevere un cazzotto in faccia – come va la vita da pensionato?

– Amedeo? – replicò l'altro con la voce impastata del sonno. – Soffri d'insonnia?

– Ma chi è a quest'ora? – gracchiò una voce femminile da qualche parte.

– Sei solo tu che puoi aiutarmi.

– Alle tre e mezza di notte?

De Vicari si massaggiò le punte dei baffi. – Siamo nel pieno di un'operazione delicata.

Gaetano Villa era stato l'ispettore capo della sua squadra – avevano lavorato insieme per dieci anni – poi aveva avuto un infarto, lieve per fortuna, ma lui lo aveva preso come un avvertimento: era giunto il momento di chiudere la sua onorata carriera di poliziotto. Al suo posto era arrivata la Svevo, e Villa si era complimentato con lei, dicendosi felice di non passare le consegne a qualcuno di cui non si fidasse abbastanza.

– Vabbè, ho capito – sospirò. – Allora aspetta, mi allontano dalla camera da letto, così almeno lascio dormire mia moglie.

De Vicari lo aggiornò in sintesi sulla situazione. Villa era già al corrente dell'indagine in corso, visto che era passato in ufficio due giorni prima. Attraversava una fase che lui stesso aveva definito "terra di mezzo". Era in pensione, ma ancora non era riuscito a staccare del tutto la spina dal lavoro che aveva svolto per tutta la vita, e di notte sognava intercettazioni e inseguimenti.

De Vicari gli disse che la polizia aeroportuale era stata allertata per la partenza di domenica, ma c'era qualcosa che non tornava: nessuno del clan, né tantomeno delle ragazze, era prenotato su voli per Dubai o Abu Dhabi.

– A me sembra tutto molto evidente – affermò Villa. De Vicari se lo immaginava gonfiare il torace, in pigiama, mentre la moglie, dall'altra parte, gli faceva segno di chiudere la porta. Non c'era in tutta la Questura qualcuno che ne sapesse più di lui sul traffico aereo. – Amedeo, siete partiti con il piede sbagliato...

65. PASSAPORTI

Ciro Rizzo passò a prendere De Vicari alle cinque e mezza di mattina. Il commissario alzò gli occhi al cielo non appena uscì dal portone, strinse il giaccone e si lamentò del vento freddo quando chiuse la portiera dell'auto. L'atmosfera appariva trasparente, il cielo limpido, non c'era nessuna minaccia di pioggia, forse era solo arrivato l'autunno.

Gli agenti di Livorno avevano avvertito Rizzo che l'operazione al porto era terminata alle undici della sera prima: avevano sequestrato una parte del carico di armi, anche se sapevano di essere solo all'inizio. Avevano intercettato la notizia di altri arrivi per i giorni successivi.

La squadra toscana era andata a farsi una birra per festeggiare il primo successo e naturalmente aveva invitato Scialoja, che aveva declinato con la scusa di una forte emicrania.

Poi l'ispettore era montato sulla sua Opel Astra ed era partito a grande velocità alla volta di Milano, inizialmente seguito da due agenti del posto che poi l'avevano lasciato andare, tanto il tragitto veniva registrato dal suo cellulare.

Scialoja aveva deciso di passare per Parma e da lì prendere la A1 per Milano, strada decisamente più veloce, se non c'era traffico. Così aveva detto alla moglie, avvertendola che sarebbe riuscito a fare un salto a casa, visto che aveva finito prima del previsto, ma si sarebbe fermato per due o tre ore al massimo.

– Tornerai subito a Livorno? – gli aveva chiesto la moglie.

– No, prima ho qualcosa da fare a Lazzate.

– Ah, certo – aveva risposto lei. Dunque era al corrente dei traffici del marito.

Questa comunicazione informò anche loro che l'incontro con il falsario si sarebbe tenuto dalle parti di Lazzate. Controllarono su Google Map: la cittadina era a 28 chilometri da Milano e la strada principale per arrivarci era l'Autostrada Lainate-Como-Chiasso.

Scialoja arrivò a casa alle tre di notte. De Vicari calcolò che per arrivare puntuale all'appuntamento, stando larghi, sarebbe dovuto ripartire intorno alle sei.

Alla fine si era convinto che fosse più sicuro seguirlo fin dall'inizio e non perderlo di vista fino alla destinazione finale, invece che affidarsi alla semplice tracciatura satellitare. Per cui alle cinque e mezza erano appostati a pochi passi dal portone del suo palazzo, in viale Vigliani, per non essere visti.

Alfredo Consoli e Aurora Romano li avrebbero raggiunti a metà strada. Meglio andare in quattro e dislocarsi in punti diversi; se poi fosse stato necessario, dalla Questura sarebbero partiti altri rinforzi.

In centrale c'era la Svevo a coordinare le operazioni. De Vicari, almeno in questa prima fase, voleva scendere in campo per non perdere il controllo della situazione.

Il piano era rendersi invisibili, questo aveva alla fine deciso il commissario: nessuno dei malviventi doveva percepire che loro gli erano alle costole.

Uscito dall'autostrada, Scialoja si diresse verso Lazzate, ma arrivato a un bivio non entrò in paese e prese una via secondaria.

Non c'era in giro nessuno e pochissime erano anche le auto di passaggio. Seguirlo diventava rischioso, soprattutto quando svoltò sulla destra in una strada sterrata.

Rizzo e De Vicari si fermarono a un bar prima dell'angolo.

Aurora Romano e Alfredo Consoli, seguendo le indicazioni di Vieri dalla centrale, provarono a raggiungerlo facendo un'altra strada.

Poi la Svevo avvertì Rizzo che Scialoja si era fermato a circa un chilometro dal punto in cui avevano appena posteggiato, in un fabbricato basso di mattoni giallini, una sorta di cascina moderna, in piena brughiera, dove non c'erano né alberi né animali.

Avvicinarsi più di tanto avrebbe voluto dire uscire allo scoperto.

Iolanda propose di guidarli sul posto e poi lì per lì avrebbero deciso il da farsi.

Accostarono sul ciglio della strada a un centinaio di metri dal luogo indicato e si appostarono vicino a uno dei pochi alberi della radura.

De Vicari vide arrivare sul luogo dell'appuntamento una Porsche Cayenne nera e una moto di grossa cilindrata dalla quale scesero due tizi avvolti in tute di pelle nera, che non sarebbe stato consigliabile incontrare di notte.

Scialoja e i passeggeri della Porsche entrarono nel fabbricato. I gorilla si misero in attesa all'entrata.

Dopo qualche minuto di attesa squillò il cellulare di Ciro, che scese dalla macchina e si allontanò, parlando con il telefono all'orecchio.

Proprio in quel momento le due guardie del corpo, dopo averli scrutati con sospetto, si diressero verso di loro, come se volessero verificare chi fossero.

Aurora Romano, che si stava avvicinando a piedi alla loro vettura, vide la scena e fu altrettanto veloce.

De Vicari vide che Ciro aveva chiuso la sua chiamata, così gli telefonò e gli disse di non muoversi da dov'era, anzi meglio se si allontanava e si teneva pronto a coprirgli le spalle.

Aurora salì in macchina al posto di Ciro, sbattendo la portiera in modo plateale, e cominciò ad abbracciarlo come se fosse un innamorato dal quale non riusciva a stare lontana. Prima gli tirò i baffi, poi gli infilò le mani nei capelli e cominciò a gridargli contro, tanto che le due guardie del corpo si fermarono di colpo, scrutandoli di traverso.

Aurora terminò la sceneggiata premendo le labbra sulle sue, come se fosse stata colta da un impeto di ardore. De Vicari ebbe un istante di sconcerto, prima di calarsi nella situazione. Ma quando i due palestrati si avvicinarono per controllare più da vicino, capì che era l'unica soluzione per non far saltare l'operazione. Benedisse Aurora per la sua presenza di spirito e ricambiò il bacio appassionato.

I due ceffi persero subito interesse per loro e tornarono a presidiare la cascina.

De Vicari e Aurora restarono a baciarsi ancora per un po', poi lui si staccò da lei, mise in moto e si allontanò da quel luogo pericoloso, passando a raccogliere Ciro che aveva assunto l'espressione di un cane bastonato.

Chissà cos'ha pensato, se ci ha visto baciarci, pensò de Vicari trattenendo a stento un mezzo sorriso.

66. CRÊPES A COLAZIONE

Quella mattina Kristina Fernandez si era alzata un po' prima del solito. Non che dovesse andare presto in ospedale, anzi aveva spostato il suo turno alle dodici, ma voleva preparare una colazione a regola d'arte per la sua famiglia, visto che, per quanto dissestata fosse, era tutto ciò che aveva.

Si era addirittura messa in mente di fare le *crêpes*. Veronika impazziva per quelle con la marmellata di fragole e Mark le farciva con la Nutella. La sera prima aveva messo in forno anche la torta di mele, quindi c'era di che iniziare la giornata nel migliore dei modi.

Se Mark era così equilibrato, lo si doveva anche a lei che se l'era preso in casa come un figlio, anche se Alvaro l'aveva concepito con una delle sue puttanelle che poi l'aveva abbandonato. Oppure, chissà, era stato lui a portarglielo via, non aveva mai voluto indagare.

Suo marito si dimostrava affettuoso con i figli, e anche se non era presente nella loro educazione quotidiana, quando poteva li riempiva di attenzioni, il che, nel suo codice personale, significava soldi e regali.

La giornata di Alvaro sarebbe stata impegnativa, ma se tutto fosse andato come da programma, la sera sarebbe rientrato di nuovo a casa accompagnato da Andrej Petrov, il faccendiere russo. Il giorno dopo sarebbero dovuti partire insieme per gli Emirati e non si sapeva per quanto tempo si sarebbero fermati a Dubai.

Dipendeva da come sarebbero girati gli affari.

Lui le aveva detto che dovevano consegnare la merce allo sceicco, ma anche prendere nuovi ordini. E questo comportava un giro di appuntamenti e nuovi contatti. In fondo, la vita di Alvaro non era molto diversa da quella di un normale rappresentante di commercio.

Lei non era contenta di avere Andrej alla sua tavola. Non le faceva piacere che familiarizzasse con i suoi figli; chissà, un domani sarebbero potuti anche loro finire in quel mondo disgustoso. Su questo anche Alvaro era d'accordo:

sarebbe stato auspicabile che i ragazzi intraprendessero un'altra vita, se non altro meno rischiosa.

Ma Omar Brahini no, quello Kristina a casa sua non ce lo voleva. Su questo punto, con Alvaro si era impuntata. L'algerino era un violento, si divertiva nel minacciare e torturare le persone, raccontava aneddoti raccapriccianti vantandosi dei suoi successi in quello che lui considerava un lavoro come un altro.

No, quel genere di mostro a casa sua non doveva mettere piede.

Alle sette anche suo marito si era alzato. Kristina aveva sentito suonare la sveglia del suo cellulare, giusto in tempo per la colazione, che era prevista per le sette e mezza. Veronika doveva andare a scuola e Alvaro aveva promesso che ce l'avrebbe accompagnata lui.

– Buongiorno – lo salutò. Si era già fatto la doccia e vestito, poteva sentire anche il leggero profumo del suo dopobarba. – Dormito bene?

– Mamma, mamma, hai fatto le *crêpes*! – gridò sua figlia eccitata, irrompendo in cucina.

L'ultimo a sedersi fu Mark, che quando si svegliava aveva sempre una faccia imbronciata. – Io voglio la Nutella – disse.

Lei gli mostrò il vasetto gigante al centro della tavola.

– A che ora devi andare a Malpensa? – chiese più tardi Kristina ad Alvaro, mentre stava per uscire con la figlia.

– Andrej arriva alle dodici.

67. L'ARRESTO

Bussarono alla porta e, prima che De Vicari potesse dire qualcosa, la Svevo entrò nel suo ufficio. – L'appuntamento in aeroporto è per mezzogiorno – disse, ignorando la sua smorfia infastidita. – Fernandez e Brahini andranno a prendere Petrov alla Malpensa. In effetti, ho visto che alle dodici è programmato un volo in arrivo da Mosca.

C'era da aspettarsi che il russo non si presentasse da solo all'appuntamento, pensò De Vicari. Lo stesso Fernandez girava con una scorta. I poliziotti in postazione sotto casa sua avevano adocchiato due gorilla con moto di grossa cilindrata, che stavano incollati alla sua macchina dal momento in cui lui era uscito per accompagnare la figlia a scuola. Ma, a differenza di quelli di Brahini che sembravano agghindati apposta per attirare l'attenzione, questi erano vestiti normalmente e nessuno avrebbe fatto loro caso, se non fosse stato al corrente della situazione.

Aggiornò Iolanda sulle ricerche che aveva fatto per lui l'ex ispettore in pensione. – Per trasportare a Dubai la "merce", Petrov non prenderà un aereo di linea. Ecco perché non abbiamo trovato prenotazioni sospette. Ha affittato un aereo privato che partirà da Lugano.

– Bene – disse lei. – Allora stiamo pronti.

Salvatore Scialoja era stato arrestato circa un'ora e mezza dopo la sua partenza da Lazzate, in un autogrill nelle vicinanze di Parma.

De Vicari aveva suggerito di aspettare un po' a procedere, perché voleva essere certo che non fosse seguito e che si trovasse in un luogo lontano dai suoi soci d'affari.

Gli agenti che lo avevano fermato riferirono che aveva fatto la faccia di quello che cadeva dalle nuvole, continuando a sostenere che doveva esserci un errore. Anzi, aveva usato il "tu" con i colleghi, i quali lo avevano invitato a mantenere le distanze e lo avevano ammanettato come un comune delinquente, sequestrandogli la pistola di ordinanza e il cellulare. Il suo telefono era controllato, ma c'era il rischio che avvertisse qualcuno che non doveva, intralciando le indagini.

De Vicari era nel suo ufficio, quando gliel'avevano portato davanti.

Mancava ancora un'ora all'appuntamento all'aeroporto, ma di quello per il momento si sarebbe occupata la Svevo. A Malpensa sarebbero già stati in tanti a seguire le mosse del clan, anche se nessuno doveva accorgersi della loro presenza.

De Vicari guardò Scialoja come se si trovasse di fronte a un marziano, mentre il poliziotto si sedeva di fronte a lui a testa alta, senza la benché minima ombra sul volto.

Quante volte aveva sentito dire dai colleghi che certe persone ti tirano fuori i tuoi istinti peggiori? Ecco, Scialoja gli faceva quest'effetto. Da giovane De Vicari era stato campione di boxe, ora aveva solo voglia di scaricargli un destro che gli spaccasse il setto nasale.

Se c'era una cosa che lo mandava in bestia erano i traditori. Qualcuno che approfitta della fiducia che gli hai accordato e ti ficca un coltello nella schiena. Soprattutto in un lavoro come il loro. Ma era meglio non caricarsi troppo, almeno per ora.

Era riuscito a incastrare la mela marcia della sua squadra, ora doveva giocare d'astuzia e, attraverso l'interrogatorio, acquisire informazioni utili all'indagine. Stava pensando da che parte cominciare quando Desdemona fece capolino.

– Commissario, può uscire un attimo? È urgente.

Quando la raggiunse fuori, lei gli disse che si era appena presentato un tale dottor Antonio Baldini, medico della Caritas, a nome di Carmen, l'infermiera della Pediatria.

– Dice di sapere dove sono nascoste le ragazze – rivelò Desdemona.

68. IL CONVENTO

La cella del monastero che la madre superiora le aveva assegnato il giovedì sera era minuscola ma accogliente, e quando quella mattina Carmen aveva aperto le persiane, la luce aveva abbracciato all'istante i pochi metri quadrati dell'ambiente, facendola sentire protetta.

La telefonata la ricevette mentre stava rifacendo il letto.

Era grazie ad Antonio Baldini, il medico della Caritas che aveva messo in salvo suo figlio Matteo, se lei ora era nascosta in quel convento che fino a due giorni prima non sapeva nemmeno esistesse.

Aveva letto su Google che il Monastero di clausura di Santa Chiara a Milano era stato costruito nel 1944, sulle macerie di una scuola elementare colpita da un bombardamento aereo che aveva spento la vita di oltre duecento bambini.

Il medico le aveva assicurato che in quel luogo la Caritas era riuscita a mettere al riparo donne e bambini vittime di situazioni violente. E lei gli aveva promesso che sarebbe rimasta lì, buona buona, ad aspettare che gli eventi facessero il loro corso. Nel frattempo, Baldini sarebbe andato in Questura a spiegare alla polizia in che trappola lei era caduta.

La cappella del Monastero aveva un ingresso diretto dall'esterno, quindi era accessibile al pubblico, ma era strutturata in modo che la vita monastica non fosse disturbata dai fedeli che venivano a pregare, e le suore potevano assistere dall'alto alle funzioni liturgiche senza essere viste da nessuno.

Perché Carmen potesse nascondersi tra le sorelle, suor Cecilia le aveva fornito una tonaca color grigio cenere, fermata alla vita dal cingolo francescano, e un velo celeste per la testa.

Solo la madre superiora poteva parlare liberamente, in quel convento. Carmen sapeva che le altre suore non le avrebbero risposto con le parole, se avesse chiesto qualcosa, perché avevano fatto il voto del silenzio.

Baldini le aveva severamente vietato di utilizzare il suo cellulare perché poteva essere intercettato. Lei aveva acquistato una nuova scheda telefonica, nel caso le fosse stato necessario mettersi in contatto con qualcuno, ma non l'aveva ancora sostituita.

Per questo, quando il telefono aveva cominciato a suonare, lei aveva lasciato cadere la chiamata. Oltretutto, il numero era sconosciuto.

Ma il trillo riprese e continuò per un po', poi un'altra volta e un'altra ancora.

Se avesse risposto, la sua chiamata avrebbe potuto essere intercettata dalla polizia, ma di loro non aveva paura, anzi. Nessuno glielo aveva mai detto esplicitamente, ma sarebbe stato logico che il suo numero fosse stato messo sotto controllo, come peraltro tutti quelli del personale del reparto, dopo quello che era accaduto in Pediatria.

Il fatto era che anche Omar Brahini la stava cercando.

Era sabato mattina e, secondo quanto avevano concordato, il medico della Caritas sarebbe dovuto andare in Questura. Quindi sarebbe stato più prudente non rispondere alla chiamata e attendere un suo segnale: lui sapeva che non avrebbe dovuto telefonarle.

Poi ricevette un messaggio. Il testo conteneva qualche parola in russo e un paio di frasi in cinese. C'era solo una persona che poteva averlo scritto.

69. AZIONI COORDINATE

Carmen decise di passare attraverso la porta laterale del chiostro; non aveva il tempo di salutare la madre superiora né di ringraziarla dell'ospitalità. E non aveva il tempo di cambiare l'abito da monaca.

Infilò una nuova scheda nel cellulare e fece il numero del radiotaxi. Orvieto 24 era disponibile in quattro minuti. Ne attese cinque nel cortile interno, cercando di mimetizzarsi tra gli alberi ancora fioriti, e poi uscì allo scoperto sulla strada. L'auto era già lì che l'aspettava.

– Buongiorno – disse sistemandosi sul sedile posteriore. – Mi può portare in via Senigallia 11, per cortesia?

– Certo, sorella – rispose il tassista, mettendo in moto.

Stava per pagare con il bancomat, al termine della corsa, poi pensò che fosse meglio non lasciare traccia di quel passaggio e tirò fuori il contante. Si stava comportando come una vera criminale.

Scese dall'auto augurandosi che Giovanni fosse già rientrato a casa.

Non era mai stata da lui e cercò il nome sul citofono, quindi premette il pulsante.

– Chi è?

– Sono io.

– Carmen?

– Posso salire da te? – chiese lei. – Ho bisogno di aiuto.

Il cancello si aprì e Giovanni le indicò la strada per raggiungere la sua scala, all'interno del cortile. – Ti vengo incontro.

Lei fu decisa: – No, aspettami nel tuo appartamento.

Prese l'ascensore e Giovanni era sul pianerottolo ad attenderla.

– Santo cielo, Carmen! – esclamò sbalordito, osservandone la veste. – Ti sei fatta monaca?

Lei lo spinse nell'appartamento, e solo quando la porta si chiuse alle loro spalle scoppiò a ridere. Si tolse il velo e lo abbracciò stretto stretto. A quel punto non riuscì più a controllare le lacrime.

Sentiva che lui era emozionato quanto lei di vederla, ma Giovanni non sapeva ancora nulla della sua storia e lei non voleva più mentirgli, anche se la verità avrebbe significato perderlo.

– Ora non c'è tempo per le spiegazioni – gli disse asciugandosi gli occhi. – Dobbiamo andare, ammesso che tu voglia accompagnarmi.

Lui la guardò con aria preoccupata. – Dove?

– Angelica è in pericolo, e con lei altre ragazze. – Prese fiato. – Ora ti darò un indirizzo. Tu chiama la Svevo dal tuo cellulare – il mio è controllato – e dallo anche a lei.

– Sai dove si trovano le ragazze?

Lei non rispose. – Avvertila che sto per andare lì. Dille di arrivare il prima possibile. Nel frattempo noi dobbiamo giocare d'astuzia, perché se sbagliamo una sola mossa siamo morti.

De Vicari irruppe nell'ufficio della Svevo, questa volta senza essere lui ad annunciarsi. – Ci sono delle novità – annunciò, sedendosi di fronte a lei e tormentandosi la punta dei baffi. Le raccontò del colloquio con Baldini, il medico della Caritas. Carmen era in pericolo, nascosta nel Monastero di Santa Chiara a Milano, ma conosceva il luogo dove erano segregate Angelica e altre ragazze.

– Mi ha appena chiamato Giovanni Esposito, l'infermiere della Pediatria – lo aggiornò Iolanda. – La situazione ha avuto ulteriori sviluppi: Carmen non è più al convento, ma da lui. Stanno andando da Angelica, perché lei ha ricevuto un messaggio d'aiuto da parte della ragazza.

– Un messaggio? Come ha fatto? E perché proprio adesso?

– Non ne ho idea – rispose lei.

De Vicari si alzò in piedi e si mise a camminare avanti e indietro per la stanza, aprendo e stringendo i pugni. – Al diavolo Scialoja – disse. – Lasciamolo macerare nella sala degli interrogatori. E che nessuno vada da lui a dirgli nulla. Né a portargli un bicchiere d'acqua, nemmeno se lo chiede.

Iolanda non lo interruppe.

– Del falsario ci occuperemo dopo. Anzi, sarà lui a farcelo trovare, se vuole uscire vivo da questa storia. Non solo è corruzione, la sua, ma concorso esterno nella tratta di esseri umani. – Riprese fiato. – Dove si trova Angelica?

– In una villa dalle parti di Busto Arsizio. È una residenza isolata.

– Hai allertato i Nocs?

La Svevo fece di sì con la testa. – C'è una squadra che sta aspettando solo un nostro segnale.

– Ora informo il capo della Mobile, poi bisognerà coinvolgere il commissariato di Busto Arsizio, dovranno esserci anche loro. A noi toccherà fare da coordinamento.

La Svevo annuì. – Due agenti stanno seguendo Fernandez, che dopo avere accompagnato la figlia a scuola si sta dirigendo in aeroporto – disse.

– Omar Brahini?

– Anche lui sta andando alla Malpensa. Agli arrivi ci saranno altri quattro agenti, messi a disposizione dal distretto dell'aeroporto. Aspettano nostre indicazioni.

De Vicari si fermò di colpo. – E se li arrestassimo appena sbarcati?

– Sta dicendo che con le intercettazioni abbiamo già elementi sufficienti...

Lui alzò la mano per fermarla. – No, hai ragione, non abbiamo abbastanza elementi – sbuffò. – Sarebbe meglio arrestarli in flagrante in quella villa. Anche se l'ideale sarebbe riuscire a tenerli il più a lungo possibile lontano da quel posto e nel frattempo riuscire a liberare gli ostaggi.

– Si potrebbe bloccare Petrov all'aeroporto per accertamenti. Ma potrebbe mangiare la foglia.

– Facciamo rallentare i controlli di tutti quelli che arrivano da Mosca sul suo stesso volo. Dobbiamo guadagnare almeno un'ora.

– Kristina è ancora in casa – affermò a un tratto la Svevo.

– E allora?

– Potremmo inviare la Rizzo ad arrestarla. Forse sa qualcosa che potrebbe consentirci di entrare nella villa azzerando i rischi, così...

– Sarebbe un'ottima idea – la interruppe De Vicari – se avessimo più tempo. Ma non è così. Ora dobbiamo utilizzare solo quello abbiamo qui dentro. – Si picchiettò un dito su una tempia. – E che Dio ce la mandi buona.

70. PREPARATIVI

Quando De Vicari e la Svevo salirono in macchina con due agenti, il cielo si stava oscurando, anche se non era ancora mezzogiorno. Lui guardò verso l'alto, prima di richiudere la portiera: le nuvole si rincorrevano veloci, era in arrivo un temporale.

La villa che gli era stata indicata si trovava a metà strada tra Busto Arsizio e Castellanza, in un'area isolata ma abbastanza vicina al Parco Alto, il polmone verde della zona. L'avevano identificata sulla mappa in base alle indicazioni dell'infermiera, e avevano scoperto che aveva un'estensione di circa 500 metri quadrati ed era circondata da un giardino alberato di oltre 5000 metri quadrati.

La Svevo aveva riferito a De Vicari tutto quello che Carmen le aveva detto in proposito: erano dieci le ragazze imprigionate lì dentro, Angelica compresa, sistemate in due per stanza.

– Quanti uomini sono di guardia alla residenza? – le chiese De Vicari mentre l'auto partiva.

– Due all'entrata e due sul retro, poi uno davanti a ogni camera delle ragazze. Mi ha sorpresa un po' il fatto che Carmen sapesse tutto questo.

De Vicari guardava la strada e, mentre ascoltava, controllava il display del cellulare. L'aereo di Petrov stava atterrando.

– Io so quello che mi ha detto Antonio Baldini – le disse il commissario. – Ti basti sapere che per obbligare Carmen ad andare nella villa, Brahini aveva preso in ostaggio suo figlio. Kristina le ha detto che se non si fosse occupata delle ragazze, in particolare di Angelica che doveva essere seguita in modo specifico, non lo avrebbe più rivisto.

– E poi? – chiese Iolanda.

– Non so come, forse con l'aiuto dell'Associazione, Carmen è riuscita a liberarlo. Baldini lo ha nascosto e ha dato protezione a Carmen nel Monastero di Santa Chiara. Avevano preso accordi: lui sarebbe venuto in Commissariato questa mattina a spiegarci come stavano le cose, ma qualcosa dev'essere cambiato.

La Svevo annuì. – Lei ha ricevuto un messaggio da Angelica. Quindi è uscita dal convento ancora vestita da suora, è andata da Giovanni e lui mi ha telefonato.

In quel momento il cellulare di Iolanda squillò.

– Rizzo – disse lei rispondendo. – Ti metto in viva voce, c'è anche De Vicari.

– Fernandez, Brahini e relativi gorilla sono agli arrivi internazionali – li informò l'agente. – Ai passaporti e alla dogana si sono inventati dei controlli supplementari ai bagagli. Riusciranno a ritardare di un'ora l'uscita di Petrov dall'aeroporto. Ma non di più.

– Va bene, tienici aggiornati – disse la Svevo chiudendo la chiamata.

Quasi subito il telefono squillò di nuovo, e lei mostrò il display a De Vicari. Era Giovanni.

– Pronto – disse la Svevo mettendo il viva voce.

– Buongiorno, ispettore, sono Carmen – rispose una voce femminile. – Ho appena parlato con Melissa, la ragazza che mi ha sostituita nella villa. Le ho detto che stavo tornando per controllare Angelica.

– E lei?

– Non ha fatto obiezioni, anzi, mi è sembrata sollevata. La ragazza, in effetti, non sta bene e Melissa non sa cosa fare, perché non ha alcuna cognizione medica. Le ho consigliato di non parlarne con Kristina.

– Carmen, entrare in quel posto può essere molto pericoloso.

– Non vedo altra soluzione – replicò lei, decisa.

– Stanno arrivando anche i Nocs – la informò la Svevo. – Una squadra addestrata della polizia.

– Bene, allora cercherò di farli entrare. Mandatemi un numero di telefono, io vi faccio avere quello della mia nuova scheda telefonica.

– Sappiamo che sono in arrivo anche Brahini, Fernandez e Petrov.

Vi fu un attimo di silenzio, poi Carmen mormorò, con voce che sembrava molto stanca: – Ne ho abbastanza di questa situazione e farò quello che posso perché se ne venga fuori.

– D'accordo, Carmen, noi saremo con lei.

– Siamo sull'auto di Giovanni – rivelò l'infermiera. – Lui scenderà al casello di Busto Arsizio. Passate a prenderlo, io proseguirò per la villa.

– Chi sono i Nocs? – chiese Carmen a Giovanni.

– Ora controllo su Internet – rispose lui, prendendo il cellulare e connettendosi con la rete. – Nocs sta per Nucleo operativo centrale di sicurezza – lesse. – Qui c'è scritto che sono agenti speciali della Polizia di Stato, addestrati per portare a termine operazioni ad alto rischio come la liberazione di ostaggi, le irruzioni in ambienti ostili per la cattura di criminali e terroristi.

– Quelli con i passamontagna per non farsi riconoscere?

Lui annuì. – Ogni tanto si vedono, in TV.

Si fermarono a un semaforo. Un cartello segnalava Busto Arsizio a 2 chilometri.

– Siamo quasi arrivati – disse Carmen lanciando un'occhiata a Giovanni. – Ci credi che ora sono più serena?

Lui le prese una mano tra le sue e la strinse forte. – Prima che tu vada, devi dirmi qualcosa di te.

– Non è il momento, Giovanni – replicò lei. – Ora dobbiamo concentrarci. Ti ho promesso la verità e l'avrai, anche se questo significherà perderti per sempre. Ma adesso si tratta di salvare delle vite umane e la nostra pelle.

Aurora guardò fuori dal finestrino: il cielo non prometteva nulla di buono. Ebbe l'impressione di sentire anche dei tuoni. Accerchiare la villa sotto un temporale non era la situazione ideale. Ma non erano in un film e non si poteva scegliere la scena. – Siamo al dunque di questa indagine – disse.

Lo sguardo di Ciro era incollato al volante.

Aurora aveva voglia di parlare. – Almeno quel bastardo di Scialoja lo abbiamo preso, è una soddisfazione.

Lui non mosse neanche un angolo della bocca.

Aurora si infilò una mano nei capelli per riordinare i riccioli. – Ce l'hai con me?

– No, perché? – Le lanciò uno sguardo di sbieco. – Dovrei?

Aurora gli guardò il profilo e le venne voglia di accarezzarlo, ma si trattenne. – Come sta tuo padre? – chiese. Era meglio non creare delle complicazioni sul lavoro.

– Davvero te ne importa qualcosa?

– Sei ingiusto a parlare così.

Sulla radio arrivò una chiamata della Svevo. Misero il vivavoce. – Carmen è entrata nella villa. C'è un cancelletto secondario, sul retro del giardino, che non sembra essere presidiato.

– Ok, noi ci dirigiamo lì.

– Sei in contatto con i Nocs? – chiese Iolanda a Rizzo.

– Sì, sono già arrivati.

– Bene, informali del cancello secondario – disse la Svevo. – Bisogna che si mettano in contatto con Carmen.

– Ci pensiamo noi – intervenne Aurora.

– Circondiamo la villa.

71. IL TEATRO DELLO SCONTRO

Prima di dirigersi verso la camera di Angelica, Carmen entrò nel salottino in cui si trovava Melissa. Sopra la sua scrivania c'era una pulsantiera attraverso la quale ogni ragazza poteva chiamarla dalla sua stanza, come avveniva in un comune ospedale, solo che le camere venivano chiuse a chiave dall'esterno.

Accanto alla pulsantiera c'era uno schermo suddiviso in quadranti, attraverso i quali l'operatrice poteva controllare cosa accadeva oltre le pareti.

Melissa la accolse con sollievo. – Meno male che sei arrivata.

Carmen aggrottò le sopracciglia. – Problemi?

– Angelica questa mattina ha vomitato e non mangia da ieri sera. – Melissa aggricciò le labbra. – Non capisco cos'ha.

– Ne hai parlato con Kristina?

Lei fece di no con la testa. – Ho paura che se la prenda con me. – Allargò le braccia. – Ma io l'avevo avvertita che non sono un'infermiera.

Carmen le appoggiò un braccio sulla spalla. – Non ti preoccupare. – Usò un tono comprensivo. – Ora ci penso io. Mi devi fare una cortesia, però.

Melissa le rivolse uno sguardo interrogativo.

– Prendi con te la ragazza che è con Angelica. – Fece una piccola smorfia. – Forse è solo un po' di tensione, ma davanti a un'altra persona Angelica potrebbe non dirmi niente.

– Tanto quella non capisce l'italiano.

– È vero, ma è una una questione di sensibilità. Comunque, se non vuoi ci provo anche così.

– No, va bene, la terrò qui con me per una mezz'oretta.

– Sarà sufficiente per tranquillizzarla. Altrimenti le inietto un calmante.

Carmen si diresse verso la camera di Angelica insieme a Melissa, che prese l'altra ragazza con sé.

Quando furono uscite, si richiuse la porta alle spalle. Si portò un dito sulle labbra, per avvertire Angelica di fare silenzio. Poi la fece spostare in un angolo della stanza, in un punto che le telecamere non riprendevano. In un sussurro le raccontò quello che stava accadendo. La informò che c'erano degli agenti speciali della polizia, venuti apposta per portarle via da lì. Angelica le buttò le braccia al collo.

– Papà e mia sorella stanno bene? – le chiese.

Lei annuì con la testa. – Non vedono l'ora di riabbracciarti.

Angelica si asciugò una lacrima.

– Da dove mi hai mandato il messaggio? – le chiese Carmen.

– Dal cellulare di Melissa.

– Come hai fatto?

– Quando sono stata male e ho vomitato, sono caduta a terra – rispose Angelica. – Melissa è accorsa per aiutarmi, e chinandosi su di me ha perso il cellulare, che è scivolato sul tappeto senza fare rumore. – La guardò con occhi affaticati. – Lei non se ne è accorta, così le ho chiesto la mia medicina, quella che mi dava Kristina, e Melissa è corsa in infermeria a prenderla. Ne ho approfittato e ti ho mandato il messaggio. Per fortuna quel telefono non aveva il blocco.

– Sei stata brava, ma hai corso un bel rischio.

Angelica annuì piano. – Sono riuscita a cancellare il messaggio, prima che Melissa tornasse. Era spaventata, perché si era accorta di non avere più il cellulare, e quando l'ha trovato sotto il letto, dove lo avevo buttato, ha tirato un sospiro di sollievo, pensando che io non mi fossi accorta di nulla.

Carmen guardò le telecamere che sorvegliavano la stanza. – Quelle però hanno ripreso tutto – disse.

– Non credo ci fosse qualcuno ai monitor – replicò Angelica. – Altrimenti sarebbero intervenuti.

– Sì, probabilmente c'era solo Melissa. Una gran bella fortuna...

Mentre Angelica annuiva, Carmen guardò il display del proprio telefonino. I Nocs erano entrati dal cancello secondario e le chiedevano maggiori informazioni.

Carmen fece segno ad Angelica di sdraiarsi sul letto, poi le sedette accanto accarezzandole i capelli: dovevano fingere una situazione di normalità.

Dando la schiena alla telecamera, Carmen scrisse che c'erano due guardie anche all'entrata posteriore della villa e poi una davanti a ogni stanza delle ragazze. Quindi cercò di spiegare dov'erano dislocate le camere. C'era una giovane donna in un salottino all'entrata che poteva controllare sui monitor quello che stava succedendo.

Angelica si alzò dal letto, finse un urgente bisogno di vomitare e la trascinò in bagno, dove aprì il rubinetto del lavandino. – Puoi telefonare da qui – le disse in un orecchio – nessuno sentirà. Io mi sdraio di nuovo, e se c'è qualcosa che non va te lo faccio capire.

Carmen guardò l'orologio: erano passati dieci minuti da quando era entrata nella camera. Compose il numero dei Nocs e parlò con un agente cercando di dargli più informazioni possibili.

Poi udì il primo sparo, proprio dietro la loro porta.

Ritornò subito in camera. Angelica era seduta sul letto. Scrisse un messaggino ai Nocs: – Cosa sta succedendo? – Nessuno rispose.

Grida femminili arrivavano dal corridoio alternate a lunghi silenzi, passi veloci, rumori di porte sbattute e poi ancora spari, in rapida sequenza, seppure attutiti.

Per fortuna le pareti delle camere erano insonorizzate per nascondere le peggiori nefandezze, così le ragazze non si sarebbero spaventate troppo. Quella era una villa degli orrori e Carmen si era domandata per quale ragione quelle giovani fossero state preservate dalla violenza dei criminali.

Mentre il frastuono continuava mise un braccio intorno alle spalle di Angelica: la ragazza stava tremando. – È tutta colpa mia – disse in un singhiozzo.

– Non dire mai una cosa del genere – le sussurrò Carmen. – Sei caduta in una trappola, abbiamo a che fare con delle bestie!

– Avrei dovuto dire di no a Kristina.

– Ora non ci pensare. – Le accarezzò i capelli. – Poi mi racconterai, ma mettiti bene in testa che non hai nessuna responsabilità, in questa storia.

Si bloccarono di colpo perché udirono di nuovo un'esplosione, o almeno così sembrava, all'interno della villa.

Poi lo scontro a fuoco sembrò spostarsi in giardino.

Carmen andò alla finestra. Pioveva a dirotto. Le folate di vento erano così violente che l'acqua si riversava sui vetri come le ondate sugli scogli nei giorni di tempesta. Ogni tanto un lampo squarciava il cielo.

Cercò di scorgere qualcosa, ma la camera di Angelica era sul lato opposto della villa rispetto al giardino.

Pensò che ormai doveva essere passata una mezz'ora, dal primo sparo.

Si chiese se non fosse il caso di uscire per andare a vedere cosa stesse accadendo, ma poteva essere pericoloso.

Poi la porta si spalancò di colpo e sulla soglia comparve Omar Brahini. Nella mano destra impugnava una specie di mitraglietta, e il braccio sinistro era stretto come una morsa intorno al collo della compagna di stanza di Angelica. La ragazza era tutta rossa in viso.

– Fuori! – gridò l'algerino. Dietro di lui c'erano due gorilla armati fino ai denti, ciascuno dei quali teneva prigioniera una ragazza con la pistola puntata alla testa. – Se qualcuna di voi fiata o tenta di scappare – continuò Brahini – la appendo alla parete e la crivello con questa qui. – Indicò la mitraglietta, e per mostrare che faceva sul serio scaricò una raffica sul muro.

Carmen era bloccata dalla paura. L'algerino si avvicinò al letto di Angelica e la costrinse ad alzarsi, poi la tenne stretta insieme all'altra ragazza, facendo forza con il braccio tatuato. A quel punto fece un cenno con la testa e Carmen finì tra le grinfie di uno dei suoi mastini.

– Se non ti ammazzo – le sputò contro Brahini – è perché mi servi come ostaggio. Ma prova a farmi uno scherzo e ci sarà una carneficina.

L'algerino le diede una botta sulla schiena con il calcio della mitraglietta. Carmen si piegò a terra urlando per il dolore.

– Rialzati, puttana! – ringhiò Brahini. – Ora chiamo quei bastardi per porre le condizioni per la vostra liberazione. Sarai tu a parlare.

Uno dei due gorilla la tirò su e le puntò un coltello alla gola.

L'algerino gli ordinò di procedere e lui le praticò una piccola incisione che cominciò a sanguinare.

– Nooooo! – gridò Angelica disperata.

– Stai zitta o finisci male! – le gridò contro Brahini.

Carmen iniziò a tremare.

– Hai capito bene? – sbraitò ancora l'algerino. – Se non mi danno quello che chiedo vi ammazzo tutte a una a una!

Con la coda dell'occhio Carmen intravide delle ombre scure che si intrufolavano nel fondo della sala, poi avvertì un dolore lancinante. Il suo ultimo pensiero prima di precipitare nel buio fu per suo figlio.

72. ANGELICA

De Vicari andò a cercare Angelica tra le giovani raggruppate in una veranda del giardino. Soltanto una ragazza era stata ferita, perché si era messa a urlare e le avevano dato un colpo in testa; ora la stavano trasportando in ospedale. Le altre erano incolumi, anche se tutte tremavano per lo shock.

Il medico le aveva visitate senza riscontrare apparenti traumi fisici, ma aveva aggiunto che sarebbe stato bene fare degli accertamenti e, comunque, sottoporre le giovani a un percorso con una equipe di psicologi.

In ogni caso bisognava trovare loro una sistemazione, in attesa di mettersi in contatto con le famiglie. E la questione non appariva semplicissima, visto che provenivano da diversi Paesi nel mondo.

De Vicari aveva visto così tante volte la figlia di Wen Li in fotografia che non stentò a individuarla in mezzo alle giovani del gruppo. Alta e snella, i capelli scuri lunghi e ondulati, dimostrava almeno un paio d'anni più della sua età e avrebbe potuto partecipare davvero a un concorso di bellezza, anche dopo tutto quello che aveva passato.

– Le ragazze hanno tutte più o meno la mia età – la sentì dire alla Svevo – ma nessuna ha dei documenti. Con alcune posso fare io da interprete. – Puntò l'indice verso tre che erano appartate in un angolo. – Loro hanno undici anni e sono moldave. – Quindi indicò due ragazzine con i capelli scuri. – Quelle sono uzbeche, e poi ce ne sono due turche, ma non le vedo.

– Un medico le sta visitando nell'ambulanza.

Lei fece una smorfia. – Si sono fatte male?

– No, stai tranquilla – la rassicurò la Svevo. – Sono solo un po' spaventate.

Angelica si sedette su un muretto e Iolanda le passò un braccio intorno alla spalla. – Le russe sono state consegnate dai loro stessi genitori a Petrov – raccontò ancora Angelica – anche loro con l'inganno di partecipare a un concorso di bellezza. Ma dov'è Melissa? Lei dovrebbe saperne di più.

– Non l'abbiamo trovata da nessuna parte.

De Vicari approfittò dell'attimo di pausa per avvicinarsi alla ragazza. – Ciao, Angelica, sono il commissario che dirige l'operazione. Finalmente siamo riusciti a trovarti. – Dentro di sé pensò "viva", ma non lo disse.

Lei abbassò gli occhi a terra. – Mi dispiace di avervi dato tante preoccupazioni.

De Vicari pensò di chiamare Lisa, sua figlia: sarebbe stata contenta di apprendere che la ragazzina era stata finalmente liberata. Avrebbe potuto metterla in contatto con Angelica, ma ora non era proprio il momento.

– Vieni con me – le disse – dobbiamo chiamare tuo padre.

Si spostarono sotto il portico della villa. Aveva smesso di piovere e il cielo stava ritornando azzurro, come fosse iniziata un'altra giornata da quando avevano lasciato la Questura.

De Vicari compose il numero di Wen Li e mise la chiamata in viva voce.

– Commissario – rispose subito lui, come se fosse in attesa di quella telefonata.

– Buongiorno, signor Li, le passo una persona che le farà piacere sentire.

La ragazza prese il cellulare. – Papà, sono io!

– Angelica... – La voce di Li tradì una forte emozione. – Bambina mia.

Lei scoppiò a piangere. – Papà, perdonami, è tutta colpa mia!

– Non dirlo neanche per scherzo!

– Ho tradito la tua fiducia. – Tirò su con il naso. – Ti ho mentito.

– Stai bene? – ribatté lui. – È questa la sola cosa che importa.

– Sì, papà. – Angelica non riusciva a trattenere i singhiozzi. – Ora ti ripasso il commissario.

– Dottor De Vicari, dove posso venire a prendere mia figlia?

– Siamo vicini a Varese, ma non c'è bisogno che lei ci raggiunga qui, fra poco la portiamo in ospedale. Venga in Pediatria ma, la prego, non parli ancora con nessuno del ritrovamento di Angelica, se non in famiglia.

– Commissario, non so come ringraziarla.

De Vicari guardò l'orologio. Doveva telefonare a Margherita, aggiornarla sugli sviluppi e avvertirla del fatto che erano in arrivo in ospedale due agenti per arrestare Kristina Fernandez.

Quando Carmen riaprì gli occhi si rese conto che aveva smesso di piovere, ma c'erano diversi lampeggianti che le accecavano la vista.

– Sono all'inferno? – fu la prima cosa che disse.

– Non ancora – replicò Giovanni. – Per il momento sei ancora con noi. – Le mise una mano sulla fronte. – Ma è tutto finito.

Carmen sollevò la testa e si accorse di essere sdraiata sulla barella di un'autoambulanza. Sentiva un forte bruciore nella parte destra del corpo. – Cos'è successo?

– Ti sei presa una proiettile nella spalla. – Giovanni le cercò la mano. – Nulla di grave. Te lo devono estrarre con un piccolo intervento e tornerai più in forma di prima.

– Angelica? – chiese lei. – Le ragazze?

– Stanno quasi tutte bene. Solo una è stata ferita, ma non sembra grave.

– E Brahini?

– È morto nello scontro a fuoco.

Lei trasse un sospiro di sollievo. – Grazie a Dio l'incubo è finito. – Chiuse gli occhi come se stesse elaborando quello che le aveva detto Giovanni. – Ora non dovrò più temere per Matteo.

– Anche il marito di Kristina è stato gravemente ferito.

– Non è un danno intollerabile, credimi – ribatté lei. – E poi chi altro?

– Un agente, un certo Ciro Rizzo, si è buscato una pallottola.

– Mi dispiace.

– È nell'altra ambulanza, ora, ma non dovrebbe essere in pericolo di vita. È stato lui a salvarti.

– Davvero?

– Ha colpito alle spalle Brahini, mentre i Nocs immobilizzavano le guardie e portavano via le ragazze.

– Devo andare a ringraziarlo... – sospirò, sentendosi esausta.

– Ci sarà tutto il tempo – la placò Giovanni. – Ora la sua ambulanza sta avviandosi verso l'ospedale.

– E io da chi sono stata ferita?

– Da quel bastardo di Brahini. Quando Rizzo gli è saltato addosso ha cercato di ammazzarti, ma tu sei riuscita a spostarti appena in tempo.

Carmen si stropicciò gli occhi con la mano libera da fasciature. – Sai che adesso comincio a ricordare qualcosa?

Angelica si era avvicinata alla barella. – Carmen, come stai? – le chiese accarezzandole i capelli.

– È solo un graffio – replicò lei in un soffio. – Per fortuna è tutto finito.

Angelica le si avvicinò per darle un bacio sulla guancia. – Grazie per essermi venuta a prendere – le sussurrò in un orecchio.

Poi sembrò accorgersi solo in quel momento della presenza di Giovanni. – Che bello vederti qui!

La Svevo richiamò Angelica, e lei si allontanò salutandoli con un gran sorriso.

– E Petrov? – chiese ancora Carmen a Giovanni.

– Chi?

– Il trafficante russo.

– Ho sentito dire che è riuscito a scappare. Se è tornato in Russia, sarà difficile beccarlo.

Carmen strinse gli occhi, con un senso di nausea nello stomaco. – Quel mostro continuerà i suoi sporchi traffici…

– Posso farti una domanda personale? – chiese De Vicari ad Angelica, che era seduta sul sedile posteriore dell'automobile, tra lui e la Svevo, sulla via del ritorno a Milano.

La ragazza annuì.

– Perché hai deciso di partecipare a un concorso di bellezza?

– Me l'ha proposto Kristina. Era amica di mia madre e io mi sono fidata di lei.

– D'accordo, ma allora perché tenerlo nascosto a tuo padre?

Lei abbassò lo sguardo. – Lo so che ho sbagliato.

Iolanda le accarezzò i capelli. – Angelica, nessuno vuole rimproverarti – le disse. – Sei stata raggirata, vogliamo solo capire cos'è accaduto.

La ragazza rialzò gli occhi, sorpresa. – In che senso sono stata raggirata? – chiese.

– Non c'era nessun concorso di bellezza in programma – rispose la Svevo.

Angelica scosse la testa come se non riuscisse a capacitarsi. – Non è possibile!

De Vicari chiese all'autista di alzare il finestrino: la giornata si sera rimessa al bello, ma l'aria era fredda.

– Spiegaci che cosa ti ha promesso Kristina – disse ancora Iolanda – così cerchiamo di venirne a capo.

Angelica si voltò verso De Vicari, con gli occhi umidi. – Non lo direte a mio padre?

– Non lo so – replicò lui. – Dipende da quello che ci dirai.

La ragazza sospirò. – Kristina mi ha detto che la mamma aveva contratto un grosso debito per pagare la libreria, ma che papà non ne era al corrente. E che se quel debito non fosse stato saldato entro breve, gliel'avrebbero portata via. Ma la libreria è tutta la sua vita, a parte noi.

– Dunque?

– Kristina mi ha detto che avevo la possibilità di aiutarlo. Se avessi partecipato a un concorso di bellezza e fossi arrivata tra le prime tre, avrei guadagnato abbastanza da riscattare il debito. – La voce le si incrinò. – Io l'ho fatto per mio padre…

Quando Raffaele Scuteri ricevette la chiamata della Svevo, dovevano essere le sette passate. Erano quasi due giorni di seguito che non staccava dall'ospedale. Se non fosse andato a dormire, avrebbe finito per accovacciarsi sulla barella di un paziente che doveva portare in Rianimazione e si sarebbe appisolato accanto a lui.

Gli si chiudevano gli occhi anche mentre era in piedi.

– Buonasera, Raffaele, come stai? – gli chiese la Svevo.

– Ho le pile scariche – rispose. – Ma mi è stato detto che avete ritrovato Angelica, e questo mi ha ridato un po' di energia.

– Volevo avvertirti che Brahini è morto. È stato ucciso durante uno scontro a fuoco nella villa in cui erano state segregate le ragazze.

Ci fu un attimo di pausa. – È grave se non mi metto a piangere?

La Svevo fece una risata. – Direi proprio di no.

– Allora posso uscire da qui senza pericolo?

– Certo.

– È libera anche Jessica? L'ho obbligata ad andare a dormire dai suoi genitori.

– Sì, nessun problema per questo. Però ti ho chiamato per un altro motivo.

Raffaele si irrigidì. Era accaduto qualcosa a suo fratello, ne era certo. Era impossibile che accadessero due cose buone di seguito nella stessa giornata, quindi si predispose a ricevere una brutta notizia.

– Il commissario De Vicari e io abbiamo molto riflettuto sul tuo comportamento nel corso di questa indagine – continuò la Svevo.

– E dunque? – chiese Raffaele sulla difensiva.

– Sei stato bravo. Hai mai pensato di entrare in polizia?

73. LA DEPOSIZIONE

Kristina Fernandez fu arrestata all'una di sabato in ospedale. Gli agenti non usarono troppi riguardi con lei: la ammanettarono mentre stava discutendo con due colleghi, prima ancora che potesse rendersi conto di quello che stava succedendo. C'erano anche dei genitori in attesa di incontrarla, davanti all'infermeria, che assistettero sgomenti all'arresto.

Iolanda Svevo entrò nella sala degli interrogatori alle due e mezza e, senza sedersi né accennare a presentazioni di preambolo, informò la caposala degli eventi nella villa di Busto Arsizio, senza nasconderle che suo marito era ricoverato in Chirurgia con prognosi riservata e il suo appartamento era stato messo sotto sequestro.

– E mia figlia? – domandò Kristina con distacco.

– Alloggerà in una casa-famiglia – rispose Iolanda. – Un'assistente sociale andrà a prenderla al termine delle lezioni e la condurrà nella struttura scelta per lei, in attesa che il tribunale dei minori prenda una decisione.

– Mark? – chiese impassibile.

– Per quanto riguarda il figlio di suo marito – replicò Iolanda – gli sarà data la possibilità di restare per qualche tempo con la sorella, ma dato che è maggiorenne starà a lui decidere cosa fare.

Ebbe l'impressione che Kristina passasse al vaglio le informazioni, come se non riguardassero lei, ma un suo vicino di casa.

– Non avete alcuna prova che mi colleghi al sequestro delle ragazze – disse infine, probabilmente per sondare il terreno.

Iolanda la inchiodò con lo sguardo: – C'era una cimice piazzata in casa vostra: ha registrato tutto. Sappiamo anche del ricatto con cui è stata circuita Angelica. Abbiamo molte più prove a suo carico, signora Fernandez, di quanto lei possa immaginare. È in arrivo il magistrato, sarà lui a mostragliele una per una.

Lei non batté ciglio.

– Quindi – riprese Iolanda con maggiore determinazione – o collabora con noi, per avere almeno qualche speranza di rivedere sua figlia, oppure ci sono tutti gli elementi per seppellirla in prigione per il prossimo decennio. Che dico, forse per sempre. – Fece un'altra pausa, cercando di capire se era riuscita a scalfire la maschera di intransigenza che Kristina si era calata sul viso, poi continuò: – Ovviamente, prima dell'interrogatorio con il magistrato ha il diritto di nominare un avvocato che possa assisterla.

– Vorrei parlare con mia figlia – si limitò a ribattere lei.

– Non è possibile – replicò Iolanda.

Kristina emise un respiro profondo, poi tacque di nuovo, tornando a irrigidire i lineamenti.

Iolanda si avvicinò alla porta. – Ora devo andare – disse. – Tornerò tra un'ora con il commissario De Vicari. A quel punto ci informerà sulle sue intenzioni. Che, in altri termini, per lei significa come ha intenzione di passare il resto della vita.

Raccolse i suoi documenti e uscì senza salutare.

Iolanda bussò alla porta della stanza numero 324 del reparto di Medicina interna. Il chirurgo l'aveva chiamata sul cellulare per avvertirla che Ciro era uscito dalla sala operatoria e ora era in camera. L'intervento si era concluso bene, ma ci era mancato poco: la pallottola si era conficcata nel polmone sinistro, e solo per un colpo di fortuna non aveva danneggiato l'aorta. L'agente si sarebbe ripreso con un paio di mesi di riposo.

– Disturbo? – chiese Iolanda entrando nella camera.

Alfredo Consoli stava raccontando al collega Vieri ciò che era accaduto alla villa nel corso della mattina.

Aurora era seduta accanto al letto di Ciro e stava controllando che le gocce scendessero in modo regolare dal tubicino di plastica trasparente della flebo.

Ciro aprì gli occhi, mosse le labbra come per dire qualcosa, ma le parole dovettero rimanergli attaccate al palato: i medici avevano detto che era sotto l'effetto di potenti anestetici.

In quello stesso momento arrivò anche De Vicari.

– Come sta il nostro eroe? – chiese con un timbro di voce un po' troppo alto per la situazione, ma che riuscì a strappare un mezzo sorriso al malato.

De Vicari si avvicinò a Ciro e gli appoggiò una mano sul braccio. – Sei stato in gamba, ragazzo. – Si rivolse anche agli altri. – Sono fiero della mia squadra.

– I miei… genitori… – mormorò Ciro con un filo di voce. Ma comporre una frase sembrava un'impresa al di sopra delle sue forze.

– Vuoi che li chiami io? – gli chiese Aurora.

Lui fece di no con la testa.

– Suo padre ha avuto un infarto – spiegò Aurora a tutti loro. – Forse ha paura che si preoccupino.

Ciro mosse un angolo della bocca, come se volesse ringraziare Aurora, e lei appoggiò una mano sulla sua. – Stai tranquillo – gli sussurrò. E lui riprese a dormire.

Quando Iolanda rientrò nella sala degli interrogatori erano le quattro e mezza.

Sapeva che De Vicari ascoltava al di là del vetro: erano d'accordo che sarebbe entrato solo in caso di necessità.

Notò che Kristina si era tolta il camice di servizio. Sotto era vestita con un certo gusto. Pantaloni neri larghi per celare il sovrappeso e un golfino elegante color crema. In qualche modo era riuscita anche a ripulirsi dell'alone nero che le circondava gli occhi azzurri.

– Vuole un po' d'acqua? – le chiese.

Kristina annuì.

Prima di uscire per andare a prenderle da bere, Iolanda le domandò se aveva riflettuto sull'avvocato.

– Non voglio nessun avvocato – ribatté lei. – Quelli che conosco lavorano per la società di mio marito.

Iolanda si accigliò. – E quindi?

– Se vengono a sapere che collaboro con la polizia mi troveranno anche in carcere, e sa che fine farò?

– Le cerco un avvocato d'ufficio.

Lei non disse di no.

Iolanda andò all'interfono collocato all'interno della stanza degli interrogatori e chiamò Desdemona. Come aveva immaginato lei era ancora alla sua scrivania, sebbene fosse sabato pomeriggio.

– Per cortesia – le disse – chiama l'Ordine degli avvocati e chiedi un tutore d'ufficio.

– Per la Fernandez?

– Esatto – confermò Iolanda. – E guarda se riesci a portarci un po' d'acqua e magari anche del caffè.

– Io sono la prima vittima di questi animali – disse a un tratto Kristina, storpiando leggermente l'ultima parola a causa del suo accento russo. – L'uomo che ho sposato è uno di loro.

Iolanda si domandò a che gioco stesse giocando. C'erano prove registrate che lei aveva partecipato attivamente al sequestro di Angelica e alla segregazione delle ragazze nella villa. L'aveva avvertita sin dall'inizio che erano al corrente di tutto.

In quel momento bussarono alla porta e lei aprì. Era Desdemona, con una bottiglietta d'acqua e un thermos di caffè.

– Adesso chiamo per l'avvocato – la rassicurò. – Prima volevo portarvi questi.

Iolanda annuì, poi dopo che Desdemona fu uscita svitò il tappo della bottiglia e riempì due bicchieri di plastica. Ne porse uno a Kristina, poi restò a guardarla mentre beveva lentamente.

In quel momento il suo cellulare squillò. Era De Vicari.

Si allontanò il più possibile dalla Fernandez e rispose: – Sì.

– Desdemona è qui con me – l'avvertì lui. – Ha chiamato l'Ordine degli avvocati, vedranno cosa riescono a fare.

– Gualtieri? – gli chiese Iolanda.

– Sta arrivando.

– Tutto è cominciato diciotto anni fa – esordì Kristina Fernandez. – Natasha e io avevamo ventun anni e da Mosca decidemmo di trasferirci a Londra. Eravamo molto amiche, allora, è la vita ad averci diviso. Anzi, quel mostro di suo padre ha rovinato la vita di tutte e due.

Il magistrato era seduto di fronte a lei con diverse cartellette aperte davanti a sé, appoggiate sul tavolo. De Vicari era alla destra di Gualtieri. Iolanda invece, intenta a prendere appunti e ad ascoltare tutto con attenzione, si era collocata alla sua sinistra, leggermente più spostata verso la finestra.

L'avvocato, un giovane alto e dinoccolato che sembrava fresco di laurea, con baffetti e pizzetto biondi, si era accomodato accanto alla sua nuova cliente.

– Non avete fatto il liceo insieme a Tver? – la interruppe Iolanda.

– Sì, ha ragione, ho saltato un passaggio. Dopo il liceo avevamo deciso di frequentare l'università a Mosca. Io sono di Tver, Natasha è moscovita ma è vissuta a Tver con la nonna paterna, ed è lì che ci siamo conosciute. I suoi genitori risiedevano nella capitale, non si sono mai interessati a lei. Natasha non aveva idea di che genere di affari si occupasse il padre, sapeva soltanto che era molto ricco. Lei, infatti, già all'epoca aveva un conto corrente e una proprietà intestata a suo nome.

– Dunque vi siete iscritte all'università di Mosca? – chiese il magistrato.

Lei annuì. – Io a Medicina, contro il volere di mio padre.

– Come mai?

– Lui aveva un negozio di ferramenta e voleva che lavorassi con lui, ma dopo il liceo avevo altre aspirazioni. – Fece una breve pausa. – Soprattutto volevo scappare da quell'angusta vita di provincia.

– E Natasha?

– Lei decise di iscriversi a Lettere.

– E poi?

– Come tutte le studentesse, facevamo dei lavoretti per guadagnare un po' di soldi. Natasha non voleva attingere al conto della sua famiglia. È da quel momento che sono cominciati i problemi.

– In che senso? – chiese ancora Gualtieri.

– Petrov ha cercato di coinvolgerci in situazioni che ci mettevano a disagio. Natasha era molto bella e anch'io a diciotto anni mi sono aggiudicata nella mia cittadina lo scettro di Miss Liceo. Apparentemente, Petrov voleva soltanto che partecipassimo a cene con uomini d'affari per fare bella figura, ma non era così: quegli uomini volevano portarci a letto e lui lo sapeva. L'unica cosa che gli interessava veramente era il denaro.

Kristina bevve un po' di caffè.

Il suo avvocato le chiese se volesse prendersi una pausa, ma lei disse di no.

– Una sera Petrov si arrabbiò con Natasha. Le disse che con la sua testardaggine stava mandando a monte un grosso affare. In fondo, tutto ciò che le chiedeva era di essere gentile con uno sceicco che gli aveva ordinato molta merce. Allora lei, sotto le sue pressioni, accettò di andare a cena con quell'uomo e lui la violentò. Anzi, non fu il solo, in quella serata molti altri uomini approfittarono di lei.

– È stata Natasha a raccontarglielo?

Kristina annuì. – La accompagnai alla polizia. Voleva denunciare suo padre. Raccontò il fatto e gli agenti si mostrarono comprensivi con lei, promisero che avrebbero arrestato quei bastardi, ma non appena capirono che era la figlia di Andrej Petrov, la musica cambiò.

– Cosa accadde?

– La rimandarono a casa senza registrare alcuna denuncia. Il padre ne fu informato e per punizione la tenne rinchiusa per settimane. Solo allora Natasha si rese conto in che cosa consisteva l'attività di Petrov.

Iolanda era incerta se credere al racconto della caposala. Quella vicenda era così disumana che aveva dell'inverosimile. – Com'è possibile che Petrov si sia comportato così proprio con sua figlia? – chiese, inserendosi nuovamente nell'interrogatorio senza chiedere il permesso al magistrato. – Con tutte le ragazze che aveva a disposizione?

Gualtieri sembrò approvare il suo intervento, perché restò a fissare la Fernandez in attesa di una risposta.

– Si vede che non l'avete conosciuto! – reagì subito lei. – Quell'uomo non prova affetto per nessuno, neanche per la sua famiglia. – Strizzò gli occhi e trattenne il respiro. – Io ne ho conosciuti fin troppi, di uomini come lui. Mio marito con i figli si comporta diversamente e si augura che da grandi seguano altre strade. Ce ne sono altri come lui che, almeno per la famiglia, hanno un certo rispetto. Ma ce ne sono molti che sono dei mostri come il padre di Natasha.

– Torniamo a Petrov – riprese il magistrato. – In che cosa consisteva la sua attività?

Kristina prese fiato. – I suoi uomini rastrellavano ragazze nei Paesi poveri e le rivendevano agli sceicchi dei Paesi arabi, a tycoon asiatici e statunitensi o a chiunque intendeva lucrare con la prostituzione. E lo fa anche ora. Le giovani che finiscono nella sua rete sono obbligate con la violenza a concedere il loro corpo, non hanno scelta. Nel momento in cui finiscono nelle mani dei trafficanti diventano loro schiave, oggetti da sfruttare fino al massimo del rendimento.

– Nessuna ha mai tentato di ribellarsi?

– Ma certo! Che domanda fa? – scattò Kristina. – Ce n'erano di coraggiose, solo che finivano con la gola squarciata ed erano un monito per tutte le altre. Se rimanevano incinte, o si ammalavano, venivano uccise e sostituite. Di merce ce n'era in abbondanza. – Alzò gli occhi per guardare Gualtieri. – Di gente povera in condizioni di estremo bisogno se ne trova così tanta che non c'è che l'imbarazzo della scelta.

– La madre di Natasha era al corrente di tutto questo?

– Maria era un'alcolizzata. Non aveva nessuna possibilità di contrastare il marito che, peraltro, passava da una donna all'altra. – Contrasse le labbra in un'espressione di disgusto. – Come fa mio marito, d'altronde.

– Ma lei in che modo è stata coinvolta in questa storia? – la incalzò Gualtieri.

Kristina bevve un altro sorso d'acqua. Adesso appariva stremata.

– Abbiate un attimo di pazienza – intervenne il giovane avvocato. Si chinò verso Kristina e le chiese se volesse prendersi una pausa, ma lei negò scuotendo la testa.

– Natasha pianificò nel dettaglio la sua fuga – riprese a raccontare. – Parlava perfettamente l'inglese e anche l'italiano. Sua madre era italiana e aveva voluto che studiasse la lingua sin da quando era piccola. Io ero affascinata dalla sua forza di carattere e dalla sua determinazione. Senza di lei, a Mosca mi sarei sentita persa. Parlavo anch'io l'inglese, per cui quando partì per Londra decisi di seguirla.

– Poi?

– Lei aveva programmato tutto, questa volta. Aveva attinto ai soldi del suo conto corrente, perché era venuta a sapere che in realtà era stato aperto dalla madre, di nascosto dal padre, per proteggerla. Affittammo un piccolo appartamento e ci iscrivemmo all'Università. Ma Andrej Petrov è un uomo che non perdona. Neanche sua figlia.

– Cosa accadde?

– Una sera, mentre eravamo di ritorno da uno spettacolo teatrale, fummo rapite da due gorilla e portate in una villa fuori Londra. Fu l'inizio del nostro calvario. Fummo costrette a prostituirci e a quel punto la stessa sorte toccò anche a me. Quella residenza era uno dei bordelli di lusso di Petrov. Non c'era la possibilità di scappare né di chiedere aiuto, la casa era isolata e ben sorvegliata. E comunque, se anche fossimo riuscite a fuggire, avevamo paura di andare dalla polizia, dopo quello che era accaduto a Mosca. Molti poliziotti inglesi erano clienti del bordello di Londra.

– Come avete fatto a uscirne?

– In cambio di una grossa somma di denaro, Natasha riuscì a convincere una guardia a portarci in città. Andammo da un medico membro di un'Associazione di volontariato che lotta contro la tratta degli esseri umani. Lei lo aveva conosciuto nel bordello.

– Nel bordello?

– Sì, ma non come cliente. A volte succedeva che membri di associazioni non profit fingessero di essere lì per pagarsi una ragazza, poi quando erano soli con loro cercavano di aiutarle. Lo facevano rischiando la vita, perché se fossero stati scoperti non avrebbero avuto scampo.

– Questo medico – intervenne De Vicari. – Chi è? Può farci il suo nome?

– Ora non lo ricordo, ma di sicuro ce l'ho scritto da qualche parte.

Il magistrato la invitò a continuare.

– Nell'ambulatorio accadde una cosa importante, almeno per Natasha.

– Che cosa?

– Conobbe Wen Li. Lui era lì per un controllo della vista. Non c'è altro modo di raccontarlo: fu amore a prima vista per entrambi.

– Poi? – la incalzò Gualtieri.

– Lei e io decidemmo di scappare in Italia, coadiuvati dall'Associazione. Natasha aveva un passaporto italiano e in questo Paese avrebbe potuto chiedere protezione.

– E lei, signora Fernandez? Non ha mai pensato di chiedere aiuto ai suoi genitori? – le domandò Gualtieri.

Kristina scosse la testa in modo deciso. – Se solo avessero intuito in che guaio mi ero cacciata, invece di proteggermi mi avrebbero ripudiata.

Il magistrato sospirò. – Continui.

– L'Associazione ci diede effettivamente un aiuto, una volta arrivate in Italia, anzi direi che fu la nostra salvezza. Natasha riuscì in qualche modo a siglare un accordo di non belligeranza con il padre: lei non lo avrebbe denunciato e lui si sarebbe dimenticato di lei.

– Petrov aveva paura della denuncia della figlia?

– Paura è una parola grossa. Probabilmente non controllava le forze dell'ordine di tutti i Paesi allo stesso modo, e lei avrebbe potuto creargli qualche fastidio, per cui la lasciò andare.

– Natasha era già incinta?

– Se ne accorse una volta arrivata a Milano, e non aveva idea di chi fosse il padre.

De Vicari s'inserì: – Petrov non fu messo al corrente della gravidanza della figlia? – chiese.

– No – rispose Kristina. – Almeno che io sappia.

– E Wen Li? – volle sapere Gualtieri. – Come reagì, quando seppe che Natasha era incinta?

– La accettò così com'era. Ha riconosciuto Angelica non appena si sono sposati, e avete constatato voi stessi come vuole bene alla ragazza. Natasha, però, non gli ha mai raccontato fino in fondo la verità. Di sicuro non gli ha detto del bordello di Londra. Non credo che lui abbia mai saputo cosa facesse esattamente il padre della moglie, anche se qualcosa deve averlo intuito.

Vi fu un attimo di silenzio, mentre Gualtieri consultava le sue carte, poi il magistrato risollevò la testa e chiese: – Tornando a lei, può spiegarci perché ha sposato Alvaro Fernandez?

Kristina esitò un istante, prima di rispondere.

– Lui mi cercò quando arrivammo in Italia, e io credetti a un affetto sincero nei miei confronti. Ero ancora nell'età in cui si pensa che le persone possano cambiare. Me ne innamorai. – Prese ancora del caffè.

– Non era cambiato?

– Di sincero in lui non c'è mai stato niente. Era Petrov ad avergli chiesto di controllarci. Rimasi incinta anch'io e lui mi chiese di sposarlo, anche se perse interesse per me non appena nacque la bambina. Io avevo soltanto ventisette anni, ma per lui ero già diventata vecchia. – Sospirò. – Per fortuna è sempre stato molto affezionato alla piccola, anche se il nostro è un matrimonio di facciata. Per questo, quando ho saputo la verità su Angelica, il mondo mi è crollato addosso.

– Quale verità?

– Angelica era sua figlia! – sbottò Kristina. – L'ho scoperto grazie all'esame del DNA. Natasha non c'era già più, e Wen Li mi portò la ragazza in ospedale quando ebbe i primi sospetti sulla leucemia. Io vidi nella bambina una certa somiglianza con mio marito. Lui era stato uno dei più assidui frequentatori del bordello di Londra. Non mi fu difficile, nella mia posizione in ospedale, far fare degli esami in modo riservato.

– E poi? – intervenne De Vicari, che aveva un'espressione di pietra sul viso.

– Pensai che Angelica dovesse sparire. Se Alvaro avesse saputo che era sua figlia, l'avrebbe tolta con la forza a Wen Li, anche se questo avrebbe potuto significare farlo fuori. E poi come figlia, lei avrebbe avuto tutti i privilegi nella nostra famiglia, anche se c'era Mark. L'avete visto anche voi, Angelica è straordinariamente bella e intelligente.

– Che lei sappia, Petrov era al corrente che Angelica era sua nipote? – chiese Gualtieri.

– Lo sapeva solo mio marito, ma ha preferito non dirglielo per non creare ulteriori problemi. Conosceva bene Petrov: sapeva che era impermeabile alle implicazioni affettive, ma non alla cattiveria.

– Come pensava di far sparire Angelica? – intervenne Iolanda.

– L'occasione non arrivò subito. Tra l'altro, in quel momento lei era ammalata. Poi uno dei maggior clienti di Alvaro gli fece un ordine particolare per il quale avrebbe pagato cifre da capogiro. Voleva dieci ragazzine sui dodici o tredici anni, bellissime, possibilmente di un certo livello culturale e, soprattutto, vergini. Quando le ragazze, o i bambini, finiscono in Arabia Saudita, non tornano più.

Vi fu ancora silenzio, poi Gualtieri le chiese, riordinando le sue carte: – Cosa si aspetta da noi, signora Fernandez?

Lei rispose con voce decisa: – Io posso fornirvi le prove per arrestare Petrov e fermare un traffico che negli ultimi anni ha riguardato oltre diecimila minorenni, per la maggior parte ragazze, ma anche molti bambini usati per traffici di pedofilia e di vendita di organi. – Prese respiro. – Ma voglio delle garanzie in cambio.

Desdemona entrò nella sala degli interrogatori. Si rivolse a De Vicari dicendogli che Scognamiglio, il capo della Mobile, lo stava cercando urgentemente.

Gualtieri ne approfittò per fare a sua volta una telefonata e chiese una pausa.

Quando rimasero sole, Iolanda decise di affrontare con Kristina una questione della quale ancora non era ancora venuta a capo.

– Cosa c'entra Carmen con tutto quello che ha raccontato? – le domandò.

L'avvocato d'ufficio intervenne: – Signora Fernandez, se non vuole rispondere...

Kristina gli fece un cenno con la mano, come per dire di non preoccuparsi. – Anche lei ha una storia drammatica di violenza alle spalle, ma questa non c'entra con noi – spiegò. – Solo che poi ha avuto la sventura di incrociare Alvaro.

– Vuole raccontare dall'inizio?

– Quando il padre di Carmen morì, lei e la madre furono accolte dalla famiglia della zia, la sorella della madre. Una famiglia contadina di dieci persone a Bidonì, uno dei paesini più poveri della Sardegna. Lo zio ha cominciato a violentare Carmen quando aveva quindici anni. Lei non ne ha parlato con nessuno perché si vergognava, però quando non ce l'ha fatta più è andata direttamente alla stazione di polizia locale per sporgere denuncia.

– E...?

– Uno degli agenti, un amico dello zio, l'ha rimandata a casa minacciandola. Stava disonorando il buon nome di gente perbene. Quando a diciotto anni Carmen è fuggita per venire a Milano, era incinta. È andata a vivere in una casa-famiglia e ha fatto ogni tipo di lavoro, dalle pulizie alla cura degli anziani, pur di mantenere se stessa e il bambino. Voleva studiare.

– Dove vi siete conosciute?

– L'ho assunta come baby sitter per mia figlia. Portava con sé anche il suo bambino. Mi piaceva, quella ragazza. Era seria, responsabile e allegra. Nel frattempo era morto anche lo zio, da cui aveva avuto il figlio, e sembrava più serena. Una sera è rientrato a casa mio marito e l'ha vista.

– Quindi?

– Quando Alvaro si mette qualcosa in testa, va fino in fondo. L'ha cercata ed è riuscito nel suo intento.

– Corteggiandola.

– No, violentandola. Lei voleva andare alla polizia o, in alternativa, rivolgersi a un'associazione che protegge le donne vittime di violenza. Io le ho detto che l'avrei aiutata. Che l'avrei mantenuta agli studi. Soprattutto, le ho spiegato che con quella gente non c'era da scherzare. Rischiava la vita di suo figlio.

– E poi?

– Sono anni che Carmen vive sotto minaccia.

74. UN NUOVO INCARICO

Margherita Palladino entrò nella stanza di Carmen che erano le otto e si scusò per non essere riuscita a passare prima per accertarsi personalmente delle sue condizioni di salute. Aveva saputo ciò che era accaduto alla villa e voleva congratularsi con lei per il suo coraggio.

Carmen sorrise con gli occhi. Accanto a lei c'era un bambino di sette o otto anni mezzo accovacciato sul suo letto, che le teneva la mano.

– Allora è questo il fortunato giovanotto – esclamò Margherita.

Il bambino corrugò la fronte. – Lei è la signora direttrice?

Margherita fece il saluto militare. – In persona. E tu come ti chiami?

– Matteo – rispose serio il bambino.

Margherita gli fece una carezza poi si rivolse a Carmen: – Allora, come sta?

– Sono una sarda – rispose stringendo gli occhi. – Ho la pelle dura. Tra qualche giorno sarò di nuovo in reparto.

Fu in quel momento che Giovanni mise la testa nella camera. – Disturbo?

– Bene, sono felice di incontrare anche lei – disse Margherita. Poi si rivolse a Carmen: – Posso rubarglielo un attimo?

– Solo un attimo – replicò Matteo, prendendo la mano di Giovanni.

– Ma certo – lo rassicurò Margherita. Poi tornò a rivolgersi a Giovanni: – Ho qualche notizia di servizio di cui vorrei discutere con lei, visto che questa sera è di turno.

Uscirono dalla stanza e fecero due passi nel corridoio del reparto.

– Come sa, Kristina è stata arrestata questo pomeriggio – esordì Margherita.

Lui annuì.

– Se la sente di prendere il suo posto?

– Be'... sì, certo! – esclamò Giovanni. – La ringrazio di cuore per la proposta, ma...

– Ma?

– C'è un problema.
– Sentiamolo – ribatté lei.
– Forse non ne è al corrente, ma io sono legato a Carmen. Sentimentalmente, intendo.
Margherita trattenne a stento un sorriso. – Mi pareva di averlo intuito.
Giovanni assunse un'espressione grave. – Ha avuto una vita durissima, non immaginavo quanto. Oggi mi ha raccontato la sua storia e sono fermamente intenzionato a proteggerla.
– Questo le fa onore – ribatté lei – ma non vedo il conflitto con la mia proposta.
– Non vorrei che Carmen perdesse il posto per l'opportunità che sta offrendo a me.
– E perché dovrebbe?
– Non c'è una regola per la quale non si può stare insieme, se si lavora nello stesso reparto?
– Esatto, reparto, non ospedale. Noi siamo una grande comunità. Qui una sistemazione la si trova sempre, per chi se lo merita.

DOMENICA

75. IL RISVEGLIO

Quella domenica mattina Amedeo De Vicari si era alzato con un senso di amarezza.

Aveva deciso di fare colazione in sala da pranzo, con i raggi del sole che si rifrangevano sul vetro del tavolo. Pane tostato, marmellata di arance amare e un buon caffè ristretto ascoltando brani del *Flauto magico*, il bene che trionfa sul male.

Lo attendeva una giornata piacevole, ma il malessere di fondo non se ne andava.

Ripeté a se stesso che le ragazze erano state liberate e Angelica se n'era uscita senza un graffio.

I membri della sua squadra si erano commossi, quando la ragazzina era corsa incontro al padre per buttagli le braccia al collo.

De Vicari sorrise quando ricordò che sua figlia Lisa aveva strappato il manifesto di Marco Mengoni dalla parete della camera da letto, perché al suo posto voleva mettere una sua gigantografia. Era il suo papà il suo eroe, adesso. Troppo facile comporre belle canzoni e poi esibirsi davanti a una platea di adolescenti ululanti. Aveva persino litigato con la madre. – Se non ci fossero persone come papà il mondo traboccherebbe di ingiustizie!

Era importante per lui che Lisa avesse compreso il senso del suo lavoro. Per anni Beatrice le aveva fatto il lavaggio del cervello, inducendola a credere che lui provasse un recondito piacere nello sguazzare in ambienti criminali.

Ma doveva metterla in guardia dalle idealizzazioni. Il risultato raggiunto era il frutto di un duro lavoro di squadra, di sacrifici continui, e non sempre le indagini si concludevano con la cattura dei colpevoli come in questo caso. Avevano liberato gli ostaggi. O almeno quelli di cui erano venuti a conoscenza: si trattava di una minima parte del traffico cui aveva accennato Kristina durante l'interrogatorio. Di "uomini d'affari" come Petrov ce n'erano più di quanto fosse lecito.

Era questa la ragione del suo disagio.

Aveva rabbrividito più volte sentendola raccontare, come se fosse la cosa più naturale del mondo, episodi della vita "professionale" della coppia Petrov e Fernandez, coadiuvata dall'esterno dal defunto Omar Brahini.

La deposizione dell'ex caposala lo aveva perseguitato fino al risveglio.

Nel corso della notte gli erano tornate in mente le diverse espressioni del giovane avvocato d'ufficio – non ne ricordava nemmeno il nome – dal momento del suo arrivo in Questura a quello del commiato.

Quando si era seduto accanto alla cliente, che non aveva mai visto prima, era il classico novellino vestito di grigio, camicia Oxford senza una piega, cravatta bordò a pallini, forse indossati per la prima volta tutti insieme, preparato per affrontare reati di piccolo cabotaggio, tanto è vero che non si era nemmeno premurato di tirar fuori un blocco per gli appunti.

A mano a mano che l'ex caposala snocciolava gli orrori che aveva subito, o di cui era venuta a conoscenza attraverso le attività di Fernandez, i capelli dell'avvocatino erano andati arruffandosi.

Aveva chiesto dei fogli per scrivere e una pausa per consultarsi con la sua cliente.

Si era tolto la giacca, aveva arrotolato le maniche della camicia e il suo volto di ora in ora aveva perso spavalderia.

Al termine dell'interrogatorio, durato cinque ore, era invecchiato di dieci anni, gli occhi cerchiati da ombre scure, gravato dal peso di una responsabilità che di sicuro non avrebbe mai pensato di assumere, né quel giorno né forse mai.

La sua cliente chiedeva protezione, e in cambio era disposta a denunciare persone, fornire documenti e indirizzi, numeri di conti correnti, nomi di poliziotti e funzionari corrotti.

Sapeva dove si trovavano i bordelli, i centri massaggio, i luoghi di transito delle persone in attesa di essere vendute. C'erano poi degli specifici punti di raccolta per i bambini. Anche di quelli Kristina era in grado di ricostruire la collocazione. Alcuni dei piccoli erano destinati al lavoro, altri all'accattonaggio, altri ancora a diventare vittime della pedofilia.

Ma bisognava fare in fretta, molto in fretta: lei e sua figlia dovevano sparire, o Petrov le avrebbe trovate. Quell'uomo aveva spie ovunque. Con i soldi otteneva tutto.

E aveva anche la possibilità di riorganizzarsi velocemente, trasformando luoghi illeciti in

attività che operavano alla luce del sole.

Gualtieri le aveva chiesto come mai un cambio di rotta così repentino.

Kristina si era alzata per la prima volta da quando era iniziato l'interrogatorio. Aveva incrociato gli occhi del magistrato. Poi aveva guardato anche lui e la Svevo. Aveva detto che qualcosa era scattato in lei. Forse già da tempo ne aveva abbastanza di quello schifo, ma non aveva abbastanza coraggio o credeva di non avere un'alternativa. Era sembrata sincera.

Non voleva più vedere suo marito, e aveva giurato che se fosse sopravvissuto avrebbe divorziato.

Sarebbe stato meglio per tutti, se lui non ce l'avesse fatta, perché non avrebbe mai collaborato. Al contrario, si sarebbe messo in contatto con Petrov per salvare il salvabile.

Poi Kristina aveva fatto una richiesta: non per lei, ma per il bene di Angelica sarebbe stato meglio non metterla al corrente del modo in cui era stata concepita. Era ingiusto farle condividere il fardello di orrori che aveva dovuto sopportare la madre. Le avrebbe rovinato la vita.

Aveva già sofferto abbastanza.

L'avvocato non era mai intervenuto. Probabilmente non sapeva cosa dire. E, d'altronde, non c'era molto da aggiungere.

Alla fine della sua deposizione, Kristina si era rivolta al magistrato e gli aveva detto che voleva che fosse consapevole che quello che lei stava facendo era una goccia nel mare.

La tratta degli esseri umani era uno dei business più redditizi degli anni Duemila.

Si erano messi in tanti in questo affare, che faceva guadagnare più della droga.

Di donne e bambini in miseria, nei Paesi dell'ex Unione sovietica e di molte altre parti del mondo, ce n'erano una quantità impressionante. Suo marito le diceva che l'Asia era una vera miniera d'oro, per i trafficanti.

Ma Kristina – questo era il punto – non conosceva che una piccola parte di quei traffici.

Anche la Svevo, dopo quello che aveva sentito, era un'altra persona.

Lui era uscito prostrato da quell'interrogatorio, e ne aveva discusso con Gualtieri a fine serata. Il magistrato aveva già affrontato indagini che avevano per oggetto la tratta degli esseri umani. – Sembra incredibile la violenza che Petrov ha riservato alla sua stessa figlia – gli aveva detto. – Ma non è il primo "padre trafficante" che vedo comportarsi così. Ho letto resoconti redatti da organizzazioni umanitarie e dall'ONU davvero raccapriccianti. Ci sono persone per le quali l'altro è semplicemente un oggetto che può essere utile ai loro fini. Senza eccezione, neanche per i membri della loro stessa famiglia.

Quell'indagine non era per nulla terminata. Anzi, stava iniziando ora. E sarebbe proseguita per molto tempo ancora. Bisognava coordinarsi con organismi internazionali, e forse a qualcuno sarebbe toccata una scorta.

Quell'indagine, si rese conto, racchiudeva il vero significato del suo lavoro.

76. EFFETTO BOLLICINE

Aveva invitato Margherita Palladino a colazione, ma questa volta il luogo dell'appuntamento lo aveva scelto lui, onde evitare di trovarsi di fronte a uno sformato di carote profumato allo zenzero e dover brindare con una centrifuga di cetriolo, magari con il sorriso sulle labbra.

Al diavolo la cucina esotica! De Vicari amava le tradizioni, e un cin cin senza bollicine non era un vero brindisi.

Per l'occasione aveva deciso di presentarsi con la giacca, ma senza la cravatta, perché era domenica e voleva dare a quel pranzo uno stile più informale. Gli sarebbe piaciuto anche lasciar perdere l'inchiesta e limitarsi a conoscere un po' di più Margherita al di fuori del contesto lavorativo, ma era ancora presto.

Da quando si erano conosciuti era trascorsa soltanto una settimana, peraltro così densa per entrambi di avvenimenti, e sarebbe stato naturale ripercorrerla insieme.

Doveva dare tempo al tempo.

– Hai scoperto qualcosa sulla sperimentazione clinica? – le chiese mettendo in bocca, con gusto, una normale oliva verde. Sapeva che Margherita il giorno prima aveva partecipato alla conferenza stampa indetta dalla casa farmaceutica.

Lei annuì. – La questione è piuttosto complicata, ma cercherò di semplificare. – Indossava un delizioso abitino rosa cipria che metteva in luce i suoi colori mediterranei. – A volte il progetto di ricerca su un medicinale può essere interrotto.

Lui le rivolse un eloquente sguardo interrogativo.

– Si interrompe uno studio quando non dà sufficienti garanzie per i pazienti. Il che vuol dire che il farmaco produce effetti collaterali non previsti. A volte non ci si dà per vinti e la ricerca ricomincia da capo, ma altre volte…

– Perché ti sei interrotta?

Lei si rigirò un orecchino tra le dita con un gesto molto femminile. – Ci sono casi in cui le case farmaceutiche terminano una sperimentazione perché il numero dei pazienti sui quali il prodotto sembra efficace non è abbastanza numeroso.

Lui incrociò il suo sguardo. – Cioè il farmaco non produrrebbe sufficienti profitti?

Lei confermò con la testa. – Il gioco non vale la candela. – Alcuni dei suoi riccioli si liberarono dalla prigionia delle forcine, scendendo liberi sul collo. Con uno sforzo lui cercò di non distrarsi. – Anche se ha funzionato su alcuni pazienti?

– Con Angelica i medici hanno continuato lo stesso, nonostante lo stop della farmaceutica – replicò lei, finendo l'ultimo goccio rimasto nel bicchiere. – Lei è guarita, ma i medici hanno sfidato il Comitato etico. E sembra che lo stiano facendo anche in altri ospedali. Però non si può utilizzare un medicinale in via di sperimentazione senza seguire un protocollo, è rischioso per il malato.

Lui riempì ancora i bicchieri con lo spumante.

Margherita giocò con le briciole di pane sulla tovaglia. – È comprensibile che una casa farmaceutica agisca così – disse.

– In che senso?

– Se è quotata in Borsa, deve fare utili. Tu investiresti in una società che perde o che non dà risultati soddisfacenti?

– Hanno ragione entrambi – sentenziò lui. – Il problema è che in Italia non esiste una ricerca indipendente.

Margherita si addentrò in spiegazioni tecniche, ma ora lui non la stava più ascoltando. Si domandò se fossero le bollicine che erano entrate in circolo troppo velocemente, o se era il suo profumo alla vaniglia che stava inducendo in lui un balsamico effetto di stordimento. Tanto che non si accorse neanche dell'arrivo del cameriere che portava loro lo stinco di vitello al forno con patatine arrosto.

E per la prima volta dalla sua separazione, gli venne voglia di risposarsi. Non era un desiderio astratto. Né tanto meno gli pesava vivere da solo.

Per quanto folle potesse sembrare l'idea, il desiderio aveva un nome e un cognome. Ed era quello dell'avvenente signora che gli era seduta di fronte.

77. IL FUTURO

Quando Augusto aveva ricevuto la telefonata del commissario, era a tavola con Regina nel salotto della villetta e stavano facendo i programmi per il pomeriggio.

– Perché hai invitato De Vicari? – gli chiese lei non appena lui riprese la forchetta in mano. – Cos'ha a che fare con la nostra famiglia?

– Meno male che sarei io quello formale! – Si alzò e il tovagliolo gli cadde per terra. – Se non sei d'accordo, dimmelo subito – dichiarò, già sul piede di guerra – perché ho esteso l'invito anche alla Palladino, che era a pranzo con lui.

Regina si illuminò. – Margherita era a pranzo con il commissario?

– Be', cosa c'è di strano?

– Dai, non te la prendere – ribatté lei. – Siamo un po' agitati tutti e due, calmiamoci, non ho nulla in contrario. – Raccolse il tovagliolo da terra e si alzò per andare a portare i piatti in cucina. – Fino a questo momento avevamo parlato solo della famiglia ristretta.

Lui la interruppe. – Così sposteremo l'attenzione su qualcosa di più interessante della nostra coppia.

Regina scosse la testa. – A volte stento a seguirti. – Allargò le braccia con sconcerto. Augusto aveva organizzato una merenda nel pomeriggio per annunciare il loro matrimonio, ma il bello era che nessuno dei partecipanti era stato messo al corrente della presenza degli altri ospiti, né tanto meno del fatto che sarebbe stato dato un annuncio. Le due famiglie si sarebbero incontrate a sorpresa.

E quando lei aveva cercato di argomentare che non averli avvertiti della natura dell'incontro avrebbe potuto creare qualche disagio, lui aveva replicato che quello era l'unico modo per mettere tutti davanti al fatto compiuto. *Speriamo che funzioni*, aveva pensato Regina, toccando le gambe di metallo del tavolo da pranzo.

– Sono tutti abbastanza adulti da sapere come comportarsi – aveva sentenziato Augusto quando aveva unilateralmente preso quella decisione. Alla loro età, voleva che si evitassero pettegolezzi, critiche, interferenze di qualsiasi genere o, peggio ancora, regali. – La nostra cantina è già piena di cose inutili – aveva dichiarato con un braccio piantato sul fianco.

– D'accordo – aveva detto lei – ma forse potremmo devolvere la somma stanziata per i doni a un'associazione che combatte la tratta degli esseri umani.

Su questo lui non aveva trovato nulla da obiettare.

Il pomeriggio trascorse nel migliore dei modi, a parte l'iniziale imbarazzo degli ospiti, convinti di essere gli unici invitati, che vedevano continuamente entrare gente nella villetta e non capivano il senso di quella riunione, visto che non si conoscevano tra di loro.

Regina, che aveva temuto il peggio, non si era mai sentita così a suo agio, anzi si era pure divertita di fronte allo stupore degli invitati che si trovavano a prendere le misure di quella situazione. I partecipanti erano stati un po' più del previsto, tanto che aveva dovuto chiedere a Carla, la giovane a servizio da Augusto, di essere così gentile da recarsi alla pasticceria più vicina per fare rifornimento di pasticcini e salatini.

Eleonora e Ginevra, le figlie di Augusto, avevano intuito che il padre, pur non volendo fare le cose in pompa magna, com'era nel suo stile di uomo schivo, aveva intenzione di presentare loro Regina. Per cui erano arrivate con la famiglia al completo: marito e tre maschi al seguito di Eleonora, il maggiore accompagnato dalla fidanzata che voleva far conoscere, a sua volta, al nonno.

Ginevra si era presentata con il marito e le due figlie ventenni, accompagnate entrambe dal ragazzo. Mai più le figlie di Augusto avrebbero immaginato – lo raccontarono a Regina alla fine della serata – che fosse stata invitata anche la famiglia della futura moglie.

La prima ad arrivare alla festa era stata Eva che, pur non sapendo di dover presenziare a un'occasione mondana, era andata dal parrucchiere, si era vestita con cura ed era apparsa finalmente distesa. Regina aveva riabbracciato sua figlia, che sembrava morire dalla voglia di familiarizzare con Augusto e, naturalmente, di raccontargli della casa editrice e degli sviluppi che stava prendendo la sua attività.

Neanche a farlo apposta, il campanello aveva suonato nel preciso istante in cui aveva pronunciato la parola "sviluppi".

Sulla soglia erano comparsi Micol e Viola, con un coloratissimo mazzo di fiori. Augusto aveva fatto per chiudere la porta, ma la ragazzina, che lui aveva già conosciuto dalla nonna prima di andare in Questura, gli aveva chiesto di aspettare un attimo perché con loro c'era anche Nicholas, che era andato a cercare parcheggio. Augusto non sapeva chi fosse Nicholas, ma per quel giorno si era detto disposto ad accogliere anche persone a lui sconosciute.

Ogni tentativo di distogliere i riflettori da Regina e Augusto era stato vano. Quel pomeriggio erano stati loro al centro dell'attenzione degli ospiti. E, alla fine, Augusto aveva vinto la sua naturale ritrosia, complice lo spumantino piemontese, e si era lasciato andare, apparentemente soddisfatto di raccontare i loro progetti per il futuro.

– Perché il futuro per noi inizia oggi – aveva dichiarato agli ospiti – e non ha importanza quanto sarà il tempo che avremo ancora davanti.

– Allora si può sapere chi è questo Nicholas? – chiese Augusto a Regina mentre stavano riordinando il salotto.

– È il capo della multinazionale che comprerà la casa editrice di Eva.

– Già, ma cosa c'entra con Micol?

Lei gli lanciò un'occhiata di bonaria sufficienza. – Ci sono ancora molte cose che non sai sulla nostra famiglia.

Augusto si accomodò sulla poltrona. – Va bene, ti ascolto.

Regina non si fece pregare. – Tutto è cominciato domenica scorsa...

– Cerca di essere un po' sintetica – la interruppe lui mostrandole le dita strette a pugno.

Regina fu irremovibile: – Mi dispiace, caro, ma ogni dettaglio in questa vicenda ha la sua importanza.

– D'accordo – si rassegnò lui appoggiando i piedi sul tavolino – ma non te ne approfittare.

– Devi sapere che in questa settimana le due storie, quella di Angelica e quella della casa editrice, si sono intrecciate...

Era già mezzanotte quando Regina terminò il suo racconto.

– A proposito, ricorda che per Chanukkà arriverà in Italia anche mio figlio Michael, che vive in Israele – gli disse Regina infilandosi sotto le coperte. – Nella nostra religione, Chanukkà è una festa importante.

– Questo lo so e, già che stiamo parlando di religione ... – replicò Augusto dal bagno, con la bocca impastata dal dentifricio. – Non mi hai detto se quella ebraica contempla il paradiso e l'inferno.

Regina aspettò che il suo futuro sposo la raggiungesse in camera. – Da quando in qua ti interessi di argomenti di questo genere? – gli rilanciò la domanda.

Augusto si sdraiò a sua volta sul letto. – Stiamo o non stiamo facendo dei piani per il futuro?

Lei finse di non cogliere l'allusione. – E allora?

– Volevo sapere se, secondo la tua religione, ci rivedremo anche in un'altra vita – replicò lui. – Capisci che, alla nostra età, la questione è di una certa importanza...

EPILOGO

Il cielo era un guazzabuglio di nuvole scure e minacciava di piovere. Eva si incamminò verso casa, ma doveva ancora incontrare una persona, prima di chiudere la giornata.

Aveva fatto pace con la famiglia e questo la rasserenava.

Finalmente un uomo affidabile per Micol! Le era bastato osservare come si rapportava con Viola per capire che era così.

Anche sua madre stava prendendo marito. Sorrise al pensiero, immaginandosela nel tempio, in un abito da cerimonia color glicine con il suo nuovo taglio di capelli alla parigina e le immancabili perle ai lobi delle orecchie. Poi contrasse le guance in un'espressione di puro divertimento.

Non ci sarebbe stata nessuna cerimonia al tempio.

Gli sposi professavano fedi diverse.

Ma che importanza aveva? Era certa che, da qualche parte nel cielo, sarebbe arrivata una benedizione anche per loro.

Sua madre era un donna fortunata. Aveva ragione Micol: non sarebbe stata sola, negli anni a venire. E poi Augusto le avrebbe dato del filo da torcere, anche se Regina era un'abile manipolatrice: mite all'apparenza, con quel suo sorriso da santa, ma, se non stavi attenta, ti rigirava come una polpetta. D'altra parte, anche il suo ex magistrato sembrava un abile giocatore. Un partner ideale per l'impareggiabile partita della vita di una coppia.

Ora Eva cominciava a guardare in positivo la proposta di accordo con JWT.

Per l'aspetto finanziario, prima di tutto. Ma forse, chissà, anche perché per lei sembravano aprirsi nuove prospettive. Il mondo cambiava a una velocità vertiginosa, solo lei doveva rimanere ferma?

Se non altro, avrebbe avuto più tempo per sé e da dedicare al volontariato. Si poteva incidere sulla realtà in tanti modi, e non era necessario possedere una casa editrice o un qualche tipo di azienda, per fare qualcosa di buono.

Aveva telefonato a Wen Li e lui la stava aspettando in libreria, ma quando arrivò non immaginava di trovarvi anche le figlie, dopo tutto quello che era accaduto.

Entrando nel negozio che tanto aveva frequentato quando era di proprietà del signor Olmo, avvertì subito una gradevole sensazione di benessere. Era l'odore della carta, che ben si amalgamava alla fragranza di incenso al sandalo, a produrre in lei quell'effetto salutare.

Si domandò che fine avrebbero fatto i libri, in un prossimo futuro. Chissà, forse sarebbero stati considerati dei cimeli, dalle generazioni nate e cresciute nell'era digitale.

Ma se tutto si evolve alla rapidità dell'istante, tanto che l'istante è l'unica cosa che conta, non c'è nulla che resta per davvero. Neanche i principi, i valori e ciò che dà un senso al nostro passaggio su questa Terra.

Una cultura che si aggiorna continuamente, senza conservare il suo sapere – stampandolo sulla carta – non corre il rischio di ripetere gli stessi errori, non facendo tesoro dell'esperienza?

Erano domande che poneva più che altro a se stessa, poi sorrise pensando che si trattava anche di ottimi argomenti con i quali intrattenere il capo europeo della JWT. Lo aveva invitato a cena la sera successiva, insieme a Micol naturalmente, prima del suo ritorno a New York.

Si diresse verso Wen e le bambine, che aveva visto sedute nella sala di lettura.

– Angelica, volevo presentarmi – disse. – Sono la nonna di Viola.

La ragazzina, seduta di fronte allo schermo con un libro aperto davanti a sé, si alzò per porgerle la mano. – Sono contenta di conoscerla – disse con un ampio sorriso.

Eva ricambiò la stretta poi accarezzò i capelli della più piccola. – E tu sei Olivia, non è vero?

La bimba mise il pollice in bocca e si avvicinò al padre, cercando di nascondere la testa dietro le sue gambe.

– Vi aspetto a pranzo tutte e due, una domenica. Ci sarà anche Viola.

Poi Eva si rivolse a Wen e lo ringraziò per tutto quello che aveva fatto per lei.

Le sue parole erano state determinanti nella decisione che aveva preso per la casa editrice. Così come la telefonata a Chen Zang.

– È grazie a lui se ho potuto aprire questa libreria – rispose Wen.

– L'ha finanziata lui?

– No, ma è come se l'avesse fatto. Ha messo in salvo l'eredità della mia famiglia, che altrimenti sarebbe stata confiscata dallo Stato o sarebbe finita nelle tasche di qualche funzionario corrotto. E non appena mi sono sistemato qui e ho preso la nazionalità italiana, mi ha fatto avere il denaro che i miei genitori avevano risparmiato nel corso di tutta la loro vita.

Chiacchierarono ancora per un po' ed Eva gli spiegò come erano rimasti d'accordo con gli americani. Avevano interessanti progetti per il futuro, e lei stessa ora si stava convincendo che entrare in un circuito internazionale avrebbe allargato i suoi orizzonti.

– Per questo sarei onorata – gli disse ancora – se lei volesse unirsi a noi, con il ruolo di direttore commerciale, nella casa editrice che nascerà da questa fusione.

– La ringrazio, Eva – replicò lui con aria sorpresa. – Lei che mi onora con questa proposta, ma...

– Ma?

– Dimentica che ho una libreria piuttosto impegnativa da gestire.

– Non deve rispondermi subito, Wen – ribatté lei. – Si potrebbe trovare una soluzione che le consentirebbe di occuparsi di entrambe le cose. La libreria stessa potrebbe diventare uno dei punti di incontro del nostro circuito.

Eva si accorse che stava già cominciando a ragionare in modo diverso.

– Non si precluda al mondo, non rinunci a mettere in circolo le idee – gli disse ancora. In fondo, stava rilanciando a Wen le parole che lui aveva detto a lei due sere prima, al ristorante cinese.

A questo aggiunse del suo: – Lei è un intellettuale. È portatore di una cultura molto diversa dalla nostra e noi tutti avremmo da imparare dalla sua storia. La sua vita è stata difficile e dolorosa. Ma forse anche lei può ricominciare e domani consegnerà alle sue figlie – come sto facendo io con la mia casa editrice – il suo patrimonio di vita e di esperienza perché il mondo sia migliore. Non è questo il senso del futuro?

FINE

RINGRAZIAMENTI

La mia gratitudine va in primo luogo a Siddarth Kara e a Kevin Bales, forse i maggiori esperti mondiali sulla tratta degli esseri umani. Non ho avuto l'onore di conoscerli personalmente, ma i loro libri e le loro ricerche mi hanno illuminato sul dramma della schiavitù contemporanea che - per usare le loro parole, "è il furto della vita stessa".

Ho visitato personalmente alcuni luoghi, in paesi in condizioni di estrema povertà, da cui attingono i mercanti di schiavi. Luoghi talvolta situati accanto a quartieri famosi nel mondo per il lusso. Ricordo la zona del sesso a Bangkok alle spalle del nostro hotel. Ci siamo capitati, imboccando per sbaglio una via non indicata dalla guida turistica. Ragazzine, ragazzini e bambini attendevano rassegnati, sul ciglio del marciapiede, di offrire prestazioni sessuali ai clienti di passaggio. I loro "servizi" venivano proposti da venditori in menù, simili a quello di un ristorante.

Per il resto la storia è tutta mia – nessuna responsabilità ai due autorevoli esperti citati. I personaggi sono cresciuti nella mia mente come fossero reali perché, pur essendo completamente inventati, attingono alla mia storia e al mio mondo.

Volevo ringraziare Pia Romita, già dirigente della Divisione Anticrimine della Questura di Piacenza che mi ha aiutato a comprendere i meccanismi che presiedono a un'indagine e Raffaella Marabese, Sovraintendente Capo della Polizia di Stato che ha guidato le "mie indagini".

Ringrazio Costantino De Giacomo, direttore della Pediatria dell'Ospedale Niguarda Ca' Granda di Milano, Fabio Frediani, direttore della Neurologia e del Centro Cefalee dell'Ospedale San Carlo Borromeo di Milano e Lucia Vicentini, professore ordinario di Farmacologia dell'Università Statale di Milano per le loro preziose informazioni sulle sperimentazioni cliniche, mediche e la vita in ospedale.

Sono grata a Chiara K. Cattaneo, esperta di trafficking e storytelling per l'impatto sociale, a Mani Tese e alla Caritas che, con la loro documentazione ed esperienza sul campo, mi hanno aiutato ad approfondire l'argomento.

Una menzione speciale a Francesco Napoli, Patrizia Luppi, Gaia Sutti, Andrea Bianco, Gioele Ravizza. Un riconoscimento alle amiche del Book Club di Milano e, naturalmente agli amici de "Il piacere di raccontare", che nel corso degli anni hanno contribuito ad arricchire la mia riflessione sulla scrittura e la lettura.

Un grazie di cuore, infine, a Franco Forte che ha creduto in me e senza il cui prezioso contributo il libro non avrebbe la veste che ha ora.

INDICE

MERCOLEDÌ

GIOVEDÌ

VENERDÌ

SABATO

DOMENICA

Finito di stampare nel mese di novembre 2022
per conto di Delos Digital (Milano)
dalla Universal Book srl (Rende)
PRINTED IN ITALY